U0146228

疑兵

冯俊科——著

作家出版社

目　录

兵者，诡道也。

    ——《孙子兵法·始计篇》

作为《疑兵》的责任编辑，看完稿子，想起几年前曾编发过一篇《滴师》。找出来看，发现《滴师》和《疑兵》出自同一作者。内容虽说相距三十多年，但却互有关联。经过考虑，并征得作者同意，决定把《滴师》拆分开来，摘其主要内容，镶嵌在《疑兵》中不同位置。读者在阅读《疑兵》过程中，偶尔看上一节《滴师》，不仅能够调节阅读疲劳，而且非常有用。不知读者看后有什么感觉。

但愿我不是异想天开，随意编撰。

谢谢！

《疑兵》责任编辑

2021 年 5 月 15 日

序

"是！"

"明白！"

"立即执行！"

"请司令员放心，坚决完成任务！"

1966年5月的一天，铁道兵某师部二楼会议室，师长戴红成正在接电话。戴师长不到五十岁，一米七九的个子，胖瘦适中，腰杆笔挺，面色微黑，一双豹子眼炯炯有神。一身原黄绿色因洗多次变得有些发白的军装，把红色领章、红色帽徽衬托得更加鲜艳。他的军帽永远是端端正正地戴在头上，风纪扣、军装扣永远是一丝不苟地扣着。这是他的风格。他精悍利落，威严洒脱，英气逼人。凡是接触到他的人，不用介绍就能感觉到，这是个军事素质极高的军人，而且是经历过无数次生死考验、从战争的炮火硝烟中摸爬滚打走出来的人。军营里，无论在什么地方，无论在什么场合，只要他一出现，周围的氛围会骤然改变，弥漫着紧张严肃的军队气息。

戴师长放下电话，一脸的凝重、威严。他回到会议桌前，对着师政委肖新泉点了点头。

肖政委五十岁出头，个子比戴师长略微矮些，身体已经有些发胖了。一身草绿色的军装，看上去有些宽松，却也合身、自然、得体。他平时给人的印象是平静和善，慈眉善目。确实，这是个和风细雨式的人，很少见到他生气发火的时候。他看着戴师长，也点了点头。从眼神的交流可以看出，这两个部队主官，对司令员刚才的命令，好像已经知道，或许是已经有所预料。

长条形会议桌的两侧，坐着师参谋长乔宝田、政治部主任孙新海、后勤部长栾招远、总工程师冯富村，司令部、政治部、后勤部各部门的主官，各团团长、政委以及汽车营、医院、仓库基地等师部各直属部门的主官。可以说，全师的各路人马战将，全都聚齐在这里。这个会议无论从规格上、阵势上和氛围上看，应该是一次很不寻常的会议。与会者从师长刚才领命时的口气和神色，预感到部队将有重大事件发生。

戴师长走到他的座位前面，并没有坐下。他略微思考片刻，那双豹子眼落在了18团团长林越山身上：

"老林，你们离盘江镇最近的部队是不是1营？"

"1营。"

"营长？"

"吕大山。"

"好，命令1营，立刻向六盘江矿务局行动（注：1966年7月，为了加强三线建设的保密工作，中央和有关部委决定：钢铁企业以"林场"为代号。煤炭企业以"农场"为代号。电力企业以"牧场"为代号。建材企业以"石灰场"为代号。六盘江矿务局代号为六盘江农场。为了方便读者，不讲代号）。命令吕大山，后天上午10点前务必赶到，护卫矿务局机关，保护有关设施，决不允许出现任何事故。"

"是！"林团长和团政委李冰立即站了起来，复述了一遍师长的命令。

肖政委说："现在是非常时期，地方上的情况非常复杂。六盘江矿务局的情况我们又不太清楚，一营教导员又暂时没有到位，这个吕大山，打仗是一员虎将，当铁道兵这些年，打隧道、铺铁路也是一把好手，可是处理煤矿上的事，他和我们一样，都是门外汉。为了保证六盘江矿区不出现任何意外，你们两位现在也马上返回部队，按照会前我和师长给你们交代的方案执行，有什么情况，随时向师长和我报告。"

林团长、李政委立正敬礼，领命离开了会议室。

这是一支英勇善战的铁道部队。它的前身，最早可以追溯到1945年，是中国人民解放军第四野战军在东北组建的一支武装护路队伍。后改为东北民主联军护路军。辽沈战役、平津战役和渡江战役期间，这支部队参加了铁路线护卫、军用物资运输、铁路干线抢修、道路桥梁维护等任务。1950年挥师西南剿匪。1952年改为铁道兵第 × 师，奉命参加了抗美援朝战争。在朝鲜战场上，美军施行"绞杀战"，数千公里的铁道线上，平均每7米就落弹一枚。戴红成和肖新泉在铁道兵第 × 师1团，一个当团长，一个当政委，战斗在最为艰苦、最为艰险的路段。全团官兵不分白天黑夜，冒着敌人的飞机、炮火，浴血奋战，不怕牺牲，抢建抢修铁路、桥梁、车站，和其他兄弟部队一道，用肉体和鲜血，保证了一条"打不垮、轰不烂、炸不断的钢铁运输线"。1954年回国后，参加了宝成铁路、鹰厦铁路建设。1963年奉命开赴越南，担负越南北方铁路、公路的反空袭和抢修抢建任务。去年，他们奉命从越南战场返回国内，征尘仆仆，没来得及喘息，就再次投入了贵昆铁路建设。多年来，戴师长、肖政委带领着这支部队的官兵，抛头颅洒热血、栉风沐雨、披荆斩棘，逢山开路、遇水架桥，流血牺牲、气壮山河，为祖国的解放事业和建设事业，做出了可歌可泣的贡献。刚才，18团在不寻常的气氛中接受了新的任务，在座的各部队、各部门主官们，既感到突然，也感到正常。军令如山，哪里需要哪里去，打起背包就出发。这就是军队，这就是军人，这些都是家常便饭。

墙上的挂钟嘀嗒嘀嗒地响着。这种气氛，沉寂、清晰而威严。

19团团长李家锣终于没有忍住，问："首长，我们是铁道兵，吕大山率领1营正在鹰嘴峰恶战。这是贵昆铁路最关键的一段，建好这条铁路，对援越抗美至关重要。现在鹰嘴峰的隧道还没有打通，怎么就撤下 1 营，调动一个团的兵力，去管起煤矿来了？"

师后勤部政委陈宽泰也问："近来听部队有人议论，说我们铁道兵要分出一些部队，另有新的任务，不知道是真是假？"

戴师长没有回答他俩的问话。他用那双豹子眼巡视了大家一遍，对政委说："老肖，你先讲。"

"好！大家请跟我来。"肖政委站了起来，把大家带到会议室北面墙壁前。墙上挂着一幅巨大的军用《中华人民共和国地图》。肖政委用手指点着地图上相关的位置，话语庄重严肃：

"目前，我国面临的形势非常严峻。美国驻兵朝鲜半岛和日本，占据台湾海峡，挑起越南战火，包括印度在内，形成了对我国南部半月牙形的军事包围圈。据情报部门透露，1964 年，美国制定了袭击我国核设施的行动计划，并且制定了具体的行动方案。包括公开的非核性质的空中打击，利用潜伏在中国的特工进行秘密活动，甚至准备空投小股部队，袭击我核基地的警卫部队并毁坏我核设施等。8 月 4 日，美国第七舰队大规模轰炸越南北方，在中、越边境地区投下了美国的炸弹和导弹。与此同时，我们当年曾经的老大哥苏联，在我国北部的中苏、中蒙边境，西起阿拉木图，东至海参崴，先是陈兵 10 个师近 20 万人，逐渐增加到现在的近百万人，形成了对我国北部又一个半月牙形的军事包围圈。美帝国主义和苏联修正主义，南北呼应遥相配合，把我国置于战争的阴云之中。"

乔参谋长说："看来形势非常严峻。"

孙新海主任问："上级有什么部署？"

栾招远部长问："去年，我们部队奉命从越南撤回国内，是否与应对这一形势有关？"

肖政委看了看他们，继续说："为了应对美帝国主义和苏联修正主义的战争讹诈，为了新中国的安全，1964 年 8 月，毛主席在中央书记处会议上两次提出，要准备应对帝国主义可能发动的战争。今年初，毛主席又明确指出，要放在马上打的基础上部署工作。放在马上打的基础上，是什么意思？想来大家心里都能够明白。周恩来总理在制定第三个五年计划的时候，提出的首要方针和任务是：立足于战争，从准备大打、早打出发，积极备战。要加快三线建设，好人好马上三线。提高警惕，保卫祖国，要准备打仗。"

19团、20团、21团的团长、政委，包括所有的参会者，一下子感到了形势的严峻，会议室里的气氛骤然紧张起来。这种紧张，先是无声无息，沉静的只能听到墙上挂钟嘀嗒嘀嗒的秒针声。秒针的每一声响，都敲击着在座的每一个人的神经。这些经历过无数次枪林弹雨，从炮火硝烟中摸爬滚打出来的老兵，一听到战争，一听到打仗，身躯里的热血骤然聚集起来，沸腾起来。对他们来说，战争与打仗，这是四个极其熟悉又极其敏感的字眼。他们的整个青春，满腔热血，包括生命，始终与这四个字密切相连，融化在一起。肖政委的话，又一次点燃了他们生命的激情。在事关国家安全、国防巩固的重大政治格局面前，他们个个神情激动，眼睛里放射出的光坚毅而灼烈。他们纷纷提问：

"我们师的任务？"

"具体作战位置？"

"什么时候行动？"

肖政委的脸色看上去依然平静，但深沉的目光，厚实的双唇，显示出一种庄重和威严。他没有回答大家的问话，略微停顿了一下，对大家说：

"请戴师长讲。"

戴师长的手里拿着一支黑色的钢质指挥鞭。这支指挥鞭可以伸缩，拉开76厘米，缩起来20厘米，小巧精致，质地优良。全师官兵都知道，戴师长有两样心爱之物总不离身：一个是手枪，一支美国M1911型军用手枪，0.45ACP口径，可以数弹连发，又称柯尔特手枪。它是著名的美国枪械专家约翰·摩西·勃朗宁设计，由柯尔特公司于1911年定型生产。在抗美援朝战争期间，该型手枪作为军队高级指挥员和警卫人员的专用枪，是美军的经典制式手枪，一直维持其在军队高级军官配置长达74年，是世界上最有名的手枪。这是朝鲜战场上的战利品；另一个就是这支指挥鞭（有人私下开玩笑说，那是师长的权杖）。这是当年，一个国民党军官送给戴师长的。在西南剿匪中，俘虏群里的一个国民党指挥官，见戴团长走过来，突然从裤袋里掏出一件金属物品，闪亮着寒光。连长吕大山一个箭步飞扑过去，紧紧抓住那个军官的手。那军官笑了，嘴里说"送给你们长官的礼物"。原来是一支指挥鞭。事后了解，这个国民党军官毕业于黄埔军校，他看到戴团长器宇不凡，将来定是个指挥千军万马的将军，就把这个属于他私人的物品送给了戴团长。当年的戴团长，现在的戴师长，用指挥鞭指点着地图说：

"现在，我们国家的工厂，包括负责生产军工装备和高、精、尖武器的工厂，都集中在大城市和沿海地区，不利于备战，不利于打仗。中央决定进行大三线建设，建立可靠的战略后方基地，防备敌人的突然入侵，以应对我国周边环境恶化的局面。一线，指位于沿海和边疆的前线地区；三线，指包括四川、贵州、云南、陕西、甘肃、宁夏、青海等西部省区，以及山西、河南、湖北、湖南、广东、广西等省区的后方地区，共13个省区；二线，指介于一、三线之间的中间地区。其中，云、贵、川和甘、宁、青，又被分别称为西南三线和西北三线，一、二线的腹地称之为小三线。根据中央军委文件，三线地区在地理位置上，为甘肃的乌鞘岭以东，京广铁路以西，山西雁门关以南，广东韶关以北。这一地区位于我国腹地，离海岸线最近700公里以上，距西面国土边界上千公里，加之四面分别有青藏高原、云贵高原，太行山、大别山、贺兰山、吕梁山等连绵山脉作为天然屏障，是理想的战略后方。"

"请看沙盘"，戴师长把大家带到会议室东面的作战沙盘前，继续说，"云、贵、川地区，属西南三线，是大三线的重要组成部分。涉及航空、航天基地建设，涉及歼击机、潜艇、坦克，以及半自动步枪、手榴弹、炸药等武器的生产。在西南三线的总体布局是：重庆定为常规兵器生产基地。生产常规兵器需要优质钢材，钢材从哪里来？自力更生，自己炼。中央决定在川滇交界的金沙江畔，一个叫渡口（后根据毛主席的批示，改名攀枝花）的地方，建立钢铁生产基地。炼钢铁需要煤炭，煤炭从哪里来？根据勘探资料，贵州六盘江特区，储存着大量的优质煤炭。重庆、渡口和六盘江，地处大西南，深藏于乌蒙山的腹地。这三个地方靠山、分散、隐蔽，构成了一个扇面的三角区域，形成了一个完整的战略系统。为了保密，西南三线的基本建设各项工程，全部由军队或准军事单位承担。目前，按照党中央和中央军委的部署，全国四面八方的建设大军，正披星戴月，日夜兼程，快速向指定位置集结。"

戴师长思维清晰，语言精练，一步一步地把大家引向全师将要开赴的新的战场。所有的参会者面色严峻，目光一直聚焦在戴师长那张威严的脸上，那意思非常清楚：我们师的作战任务？

"我们师的任务不是打仗，是建设，是搞三线建设，是搞西南三线建设。中央军委根据毛主席的指示精神，已经作出决定，筹建一个新的兵种，来实施这项艰巨的战略任务。具体的组建方案和细则，正在制定当中。我和政委今天只是借这个机会，先给各位通通气，吹吹风，一切以中央军委下达的命令为准。我要再次强调一点：这个消息目前严格保密，一律不准外传，违者以军法处置。"

肖政委脸上的气氛有些缓和下来，说："伟大领袖毛主席非常重视三线建设，说三线建设搞不起来，他老人家睡不着觉。说资金如果困难，他可以捐出自己的工资、稿费。说如果没有公路，不通汽车，他可以骑着毛驴到西南三线。为了三线建设的需要，我们师全体官兵，一定要适应这个重大的战略决策转变。各级指挥员，要认真做好所属部队官兵的思想工作，坚决服从命令，一切行动听从指挥。"

的确，这是一个重大的战略决策，也是一个重大的战略转变。会议室里的气氛宁静，沉寂，庄重，威严，空气仿佛也停止了流动，听不到一点儿响动。

就在十几天前，戴师长和肖政委奉命前往北京，开了七八天的会，昨天下午才返回部队。据说这次北京会议很不寻常，高规格、全封闭、要求严，党和国家很多领导人、中央军委领导，都出席了这次会议。开会期间，任何人不准请假，不准离开会议地点，不准做会议记录，不准和会议之外的任何人联系。会议一结束，他俩便即刻返回部队，召开了这次会议。

北京和师部这种开会的方式、开会的规格、开会的要求，透漏出一种极不寻常的气氛。这种气氛让大家都有一种预感，也引起过大家的各种猜测。但对于中央这个重大的战略决策，他们是没有想到的。现在看来，这个重大的战略决策，确实关乎国家的命运，关乎到部队建设，当然，也关乎到全师一万七千多名官兵的前途和命运。现在，大家的心里都已经清楚了。刚才戴师长和肖政委讲的，应该说，就是他们这次在北京开会的主要内容。

戴师长和肖政委这两位部队主官，都是经过长征的老兵，参加了抗日战争。从解放战争开始，两个人就开始搭档，一个是营长一个是教导员。直到现在，一个是师长一个是政委。两个人的性格互补，配合默契，从来就没有分开过。无论遇到什么突发事件，两人只要四目一对，相互间立刻就心领神会，不谋而合地作出决断。会议结束时，戴师长问肖政委：

"宣布吧？"

"宣布吧！"

戴师长代表上级，宣布了一项决定："肖新泉同志不再担任铁道兵×师政治委员职务，调贵州省六盘江特区，任中共六盘江特区区委书记。"

大家一下子全都愣住了。

第一章

1. 两棵杜鹃花

唐代，在今天云南省昭通市昭阳区一带，活动着一个部落，称之谓"乌蛮"。到了 11 世纪，它逐渐强大起来，号称"乌蒙部"。宋朝封这个部落的首领为"乌蒙王"。此后，历代封建王朝都在云南乌蒙王所在的地方设置"乌蒙路""乌蒙军民府"等治所。乌蒙山便因此而得名，且沿用至今。

乌蒙山由三列东北—西南走向的山脉组成，横亘于云南、四川和贵州之间。其地势东北低而西南高，平均海拔 2400 米左右。云南境内的乌蒙山，最高峰海拔 3806 米。贵州境内的乌蒙山，最高峰海拔 2900 米。乌蒙山整个山区为喀斯特地貌，到处是峭拔崛立的峰峦，峡谷深陷。它们远近高低错落，或隽雅、或峥嵘、或秀丽、或崔嵬、或嶙峋如枪刺、或浑圆若柱石，山中有山，峰外有峰，群山起伏，逶迤连绵，真可谓千奇万异，各展风姿。乌蒙山区广布着残丘峰林、溶蚀洼地、峡谷溶洞和地下河流等。境内金沙江、岷江、赤水河、乌江等长江水系发达；南盘江、北盘江是珠江上游重要河流。多条河流纵横其间，地质条件极其艰险复杂。乌蒙山区的国土总面积约 11 万平方公里。这里自然资源极其丰富，蕴藏着铅、锌、铜、煤、森林、水力等。农业呈立体分布，低热的河谷地带盛产水稻、甘蔗、橘子、花生等，温暖的平坝和半山区产玉米、小麦、蚕豆等，高寒山区产土豆、荞子等。

乌蒙山山高路险，地广人稀，散居着汉族、苗族、侗族、布依族、彝族、白族、藏族等二十多个民族。他们勤劳勇敢，民风淳厚，世代在这里繁衍生息。

六盘江，顾名思义，因在乌蒙山腹地的崇山峻岭中盘旋了六道险湾而得名。六盘江的第三道险弯处，就是营长吕大山所在的18团1营工地鹰嘴峰。这里重峦叠嶂，高耸的鹰嘴峰下，是数十丈高的悬崖，刀劈斧削一般。悬崖下的江水，在陡峭弯曲的岩壁激怒下，奔腾咆哮，溅起的浪花有数丈高。晴天，浪花在阳光下折射着色彩斑斓的光。雨天，水雾弥漫，形成的白雾笼罩着六盘江，不流不动，神秘宁静，看上去令人可怕。这是个气象万千，猴子无法攀登、鸟儿落脚困难的地方。

1营长吕大山，奉命带领全营来到了鹰嘴峰下。他所在的铁道兵×师18团，从越南撤回国内后，承担了贵昆线贵州境内的这段铁路建设。

团长林越山从作战股（后来叫技术股）股长手里要过来一卷图纸，交到吕大山手里，指着上距鹰嘴峰顶120多米、下离江水近百米的位置，说：

"吕大山，你给我看好了，就在那儿，鹰嘴峰下，那块凸出来像鹰嘴一样的岩石下面，看清楚了吗？有棵小树，就那棵小树的位置，限你半年时间，给我开出一条隧道。"

全营听了一片哗然。有人咋舌，有人窃窃私语，有人在开玩笑：

"我的天，变只鸟飞上去吧。"

"要不，逮几只猴子放下去，试探试探？"

吕大山听了一笑，说："扯淡，还用逮？我就是一只老猴。一连长龙岩炎，跟我上！"

吕大山身手矫健，敏捷如猴，全营是出了名的。他戴着柳条编的安全帽，腰系着麻织的安全绳，和一连长龙岩炎爬上了鹰嘴峰。他俩从鹰嘴上悬下绳索，一个抢大锤，一个掌钢钎，后来又上去几个排长、老兵，当了几天的吊死鬼，硬是在鹰嘴峰的鹰脖子上，凿出来十几个炮眼。加上喀斯特地貌的自然裂缝和天然溶洞，共填上了十多吨炸药。随着山崩地裂一阵巨响，随着烟雾中漫天的大小飞石落下，鹰脖子被炸开了一个大口子。19团是桥梁团，团长李家锣带领全团官兵顺势而上，很快悬江建起了一座桥梁。经过几个月的苦战，1营提前工期一天，终于在鹰脖子上挖开了一条隧道，昨天下午已经全部贯通了。这本来是值得庆贺报功的事，可吕大山命令：

"对外封闭消息，全营放假一天，自己先偷着乐。"

挖通这条鹰嘴峰隧道，吕大山带领全营官兵们流了多少汗水，打断了多少根钢钎，磨毁了多少台风钻，用了多少吨炸药，经受了多少磨难，出现过多少次险情，一切的一切，都没有必要再详描细说了。

你想想，单就这外部的地理地貌、山野环境，这些摆在眼前能够看到的，就让人心惊神疑倒吸凉气。更为可怕的还不是这些，而是在隧道的内部。开挖过程中遇到的地质构造，可以说是怪诞诡异险象环生。沉积岩、岩浆岩、变质岩、泥质页岩交织在一起，含盐层、含硝层、含石膏层、岩溶等，随时都会碰到。由于受区域性深大断裂带影响，岩层结构错乱，裂隙较多，呈破碎状四处延伸，个别岩隙涌水量日达数百上千吨。遇到岩爆，一声巨响，数百上千吨泥沙石块涌流，瞬间堵塞大半个隧道。

但是，不管地质构造多么复杂，隧道施工现场多么险恶，在1营面前，结果是隧道挖通了，任务完成了，工期还提前了一天。"钢铁营"的旗帜依然在1营飘扬。

这天中午，鹰嘴峰下1连的露天食堂热闹非凡。

吕大山叼着一根燃了大半截的乌江牌香烟，端着半碗三花牌白酒，站在一块石头上，大声说：

"弟兄们，为了打通鹰嘴峰隧道，你们三班倒、连轴转，不分白天黑夜，不知道晴天雨天，心里面只有风钻、钢钎、炸药、隧道、进度。1连，不愧是我们钢铁营的先锋连，在这里，我先敬大家一杯，来，干杯！"

吕大山说完，端起碗一饮而尽。他跳下石头，又斟上半碗酒，拎着大半瓶三花酒，走到连长龙岩炎跟前，不由分说地往他的碗里倒，边倒边说：

"龙子，这碗酒我俩一起喝，感谢你陪着我，在老鹰脖子上打进了第一钎。没有那天的第一钎，就不会有今天这三花酒。"

1连长龙岩炎已经有些醉了。他一米七八的个子，身材细长，嘴巴宽阔，眉毛粗黑，两个眼睛很大，像一双牛眼，炯炯有神。对于初次见到的人，不熟悉的人，他会瞪着眼睛看，那目光是喜是怒是愁是乐，让人猜不透，不可捉摸。加上他不知故意还是无意，有时会愣着大半天不说话。这种沉默，会让初次见到他的人心里没底，直打鼓，不知道他葫芦里到底要卖什么药，心理素质不好的人会有些发毛、发怵。现在的龙岩炎，没戴军帽，平头短发，衣领敞开着，干瘦的脸上看不出颜色，是黑是红是黄还是这些颜色的混合，真的看不出来。清晰可见的是他那脖子上的青筋，一条一条的，在激烈欢快地暴跳着。熟悉他的人都知道，就像他凸出暴跳的青筋，这是一个性情外露心直口快的人，是个遇事敢作敢为从不怕死的人。他摇摇晃晃地站起身来，一把夺过吕大山手里的酒瓶子，往自己的酒碗里倒，嘴里说：

"老猴子，今天夜里，你要是再来1连查铺，要先通知我，不能对我们连搞突然袭击。"

"查铺？"

"是的，查铺。1连的弟兄们，这段时间玩儿命干，多少天没休息，多少夜没合眼，你我心里都清楚。现在大功告成，要让他们好好睡上一个安稳觉，怎么样？"

"啥怎么样？"

"老猴子，你别给我打马虎眼，说，答不答应？你要是答应了，这瓶里的酒我一口干。"

"好！"

"好！"

"营长答应了，我们替连长干！"

"对，我们替连长干！"

"营长要是答应了，我们都干！"

露天食堂的兵们在起哄，爆响起一片掌声、吆喝声、欢笑声、叫嚷声，热烈喧闹。树上的一群鸟儿受到惊吓，呼呼啦啦地四散开来飞向了别处。灌木丛里两只苍黄色的野兔，半立起身，探起两只前腿，瞪着又大又圆的兔眼，向热闹的兵们投去惊异、警惕的目光。然后放下身子，转回头不慌不忙地一蹦一跳地跑了。

1连官兵们的起哄，是因为他们，包括吕大山在内都知道，龙岩炎连长的这句话里有故事。

1营刚刚来到这里时，在六盘江的第三个拐弯处安营扎寨。这里没有一块平地。吕大山带领官兵们，在地势略微平坦些的半山坡上，在嶙峋怪石杂树野藤中间，搭起了二十几顶大大小小绿色的帆布帐篷，中间蹚出了一小块平地，作为营里会操、拔河、打篮球的活动场地。这荒山野岭，原本就是动物们的乐园。蜈蚣、节虫、蚂蚁遍地，毒蛇、蟒蛇、蝎子横行，穿山甲、黄鼠狼、地老鼠、刺猬四处盗洞，山鸡、野兔在草丛里欢叫跳跃，山雀、老鹰、黄鹂鸟在天上恣意飞翔歌唱，猴子们更是在树丛里、藤蔓间嬉戏打闹，跳来跳去，发出吱吱的叫声。

自然界凡是有生灵的地方，无论是谁的地盘，都不会轻易让别人侵占。自从1营驻扎在这里，抢占了动物们的地盘，搅乱了它们天堂般的生活。动物们用自己的特殊方式向入侵者表示：我们也不是好惹的。

战士们下班回来想睡觉，翻开被窝会发现一条大蟒蛇正在盘头酣睡。半夜下床穿鞋去撒尿，保不齐你会听见有人"哎哟"尖叫一声，原来鞋里钻进了一只毒蝎子，脚丫子很快肿胀得像发面馒头。连住在树上的鸟儿也不欢迎他们，经常生气地把屎落在他们洗干净的衣服上、被单上。更有胆大的鸟，你正在走路，趁你不防，哗啦一泡稀屎，落在你的头上、身上。猴儿们更是心生敌意，经常与战士们冷战。施工路上，猴子们时不时地从山上的野藤树丛里，往战士们的头上抛石头，扔野果子。战士们搭在绳子、小树上洗晒的衣服，经常被猴子们收走，穿在小猴崽子们的身上。

你想想，这是一种什么样的生存环境？

一个星期天，后半夜。1连2排的战士们劳累了一天，正在帐篷里的大通铺上呼呼酣睡，突然听见一个战士大喊：

"不好，快起来，营长来了，查铺。"

全排立刻惊醒。打开手电筒一看，哪有营长？是一只老猴子，带着一只半大的猴子，钻进了帐篷。这两个猴家伙胆大妄为，毫不顾忌，正龇牙咧嘴地翻着战士们的挎包，揪剥着不知道是谁的军装，咔嚓咔嚓啃着铁罐头盒，撕着纸烟玩儿。那只半大的猴子还把一顶柳条安全帽，歪歪扭扭地戴在头上，遮住了半张猴脸，活像个来给战士们演小品的滑稽演员。面对着夜袭的猴子，全排战士惊而不怪，慌而不乱，拿起棍棒镐头钢钎等家伙，做着各种动作，大声吆喝着，虚张声势地驱赶着猴子。有人嘴里开着玩笑，说：

"这夜里查铺，不光营长来了，咱们连长也来了。"

这消息不胫而走。第二天中午在隧道口吃饭时，传到了吕大山的耳朵里。不过，在传的过程中进行取舍，作了改编，成了只是营长来2排查铺，没了猴子，也没了连长。吕大山听了很纳闷，质问1连长龙岩炎：

"净瞎扯淡！昨天夜里，老子去查的是3连，啥时候去查的你们1连？"

"光说你去了？他们说我也去了，跟着你去的。"

龙岩炎也是一肚子的委屈。他向吕大山抖搂了实底。吕大山正扒拉到嘴里一口饭，还没有咽下去，听了龙岩炎的话，一口呛着，憋得两只眼睛溜圆。他终于还是没有憋住，噗的一声，像吐出一朵飞溅四射的花儿，把嘴里的那口饭喷了多远，接着是哈哈大笑，笑过之后骂道：

"这帮小混蛋。"

天已经晴朗，洁白的云像一朵朵棉花，在天上随意飘着。太阳光彩夺目，洒下一片金光，映照着露天食堂的兵们。这里有一句俗话：天无三日晴，地无三里平。这么晴朗的天气，确是乌蒙山区少有。兵们个个兴高采烈的，嘴里喊着"四季梅""五魁首""六六六""七个巧""八大仙"猜酒令，乒乒乓乓地碰着茶缸、大碗，大口小口地喝着苞谷酒、米酒。一根根乌江牌、金沙江牌、朝阳桥牌香烟，噙在官兵们的嘴里，潇洒优雅地吐出一团团烟雾，一串串烟圈。一张张酒喝多了变麻木笨拙的嘴，东一口西一口山南海北地神吹牛侃着。

"饺子饺子，吃饺子了，猪肉拌野韭菜馅的！"

炊事员穆玉秀大声喊。这个贵州凯里兵，小巧精瘦，从伙房里出来了，头上戴着一顶变了色的白帽，穿着一身斑斑点点油腻的炊事服，咧着一张憨憨傻傻的大嘴，把一大铁盆饺子放在了一块大石头上。紧随其后的是炊事班长郭永明，胖乎乎的，湖北恩施利川县兵。他的两手掂着两只洋铁桶，里面是汤，上面飘着一层油花和野葱花，嘴里叫着：

"喝汤喝汤，香的很，管饱。"

杨副营长大喊："小慕，先弄一盘饺子端过来。小郭子，汤，端盆汤来。"

杨副营长爱喝酒，也能喝酒，脸上红扑扑的，看来酒没少喝。

饺子和汤端来了，杨副营长大概是酒喝多了，心里火烧火燎的，吹了吹碗里的热汤，先喝了几口，然后咂巴着嘴，品着滋味，嘴里嘟囔道：

"妈的，啥味？"

"今天的汤，是天鹅肉炖的，这么好喝？"

不知是哪个兵大声喊。兵们听了，一哄而上，你一缸子我一碗，三下五除二的，就把两桶汤舀得底朝天。不少人吵着嚷着：

"这么好的汤，咋从来没喝过？"

"这隧道打通了，炊事班的手艺也见长啦？"

"还有没有汤了？再弄一桶来。"

吕营长喝了几口，感觉味道确实有些异样，叫来郭永明，问：

"这啥汤？"

"龙凤汤。"

"龙凤汤？啥做的？"

郭永明支支吾吾的，半天没说出个所以然。

吕营长生气了："咋，还保密啊？"

郭永明贴着吕营长的耳朵，悄声说："连长让弄的，三条大蛇，一只老鹰，不让说。"

"肉呢？"

"锅里。"

"留着，晚上喝酒。"

陈来道副教导员酒喝得不多，吃了几个饺子，就没有再动筷子，只是一根接一根地抽烟。他的眉头皱着，脸上没有阳光，看样子有心事，好像还不浅。

吕大山狼吞虎咽地吃了几个饺子，还没来得及再喝汤，营部通信员小陈急匆匆地跑来了，在吕大山面前立正站稳敬礼：

"报告营长，团长电话。"

"操，这是谁走漏了风声？"吕大山说着，自己先笑了，"是不是团长想来喝酒？"

他端起碗，咕咚咕咚干完酒，顺手从陈副教导员嘴里夺过烟，狠狠吸了一口。他觉察到味道有些不对，拿起烟看了看，说：

"老陈，芦笙牌烟啊？这么好的烟，啥时候弄的？吹着芦笙想媳妇，肯定是哪个相好送给你的吧？有了相好的要报告，别一个人偷着乐。"

陈副教导员那张满是心事的脸，一下子红了，掠过一丝苦笑，没有回答。

吕大山摆了摆手说："还不好意思啊？好了好了，以后再审你。你替我，接着跟他们干，干不倒他龙岩炎，今天夜里，你来1连查铺。"

吕大山走了，身后留下了串串笑声。

鹰嘴峰下，这笑声不光来自1连，也来自全营的官兵，他们都在笑。郎朗的笑声，带着打通隧道后的激动，带着庆贺胜利的喜悦，把鹰嘴峰下的山野弄得春光遍地流淌，一片喜气洋洋。

吕大山营长刚才敬酒时站的那块大石头旁，两棵杜鹃花已开了。这两棵杜鹃花，大概是背风朝阳，得益于天时地利，开得有些早，开得很鲜艳，花朵儿像是被鲜血涂染了一样，红得格外耀眼。其实，乌蒙山里的春天已经不知不觉地来了。不知道什么时候，满山遍野的各种花都开了。那些花真美。紫色的、黄色的、白色的、玫瑰色的，一簇簇一片片，山花烂漫，生机盎然。

杜鹃花也叫映山红、山石榴。据说它的红色与一种叫子规鸟有关。子规鸟也叫杜鹃。相传周朝末年，蜀地君主杜宇因冤屈深重而亡，化为了杜鹃鸟，日日夜夜鸣冤啼叫，声音凄楚悲凉，以致口中滴血染红了花朵，这就是杜鹃花。唐朝有个叫成彦雄的写道："杜鹃花与鸟，怨艳两何赊。疑是口中血，滴成枝上花。"冤魂悲啼子规鸟，滴血染红杜鹃花。很多人喜欢杜鹃花，颂扬杜鹃花，但有多少人知道它最原始的含义？

就在这个地域，几十年后成为乌蒙山一个著名景区：杜鹃花海。

2. 进兵盘江镇

营部，吕大山正在接林团长电话。

团长林越山在电话里发火，因为营长吕大山告诉他，不知道六盘江矿务局在什么地方。

"连部队所在地区有什么单位都不知道，你是干什么吃的？整天的光知道挖山打洞，拿尺子量进度，你是个军人，不是工人，知道吗？（就因这话，林团长后来付出了极其沉重的代价）啥叫备战？啥叫要准备打仗？啥叫要放在马上打的基础上部署工作？要是真的马上打起仗来，你把部队往哪里带？如何行动？如何到达指定位置？你就是一只无头苍蝇，死无葬身之地。部队驻地所在区域的单位、村庄、地形、地物、道路、桥梁、风土、人情，都应该了如指掌。带兵这么多年，这起码的军事常识都不知道，还让我教你啊？吕大山，你给老子听好了，我不管你知不知道六盘江矿务局在哪儿，必须按命令执行，贻误了军机，看我怎么收拾你。"

林团长啪地扔下了电话。

吕大山刚才的高兴劲儿，一下子全没有了。胜利后的满腔喜悦，在团长的训斥中立马烟消云散，像一辆满载收获的大卡车，轮胎被锋利的钢筋刺穿了个窟窿，噗嗤一声气全泄了。

林团长这个人全师闻名。突出特点是资格老，能打仗，脾气大，爱骂人。听人说，没有第三人在场时，敢和戴师长叫板。也有人说，戴师长很少和他较真儿。见他耍横，塞他一包香烟，或是半瓶酒，骂他"快滚，按命令执行"。这林黑子，咧着嘴乐呵呵地走了。他是个西北人，大家都叫他西北汉子，从来是玩笑归玩笑，执行命令从不含糊。他一米八二的个子，面皮粗糙黝黑，人起外号林黑子。鼻梁高，鼻头大，像蒜头。尤其是他的那两颗门牙，极其有性格地向外挑着，把那两片厚实的嘴唇支撑开，凸出来。他的那张嘴，像是一条永不设防出入自由的通道。他1938年参加革命，一直是彭德怀（彭总后来当了三线建设副总指挥，两人见了一面，不久，林团长被隔离审查）部下的战将，特别能打仗。从西北战场一直到朝鲜战场，打过无数次的大仗恶仗。戴师长还是营长、肖政委还是教导员时，他就已经是西北野战军主力团的团长。庐山会议上，彭总受到了不公正待遇，林越山受到牵连，来到铁道兵当团长，一直干到现在。

平心而论，吕大山不知道六盘江矿务局，确实很正常。虽说是都在同一个地区，但这里不是平原，不是一马平川，不是一览无余的开阔地带。这里是乌蒙山区的腹地，山高路险，峡谷纵横，偏僻荒凉，人烟稀少。驻扎在这个地区的单位非常零散，它们分布在大山深处，消息也闭塞。更重要的是有保密规定，很多单位相距咫尺却相互不知，互不来往。一位从哈尔滨军工学院毕业的大学生，分配到贵州参加三线建设，同家人通信的地址写"贵阳市××信箱××分箱"。家人看到贵阳市三个字，知道那是省会，是大城市，非常惊喜。母亲身体不好思儿心切，父亲陪伴着母亲坐了几天几夜火车。到了贵阳一打听，才知道这个信箱的单位根本不在贵阳市，而是在远离贵阳市几百公里以外的深山里，还要再坐三四天公共汽车，下了车再步行走两三天的山路。父母亲无奈，含泪返回了哈尔滨。

吕大山率领1营，自从进了鹰嘴峰，除了到团里开会，几乎没有离开过营区。他天天和战士们摸爬滚打在一起，日日夜夜就是风枪、炸药、隧道，隧道、炸药、风枪，哪有工夫去关心什么这个矿、那个局的？不过，经林团长刚才这劈头盖脸的一顿骂，吕大山终于有些清醒过来了。他意识到，团长骂得有道理。自己是个军人，是个营长，军人的天职是什么？看来，吕大山与林越山那座山相比，确实矮了一头，不服真不行。

陈来道副教导员和杨正温副营长，也都涨红着脸回到了营部。他们多年养成的军人习惯，一听说是团长电话，怕有军情。他们见吕大山趴在木头工具箱上，眼前摊着地图，嘴里衔着铅笔，两手在地图上正在寻找什么。当听说部队真的有行动，有任务，杨副营长的酒立刻醒了一半，问吕大山：

"去煤矿？去挖煤，当煤黑子啊？团长他，他这是啥意思？"

"怎么和煤矿打起交道来了？"陈副教导员也不理解。

"去煤矿，就是要挖煤啊？啥叫当煤黑子？扯淡。"吕大山不耐烦地说，然后指着地图，"找到了，六盘江矿务局找到了，在盘江镇，离这里 130 多公里。"

这时，电话铃响了。团政委李冰打来的，他问吕大山：

"找到了吗？"

"报告政委，找到了，在盘江镇，离这里 130 多公里。从地图上看，全都是山路，山高沟深，翻山越涧的，加上这条路从来没有走过，不熟悉，现在出发，后天上午十点前赶到，心里真没有底。"

"130 公里嫌远？吕大山，你不要给老子找客观原因，什么山高沟深，翻山越涧的？"

电话里的声音突然变了，炸雷一般，是林团长。他夺过政委手里的电话，大声说："当年红军飞夺泸定桥，一天一夜强行军 240 里，天上下暴雨，后面有追兵，边行军边打仗，沿途是悬崖峭壁，深沟怪石，那样的路他们走过？他们熟悉？还不是照样按时完成作战任务？"

啪的一声，林团长把电话挂了。

陈来道副教导员听说赶往盘江镇，倒显得轻松起来，微笑着说："营长，别急，我知道一条近路，后天上午十点前赶到，肯定没有问题。"

"嗒嘀嘀嘀嗒嘀，嗒嘀嘀嘀嗒嘀……"紧急集合的号声在鹰嘴峰下响了起来。

全营集合完毕，吕大山简要作了行动部署和战前动员，最后命令：

"1连作为先遣连，即刻出发。"

虽说是在崇山峻岭中，山道弯弯陡峭狭窄，但毕竟是抄了一条近路，少走了将近30公里的路，加上弯曲的山道经山里人祖祖辈辈长年累月的踩踏，又有了陈副教导员带路，走起来也还顺利。傍晚时分，山风乍起，有些寒气撩人，团团烟雾弥漫在山顶，吕大山和1连来到了一个小山寨。

这个寨子不大，周围群山环抱，一条大河从寨子西北面的山洞里流出，经过寨子的南侧，往东南流向了大山深处。眼前的山坡和沟底，散散落落的有几十户人家。有些山坡高处人家的房子，淹没在傍晚的烟雾之中，时隐时现。和寨子隔河有一座庙宇，早就被废弃了。吕大山瞭起眼睛看了看寨子，察看了一番周围的山势地形，问陈副教导员：

"老陈，这个寨子，是不是叫凉透河？"

"是的，凉透河。你知道？"陈来道有些吃惊，"这里离盘江镇，六盘江矿务局的所在地，不到20公里。"

吕大山没有回答他，说："今天夜里，在这庙里宿营，明天早上五点半出发。"

第二天黎明，烟雾依然没有散去，寨子依然被团团白色烟雾遮盖着，随着烟雾飘动，房舍影影绰绰时隐时现。出发的时间到了，龙岩炎集合好部队，却不见了吕大山，问了所有的人，都说不知道营长的去向。执行任务途中主官丢失，这还了得？

"昨天夜里谁站岗？出列！"龙岩炎大声命令。

一班长杨遵义，战士梁国秀、宋小生、刘红轮出了队列，委屈地站成一排。龙岩炎气得挽起袖子，在他们几个人面前来回走动，挥着拳头，看样子想揍人。他嘴里吼道：

"你们是干什么吃的？这要是在战争期间，敌人没把你们哨兵干掉，倒把长官给弄走了，会是什么结果？"

刘红轮说："凌晨不到五点，见营长去了厕所，回没回来就不知道了。"

"为啥？"

"我下哨了。"

陈副教导员焦急万分，不停地来回踱着步，一会儿看看表，一会儿看看天。他拉过龙岩炎，低声吩咐道："老龙，这个地方，历史上比较复杂，当年剿匪，这里是重点地区。10分钟后见不到营长，立即包围这个寨子。"

然后，陈副教导员命令司号员："吹号，令营长立即归队。"

司号员吹响了名目号（注：军号有统一的密码，一般分为四种：1. 战斗号谱——发布指挥战斗命令；2. 勤务号谱——用于部队起居作息；3. 名目号谱——用于表示部队、单位、指挥员；4. 仪式号谱——用于部队举行的各种仪式）。

军号声清澈明亮，穿透寂静的晨雾，惊动了凉透河。晨雾里跑来了几个早起的乡亲，背着粪篓，牵着老牛，赶着山羊。他们看着眼前的军人，神情有些复杂，总体上是感觉奇怪。这寨子里，啥时候驻上了部队？一夜之间，哪来的这么多解放军？

吕大山出现了，是从厕所里出来的。

庙的东边是一片小操场，走过操场是一个厕所。吕大山歪戴着军帽，几乎是在小跑，边跑边扣着军裤扣子，一副急匆匆的落魄像。他看着整装待发的队伍，自己还没站稳，也没等龙岩炎敬礼报告请示，挥手命令：

"出发！"

很快，吕大山已经把自己规整得利利索索的，一副标准的军人形象，只是面色没有改变，一直阴沉着，走路想着心事，一言不发。陈副教导员掏出芦笙牌香烟，递给吕大山，吕大山显得极不耐烦，嘴里道：

"老子不抽！"

他气哼哼的，伸手挡了回去。龙岩炎皮笑肉不笑的，从陈副教导员手里拿过那支烟，塞进自己嘴里，有滋有味地大吸一口，悄悄地问：

"老猴子，到底去哪儿了？找女人？你不是这样的人啊？"

吕大山红着脸，没搭理他。

他见吕大山没有反应，接着又往下戳："我去厕所检查过，那厕所后面没有墙，是一片小树林，你到底去哪儿了？"

吕大山急了，大声命令："龙岩炎你给老子听清楚了，顺这条路，一直往前走，翻过两条沟，越过三个山头，有个三岔路口，往左拐，最左面那条路，一直往前走。走错了路，看老子怎么收拾你。"

"营长，从凉透河到盘江镇，看来你很熟悉噢？"陈副教导员听了，有些吃惊。

吕大山也没回答他。脸色依然像眼前的天气，阴云密布。

翻过一条山沟，爬上一座大山的半腰，盘旋着一条简易公路。路面宽窄不一，宽的地方有三四米，窄的地方勉强可以过去一辆卡车。路面是红土碎石铺就，坑坑洼洼。雨不知不觉下了起来，淅淅沥沥的。道路开始变得泥泞不堪，官兵们个个成了泥人。在一个低洼拐弯的地方，发现了一条深沟，半米多宽，一米多深，齐横着断了公路。大概是被几天前的暴雨山洪冲的。这时，传来了一阵歌声：

> 我们年轻人，
>
> 有颗火热的心，
>
> 革命时代当尖兵。
>
> 哪里有困难，
>
> 哪里有我们，
>
> 革命路上打先锋……

歌声吸引了 1 连官兵的目光。他们抬头望去，迷蒙的雨雾中开过来一辆大卡车，车厢上没有车篷。接着又出现了第二辆。雨雾中影影绰绰看见，卡车的大厢上站满了人。有人把雨衣、衣服、床单等撑开了，顶在头上。也有人什么都没有披戴，任凭细雨飘洒在头上身上。他们个个激情满怀，兴致勃勃地唱着。卡车司机不知道前面有危险，兴高采烈地把车开了过来。

"停车！停车！"

"快停车！"

吕大山和 1 连的官兵们，着急地向他们挥着手，大声呼喊着。

这段路是个斜坡，卡车是从坡上往坡下行驶，风是迎着吕大山他们吹的。烟雨蒙蒙，二三十米外就一片混沌。卡车司机既没有看见迎面的一队泥土一色的军人，也没有听见这队军人的呼喊。卡车依然跌跌撞撞，不知死活地顺坡行驶过来。吕大山举起手枪，朝天"呼呼呼"打了三枪。那卡车依然没停下来。龙岩炎紧接着也开了两枪。终于，卡车吱吱扭扭地吭哧着，在离他们几米远的地方，极不情愿地停了下来。

这车上是一批刚刚毕业的学生，是陕西煤炭技术学校的毕业生。他们经过严格的政治审查，分配到盘江特区参加煤矿建设。带队的是个女的，她跳下驾驶室，冲着吕大山喊：

"解放军同志，你们是不是想搭车？"

"停车，马上停车，前面有沟，非常危险！"

"再开就车毁人亡！不要命了？"

吕大山话音未落，龙岩炎又补上一句，把气氛弄得紧张起来。

司机赶紧下了车，跑到前面看了看，回来时像卖货郎摇晃着拨浪鼓，直摆手。他对那个女的说：

"柳老师，赶快吧，让同学们快下车，搬石头填沟，真的是太危险了。要不是解放军同志，我们……嗨，赶快下车吧。"

柳老师的名字叫柳晓雪，陕西米脂人，二十四五岁的样子。自古米脂出美女，这个柳老师，应该算是个美女。鸭蛋一样白皙的脸，小巧直挺的鼻子，蚕眉杏目，梳着两条齐肩短辫子，一米六左右的个子，身材瘦小，曲线分明，长得娇小玲珑，漂亮迷人。她是这队学生的老师。这是个热血沸腾的火红年代。毛主席"向雷锋同志学习"的伟大号召，《青春之歌》《欧阳海之歌》等文学作品的熏陶，培育了一代风华正茂的年轻人。他们怀着一颗火热的心，意气风发地在革命路上打先锋，在社会主义建设的艰苦环境中锻炼自己。柳晓雪和她的学生们，就是这样的一批时代青年。他们怀着一腔青春的热血，响应党和国家号召，离开了生活环境舒适的学校，来到偏远艰苦的乌蒙山区，投身于西南三线建设。柳晓雪的心情显得很激动，脸色微微发红，乌黑的秀发上挂满了雨珠。她紧紧拉着吕大山的手说：

"解放军同志，谢谢你们！"

吕大山的手很黑，满是硬茧。那是一双拿过枪、握过钢钎、抡过铁锤、搬过石头的手，磨炼得硬如铁棍黑如非洲土著人。他的手被柳老师的手紧紧地握着。柳老师的手纤细白皙柔软，富有弹性。黑白硬软的两只手握在一起，像正负两极接通的电流，霎时间通遍了吕大山的全身。吕大山浑身酥麻，有些不知所措。至于他对柳老师说了什么，柳老师对他说了些什么，吕大山的脑子里一片空白。

吕大山后来回忆，脑子里只是记得，他和龙岩炎带领1连，离开了柳老师他们，跨越了简易公路，爬上了山间小道，向盘江镇进发时，他不由自主地回过头来看，见柳老师和她的学生们，在蹦着跳着，欢呼着，挥动着很多只手，向他们表示感谢，告别。那样子，活像一群刚刚出窝的雏鸟，不停地扇动着欢快欲飞的翅膀。吕大山还看见，那几辆大卡车的车厢板上，用白颜色写着洗脸盆一样大小的字："好人好马上三线""为三线建设献青春""一不怕苦二不怕死"等标语。

吕大山率领着 1 连，上了一个山头，下了一个山坡。越过一条峡谷，又上了一座山。这里真的是山连着山，谷连着谷，一峰相送一峰迎，地面没有 3 里平。第二天上午，吕大山率领 1 连，气喘吁吁地站在了一座山头上。终于，眼前的景致变了，极目远望，一下子豁然开朗起来。

山下摊开着一片较大的平坝，有两三平方公里的地面。最醒目的是几个铁架子，在靠近山脚的位置，间隔着不等的距离，高高地耸立在那儿，顶部飘扬着三角形红旗。平坝和周围平缓的半山坡上，散散落落地盖着一些两三层高的楼房和平房，有些房顶的烟囱里冒着缕缕青烟。一条公路从镇的中间穿过，不时有大卡车、拖拉机行驶，拖起一股股烟尘。

陈副教导员凑上来说："到了，营长。盘江镇，六盘江矿务局就在这镇上。"

"用你说？解放前这里是双凤县城，老子在这里打过仗，剿过匪，牺牲有战友。"吕大山回答过陈副教导员，自言自语地嘟囔说，"妈的，啥时候改成了盘江镇，白遭了林黑子一顿骂。"

3. 煤场枪声

吕大山带领 1 连，沿着一条弯弯曲曲的盘山小道，快速下山。他们刚到了山底下，还没进盘江镇，迎头遇到了一件非常棘手的事情。

就在这山脚下不远，耸立着一个高高的铁架子。那是井架，下面是矿井。离井架不远，是一个煤场，堆着从井下挖出来的煤，小山一样。煤堆前的人很多，很嘈杂，很忙乱，可以说是一片忙乱。七八辆大卡车停靠在煤堆边，放下了一侧的大厢板，有人用铁锹往车上哗啦哗啦地刨煤。穿着各种服装的老百姓，男女老少都有，背背篓的，挑箩筐的，推独轮车的，驴拉着两轮车的，甚至有的扛着麻袋，端着小簸箕。他们来来往往地奔忙着，满脸喜悦地在抢煤。五六个穿着劳动布服装的，是煤场的护卫人员，他们不停地来回跑着，这边拦那边挡，嘴里不停地劝阻着：

"这是国家财产，不能往自己家里弄！"

"求求了，大爷大妈们，兄弟姐妹们，不能这样，不能这样。"

抢煤的人把他们的话当成耳旁风，根本不听，依然在抢，一边抢一边说：

"听说你们矿，马上就要散伙了，还管这些干个浪贼（土话：啥）？"

"这些煤，都是从我们这里的地下挖出来的，我们咋就不能烧噻？"

一个护煤员二十多岁，见劝说无效，急了，他跳上一辆大卡车，挥着铁锹哗啦哗啦往下卸煤，嘴里不停地喊：

"阿龙，你小子太没有王法了。这煤是国家财产，不是你私人的，你已经拉过两车了，真的不能再拉了。"

"你他妈的管得太宽了吧？再拦，老子整死你这个烂私儿，信不信？"

骂这狠话的阿龙，也是二十多岁的样子。他从驾驶室里钻了出来，站在脚踏板上，嘴角斜叼着烟卷，用手指着护煤员骂。

护煤员毫无惧色，继续往车下卸煤。

阿龙真的愤怒了，眉毛竖起眼睛里冒着凶光。他扔下嘴里用旧报纸卷的半截香烟，跳上了车厢，去夺护煤员的铁锹。车厢上，两个人你抢我拽地厮打起来。

迎头遇到这种混乱，让吕大山一时感到不知所措。要不要制止？如何制止？需要他立即作出决断。

突然，有人发现了吕大山他们，大声喊："解放军来了！解放军来了！"

人们停止了哄抢，抬头看着这些从天而降突然出现的解放军。

有些人在发愣，有些人在交头接耳地悄声议论。阿龙像是见过世面的，很快醒悟过来，说：

"解放军是管剿匪的，打仗的，我们又不是国民党，又不是土匪，怕他们个浪贼？"

"就是嘛，他们就是145团的，418团的，又能把我们唧样（土话：怎么样）？"那个装煤的也说。

"是的嘛，解放军是打仗的，剿匪的，又不管煤，背！"

一些人也缓过神来了，嘴里附和着，又动起手来，继续往背篓里、车厢上装煤。

煤场又开始混乱起来。

几辆装满煤的卡车，晃晃悠悠地开出了场外。几辆空着的卡车从外面开进了煤场，在坑洼不平的地面上，像一头头饥饿的野兽，一蹦一跳地张着大嘴冲着煤堆开了过来。

吕大山把1排长盛国祥叫来："去，把卡车上那个护煤员叫过来。"

护煤员来了。吕大山问：

"你叫什么名字？干什么的？"

"许刺猬，煤场护卫员。"

接着，吕大山又询问了许刺猬一些情况。然后，他把1连长龙岩炎叫到一边，对着他的耳朵吩咐了几句。吕大山和陈副教导员，带领3排、4排，离开了煤场，前往六盘江矿务局机关去了。背后，听见龙岩炎在大喊：

"1排、2排听我命令，立即封锁煤场，保护国家财产，一块煤也不许再流出院外。"

过去的双凤县城，虽说是现在改成了盘江镇，却依旧保留有老县城的格局和遗迹。

一条主街南北走向，十多米宽。两边是参差不齐高低不一的楼房，两层三层的都有，平房居多。也有不少空敞着的院落，院落里盖着平房，房顶上盖着油毡、石棉瓦，也有的铺着茅草、片石。屋脚下的背阴处，一头小肥猪闭着猪眼，懒洋洋地趴着。一只棕黄色的狗，在一家门前卧着，支撑起两条前腿，两只耳朵竖着，狗眼警惕地四处张望着。一些楼房或平房的大门口挂着牌子，写着供销社、邮电所、百货商店、大车店、公共汽车站、盘江中学等。这天，正好是个赶场天。街道两边摆着货摊，卖青菜、萝卜、土豆、红薯、馒头、砍刀、铁铲、蓑衣、斗笠等。眼前的行人不是太多，却也熙熙攘攘地南来北往。他们有的手拿砍刀、怀抱公鸡、背负竹篓、脚蹬草鞋步伐匆匆，有的头戴斗笠、身披蓑衣、光着脚丫、两手空空，走了一步像是在思考着要不要再走下一步。这个山区城镇，既散发着大山深处古老古朴的原始气息，又具有文明社会的现代化元素。

大街西面的中间位置，有个大院，两扇大铁门敞开着。大门口左侧挂着一块木牌，白底红字：中国共产党六盘江矿务局委员会；右侧也挂着一块木牌，白底黑字：六盘江矿务局人民委员会。吕大山有印象，这里原是老县衙的院子。老县衙八字形外开的门面，院内的房屋全都被拆除了，院子扩大了很多。进大门几十米正对面，一栋三层楼，看上去庄重气派。

这里是局机关办公大楼。

大院里，办公楼前的一侧是个停车场。停着一辆南京产的嘎斯牌卡车，一辆中吉普，颜色看上去都很新，大概是出厂时间不长，或者是平时用得不多。还有两辆解放牌大卡车，三辆东风牌卡车。十多个人正在忙碌。他们七手八脚地从楼里往外搬东西，床、桌子、椅子、柜子等，往卡车上装。还有四个人抬着一个铸铁保险柜，像是揪着一头死活不肯出圈的大肥猪，吭吭哧哧的，很费劲地往那辆嘎斯牌卡车上装。

这样的场景，有点像军队机关调动换防搬家。

大院的另一侧，是一排平房，有五六间。正中一间的门口挂着一块本色木牌，上写"机关食堂"几个大字。食堂里出来一个男子，一脸麻子，五十多岁的模样。他肩上背着一个布口袋，鼓鼓囊囊的，手里提着一个大猪头，正往大门口走。猪嘴里哩哩啦啦的，不时往下滴答着血水。突然看见来了这么多兵，男子的神色一下子变得诧异，不自然起来，声音有些飘浮，有一种做贼的心虚。他问：

"你们是 145 团，还是 418 团的？"

看来这 145 团和 418 团，在这里名声不小。没错，当年在乌蒙山区，这 145 团和 418 团，那真可以说是威名远扬，声震乌蒙，至今依然名声不减。

1950 年至 1952 年，中国人民解放军西南军区所属野战部队和地方武装，在川、康、黔、滇地区进行大规模的剿匪作战。当时的黔西北、黔东南、黔东北、黔桂边地区，匪特众多，国民党残余势力和地方土匪相互勾结，他们利用这个地区崇山峻岭不断、原始森林密布和奇异山洞众多的复杂环境，杀人掠地，扰安乱民，十分猖狂。中共西南局把在这一地区开展的清匪灭霸比作西南的"淮海战役"。解放军第 49 师 145 团、野战军第 140 师 418 团和兄弟部队一起，奉命在六盘江一带剿匪。

这乌蒙山区众多的土匪中，有一个女土匪头子叫陈白莲，最为有名。陈白莲是当地苗族，也是穷苦出身。她身材婀娜眉目清秀，长得非常漂亮，性格却豪爽彪悍，风风火火敢作敢当。她先是嫁给一有钱有势的国民党军官成××当姨太太。她利用成××的钱财和势力，学会了骑马、格斗，双手打枪。曾拉起过一干队伍，杀富济贫，占山为王。据说还有一身的太极拳功夫，能闪身上房，飞身越涧，走悬崖峭壁如履平地。成××死后，她又和国民党第 88 军一个叫毛天魁的营长勾结在一起，纠结了数千人马，被蒋介石委任为"西南反共游击军第 × 路绥靖司令"。这股土匪在毛天魁带领下，神出鬼没，攻城略地，抢劫粮食，屠杀耕牛，横行于六盘江地区。因陈白莲长相太漂亮，传说她是下凡的仙女，加上她又武艺高强，和大土匪纠结在一起，虽说作恶不大，却也声名远扬，当地的各民族百姓，提起陈白莲无人不知。

一个黎明，驻守在双凤县城的145团1营，突然被陈白莲率土匪1500余人包围。土匪们剪断电话线，封锁所有的道路、山口。营长李飞率领战士进行反击。由于土匪众多，1营最后退守到双凤县城仓库，仓库内存放有几万斤筹集来的粮食，一批部队准备更新的新式武器和弹药。这股土匪，应该是冲着这些武器、弹药和粮食来的。如果仓库失守，粮食、武器、弹药被土匪抢去，损失将不可估计。145团1营营长李飞率领战士们浴血奋战，坚守仓库整整两天一夜。碰巧野战军第140师师长吕壮行，率部418团路过此地，听见枪声密集，立即赶了过来。145团1营和418团内外夹击，与土匪展开激战。最后除个别土匪逃窜外，几乎全部被歼灭，唯独双枪女匪首陈白莲，在混乱中化装钻地下暗道逃脱。不过很快，女匪首陈白莲也被抓获，在双凤县城召开了公审大会。

由此，145团、418团威名大振。

吕大山带领3排、4排，进了六盘江矿务局大院时，办公楼的二楼会议室正在开会。

当年的145团1营长李飞，剿匪结束后转业到双凤县当县长。60年代初，调六盘江矿务局任局长。现在，李飞局长和局党委书记刘散书正在主持会议。参加会议的有老树基矿、火塘矿、清水矿、月亮矿的矿长、书记和有关部门领导，矿务局所在地的县委书记、县长，县物资局长，四个矿所在地的公社书记和盘江镇盘江公社书记等。会议开得并不顺利，气氛甚至有些紧张，关键是在有些问题上争执不下，焦点依然是煤矿和地方在利益分成上的比例问题。

这是个久拖未结的老问题。

自从国家在这个地方建起矿井，开采煤炭，就一直没有处理好和地方上这个关系。矿务局打井、采煤、堆煤、建房、筑路，侵占了地方上老百姓大量的土地，山区的土地本来就寸土寸金。在地方老百姓看来，你们的煤矿是国家的，可这些地，是我们的先民祖祖辈辈开垦耕种留下的，现在也是属于寨里的、公社的、县里的，不是私人的。拿盘江公社来说，原先平均每人八分多地，矿上不断地征地用地，农民们即使不断地迁坟、开荒，到现在每人平均不到一分地，种粮种菜生活都成了问题。煤矿作为国企，应该给钱，给煤炭，建学校，修道路，为地方上做贡献，为老百姓谋福利。随着煤矿开的越多，规模越大，开采的煤越多，矿务局和地方之间，工人和农民之间，纷争也就越多、越大，小规模的冲突时有发生。

突然，哒哒哒……一阵冲锋枪响划破了天空。

枪声是从煤场方向传来的。

4. 大爆炸

六盘江地区位于乌蒙山区腹地。这里虽说荒凉偏僻，人烟稀少，但煤炭资源却发现得很早。明朝嘉靖三十年（公元 1551 年），一个叫易纮的人路过一个县城，曾写下"窗映松脂火，炉飞石炭煤"的诗句。那个县城离六盘江不远，这大概是包括六盘江地区在内最早关于用煤的记载。据地方志记载，清光绪二十年（公元 1894 年），这个地方有个凉水井煤矿，占地十余亩，采煤工三十余人。1930 年，这里每个月产煤 250 公吨。1959 年至 1964 年，中华人民共和国煤炭部组织多个地质勘探队，浩浩荡荡 2000 多名工程技术人员和工人，对西南地区的煤炭资源进行了大规模的详查、精查和补查。结果发现，贵州省六盘江地区的煤炭地质储量，占全省总储量的 47.97%，而全省的煤炭地质储量，又等于江南的九个省区之和。

凡涉及重大利益的消息，人们最为敏感，传得也最快。巨大的利益诱惑，会让人们激动，会让人们的每一根神经都兴奋起来。当地政府和老百姓，看到国家有这么大的举动，又知道在自己家门口的地下藏有这么丰富的煤炭，平时烧火做饭冷天取暖靠茅草树枝木材的老百姓们奔走相告，互动起来了。各级地方政府也激动起来。特别是最近，听小道消息说，国家将有重大政策调整，还风言风语说，有部队要来接管煤矿。部队是打仗的，来管煤矿干吗？不管怎么说，这是第三方介入。面临新的变化格局，矿务局与地方政府、村寨之间，又一次坐了下来，商谈有关利益分配等事宜。

这次会议，除了在一些老问题上依然争执不下外，还有一个非常紧迫、非常现实的问题：厂矿企业的领导格局将要发生大的变动，甚至会移交新的部门，人事管理体制也会有大的变化，要不要趁着这个难得的机会，招收一些农民进入工矿企业当工人？

一直以来，地方政府和老百姓，强烈要求煤矿要招收一批当地的农村青年到煤矿当工人。理由是现在的农村土地越来越少，农村的青年人没有活儿干，又没有别的出路，到煤矿上来当工人，应该是理所当然的事。可矿务局也有自己的难处：招收工人不是矿务局说了算，需要国家下达正式的招工指标。没有正式招工指标，招收的只能是临时工。临时工和正式工虽然是同吃同住同劳动，但并不同酬，他们的工资、劳保医疗保险等各项待遇都没有政策保证。一旦发生重大伤亡，死了、残了，抚恤金和各种补偿等，都根本无法落实。可是，国家每年下达的正式招工指标数量很少，连很多矿工子弟都无法解决。这次的参会者，依然是在这个老问题上各有主张，争论激烈互不相让，迟迟无法形成统一意见。一片争执声中，老树基矿的劳资科长罗延庆，讲了几天前刚刚发生的一件事情：

老树基矿有一个从农村招来的临时工，井下作业时违反操作规程，放炮引起了瓦斯爆炸。爆炸使煤的突出量达到1500多吨，瓦斯的突出量达到110万立方米。喷射的煤尘与瓦斯交织在一起，形成了一股巨大的冲击波，咆哮着冲出大港，所到之处人仰马翻，瓦斯在风井口遇火点燃，立刻变成了一片火海。井下近百名矿工全部遇难，其中有五十三名是农村的临时工。遇难的正式工，按照国家规定，领取了抚恤金，子弟进矿接班，当了正式工人，他们在经济上都得到了一定的赔付。唯有那遇难的 53 名农民工，他们的子弟无法接班，抚恤金和其他经济上的补偿，一直没有办法解决。那些遇难的农民工的家属，拖儿带女的在矿务局大院坐了一地，哭着喊着："孩子他爹啊，你走了，这一堆孩子谁管啊……""没爹的孩子谁来疼啊……"年迈的爹娘被人搀扶着，老泪纵横地哭："儿啊，爹娘白养你这么大，爹娘以后谁给养老送终啊……"年轻的农村小伙子们，义愤填膺地呼喊："我们要求同工同酬，人死待遇要相同。""都是死在矿井下，都是中国老百姓，为啥要分三六九等……"那哭声，那喊声，那闹声，响成一片。一个遇难的农民工，叫林××，他的妻子二十六七岁，披头散发以泪洗面，天天背着一个三岁的小姑娘，拉着一个五岁的儿子，到劳资科来要求解决问题，她反复央求说：

"让我到矿上来接丈夫的班吧，当工人，洗衣服做饭，刷厕所，打扫卫生，干啥都行。

"我不怕累，不怕苦，也不怕死，我只求自己挣点工资，养活这两个没有爹的孩子。

"实在不行，我也可以下井挖煤，干我丈夫干的活儿。"

矿上非常同情她，也尽了很大的努力，跑上跑下，可一直没有能够解决。就在几天前，那个林××，农民工的妻子，听说煤矿要移交给新单位，眼看着没有指望了，就抱着那两个孩子，跳进了 800多米深的竖井……

劳资科长罗延庆，不到三十岁，瘦削的脸上戴着一副深度近视眼镜，人长得又黑又瘦，豆芽菜一样的身板儿，像是背阴处常年被压迫在岩石下却又拼命挣扎着长出来的一棵小树，压抑扭曲，又坚韧不屈。他是个大学生，说话不紧不慢的，讲起事来声情并茂，让听者犹如身临其境。

他讲完这些话，所有的参会者半天没有吭声，有人的眼眶里有泪水溢出。

　　工人与农民之间，因体制挖出的这条鸿沟，不知道断送了多少人的幸福乃至生命。

　　营长吕大山对这些情况并不清楚。他接到的命令就是，上午十点钟前必须赶到这里，护卫矿务局机关，不允许出现任何事故。具体和谁接头，如何护卫矿务局机关，他都不清楚。军人的天职就是服从命令，不该知道的不能多问，一切按命令执行。3排、4排在局机关，已经按照预定方案，到达指定位置。大门口两个哨兵持枪肃立。办公大楼前，大院内的四周，哨兵也已经到位。吕大山看了看表，离十点还有一刻钟。

　　二楼的会议已经不再开了。

　　院子里一下来了这么多解放军，岗哨林立，气氛有些不太寻常。不少人在心里嘀咕，这到底是咋回事？局长李飞，书记刘散书大概心里有数，一见楼下有动静便停止了开会，与开会的人一起下了楼，往院子里走来。

　　吕大山有些尴尬起来。因为他根本不认识这些人，但能看得出来，这些人应该都是些头头脑脑，不是一般的工人群众。

　　要不要迎上去？迎上去说什么？

　　正在这时，大门口吱嘎一声刹车，一辆美式吉普停了下来。接着是一辆中吉普，又一辆嘎斯69小车，都停了下来。车门打开，团长林越山和政委李冰来了，陪着一个穿着中山装的地方领导，身后还跟着几个地方上的干部。吕大山都不认识。

　　吕大山赶忙跑步过去，向团长、政委报告。当他跑到跟前，正要举手敬礼时，不由得大吃一惊：那个穿中山装的地方领导，竟是师政委肖新泉。

　　二楼会议室又开始开会。

　　中共贵州省委组织部刘副部长，受省委书记委托，向大家宣布了省委三项决定：第一，批准成立中共六盘江三线建设指挥部委员会，肖新泉同志任六盘江特区区委书记。戴红成、李飞、刘散书任副书记。第二，落实中共中央、中央军事委员会有关决定，中国人民解放军铁道兵第 × 师 18 团，进驻六盘江地区。中共六盘江三线建设指挥部委员会，协助开展中国人民解放军基本建设工程兵整编试点工作的动员和组织准备工作。第三，根据省委关于厂、社结合的会议精神，六盘江特区煤炭系统的厂、矿、工程处的党委书记，兼任所在公社的党委第一书记，原公社党委书记为公社党委第二书记和厂、矿、工程处党委委员。

刘副部长宣布完省委决定，所有的参会者都神情严肃，一声不吭。一个解放军原来的师政委当了特区的区委书记，一个师长兼任特区区委副书记，一个团的部队进驻到特区，这表明了什么？非常明显，这种新的机构设置和领导体制，表明了在这一地区，已经进入了一种准战时状态。

肖书记用平静坚毅的目光，扫过了每一个参会者的脸。按照会议议程，肖书记微笑着，准备表态讲话，和参会者一起研究部署下一步的工作。

突然，一声剧烈的爆炸，山崩地裂，整个办公楼被震得直摇晃。随之，一阵撕心裂肺的警报声，在盘江镇的上空骤然响起。接着是呼喊声、喧闹声、奔跑声、汽车凄厉狂躁的鸣笛声。盛国祥排长飞跑过来：

"报告营长，爆炸声是从煤场方向传来的。"

吕大山立刻感到发生了重大事件。他命令盛排长带领 3 排，坚守岗位，负责保护局机关和首长们的安全，自己带领 4 排向煤场飞速跑去。

果真，煤场出了大事。

阿龙的大卡车装满了煤，准备开走，突然发动机着起了火。火越着越大，阿龙想跑，他开着着了大火的卡车慌不择路，一头撞在二号井架旁的一间木板房里。要命的是那间板房里，碰巧囤放着一批炸药，是准备送往井下，但不知道什么原因，还没有送到井下，堆在了这个不该堆的地方。山崩地裂的爆炸声震耳欲聋，熊熊的火焰瞬间冲天而起，木板、石块、铁皮、轮胎等杂物，被炸得四处飞散。二号井架旁顿时变成了一片火海。木板房旁边的山体被炸得坍塌了一大块，悬在半空的山头像张开的鹰嘴，随时会坍塌下来。几辆偷煤的大卡车，只剩下一堆冒着黑烟的残骸。阿龙也葬身于火海，消失得无影无踪。

吕大山跑在大街上，见镇上一片乱象，不亚于战争突然爆发，城市在毫无预防的情况下受到了空袭。有不少人往爆炸的煤场方向跑。天上各种鸟儿惊恐地漫天乱飞，发出凄厉的叫声。一辆套着驴卖菜的车，驴受了惊吓，拉着一车的萝卜、白菜、土豆、葱等，往爆炸声相反的方向一撅一撅地狂奔，车上的菜蔬撒了一地，赶车人不知去向。几头猪唧唧唧地叫着，撅起尾巴四处奔突，完全没有方向。一条半大的黑狗，警惕地站在自家的大门口，狗眼眈眈地对着爆炸的方向，竖起两只耳朵，翘起尾巴，发了疯一样地汪汪汪狂叫。

整个盘江镇像一锅开水，沸腾起来了。

等吕大山他们赶到煤场时，煤场已经乱成了一锅粥。有人往外边跑，有人往里边跑，有人迷迷瞪瞪在四处乱撞，他们大概也不知道该往哪跑。有人哭喊着，惨叫着。有人在惊恐地观望着，一动不动地傻站着，泥塑一般。杨遵义提着灭火器，梁国秀拎着水桶，宋小生扛着沙袋，战士们操持着铁锹、扫把、衣服、麻袋等各种家什，拼命往火海里冲，扑打着烈火。杨遵义衣服、帽子着火了，梁国秀一桶水对着他兜头浇下，杨遵义往地上的土里一滚，变成了泥人，起身提着灭火器又往火海里冲去。龙岩炎嘶哑着嗓子正在指挥，他的军帽早已不知道掉到了哪里，头发烧焦了，糊上了一层稀泥，浑身上下湿漉漉的，好几处冒着青烟。

吕大山他们赶来，立即投入扑火，很快就控制了局面。

肖书记、刘副部长、戴红戍、李飞、刘散书副书记、林团长、李政委等领导们赶到时，大火已基本扑灭了。

这是一次极其严重的恶性事件。

煤场事件，地面群众死亡十三人。二号井十五个工人正在升井，井架严重损毁，升井的工人在不明不白中惊呼着，随着一声沉闷的响声，全部坠入井底凄惨丧命。地面上一片狼藉，惨不忍睹。1连官兵都有不同程度的烧伤：有的衣服上烧了洞，有的烧没了衣襟，有的只剩了半截衣袖，身上的衣服破烂不堪，斑斑点点地在冒着青烟；有的身上脸上满是泥水煤黑等污垢，赤裸的地方青一块紫一块的，有烧红肿的痕迹；龙岩炎和1班长杨遵义，头发已经全部烧焦了，上下眼皮肿胀着，像鼓肚子的小蛤蟆，中间细成了一条缝，已经面目全非了。五名战士牺牲。

昆明军区和西南三线指挥部要求，煤场事件必须严肃处理。中共六盘江三线建设指挥部委员会和铁道兵第×师党委经过研究决定：

吕大山停职反省。龙岩炎拘留审查。

第二章

1. 该死屎朝上

天空阴沉沉地密布着乌云，地面上有淡淡的雾气升腾，天好像是下起了小雨。其实，那不是雨，那是云，那是雾，那是湿得能捏出水的空气。刚出屋的时候，感觉不到下雨，但出去一阵子回来，衣服上已挂着细小的水珠儿，湿了一层。这就是云贵高原的天气。

六盘江矿务局机关食堂后面，是仓库，有两间空着。空仓库的墙壁上和地下，留着的印痕显示，这里原先存放着东西，近期刚刚被搬走了。一间里关着营长吕大山，门口坐着营部通信员小陈。另一间里关着连长龙岩炎，门口坐着团部警通排的战士。一个营长，一个连长，昨天是朝夕相处的生死战友，今天两个人身陷囹圄，成为同一个屋檐下的难兄难弟。虽然他俩只有一墙之隔，但调查组明确规定，不许两个人见面，更不能互相说话，不准互通信息。通信员小陈两眼泪汪汪的，眼前的石头上放着一碗米饭，米饭表面已经干巴了，还有一茶缸炖土豆，土豆块也结了一层干皮，变了颜色。

吕大山住这样的单间，这是第三次。

第一次是 1950 年冬天，在湘西剿匪。当时天下着小雪，他正在雪地的木棚里洗澡，突然听见敌机空袭警报，便跑出去穿衣服，发现裤子不见了。慌忙之中，一同去洗澡的战友，顺手拿了一条别人的裤子扔给他，说都是军裤，谁穿不一样？他就穿了一条别人的棉裤跑回了指挥所。万没想到那条棉裤，是司令部保密科一个副科长的。那副科长到处找不到军裤，犹豫一阵，便赤裸着两条腿往司令部跑。一架敌机俯冲下来扫射，副科长当场牺牲。要命的是副科长刚刚从上级机关回来，领回一套口述密码，还没有来得及汇报。参谋长气得掏出手枪，围着他转了好几圈，说老子真想一枪毙了你。吕大山低着头，一脸的悔恨，一声不吭地听着训斥和责骂，最后走进了禁闭室。

第二次性质比较严重。1951年6月，部队在滇黔交界一带剿匪。解放贵州一个县城时，仗打得非常惨烈，连长、指导员全部牺牲了。1排长吕大山战场受命，担任连长。连队冲锋时，突然遇到敌人的一个暗堡，暗堡里机枪喷射出的火舌吞没了冲锋的战士。部队一时受阻。一个老兵奋不顾身，抱起炸药包冲向暗堡。离敌人的暗堡还有不到10米，那老兵一条腿被打断。这时，营里的冲锋号响起，那老兵急了，打着滚到了敌人的暗堡前，把点燃的炸药包塞进暗堡，用自己的胸脯，堵在了暗堡的枪眼上……战斗结束了，正打扫战场，上级来了三个人，调查这个老兵。说是这个老兵在攻城战斗开始前，曾私自放走了几个城里外逃出来的国民党士兵，要定他罪。打红了眼的吕大山，对上级的来人咆哮发难，出言不逊，还命令全连官兵，向那牺牲的老兵鸣枪致哀。结果他吕大山差点儿被枪毙，最后被关了禁闭，降职到侦察排当了个班长。

当年的吕大山，现在的吕营长，像一头关在笼里的猛兽，满屋子转悠，不停地叹息。他一会儿躺在木板床上，瞪着眼睛看天花板发呆。一会儿又坐起来，抱着双膝苦苦地沉思。一会儿又下了床，坐在桌角边上抽烟。他已经几天没好好吃饭了，一直不停地抽烟。

连长龙岩炎不这样。这人心宽如海，一副死猪不怕开水烫的劲头。他白天虎吃虎喝，嘴里哼着小曲，几次嚷着要酒喝；晚上四仰八叉地躺在木板床上，倒头就睡，呼噜声震天价响，吕大山在隔壁就能听见。他头上裹着的绷带，不知道啥时候自己给扒掉了，裸露着头，头皮肿胀着，裹着一层烧焦的头发茬儿，黑乎乎的。额头和左侧腮帮子伤着的地方，贴着黑药膏，涂抹着红药水。

吕大山听门外有动静，打开门出来，见两个全副武装的战士押着龙岩炎走了过来。

吕大山拦住了他们，说："小同志，回去告诉调查组，我有情况要向他们汇报。"

龙岩炎的眼睛依然肿胀着，他猛地瞪开了那条缝隙，说："你又不在现场，你汇报个屁？给，朝阳桥牌的，别老抽那烂乌江，一毛三分钱一包。"说着，顺手扔给了吕大山一包香烟，然后用手拍了拍自己的裆部，动作滑稽，甚至有些下流。他神情狡黠，却透露出一种密不告人的聪明。

龙岩炎走了。他昂首挺胸的，有着笑傲江湖般的洒脱。

吕大山回到屋里，拆开烟盒掏出一根烟来，叼在嘴里。他发现烟盒里塞有张纸条，上面写：

"我是现场指挥员，枪是我让开的，与其他任何人无关，该死屎朝上。"

吕大山看完纸条，眼睛湿润起来，泪珠在眼眶里闪动，想跌落下来。

"该死屎朝上"这句话，可以说1营的官兵上上下下，都知道这是1连长龙岩炎说的，都知道这说的是1连长龙岩炎。只有朝夕相处多年，经历过血与火、生与死考验的战友，才能理解这句话的来历、含义和分量。

1964年部队开赴南邻某国，担负那个国家的北方铁路、公路的反空袭和抢修抢建。一次敌军飞机对红河大桥狂轰滥炸，我军护桥部队用密集炮火轰走了敌机。等硝烟散去，发现桥面上有一颗定时炸弹，正好落在铁路两条轨道中间，弹头插入路基的碎石里，上半截露出地面一尺多高。再有二十分钟，将有一列军列从大桥上通过。

营长吕大山的左胳膊上，刚刚被弹片炸飞一块肉，血顺着胳膊流淌下来。他看见了定时炸弹，便一边裹缠着流血的伤口，一边前去排除定时炸弹，说拆除这玩意儿他有经验。官兵们拦着他，纷纷争着吵着要去。天空中又传来飞机的轰鸣声，龙岩炎操起冲锋枪，对着天空哒哒哒打了一梭子，拍着胸脯喊：

"全部后退，后退！谁敢再争，别说老子我翻脸不认人。"

然后，他扔下冲锋枪，转身向定时炸弹飞跑过去。定时炸弹的时针咔嗒咔嗒响，催命一样走着。龙岩炎跑过去，没有丝毫犹豫，抓住那定时炸弹，那炸弹看上去很重，他晃了晃，猛一使劲儿，才拔出了炸弹。他拖着炸弹，拖了一米多远，向桥下扔去。刚丢下桥，轰隆一声巨响，炸弹悬空爆炸了。一辆军列呼啸而过。一场惊险过去，战友们围着他不住口地夸赞：

"好样的，龙连长！"

"多险呢，每一秒钟，都可能爆炸。"

"幸亏排除了，要不，那趟军列就完了。"

"龙连长救了一火车战友。"

"夸个屁？"龙岩炎一副无所谓的模样，"记住，当兵不怕死，该死屎朝上。"

吕大山和战士们一样，听着笑了。后来细品，感觉这句话听起来有些粗野，有些低俗，它既没有"夜战桑乾北，秦兵半不归"的慷慨，也没有"誓扫匈奴不顾身，五千貂锦丧胡尘"的激昂，更没有"只解沙场为国死，何须马革裹尸还"的豪迈。但骨子里，却表现出一个大丈夫男子汉，一个热血军人，为了祖国，为了民族，为了战友，临危不惧，敢于拼命的献身精神。

也有人私下开玩笑，说讲这话的不像是个解放军，倒有点像电影里国民党的老兵油子。

不管像什么，反正是"该死屎朝上"这句话，成了龙岩炎的名言，成了龙岩炎的代名词，也成了一句口头禅，在战友们中间传播。

后来，部队奉命回国，参加贵昆铁路线建设，凡是在遇到急难险重关头，凡是在需要玩儿命拼命时刻，不少战士都学龙岩炎，嘴里也都说着这句口头禅，奋不顾身地冲在最前面。

吕大山揉了揉眼睛，颤抖着手划了根火柴，点着了那张纸条，接着，又点着了叼在嘴里的烟。他狠狠地吸了一口，憋了一会儿，把那口烟尽情地倾吐出来。然后，他猛地抡起拳头，狠狠砸着与龙岩炎隔着的那堵土墙。

确实，吕大山并不知道煤场事件的具体细节。当他在矿务局机关听到了枪声，知道这是龙岩炎在控制局面，但没有想到后果会这么严重。

调查组的人来了。

吕大山明确表示："是我授命龙岩炎，必要时可以鸣枪示警。这一事件，我应该承担全部责任，主要责任。"

调查组的人说："你不在现场，承担什么全部责任，主要责任？"

吕大山说："是我下的命令，龙岩炎只是执行命令。军人的天职就是执行命令。拘留龙岩炎没有道理。"

此后，调查组一直没有再询问过吕大山。

2. 新兵种

1966年8月1日。

这是一个永远值得纪念的日子。天气格外的好。万里晴空，瓦蓝清新，天空显得更加通透浩瀚，几朵雪白的祥云，挂在蔚蓝色的天上。

盘江镇西南的广场上，以团为建制，以营、连列队的万余名军人，英姿飒爽，站满了整个广场。广场周围是全副武装的哨兵。主席台正中央，悬挂着毛主席的画像。军旗猎猎在微风中招展。大喇叭里播放着《中国人民解放军进行曲》，歌曲旋律流畅，气势威武雄壮，表现了人民军队豪迈雄壮的军威。今天，中国人民解放军的序列里，将要诞生一个新的兵种——基本建设工程兵。

这里，将要为这个新兵种的一支部队，举行整编成立授旗典礼仪式。

此前，中央书记处总书记、国务院副总理邓小平同志经过大量的调查研究，根据大规模开展三线建设的战略需要，根据三线建设的特殊性要求，提出如果把各部委的精锐基建队伍改成军队，实行义务兵役制，这样比地方施工单位的调动更迅速，行动更灵活，更能打硬仗，对加快三线建设应该好处很多。周恩来总理对这项建议非常赞成，说："劳武结合，能工能战，好处无穷。"毛主席听了汇报也很高兴，说："这个办法我赞成。"很快，中央政治局会议作出决议：在中国人民解放军序列中，增加一支特殊的部队——基本建设工程兵。国家建委党组根据有关指示，向中央写了《关于施工队伍整编为基本建设工程兵试点意见的报告》。中央军委随之决定，从铁道兵第 × 师抽调一部分指战员，从福州军区调集 2000 多名官兵，作为这个部队的骨干。6月初开始，按照整编计划，对煤炭部系统的14、19、44、74、75、76、77、78、95 等工程处进行整编。这些被整编的各工程处已按照有关规定，对职工进行了思想教育、入伍动员、自愿报名，履行了政治审查、批准入伍等手续，使之成为这支部队的基本力量。

七点五十分左右，中央军委、昆明军区、贵州省军区和中央有关部委的首长们，在戴红成师长的陪同下走上了主席台。其中，也有穿着中山装的六盘江特区区委书记肖新泉。八点整，戴师长走近麦克风，用标准的军人用语宣布：

"中国人民解放军基本建设工程兵第 × 纵队第 41 支队，整编成立授旗典礼大会，现在开始。全体立正——"

广场上一片寂静，气氛十分威严，听不到一点儿响动。

戴师长喊："奏国歌。"

国歌声骤然响起。音节庄严雄伟，曲调激越昂扬，在广场上流淌回荡，在盘江镇的上空翻卷飞扬。

戴师长说："大会进行第一项：请昆明军区田副司令员宣读中央军委决定。"

田副司令员五十多岁，个子不高，身体微胖，他站起身来，整整军容，健步走到话筒前，用洪亮的声音说：

"根据中央军委决定，我宣布：中国人民解放军基本建设工程兵第 × 纵队第 41 支队成立。"

全场欢声雷动，响起了经久不息的掌声。

戴师长："大会进行第二项，请田副司令员宣读中央军委命令。"

根据中央军委命令，任命戴红成同志为中国人民解放军基本建设工程兵第 × 纵队第 41 支队支队长，任命李飞同志为中国人民解放军基本建设工程兵第 × 纵队第 41 支队政治委员。支队是师的建制，设司令部、政治部、后勤部三大部，共二十八个科室。团称大队，营称区队，连称中队，排、班不变。第 41 支队辖七个大队、汽车区队、修理区队、总仓库、医院和农场，代号"建字 41 部队"，驻地贵州省六盘江地区。每个大队辖四个区队，每个区队辖四个中队，每个中队辖四个排，每个排设四个班，每个班兵员 12 名以上，官兵总人数达 1.7 万左右。

在这庄严神圣的时刻，会场上突然出现了意外的一幕：不知道从哪儿跑来了一群麂子。

这群麂子大大小小有十多只，在一个首领的带领下，活蹦乱跳地进入了会场。它们一个个昂首挺胸，瞪着惊奇、美丽的大眼睛，摇动着欢快的尾巴，从检阅台前自信地走过。几个警卫战士临时受命，用特殊方式接待着这些不速之客。他们持枪，在麂群的后面和左右两侧，小心翼翼护卫着。这一吉祥的麂群，为大会带来了意想不到的惊喜。有人说，麂子是吉祥物，它们从周围的原始森林里，听见了镇上的热闹，跑出来助兴的。有人发现在周围的山头上，还出现了很多的麂子，它们都在向着这里窥视着，张望着。一些大树上，还发现有金丝猴群，老猴小猴们在林间尽情地欢呼跳跃，嬉戏玩闹。会场上空，一只巨大的金雕，展开双翅在优雅地盘旋着。还有燕子、黄鹂、杜鹃各种鸟儿，穿梭一样欢快地盘旋，飞行，鸣叫，歌唱。

一个新兵种的成立，野生动物和飞禽们前来祝贺，这在任何一个国家的建军史上，大概是非常罕见的。

同一时期，第一批基建工程兵的其他几个纵队的相关支队（第 1 支队、2 支队、21 支队、61 支队、801 大队和 851 大队等），在嘉峪关、六盘山、都江堰和山城重庆等各有关驻地宣布成立，举行了隆重的整编成立大会。这些部队涉及冶金、煤炭、水电、化工、建工，以及后来的交通、铀矿、水文地质、战备通信、卫星发射基地、金矿探测等多个领域。

这个部队的宗旨是：劳武结合，能工能战，以工为主。

新组建的基建工程兵各部队，既有着高精尖的专业技术，又有着军队雷厉风行一切行动听指挥的纪律和作风。这不仅是在中国人民解放军的序列中又多了一个新兵种，更重要的是在国家基本建设重点工程和国防工程建设中，又多了一支能打硬仗的生力军和突击队。根据命令，基本建设工程兵部队受国务院和中央军委双重领导。

她的诞生，是中国人民解放军建军史上一个新的创举。

建字 41 部队下辖的七个大队，分别是 401、402、403、404、405、406、407 大队。这七个大队，401 至 405 大队，为矿建部队。授旗典礼大会一结束，各部队立刻按照命令，分别开赴相关的矿区驻地，开始进行矿建。406 大队为地建部队，负责支队和各大队机关的营房建设。407 大队为道桥部队，负责部队驻区内的道路、桥梁建设。

吕大山原来所在的铁道兵 × 师 18 团，在这次部队整编组建中已经全部被打乱了。

18 团政委李冰任 402 大队政委。14 工程处处长李炳福任 402 大队长。18 团 1 营和 3 营划归 402 大队，1 营的四个连和 3 营的四个连，也全部被分散开来，与煤炭部所属的两个工程处 2000 多名工人和技术人员，组建了 402 大队的一、二、三、四区队。吕大山原来的 1 营 1 连、3 连，划归了一区队。一区队教导员蒋凤君，是 78 工程处来的。区队长的职位暂时空缺。

18 团团长林越山，调 407 大队任大队长。杨正温和龙岩炎所在的 1 连，随林越山到 407 大队。杨正温任一区队区队长。各个中队的中队长和指导员也大都配齐到位。

新兵种的组建迅速快捷。新组建的部队雷厉风行。各个部队，各项工作，按照计划、命令开展得紧张有序。在这紧张忙碌的"工改兵"中，六盘江矿务局机关的仓库，好像成了一个被人遗忘的角落。吕大山和龙岩炎，都还在这里被关着。铁道兵赫赫有名的"钢铁营"营长和"先锋连"连长，好像被人忘记了。他们两个对自己部队的这个巨大变化也一无所知。

整编的当天晚上，天开始下雨。淅淅沥沥一直不停，连续下了三天三夜。这并不奇怪，乌蒙山区的天气就是这样。

41 支队司令部、政治部、后勤部等主要部门和科室，暂时搬进了六盘江矿务局机关院内。这里是临时办公地点。不过很快，41 支队机关就有了自己的营区。在盘江镇南不到 10 公里处，盖起了自己的营房。司令部、政治部一栋大楼。后勤部单独一栋大楼。接着又筹备建设食堂、大礼堂、招待所和卫生所等。

一天晚饭后，戴红戍支队长和李飞政委到机关后院散步，商谈整编后的支队工作。这里偏僻幽静，雨后的空气格外清新。他俩先是看见了哨兵，后又发现这两间房里有人被关着。吕大山和龙岩炎，李飞政委并不认识。听戴支队长一介绍，李政委笑了。政委说煤场事件调查组，通过对现场证人询问，得到两种截然不同的证言：一种是解放军的枪一响，一辆大卡车就突然起火了，卡车司机为了保护其他人员和车辆，赶紧把着火的卡车开出煤场。大概是汽车失灵，或者是司机太紧张了，就把卡车撞向了那座活动板房。也有人说，那个卡车司机为了保护大家，冒着死把着火的卡车开离煤场，不幸引爆炸药，葬身火海，这样的人应该定为烈士，定为英雄。另一种说法是，大卡车的着火同解放军开枪没有任何关系。大卡车着火，是在解放军开枪之前。护煤员许刺猬和几个证人证明，解放军开枪，就是因为大卡车着了大火，引起了现场混乱，人乱跑，车乱撞，有人甚至大喊快跑啊，145团（也有喊418团）来抓人啦。如果解放军不鸣枪示警，不采取非常手段，不及时把混乱局面压下来，将会出现更加严重的后果。目前看来，对煤场事件的调查还需要一段时间。李飞政委认为：

"根据已经可以得到证实的材料，营长吕大山要求连长龙岩炎，必要时可以鸣枪示警，是为了维护煤场秩序，保护国家财产不被哄抢，在这一点上，他们并无大错。现在部队刚刚组建，正是用人之际，这一个营长一个连长，关在这里是浪费。是否命令他俩到新兵1团8连当连长、排长，接训新兵，先缓一段时间再说，怎么样？"

戴支队长点点头，同意了李飞政委的意见。

3. 自杀的新兵

新兵1团团长，是支队后勤部长栾招远。8连长吕大山、1排长龙岩炎和其他几个新兵连长，还有七八个参谋、干事，二十多个排长，一起跟着栾团长到河南接收新兵。地点焦作。

河南焦作被称为煤城，地处豫西北。它北依太行山脉，南邻古老的黄河。原来它只是修武县的一个小镇。这是个因煤炭而建镇，因煤炭而发达起来，一直发展到今天成为豫西北重镇。翻开焦作开采煤炭的历史，最早可追溯到隋唐时期，大规模的开采煤炭则是清朝晚期的事情。焦作的煤炭纯粹坚硬，火力耐久，剩渣极少，含硫量低，无烟无臭。1898 年，英国的福公司勾结满清官员，掌握了开矿的实际控制权。1906 年，英国人在焦作的一、二、三号井正式出煤，开始了对焦作煤炭资源的大规模掠夺。多少年来，英国的白金汉宫只用来自中国两个地方产的煤，一个是河南焦作，另外一个是山西晋城。截至 1925 年之前，焦作煤矿成为继开滦煤矿、山东中兴煤矿之后的中国第三大煤矿，煤矿工人达 11000 人左右。1945 年 9 月，八路军收复了焦作煤矿。9 月 12 日成立了焦作市人民政府。13 日即成立了新华煤矿公司，专事煤炭开采。新中国建立初期，焦作的煤炭产量占到了河南总产量的 52%。

　　新兵 1 团计划在焦作地区接收 560 多名新兵，这和 41 部队承担的任务有关。吕大山的新兵 1 团 8 连，栾团长对他们的要求是，新兵不仅要全部来自焦作，其中最好有 30% 是焦作煤矿工人的子弟。可结果是，8 连招的 197 名新兵中，只有 17 个新兵是煤矿工人子弟。

　　12 月的中原大地，天气渐渐回暖，麦苗开始返青，柳树已经泛绿，万物已显示出春天的气息。天空不知什么时候飘起了雪花，夹杂着毛毛细雨，一望无际的原野笼罩在雨雪之中。一辆辆雨雪中行驶的卡车，在黄河北岸的一个火车站停下。一队队身穿绿色军装、没戴领章帽徽的新兵，跳下卡车，踏过一段泥泞的土路，登上了铁闷罐火车。闷罐车厢很大，地上铺着一层稻草，周围和顶部是黑褐色冰冷的钢板，车厢上方左右两侧，开着四个用来通风的小窗户。

　　7 号车厢内，坐着吕大山、龙岩炎和 8 连 1 排共计 52 名新兵。新兵们把被子的一半铺在稻草上，另一半折过来盖在身上。没有枕头，每人一个白布包袱，裹着衣服放在头下枕着。车厢中间一个铁炉，一根白铁皮烟筒伸出车厢顶部。两个兵在生炉子。不知是由于柴草潮湿，还是火车行驶太快，炉子没有生着，烟筒里的气流倒灌回来，把车厢里弄得满是烟雾。浓烈的烟雾直往鼻子里钻，呛得兵们喀喀喀直咳嗽，眼流泪。有人在骂：

"张国富，你他妈的熏蚊子呢？"

"呛死人了，操，章德林你会生炉子吗？"

"妈的，没冻死，让这两个孙子给熏死了。"

"别生了。"排长龙岩炎挑起眉毛，看着烟雾缭绕的车厢，对张国富和章德林喝道，然后对车厢里的新兵们说，"嫌冷，挤得紧一点。再冷，冻不掉胳膊，也冻不掉腿。"

新兵们都不敢再吭声。一个个或躺或坐，听着火车轮子和轨道接缝处"咔嚓"一声"咔嚓"一声的摩擦，像是在用刀，一刀一刀地切着他们神游不定的心。新兵们虽说都不再吭声，但个个心里都不踏实，不安宁，想最多的是：要把我们拉到什么地方？

张国富回到自己铺位上，悄声对身边的王文广说："冷不冷？一发军装我就知道是去南方。去年，咱这里征的新兵，发的都是狗皮大衣狗皮帽子，那毛长的，戴上帽子认不出人脸，一看就是去北方的，冰天雪地，零下几十摄氏度，尿尿结冰柱，得用棍子敲。就咱这样的衣服，去北方还不冻死？"

王文广不以为然，说："去南方为啥还发棉袄、棉被？现在火车向南走，到晚上搞不好会掉头向北。兵道，诡道也，这叫兵不厌诈。"

章德林是矿工子弟，自以为见多识广，插嘴道："中、苏提出要签订互不侵犯条约，后又发表中、日联合声明，北方无战事，向北干什么？"他眼睛斜吊着，有些看不起这两个农村兵。

王文广也看不起章德林。你煤矿工人的儿子咋？吃商品粮，有城市户口，就比老子们聪明？紧接着回应道："中国和越南是同志加兄弟，越南也不会打我们，向南干什么？"

张国富眼珠子转了转，说："毛主席前几天不是发表最高指示，要深挖洞，广积粮，不称霸，会不会让咱们去挖山洞？"

突然有一个兵高声喊："报告排长，我要拉屎！"

车厢里顿时鸦雀无声。火车轮子和轨道接缝处"咔嚓咔嚓"的磨擦声，听起来格外的清晰。龙岩炎说：

"憋着点儿，到下一个兵站再拉。"

"憋不住了，想拉稀。"

刚才这几个对国际、国内大事各有自己观点的人，皮笑肉不笑地看着这个乡村出来的兵。他们用最简单的方式，说出了与解决这一难题无关的话：

"没打仗呢，就他妈的吓拉稀了？"

"拉屎？拉哪儿？你以为这是你们家的庄稼地，脱了裤子就能拉？真他妈的幼稚。"

"这小子，饿死鬼托生的。上车前在大礼堂吃饭，吃了八个馒头，五碗粥，操，能不拉稀？"

后来，大家知道他叫刘健。

排长龙岩炎站起身来，虎着脸，走到车门前，一手抓住车厢上的把手，另一只手推着车厢大门。门太重，推不开，他抬起一只脚，使劲一蹬，铁门咯咯铛铛响着，极不情愿地龇开了一个口，半米多宽。列车呼啸奔驰，外面的寒风卷着细雨雪花飞进车厢。龙岩炎大声喊：

"过来拉！"

刘健两眼惊恐，迟疑着，提着裤子像要进屠宰场，犹犹豫豫地走了过去。龙排长一把把他扒拉过来，用背包带把他拦腰捆上，两头往车厢把手上一系，说：

"屁股朝外，蹲下拉！"

刘健用两手扒着门框，两腿瑟瑟发抖。车外的风吹起两条裤腿，像膨胀起的两个风筒，前胸也吹涨起来，整个人成了半圆的弧，一面鼓起的帆。他蹲了几次，都没能蹲到位。龙岩炎喊张国富和章德林：

"你们两个过来，架着他，往下按！"

张国富和章德林立刻快步过去，一人拧着刘健一条胳膊，使劲往下按。刘健终于蹲了下去。车外面的风太大，他蹲在那儿，像狂风中卧着的一只被吹乱了羽毛的小鸟，半天才有动静。

铁闷罐列车在崇山峻岭中走走停停，停停走走，行驶了七天七夜。终于，在贵州省一个小站停了下来。乌蒙山深处，这天气还真有些冷。

吕大山一身戎装，站立在7号车厢前，命令8连四个排的新兵："以排为单位，上汽车。"

云贵高原的山路崎岖不平，曲曲折折。汽车不停地上坡、下坡、拐弯，兵们像车厢里的水，浪起浪伏不停地摇晃。

新兵8连来到贵州普安县，驻在这个县的农场。农场在县城东北角的高坡上，周围没有院墙，盖着一圈平房，有场部、职工宿舍、粮仓等，农具棚里堆放着各种农具等杂物。中间是一个打谷场，像一个肥壮汉子敞开了的胸怀和肚皮，平坦油亮光滑。打谷场的周围种着洋槐树，脸盆儿粗，枝枝杈杈随意向天空伸展着。这里曾经是红军川滇黔边区游击纵队的驻地。乌蒙山剿匪时，解放军418团的团部也曾经设在这里。墙壁上依稀可以看到当年写下的标语："坚决消灭蒋介石匪帮残余势力！""彻底剿灭土匪，解放乌蒙山区！"

新兵训练首先是军事素质。队列、刺杀、射击、投弹、匍匐前进、拆卸组装枪械等科目，安排得紧紧当当。班务会、谈心会、演唱会、讲评会、饭前饭后三五步，不能有丝毫的含糊。自由散漫惯了的新兵们，最怕的是夜里搞紧急集合。紧急集合是军队在紧急情况下迅速进行的集合，以应对突发情况的一种紧急行动。经常是在夜里，在深夜或黎明时分，在新兵们正呼呼酣睡、毫无准备的时候。

"嘟嘟嘟……"尖厉急促的哨声骤然响起。新兵们立刻从被窝里爬出来，穿衣服、打背包、持枪，全副武装地在规定的时间内，站好队列。然后走出军营，在山野里、峡谷涧、丛林中，一会儿跑步，一会儿卧倒，向着指定的位置前进。新兵们白天紧张训练，夜里也不能安稳睡觉，这样的日子真让人受不了。谁都没想到，不到二十天，凌晨，没到起床时间，新兵8连就出了一件大事轰动全团：

"1排3班新兵刘健，夜里携枪失踪。"

"怎么回事？"

吕大山瞪着猎狼一样的眼睛，看着龙岩炎，啪啪啪地拍着桌子："这就是你树立的先进标兵？这就是你认为打起仗来他能成为英雄？扯淡，简直是瞎扯淡。"

很快，几乎同时，新兵1团所属的各连驻地，响起了尖厉的紧急集合哨声。

8连的全体官兵迅速在训练场上列队集合好，吕大山阴沉着脸，宣布了这个令人震惊的消息，传达了团里的命令：

"我们8连，负责县城的西北部地区，寻找刘健。生要见人，死要见尸。这次行动对外严格保密，以搜索残敌训练科目进行。"

操，刘健怎么会携枪失踪？大家都不敢相信这是真的。

眼前的云雾不大，像一层淡淡的轻纱遮盖着黎明。8连兵们环顾四周，确实没发现刘健。吕连长身后的黑板报上，昏黄的灯光下，写着"学习标兵刘健，不怕刺刀见红"的通栏标题，中间画着刘健的头像。这小子一副娃娃脸，两只幼稚的大眼睛，正在得意地看着大家微笑。

章德林："报告连长，是黑板报上这个刘健吗？"

吕大山回头看了一眼："立刻把黑板报给我擦洗干净。"

文书已经提着一桶水快步走来了，把半桶水泼在黑板报上，用抹布狠狠地向刘健的头像擦去。刘健很快就成了脏水，滴滴答答向地下流去。

这简直是一个不可思议的事情。

几天前，刘健刚刚被连里树立为先进标兵。这黑板报上，写的都是刘健的先进事迹：雨下了一夜，地上一片泥泞。1排3班刘健和战友们按照班长的口令进行匍匐前进训练，迎面碰上了一堆牛屎，正冒着热气，偏差几厘米就可以绕过。刘健却一厘米也不偏离，硬是从牛屎上爬了过去，浑身上下沾满了牛屎，臭烘烘的。不少战友议论他，骂他死心眼，简直是一只昏鸡，把一坨牛屎刨摊开来，把臭带给了大家。刘健则像没听见一样，继续训练。班长讲评说：训练场就是战场，错过一厘米，战场上就可能丢掉一条命。刘健是好样的，大家要向他学习。训练场上，刺刀闪闪杀声震天。后排的一个兵动作失误，一刺刀扎到了刘健的小腿肚子上，鲜血立刻冒了出来，殷红了他的裤子。刘健一句话没说，到卫生室包扎后，又回到了训练场上……

这就是刘健。这么好的兵，怎么会携枪逃跑？

按照吕连长命令，8连的兵按照三三制，三人一个小组分散开来，从县城向城外西北地区搜索前进。章德林、张国富和王文广三人一组。

章德林说："两位，这是不是在搞训练？让刘健假装逃跑，来训练我们抓逃兵？"

王文广说："假装逃跑，训练我们抓逃兵？笑话！咋没让你去逃跑啊？啥政治素质？刘健这个人，本质上就不好。"

自从班长把"先进标兵"的称号给了刘健，王文广的心里就一直很不平衡。王文广和刘健是一个村的，一起长大，正因为这样，才有了对比，才有了竞争，关系才变得有些微妙。

张国富说："刘健这次可他妈的更出名了，把咱们这批兵的名声脸面，全都丢尽了。"

章德林说："入伍时政治审查这么严，他怎么就能混进解放军里来？"

张国富说："昨天晚上，看完革命京剧样板戏《智取威虎山》，吕连长讲评结束，部队解散了，我听见刘健学着杨子荣，唱'入虎穴斗敌顽，我浑身是胆'去了厕所。他是啥时候跑的？"

"还学杨子荣呢？学他妈的土匪'一撮毛'还差不多。"章德林骂着，转身问王文广，"他家里是不是有人在乌蒙山当国民党土匪？"

这是一个思维活跃，经常有不着边际、想象浪漫的兵。王文广也反应得很快，像被老中医点中了某个穴位一样，立刻清醒起来："啊，对，对，对，章德林，你小子的无产阶级警惕性还真是高，你要是不提醒，我倒还真给忘了。刘健有个叔伯爷爷，他爷爷的亲弟弟，叫刘二毛，听村里人说，是国民党的高级军官，在我军西南剿匪时跑到缅甸去了，据说离这儿不远，在什么金三角种大烟，卖毒品，非常有钱。"

"哎哟，哎哟，不好，闹肚子，想拉稀，憋不住了。"王文广话音刚落，章德林就喊了起来，捂着肚子转身跑了，很快消失在烟雾中。章德林并没闹肚子，他跑到了连部，上气不接下气地报告：

"吕连长，我有重要情况报告。"

章德林走出连部时，一脸的自豪、激动。太阳已经升起来了，云雾也已经慢慢散去。他找到了张国富、王文广，拍打着裤腿上的尘土骂：

"刘健这孙子，坑苦了我们。"

王文广问："稀拉完了？"

章德林说："拉完了。"

张国富说："没找到刘健，就把你吓拉稀了？还他妈的口口声声标榜是工人子弟呢，就这个鸡巴熊样？"

晚上，疲惫不堪的8连官兵们听吕连长讲话："搜寻了一天，没找到刘健。不过，我们连有个新兵，提供了重要情况，应该提出表扬。云南省军区首长，已命令边防部队加强警戒，严防刘健携枪逃出境外。"

连队解散了，张国富揪着章德林的衣角，像拖着一只不顺从的狗，到厕所旁的黑影处，轻声却认真地问：

"小子，吕连长表扬的是你吧？你知道刘健啥情况？"

"刘健爷爷刘二毛啊，王文广说时你不也在吗？金三角，种大烟，卖毒品，很有钱。你的阶级敏锐性也太低了。就这种政治嗅觉，以后在部队里，你还咋进步？"

"进步？进你妈个屁。王文广上午说的全是假话。他知道你立功心切，就是想让你跑去报告邀功的。"

"我操，不会吧？这么大的事，他敢编造假话，不要命了？"

"操啥？我俩商量好了，将来无论谁，问起刘健爷爷的事，我们都说不知道，从来没听说过。"

章德林的眼神一下子恐慌起来，嘴唇张合了几下，没有发出声来。

所有的人都没想到，五天后，刘健回来了。

刘健是自己回来的，人枪俱在，只是模样变了。他衣衫不整，黑一坨黄一片的。上衣掉了两颗扣子。军帽上有两坨污渍，像是鸟拉的屎被擦去的痕迹。两条裤腿上沾满了乱七八糟的草屑、蒺藜，一条裤腿的脚脖处撕开个口子，两三寸长。两片撕裂开的布凄凄惨惨地摇摆着。他明显消瘦了，两个眼窝塌陷下去，脸色发黄，憔悴，一副大难不死的狼狈相。

农场西北角一间偏僻的仓库，是临时询问室。刘健的身后堆放着木杈、扫把、铁犁、背篓等杂物。他畏缩着坐在一张小木凳上，像卧在乱物中一只受了伤可怜的山麻雀。

刘健把情况的前因后果一说，令所有在场的人大吃一惊，哭笑不得。

刘健说自从到了新兵连，每当夜里睡得正香时，连里就搞紧急集合，有时一夜好几次，真让战友们受不了。吕连长每次不是说，××山区有蒋介石特务打信号弹，就说西南剿匪时留有国民党残匪，在××寨子抢贫下中农的耕牛，带我们到山里去追剿这些敌人；还说这个地区的阶级斗争非常复杂，乌蒙山剿匪时，国民党白崇禧的一个师在这里遣散，潜伏下来，要我们提高警惕，时刻准备打仗。

那天看革命京剧样板戏《智取威虎山》，吕连长讲评说，杨子荣伪装成国民党副官，孤身一人打入土匪窝里，智斗敌顽，送出情报，消灭了威虎山的全部土匪，希望大家要学英雄、做英雄。我被杨子荣的英雄行为深深感动了。为了把国民党残匪彻底消灭干净，为了保护老乡的财产安全，为了让全体战友们夜里能睡个安稳觉，我想学习杨子荣，一个人跑到深山里，去寻找那些国民党残匪。等寻找到了他们，我就假装投降，打入他们内部，借机送出情报，让我们的大部队一举把他们全部歼灭。

刘健的脸，是一张憨厚的脸，憨厚中透露出幼稚，幼稚中透露出天真，天真得让人有些想笑。

虚假的东西宣传过度，就会让人信以为真，结果会让宣传者意想不到。

支队保卫科张副科长问："找到了吗？"

刘健说："没有。跑了几天，没见到一个国民党残匪。碰见村寨老乡，问起敌人打信号枪、抢耕牛、抢财产的事，他们都说没有，这样的事情，从来就没有发生过。"

支队保卫科和有关部门对刘健说的进行了认真核查，情况完全属实。又审查了刘健的社会关系，根本就没有叫刘二毛的叔伯爷爷，哪会有参加国民党军队的事，种大烟，卖毒品？据说，章德林被叫到了连部，出来时脑袋耷拉着，脸色青一阵白一阵的，像霜打的冬瓜。

结果，刘健成了新兵连第一个受到警告处分的兵。然而很快，三四个星期后，又发生了一件更大的事：

刘健死了，吊死在河边的一棵柳树上。

"吕大山啊吕大山，你这是怎么带的兵？一个新兵，不是逃跑，就是自杀。你到底还会不会带兵？"戴红戎支队长闻讯后气得，把正在吸的大半截烟扔在地上，狠狠踩上一脚，瞪着豹子眼在屋里转圈，"命令警卫连，立即关押吕大山，老账新账一齐算"。

"别急，别急，把情况查清楚了，再做处理。"李飞政委拦住了他。

吕大山和龙岩炎，心情沉重地把刘健的情况，向支队调查组做了详细汇报。

刘健这个兵，上进心强，但个性孤独沉闷，不太开朗。自从私自离开军营受到处分，就变得更加默默无语，很少与战友们交往。星期天和节假日也不外出，一个人待在班里为大家做好事。刘健做好事像有人做坏事，总是偷偷摸摸，生怕被人看见。他常常是在没人的时候做好事，做了好事也不说。他一个人把宿舍打扫得干干净净，把战友的枪支都擦拭一遍，擦拭得一尘不染。看到哪个战友的被子、床单、军装、衬衣和衬裤脏了，就抱到军营旁那条小河里洗。洗净晒干了，收回来，把被套装好了，一针一线地缝上，叠得整整齐齐。洗好的床单再重新铺好。军装、衬衣和衬裤都叠好，放到原来的地方。兵们晚上回来，只觉得屋里的一切变得干净、清爽。不仔细看，发现不了自己的东西已经被人洗干净、收拾过了。不过，大家后来也都知道是刘健干的。一个星期天刚吃过早饭，章德林突然大哭起来，号啕大哭，如同死了爹娘，班里人吓了一跳。张国富问：

"是不是肚子疼，又要拉稀？"

"东西丢了。"

"啥？"

"钱。"

"多少？"

章德林没有回答他，跑去向梁班长报告："三十块钱丢了。"

"三十块钱？"梁班长有些吃惊，"新兵一个月六块钱，你才当了几天兵？"

章德林泪如泉涌："参军时从家里带来的，怕丢，就用手绢包着，缝在了被子里。今天想进城买书，撕开被子去拿时，发现钱不见了。"

1 排长龙岩炎命令:"3 班的十六个兵,从现在起,一律不得离开宿舍。"然后,一个一个地单独谈话。全班十六个兵谈完话,又找近几天来,凡是到过 3 班的兵们谈话。被叫去谈话时间最长、次数最多的就是刘健。很快,连里有人传言:

"章德林的钱,是刘健偷的。"

"也是,钱缝在被子里,不拆洗被子,谁会知道?"

"上级肯定是已经知道了,要不,咋几次都把刘健叫去询问?"

"哪是询问?是审问,审犯人一样。"

谈话室,就是那间携枪外出回来后的临时询问室里,刘健又一次坐在龙岩炎面前。他哭丧着脸,落魄、无奈、痛苦、悲伤,活像个真正有罪的人。龙岩炎看着刘健,面无表情,一言不发,沉默着。

刘健说:"排长,我没给章德林拆洗过被子。"

龙岩炎没有搭理他。

"排长,我说的都是实话。"

龙岩炎还是没有说话。

"真的,我不喜欢章德林,从来没有给他洗过东西。"

龙岩炎突然笑了,冷笑。那笑声不高,只有他们两个人能够听见。冷笑过之后,又是一阵沉默。沉默了一阵,龙岩炎问:

"不喜欢章德林,没有给章德林拆洗过被子?这,谁能证明?我问你,你给别的战士拆洗过吧?拆洗过。我实在不能理解,你为啥常常在班里战士都不在的时候去洗大家的东西?这到底是为的啥?听说你的手艺很高,洗过以后,又整理得像没人动过一样?你这样做,是什么动机?"

刘健两只眼睛,可怜巴巴地盯着墙看。墙上贴着雷锋的肖像。雷锋同志头戴着棉军帽,双手握着冲锋枪,正在向他微笑。他回答说:

"伟大领袖毛主席号召我们,向雷锋同志学习,做好事不留姓名。我向雷锋同志学习，想当无名英雄，做好事不留痕迹。"

龙岩炎的脸上突然收拢了笑意，严厉起来，电闪雷鸣一般：

"什么叫不留姓名？什么叫不留痕迹？不留姓名和不留痕迹，是一回事吗？"

龙岩炎脸色变得十分严厉，十分可怕，甚至是十分狰狞。

刘健是个新兵，哪经历过这样的阵势？他惊恐地瞪大眼睛看着龙排长，心里慌乱起来。他哑口无言，不知道该怎么回答排长这句问话。

按照龙岩炎的要求，3班白天军事训练，接连几个晚上召开班务会，每个人反复做检查，人与人背靠背相互揭发，提供线索，次次都要做记录。最后，多数人都认为刘健的疑点最多，大家问得最多的也是龙排长问的那几句话：

"什么叫不留姓名？"

"啥叫不留痕迹？"

"刘健帮 ×× 洗衣服时，听说有一次换走了人家的新衣服。"

"听说，刘健帮 ×× 拆洗被子时，换走了人家的好被套。"

这些纯粹是扯淡，有墙倒众人推、落井下石的味道。新兵们的衣服、被套都是同时发的，全都是新的，一模一样，哪来的新衣服、好被套？

人们的内心深处，都潜藏着一只野兽，如果防守不严，一有机会就会跑出来伤人。

刘健被限制了自由，关了禁闭，在食堂后面放菜的木板房里。

晚上，吕大山把刘健叫到连部。刘健两只眼睛有些肿胀，目光有些呆滞，腮帮子有些塌陷。他的整个精神状态，已经濒临崩溃的边缘。他一进门，没等吕大山开口，便"扑通"一声跪在地下，不停地说：

"吕连长，我真的没见过章德林的钱，吕连长，我以后再也不那样去做好事了。吕连长，我不是小偷，我从来不偷别人的东西，我只是想当个好兵。"

"小刘，坐下！坐好了，有话好好说。"

吕大山吓了一跳，赶忙过去拉他起来，让他到椅子上坐好。

刘健只是流着泪水，不再说话，一句话也不说。排长面前，他已经被问得哑口无言，连长面前，他还能再说出什么？

他本来就不善言辞，话语木讷。

第二天黎明，细雨蒙蒙，军营被浓重的烟雨笼罩着。流动哨兵发现小河边的一棵柳树上，吊着一个人，是刘健，已经死了。

柳树下那条小河，依旧在哗哗流淌。像是在呜咽，像是在哭泣。这是刘健生前经常帮战友们洗衣服、洗被褥的地方。

吕大山在他的上衣口袋里，掏出了他留下的一封遗书。遗书中写道：

"敬爱的吕连长、龙排长：我刚来到部队，天天训练，听说部队不是打仗，是挖煤矿搬石头施工干活的，就想回家。龙排长找我谈了几次话，说革命战士是块砖，哪里需要哪里搬，我想通了，就立誓当个毛主席的好战士。那天看完革命京剧样板戏《智取威虎山》，吕连长讲评时要求我们'学唱革命戏，争做革命人'。我决心向革命英雄杨子荣学习，做孤胆英雄。但是我私自行动，违反了军队纪律，我确实错了，给我处分我虚心接受，无怨无悔。后来，我遵照伟大领袖毛主席的教导，向雷锋同志学习，做好事不留姓名，甘当无名英雄，这难道也错了吗？敬爱的首长，我真的没有给章德林拆洗过被子，真的没见过章德林的钱，真的没有偷换过战友们的新衣服和好被套，我真的很冤枉……"

吕大山看着遗书，禁不住热泪盈眶。

龙岩炎走过来了，干瘦的脸上布满阴云，两只眼睛大而无神。离吕大山还有几步远，张开口想要说什么，可没等他说出话来，吕大山过去飞起一脚，狠狠地踢在他的屁股上。龙岩炎踉跄了几步，蹲在刘健的遗体前。他两手抚摸着刘健的遗体，呜呜呜哭了起来。

龙排长的哭，让所有在场的兵们泪流满面，有的哭出声来。

调查组最后的结论是：刘健非正常死亡。

新兵训练快结束时，煤场事件调查组的调查也已经结束了，有了一个最终结论：吕大山和龙岩炎与煤场事件没有直接关系。那个偷煤被烧死的卡车司机阿龙，带了个修理工，那个修理工后来讲了实话。当时卡车发动不起来，他便打开发动机盖进行检查，发现油泵泵不上汽油，就从油箱里用嘴吸了一皮管汽油，掂着皮管子往油泵里倒。正倒时，阿龙发动了马达，汽化器突然回火，点燃了汽油。修理工慌忙把皮管子一甩，整个发动机着起了大火。司机阿龙赶忙出来灭火。火越着越大，他赶紧钻进驾驶室，开着着了大火的卡车跑，说是到附近的小河边，用河水灭火。现场一片混乱，就这个时候，听见了枪声。

煤场事件虽说有了最终结论，但对吕大山和龙岩炎的命运转变，并没有任何帮助。

刘健的自杀身亡，让41支队蒙羞，成为这支部队组建后第一个影响最大的事件。纵队给41支队通报批评。支队给吕大山和龙岩炎严重警告处分，正式下达命令：

吕大山营长降为中队长（连级）。龙岩炎连长降为排长。

栾招远团长也做了检查，受到警告处分。

新兵连临结束前三天，章德林的钱找着了：8连3排9班战士苟小麦拆洗被子时，发现自己被子里有三十元钱和五斤全国粮票。原来那天，章德林和苟小麦都在操场晒被子，他两个相互错收了对方的被子。

世界上很多事情，蹊跷复杂。偶然与必然，真假与对错，瞬息变幻，捉弄着人们的命运，令人们倍感世事艰难。

三个月，普安县新兵训练结束了。

吕大山被分到402大队一区队。秦大兵、赵西波、王文广、牛小社等人，跟着吕连长。龙岩炎被分到407大队一区队一中队。张国富、张军伟、李友正等，跟着龙排长。章德林的命运最好，被分配到了支队司令部。老实厚道的梁班长，拉着章德林的手，依依不舍又略带伤感地说：

"小章，支队司令部就是师部，到了师部好好干，师部不是一般人能去的，我到部队八年了，只去过大队部，就是团部。师部的大门朝哪儿，不知道。"

章德林昂扬着头，和其他五六个新兵，坐上一辆中吉普，踌躇满志地去了。

一棵洋槐树下，龙岩炎独自站着。洁白的洋槐花已经盛开，一串串地挂满了枝头，散发出醉人的芳香。龙岩炎点着了一支乌江牌香烟，看着一个个离去的新兵，面色阴郁，大口地吸着。

他又想到了刘健。这是他内心永远抹不去的痛。

"呸"的一声。龙岩炎循声看去，发现是张国富，站在离自己不到十米远的地方。他对着远去的章德林，把一口痰狠狠地吐到地上。

张国富的旁边站着张军伟，嘴里也在嘟囔："操，这孙子，傲的，连他爹姓啥都忘了。"

龙岩炎无声地笑了，笑得有些诡异，随口骂了声："妈的。"

一阵风刮来，洋槐树上有些变黄了的花，飘飘洒洒地落了一地。

偏　师（上）

　　贵州这块土地，古老，神秘，神奇。

　　1936 年的一天，黔西南的深山里行进着一支部队。这里是乌蒙山区。天上没有下雨，但人们的身上，却有些湿漉漉的。这里格外的寂静，严酷而冷漠。只有散淡的云雾，轻飘舒漫。放眼看去，叠嶂的山峦，逶迤的群峰，全都笼罩在厚重的阴云之中。大山连着大山，峡谷接着峡谷。脚下根本没路，全是湿漉漉的野草，泥糊糊的碎石红土。这支部队有四百人左右。这支队伍手持的枪支武器一样，令人惊奇的是，却穿着三种不同的军装：一部分是红军，一部分是国军，还有一部分是黔军。

　　这支身着三种不同制式军装的部队，全副武装，无声无息，行迹匆匆。这寂静的山谷里，流动着一股神秘的风。搞不清楚，他们这是在快速战略转移，还是要去执行一项特殊的战斗任务。

　　确实，这是一支鲜为人知的部队，这也是一段鲜为人知的历史。

　　近代贵州，在中国革命的历史舞台上，曾上演过一个世人皆知名垂青史的剧目——遵义会议。它实际上开始了毛泽东在军事上的领导，从此奠定了中国工农红军和中国革命在极端艰难的环境中不断走向胜利的基础。同样是在贵州，同样是在那个时期，中国红军还谱写有另外光彩神奇的篇章：黎平会议，两占遵义，四渡赤水。在当时，它扭转了工农红军在军事上的被动局面，一直走向了浴血奋战、艰苦卓绝、前途光明的未来。但是，很少有人知道，当时的红军，当时在贵州境内，在这一系列重大行动中，中革军委还巧布了一支偏师——红军川滇黔边区游击纵队。

兵者，诡道也。疑兵，兵书上也有称之谓偏师。红军川滇黔边区游击纵队，这支红军的偏师，按照中革军委的意图，为掩护、策应中央红军主力进行重大战事，诡道频频，布下了重重疑云。他们或是有意暴露行踪，以各种番号招摇于世，游走于云、贵、川交界处；或是左冲右突，主动出击，迷惑、牵制、打击敌人；或是频频与数倍、数十倍的敌军浴血周旋、交战，壮大声势。用毛泽东确定的方针："有时向东，有时向西，有时走大路，有时走小路，有时走老路，有时走新路。"这支偏师，搅扰得国民党南京政府，对西南的整个战局陷入了迷茫，变得疑惑不解。受命围追堵截红军主力的黔军、滇军、川军和国军，一时间竟不知所措，失去了主攻方向。

中革军委在川滇黔边界巧布这支偏师，出奇制胜，挽救红军，挽救革命，表现出一种高超的军事指挥艺术。

三十多年后，中央在云、贵、川进行三线建设的战略布局，时间长达18年，动用兵力49万，以应对世界复杂形势，使中国在艰难的世界格局中立于不败之地。这一战略布局，奠定了以后几十年国防军工、航空航天，包括攀枝花钢铁基地、西昌卫星发射中心、夹江核动力研究基地等高精尖科技的基础。这同样是一项英明的战略决策。

这种战争中的高超军事指挥艺术，与建设时期的雄才伟略，在本质上是一脉相承的。这都是毛泽东的杰作，也是他的得意之笔。

时间回到一年前，1935年初。红军中央纵队和中央红军总部撤出遵义后，向北进发。按照预定计划，准备经过川南地区，渡过长江北上，与红四方面军会合。然而，中央红军各部集结到达贵州土城，在青杠坡与敌人进行了一场激战。枪炮声在山谷中震荡。厮杀声在战场上呐喊。硝烟在峰谷间飘动。红军前沿某部1连阵地上，弯弯曲曲的战壕里喷射出点点火光。眼前的地面上噗嗤噗嗤响，到处都是翻动的小土花。那是对面敌人打来的子弹。突然，阵地的左翼响起了一阵密集的枪声。战壕里的红军立刻有人侧身中弹倒下。连长吕壮行，江西兴国人，瘦高精悍，很能打仗。这时的他头缠绷带，观察着阵势，面色立刻严峻起来。他正准备调集兵力，应对左翼出现的敌人，突然右翼也响起了敌人的枪声。要命的是，正对面的敌人在左、右两翼的策应下，呼喊着、射击着向前冲锋过来。三面受敌，一场混战，红1连顿时损失了三分之一的兵力。二十名敢死队员在战壕里列队受命，个个腰上捆绑着十几个手榴弹，腋下夹着炸药包，手握着大刀或冲锋枪，吕壮行准备指挥他们正面突击，要不惜一切压下敌人的疯狂。正在这时，营部通信员跑来向连长吕壮行报告：

"营长命令，立即撤出阵地，到土城西南浑溪渡口待命。"

"什么，撤出阵地？"

"立即撤出阵地，到土城西南浑溪渡口待命。"

"什么原因？"

"不清楚。"

原来，集结在土城的红军在青杠坡与敌人激战，没料想情报有误，遇到的是数倍于己的川军。川军以六个团的绝对优势兵力，手持最优良的武器，采取小正面、多梯队、连续冲锋、步步为营的战术，紧紧咬住红军不放。与此同时，另有两个旅，从红军的背侧悄悄攻击而来。

中央纵队和中央红军，陷入了岌岌可危的境地。

毛泽东同志冒着枪林弹雨，亲临战场勘察。经过一番敌我情势分析，提出：撤出战场，轻装前进，西渡赤水，甩脱敌军。

赤水河，是长江的一条支流，源出乌蒙山区的镇雄县。秦汉时称鳛水，因其流域为南夷君长之一的鳛部治邑，故名。后汉迄至两晋，称大涉水、安乐水。东晋时称巴涪（符）水。唐天宝十年（公元751年）鲜于仲通征南诏，在为南征造势的檄文中第一次出现"赤虺河"的称名。"赤"者，"流卷泥沙，每遭雨涨，水色浑赤，河以之名也"。"虺"指毒蛇，是因为浑赤的河水中处处有毒蛇出没。明洪武十五年（公元1382年），在今四川叙永置赤水卫，改赤虺为赤水。

红1连长吕壮行带领他的连队，撤出战斗甩开敌人，征尘仆仆地赶到了土城西南的浑溪渡口，和兄弟连队一起，架设起两座浮桥。

眼前流经土城的赤水河，河面宽窄不一。窄处一二百米，宽处三四百米。河道蜿蜒曲折，水深浪大，奔腾湍急。红军大部队开始向浑溪渡口集结，准备西渡赤水河。川军郭勋祺部继续尾追而来，紧盯不放。突然间，不知道从哪里插进一支部队，身着黔军军服，不由分说瞬间占据了有利地形，威武雄壮地横挡在川军面前，并出其意料之外地向川军猛烈开火。突如其来的"友军"，打得川军措手不及，晕头转向。事后得知，这是化装成黔军的"红军赤水河游击队"。三万多红军借机渡过了赤水河。此为四渡赤水的"一渡赤水"。

红军渡过了赤水河，途经叙永县，准备从宜宾北渡长江。叙永县位于四川盆地和云贵高原过渡地带的中低山区。境内土石皆赤，为典型的丹霞地貌。元朝至元二十五年（公元1288年），置永宁路。明置叙永同知，隶叙州府。叙永县历代为边陲重镇、商旅孔道、巴蜀名城，素有"川南门户"的誉称。吕壮行率领红1连担任尖刀连负责主攻。没想到，守城的川军和民团的拼命抵抗。他们用火力、刺刀、马刀、钩镰枪、石灰罐等武器，洋的和土的，火器和冷兵器，构筑成了一道又一道坚固的防线。川南"剿总"闻讯，又加派八个旅和一个警备大队，直扑叙永县城。蒋介石电令黔军、滇军共十三个师加四个旅，气势汹汹向川南包抄过来。

红军又一次陷入了险境。

毛泽东和中革军委审时度势，作出新的决定：放弃北渡长江，向云南东北部秘密转移。同时命令"川南游击队"，身着红军服装，大张旗鼓地四面出击，不间断地袭击川军。凡途经过的岩石、农房门板、墙壁上，都要留下标语，留下鼓舞斗志的口号，落款冠以"中央红军""红一军团""红军左路纵队""红军黔北支队""红军滇北五纵"等等，假以红军主力，壮大声势，迷惑敌人。

小股部队造就大的声势，掩护着中央纵队和中央红军总部，迅速脱离了敌人的重兵。

就这样，三万多红军主力，悄无声息地在崇山峻岭中行进，最后集结到云南东北部一个小镇上。这个小镇叫扎西，坐落在乌蒙山深处。这里敌人兵力空虚，偏僻宁静，安全隐蔽。

天上飘着毛毛细雨，地上潮湿阴冷。扎西镇一座会馆的小木楼里，中革军委的领导们围在一起，拨着火盆里的炭火，吃着烧熟的土豆，剥着烤焦了皮的红薯。他们心事重重，面色有些凝重。

"土城战役失利，这次叙永县城之战又受挫，官兵们有些议论。"

"指挥作战方面，我们到底有哪些教训需要总结？"

毛泽东吸着劣质香烟，大口大口地吐着烟雾。土城之战，北渡长江，是毛泽东自遵义会议出山、重新参与执掌兵权之后，亲自指挥、精心部署的第一场战役和军事行动计划。土城战役失利，北渡长江夭折，毛泽东的心情可想而知。毛泽东已经半天没有说话了。他一直在沉思，一直在回忆，一直在内省，一直在从纷纭复杂的情节中寻找着原因。他认为：敌强我弱，打阵地战、攻坚战，不是我们的长项，更不是我们的强项。我们在江西，进行的第一到第四次反围剿战争，之所以能够胜利，就是因为我们采取了机动灵活、行踪不定、动作迅速、出其不意，在运动中歼灭敌人的战略战术。土城之战，叙永县之战，是以我之短，攻敌之长，岂能不败？此者为一。兵者，诡道也。军队行动贵在神速，贵在神秘。我们各军团主力四处奔走，大张旗鼓，眼中无敌，心无戒备，暴露了我军的行动计划。此者为二。两招不慎，盘盘皆输，教训可谓大焉。

毛泽东的精辟分析，让与会者点头认可。毛泽东毕竟是非常务实的军事家。他所实行的战略战术历来是根据客观实际，机动灵活。

"老办法，两句话：打得赢就打，打不赢就走。天无绝人之路。大路朝天各走一边。现在川黔边境敌人重兵集结，黔北地区敌人兵力空虚。"毛泽东大手一挥：回师东进，再渡赤水，重占遵义。怎么样？

"好，这'十二字方针'，叫出其不意攻其不备，我赞同。"

"这着棋确实高，我也赞同。"

"同意，再渡赤水，杀他一个回马枪，重占遵义。"

毛泽东在同事们的认可声中，从火盆里拿起一根一头着火的劈柴，又点燃一支香烟，贪婪地吸了一口。吐出的烟雾，没有遮挡住他脸上露出那自信的笑容。这是几天来少有的。

"这次土城青杠坡之战，我们之所以能够很快脱身，红军赤水河游击队功不可没。叙永县我们能够顺利转移，红军川南游击队当记一功。这两支游击队，规模虽小，却大显了神通。"

"对，这两支游击队，确实是功不可没。"

"应当给他们嘉奖，给他们记功。"

毛泽东按照孙子的论述：三军之众，可使必受敌而无败者，奇、正是也。凡战者，以正合，以奇胜。统率三军部众可使其四面受敌而不致败北，那是由于奇、正之法运用得巧妙，以正兵当敌，以奇兵取胜。

同事们都看着他。大家都知道，他满腹经纶，论事引经据典，谈吐大开大合，有时一下子难以理解他的意图。

他建议把这两支游击队，和川滇黔边区的其他游击队合并起来，比如黔北游击队、遵湄绥游击队，合并起来，再抽调主力部队的一些骨干，扩充进去，新组建一支游击纵队，作为疑兵，作为我们的偏师。

"疑兵？"

"偏师？"

毛泽东认真地点了点头。让这支偏师强大起来，让它貌似主力，机动灵活，有更大的动作，搞出更大的响动，搅它个天翻地覆，声震乌蒙，掩护红军主力的真实作战意图，打乱蒋委员长的军事部署。

毛泽东的提议，赢得了大家的一致赞许：

"好！这是一个妙招。"

"同意，组建偏师。"

"老毛，组建偏师，布下疑兵，这真的是一个高招啊！"

"赞成！奇、正相依，搅它个天翻地覆。"

扎西会议在热气腾腾的氛围中，顺利圆满结束。

会议上，除了同意执行毛泽东提出的"十二字战略方针"，同时根据毛泽东的建议作出决定：成立中共川滇黔边区特委，组建红军川滇黔边区游击纵队。这个游击纵队由川南游击队、黔北游击队、遵湄绥游击队和赤水河游击队合并组成，再抽调一批红军主力进去。中革军委明确指出，新组建的红军川滇黔边区游击纵队，任务有三：一是打击和牵制敌人，配合中央红军主力部队作战；二是安置和保护好伤病员；三是建立革命根据地。

中革军委任命：王一淘为中共川滇黔边区特委书记兼游击纵队司令员。许侧任特委副书记兼游击纵队政委。俞泽宏任特委宣传部长兼游击纵队参谋长。

中央红军的一支偏师，就此在长征途中，在乌蒙山区诞生。

第三章

1. 军中无戏言

402 大队长李炳福和政委李冰，接到了一个非常紧急的任务：开发火塘矿。

根据地质勘探资料，火塘矿地区的晚二叠世煤田，蕴藏着丰富的优质煤炭。六盘江特区接到水山钢铁基地告急，西南三线指挥部要求水山钢铁基地，必须以最快的速度出钢。这是一种特殊钢材，用来试制新产品，重庆急需，战备必需，刻不容缓。而水山钢铁基地炼这种优质钢，急需要火塘矿的这种优质煤。一环紧扣着一环，最后扣到了火塘矿。

肖新泉书记打电话给戴红戎支队长："请41支队火塘矿所在的部队，最好在100天内能够出煤，日出煤量能达到750吨就可以，就能够先解燃眉之急。"肖书记随后又说，"老戴，西南指下的任务，时间紧任务重，这可能是一场硬仗啊。'钢铁元帅'已经升帐了，铁路、煤炭必须先行。据我所知，运送煤炭的道路、车辆已经开始筹划了，由别的部队承担。煤炭是深埋在地下的，矿井建设工程量大，工期长，任务就更加艰巨。可以说，军情紧急啊。"

戴红戎欣然领命，说："请肖书记放心，组建基建兵是干什么的？就是为了能打硬仗。我们保证，建矿出煤一定要走在道路、车辆的前面，让挖出来的煤等车辆来运。一句话，做熟了饭等客人。"

"做熟了饭等客人？老戴，你这句话说得好啊，很经典！有你这句话，钢铁元帅升帐指挥，就没有打不胜的仗。"

戴红戍领兵多年，接受任务从不打折扣，下达命令从无戏言。他和政委李飞简单商量后，打电话给李炳福，命令402大队：

"90天后，火塘矿必须出煤，日出煤量要达850吨。"

李炳福和李冰带领大队各有关部门的主要领导，火速赶到了火塘矿区。一看现场，天哪，这哪是什么矿区？

一条正经路都没有，人们根本无处下脚。几座干打垒盖的房子，陈旧破烂，像是几具巨兽的骸骨，被凄凉地抛弃在这荒山野岭上。荒草野树长有半人多高，房子顶棚早已坍塌了，露着大窟窿小眼。房顶上，有几个用枯枝、烂布条、废电线等盘绕搭成的鸟窝。几只黑色的大鸟在窝边飞来飞去，不时地丢下几声叫唤，像是在问这群人，你们想要干什么？房子已经全都没了门窗，走近了往里看，屋里地面上野草稀疏。一堆细土上，趴着几只山老鼠，毛色棕黄，一尺多长，瞪着惊恐的鼠眼，并不友好地看着这些不速之客。放眼所谓的矿区，到处是怪石沟壑，野树疯长，没有一块像样的平地，可以说是满目荒凉。原先挖的井口在哪儿，都没有看到。技术股长是个工改兵，他蹲下去，把一小块平地上的几簇狗尾巴草拔去，摊开了一大卷图纸，捡起四块小石子压在四个角上，在图纸上指指点点地说：

"这是50年代末'大跃进'期间，六盘江矿务局原先设计的一个矿区，设计方案定了，产煤的规模也定了。所谓矿井，就是这个。挖了不到100米就停工了，通风、供水、供电系统等都没有。根据挖掘留下的档案资料看，这下面有一段地质结构极其复杂，有没有暗河，有没有涌洞，有没有瓦斯，有没有岩爆，都不好说。九十天后出煤，出个卵子？"

李炳福一脸的愁容，吸溜了半天嘴没有说话，在草地上转了好几圈。他从通信兵手里要过步话机，把现场的情况向戴支队长详详细细、认认真真、一丝不漏地作了汇报。最后强调说：

"支队长，挖井采煤是一门科学，时间太急了怕出问题，塌方、透水、瓦斯爆炸，搞不好会出人命。"

戴红成支队长像是很有耐心，在静静地听着大队长李炳福的倾诉。李炳福把一肚子的困难，一肚子的担心，一肚子的无奈，全都倾诉完了，长长地出了口气，他万没料到，戴红成支队长的口气坚定不移：

"打仗没有不死人的。八十天后见不到煤，402大队长换人。"

"不是九十天吗？"

"剩余十天，留给新任命的大队长。"

啪的一声，戴支队长挂了电话。

李炳福一下子愣住了，半天没反应过来。这是什么支队长？什么工作作风？李炳福大学毕业，在地方上工作了十多年，哪遇到过这样的领导？如此的主观，如此的武断，根本容不得下属再多说一句话。面对着这种领导，这样的作风，他感到自己非常的不适应。

"军中无戏言。"李冰政委告诉李炳福大队长，"军队不同于地方，军人不同于老百姓，军令如山，拼死也得上。"

402大队和41支队的其他大队一样，是新组建的，兵员成分多头，构成的来源复杂。按照407大队长林越山的戏言："五个孩子一个爹（铁道兵、工改兵、福建兵、学生兵、义务兵），全都不是一个妈。"这样的一支部队，要扭成一股绳，心往一处想，劲往一起使，确实需要一段时间的磨合。但军情大如天，战备任务不等人。

李冰政委建议："大队长，火线打硬仗，须用强兵悍将。"

李炳福说："政委，我完全同意。"

"调一区队先上，怎么样？"

"好，一区队先上！"

"一区队的班底，原是铁道兵×师1营，吕大山就是当年的营长，素有'钢铁营'之称，打过无数次硬仗。"

"政委，我早就听说了。铁道兵 × 师 1 营，营长点子多，全营智多星；营长不怕死，全营敢拼命。我提议，吕大山代理区队长，不知道政委意见如何？"

"好，我同意。立即报请支队首长，任命吕大山为 402 大队一区队代理区队长。"

很快，戴支队长和李飞政委同意了他们的请示。

代理就是试用，就是一种考验，就是短时间内没有更合适人选的最好人选。

吕大山和一区队教导员蒋凤君奉命，急匆匆来到大队部。李炳福大队长向他俩传达了支队长的命令，要求一区队：

"必须按期出煤，天大的困难也要克服。"

李冰政委最后强调："如不能按期完成任务，按战场指挥不力处置。"

此时此刻的大队长和政委，倒很像戴支队长。他两个的态度之严肃，口气之坚决，那阵势明摆着，就是根本不允许这两位下属再讲出什么困难。也就是说，面对这次任务，没有任何可以回旋的余地。这样的场面，吕大山经历的多了，他显得倒很平静。他只是有些担心蒋教导员。吕大山万没想到，教导员蒋凤君也当即表示：

"请首长放心，保证按时完成任务。"

蒋凤君的态度大大出乎吕大山的意料。这么艰巨的任务，接受起来这么轻松，这么痛快。他心里到底打的什么算盘？回区队部的路上，吕大山才知道了教导员怀里的底细。他的担心是多余的。

原来，蒋凤君的父亲是河南南阳镇平县人，美国芝加哥大学地勘专业毕业。二十多年前，也就是上世纪 40 年代，大西南还没有解放，父亲就一直在乌蒙山区跋山涉水，不畏艰辛地踏勘，进行地质调查。父亲说，在火塘矿地质区域内，有一个叫作雁翅关的地方，钻探发现地下蕴藏着非常丰富的优质煤炭，比火塘矿的煤质量还好。

那里为晚二叠世煤田，煤炭硫灰少，硫不到 1%，灰不到 15%，是最好的工业用煤。父亲曾经组织人试着开掘过一个矿井。后来因为战乱，加上地面环境复杂，高山峡谷，没有运输道路，财力弱，人力少，那矿井开建不久，就半途而废了。父亲十多年前已经去世了，临去世前他非常遗憾，说：

"雁翅关的地质条件比较温和，煤层很厚，质量很好，只要稍加努力就有出煤的希望，自己一辈子就打过这一口井，还半途而废，太可惜了，实在是太可惜了。"

蒋凤君说："我坚信父亲的结论。这么多年来，父亲的遗愿一直萦绕在我的心头，我也一直想寻找机会来实现父亲的遗愿。在接受大队长下达任务时，实现父亲的遗愿随即又浮上心头。不过，雁翅关的半拉子煤矿具体在什么位置，开采到什么程度，我一无所知，手头也没有任何资料。下一步怎么办，不知道吕区队长有什么高见？"

"教导员，好，非常好。我认为，只要是在火塘矿区域内，就不会太远，寻找起来就不会太难。这个区队的底子是铁道兵侦察连，在侦察兵的眼里，没有找不到的地方。"吕大山眼前密布的阴云，一下子被撕开了一道缝隙，希望的阳光倾泻在他的脸上，他高兴得直拍教导员的肩膀，"立即制定方案，向大队长和政委报告。"

当天夜里，李炳福大队长打来电话："戴支队长原则上同意你们的方案。但限你们三天时间，寻找到雁翅关矿井，最多三天。三天没结果，按原方案执行。"

李冰政委在电话里接着说："支队首长对你们提供的方案非常重视。李飞政委知道，蒋教导员的父亲，是我国著名的地质煤炭勘探方面的专家，是一位资深的老前辈。如果能够找到雁翅关矿井，不仅会事半功倍，完成西南三线建设指挥部交给的任务，很可能会发现一个新的煤炭资源，完成老一辈煤炭专家的遗愿。戴支队长要求你们，寻找到雁翅关矿井以后，立即报告地理位置，因为还有个道路交通、车辆运输问题，支队要通盘考虑。"

"是，请首长放心，坚决完成任务！"

吕大山拍着胸脯向大队长和政委保证。接着，集合部队作了简短动员。一区队四个中队的官兵，领命后像放飞的鸟儿，迅速向雁翅关方向散飞开去，寻找半拉子矿井。吕大山和蒋凤君分别同一、二中队行动。

雁翅关山脉海拔平均 2000 米左右。天上下着蒙蒙细雨，眼前全是荒草丛生，沟壑纵横，洞深难测，坡陡湿滑，根本就没有路可走。1 中队 1 排在一条沟里走了两三公里，突遇一断岩横在面前，左右无路，后退当然不行。梁老林、陈阿强几个来自深山的贵州兵，具有攀岩的本领。他们搭起人梯，手指头抠扒着岩缝，揪着崖上野树野藤，敏捷如猴地最先爬了上去。然后，扔下了几条绳子，战士们抓着绳子往崖顶攀登。其实，战士们心里都很清楚，这乌蒙山区，这荒山野岭，最可怕的不是这些，也不是经常遇到的毒蛇、毒蜂、蝎子。陈压延那几个广东兵，还最爱吃蛇吃蝎，蛇蝎在他们的眼里都是美味，见到就嘴流涎水。蛇看见他们就浑身发软，蝎子看见他们就爬行不动。

这乌蒙山区，最可怕的是那些掩藏在杂草中的洞。

这些洞，地质学上有个十分可怕的名字，叫喀斯特竖井，俗话叫喀斯特窟窿。这些喀斯特竖井在乌蒙山区很多，可以说是星罗棋布，随处可见，一个个像张开的大嘴，黑乎乎阴森森的。有的在明处，一眼能够看到；有的在暗处，被荒草野树遮掩着，它们随时像要吃人。稍不留心，就会掉进无底深的窟窿里。为了预防不测，吕大山命令走在前面探路的尖兵班，三个人一组，一根绳子，间隔三四米拴上一个。秦大兵、王文广和牛小社在尖兵班，拴在第一组。王文广走在前面，回头开着玩笑：

"咱这是一根绳子，拴三个蚂蚱，我在前面走，你们俩做我的卫兵。"

"卫兵？扯淡。我两个是解差，押解的是犯人。"

"哼，犯人？老子要是掉进窟窿里，你们两个谁也跑不了。"

"跑不了？你试试看。你要是掉了下去，老子就先用刺刀把绳子割断了。"

"报告，有大窟窿！"话音未落，王文广突然大喊。

吕大山走了过来。半山腰的羊肠小道旁，一个洞咧开着大口，直径有三四米。洞的边沿凸出着几块大小不一的石头，像龇着一圈狰狞的牙齿。他看了看洞，深不见底，用脚蹬了蹬一块石头，见有松动，便猛一使劲儿，那块石头一声不响地栽进了洞里。大家竖起耳朵，屏住呼吸，半天没听见洞里有什么声息。

王文广心里吓得直喊娘，两腿有些发软。

这就是乌蒙山区的杰作，这就是喀斯特地貌的特色，这就是石灰岩地质结构与雨水、地下水亿万年间亲吻的产物。

官兵们带着三天的干粮，饿了啃蒸熟的冷土豆，吃军用压缩饼干，渴了喝山洞里的水，夜里随地找个山凹，或者在阴冷潮湿的山洞里睡觉。大洞小洞，这样的山野不缺的就是山洞。

第三天上午，在当地一个五十多岁老乡的带领下，终于找到了多年前被废弃的矿井。矿井口被长满的杂草荒树遮掩着。井口的不远处是一堆乱石，看样子是当年开采出来的，堆得像小山一样。心情激动的战士个个生龙活虎，很快清理了矿井口的遮挡物，发现这是一口斜井，井口4米多宽，5米多高。

吕大山把这一发现，通过报话机，报告了大队首长。

2. 大蛇

戴支队长对发现的雁翅关矿非常重视，派来了作战科（技术科）长陈双银，带着三名技术员。李炳福大队长、李冰政委都来了。看得出，他们对一区队三天来的战果表示满意。

李炳福大队长说："下一步，立即进入井下勘察，搞清里面情况，制定开采方案，力争尽快出煤。"

李冰政委告诉吕大山："这个井废弃了多年，井下情况不明，一定要特别注意安全。戴支队长决定，把技术科的柳技术员留下，她是大学生，遇到技术方面的事，可与她商量，多听她的意见。"

吕大山这才发现，柳技术员就是他带着龙岩炎 1 连，奔往盘江镇途中遇到的那个女教师柳晓雪。她现在已经成为一名军人，穿着一身合体的绿色军装，红色的领章，红色的帽徽，衬托得她更加丰姿飒爽，妩媚动人。女兵是军营中的花朵，格外的娇艳夺目。

柳晓雪也认出了吕大山，告诉他："那批学生，分配到矿务局后，正好赶上基建兵 41 支队成立，绝大部分都参军入伍了，分配在 41 支队的各部队、各技术部门。我学的是采矿专业，现在是支队司令部作战科（技术科）的技术员。"

吕大山紧紧握着柳晓雪的手，说："欢迎柳技术员，请你帮助我们解决困难。"

"区队长客气了，你救了我们一车人的命，想感谢都不知道上哪里找，没想到在这里见面了，成了一个部队的战友。"柳技术员说，"眼前的任务，不仅是你们的困难，这也是我们的责任，技术员就是干的这个工作。"

吕大山看着快言快语的柳晓雪，没再说什么。经过一番准备，他们开始探井。

吕大山一手拿着手电筒，一手拿根山木棍子，和柳晓雪几个人，换上了高筒雨靴，戴上安全帽，进了井口。紧随在后面的是一中队长陈国祥，手里提着冲锋枪。陈压延、王文广两人手握着手电筒，打开了，几道雪亮的光柱，射进了漆黑的井洞里。柳晓雪技术员仔细察看着洞情，说：

"这是个斜井，坡度大概是 27 度左右。"

话音未落，"扑扑棱"的一群鸟受到惊吓，贴着他们的头顶，从洞里飞了出来。柳技术员毕竟是个姑娘，吓得几乎贴到了吕大山的身上。"蝙蝠，不用怕。"吕大山笑着，给柳晓雪鼓劲。又往前走了十多米，脚下全是淤泥，一脚踩下去，没过了脚脖子，使劲把脚拔出来，雨靴被吸在了泥里。真是步履维艰，寸步难行。吕大山用绳子兜着脚底捆好了雨靴，扎好了裤腿，用棍子扎在淤泥里试探着。他们深一脚浅一脚地艰难前行。眼前看到的是，乱七八糟倒塌的圆木支架，由于年代已久，洞内潮湿，不少已经糟朽了。到处是横拉竖扯的蜘蛛网。不时地看见有蝎子乱窜，蜈蚣乱爬。柳晓雪心里有些发怵，她紧紧贴着吕大山，情不自禁地拉着吕大山的衣角，小鸟依人一般。洞里阴暗潮湿带着腐朽腐臭的气味，一股一股地袭来。井顶井壁都已经风化的非常严重，吕大山用棍子一敲，就有石片噼噼啪啪跌落下来。突然，跟在身后的一中队长陈国祥大喊：

"区队长，蛇，大蛇！"

果然，手电筒光柱里，一条大蛇近似碗口粗，四五米长，吐着红信子有半尺长，发出吱吱吱的声响。巨蛇瞪着恶狠狠的眼睛，昂扬着蛇头，挺起一尺多高，从井的深处爬了过来。它的后面，还跟着三条蛇，都有二三米长。这是一个多年没有受到人们惊扰的世界，蛇们突然发现有不速之客入侵，不满与不安，焦躁与愤怒，抗议与威慑，是可想而知的。

吕大山不由得倒吸了一口凉气。他停下脚步，扔下木棍，推开柳晓雪，一把从一中队长手里夺过冲锋枪，命令陈国祥和王文广：

"快，保护柳技术员，立即后撤。"

"区队长，搞蛇我来，蛇肉好吃。"

说这话的是广东兵陈压延。他话音未落，"哒哒哒……"吕大山手里的冲锋枪响了。一条耀眼的火蛇从枪口喷出，四条毒蛇在一阵激烈的枪声中血肉飞溅。它们吱吱吱地惨叫着、挣扎着、颤抖着、卷曲着，盘绕成一团。这时的柳晓雪，早已经心慌意乱，浑身颤抖，两腿变得软如棉花，不知道该迈哪条腿走路，几乎要瘫坐在地下。

陈国祥和陈压延、王文广，听见了吕大山的命令。但他们仨看着年轻漂亮的女技术员，近在咫尺，却凝视着，迟疑着，一直没敢下手。他们不知道该从哪儿对柳技术员下手。

吕大山一手提着冲锋枪，另一只粗壮有力的胳膊，夹着柳晓雪柔软的细腰，像是在战场上偷袭敌营抓来的一个舌头，拖着她，快步往洞外走。27度的坡，泥泞湿滑，他一边爬坡走，一边嘴里骂："他妈的，窝囊废！"

听见他骂的人心里直纳闷，不知道他骂的是谁。听见井里的枪声，蒋凤君教导员和官兵们，知道遇到了不测，冲锋枪子弹上膛，步枪打开了枪刺，手榴弹握在手里，全部进入了临战状态，准备进洞。

吕大山出了井口，从战士手里要过来四颗手榴弹，捆在一起，拉开引信，狠狠地扔进了洞里。轰的一声，手榴弹在洞里爆炸。一股青烟带着炸药味道，从洞里飘了出来。吕大山带着官兵们，在井口五六米深的位置，迅速堆起十几个炸药包。随着山崩地裂一声巨响，封闭荒废了几十年的矿井口，立刻豁然开朗，赤裸裸地展现在人们面前。

吕大山的这一连串动作，快速敏捷，紧张有序，忙而不乱，像是在演一部电影惊悚片，惊险精彩，惊呆了所有的官兵。

柳晓雪站在人群外，瞪着那双美丽的杏眼。她在看吕大山，惊恐的眼里有些湿润，有些含情脉脉，不过流露出更多的是敬佩。那次险路拦车，仿佛就在眼前。吕大山提着手枪，横立在大卡车前，威武雄壮得像一头狮子。她回味着刚才在洞里，一阵枪声响过后，自己稀里糊涂地被吕大山强有力的胳膊夹着，没有了任何主动，脑子里一片空白，只有一种腾云驾雾般的感觉。想着这些，姑娘的心跳有些快了。

陈压延在旁边直咂巴嘴，低声告诉他那几个广东兵老乡，说吕区队长在井里碰见了几条大蛇，用冲锋枪打得它们血肉横飞："区队长他，毁了我们好几顿的美餐，想起来真是可惜，真让人心疼啊。"

一支部队，一场战役，首战的成败，意义非同小可。开采雁翅关矿井，按期出煤，是新组建后的基建工程兵402大队的第一场战役。戴支队长非常重视。402大队长李炳福、政委李冰，更是把它作为全大队工作的重中之重。吕大山和他的区队，成了支队、大队关注的重点。两级首长，三天两头打电话，过问雁翅关矿的进展情况，他们不仅从吕大山的话语中，同时也从吕大山电话里的口气中，感知着雁翅关矿的进展情况。

"请首长放心，保证按时完成任务。"吕大山每次回答，总是语言精练，信心满满，最后加上一句，"完不成任务，我吕大山提头来见。"

基建工程兵真不愧是一支强强结合，能打硬仗的队伍。军队战士一不怕苦二不怕死的拼命精神，地方工程处"工改兵"的专业技术，柳技术员这批学生兵的专业知识，三方面结合在一起，显示了极大的威力。在雁翅关矿，402大队一区队的四个中队轮番上阵，昼夜不停，这一仗打得热火朝天，有滋有味。清淤、铲洞、架顶木、铺设轨道，巷道在战士们的汗水中，一米一米地向深处推进。

一天吃过午饭，柳晓雪来找吕大山，蒋凤君教导员也在，她向两位主官报告："明后天，能突破300米大关。护碹、铺轨、架线等各项配套进展正常。"

这是个令人兴奋的消息。根据勘探资料，这个井的设计深度是500米，过了300米关，再有200多米，就是厚煤层，就可以挖掘平巷道，正式出煤。不到两个月，雁翅关矿的这场战役就踏进了胜利之门。

吕大山对教导员蒋凤君说："老蒋，这真的要感谢老爷子，几十年前，给我们铺好了路，前人栽树后人乘凉，老爷子这功不可没。"

柳晓雪说："现在，有个情况，应该想办法解决。"

话音刚落，突然电话铃响起。吕大山拿起电话，是一中队长盛国祥，从井下打来的：

"报告区队长，井下有几个战士倒下了，原因不清楚。"

吕大山一听，脸色大变。他赶紧让教导员通知抢险排，立即进井下救人，自己撒腿往井区跑去。进了井，顺坡直下，跑到了200多米，吕大山突然感到一阵胸闷，气短，又跑了几步，他觉得两腿发软，没等明白是怎么回事，便一头栽倒在巷道里。跟随他后面的三四个战士，嘴里有气无力地说"头晕""难受"，也一声不吭地坐在地下。

蒋凤君教导员带着抢险排的人赶到了。柳技术员也赶了过来。他们戴着防毒面具，拿着氧气袋、防毒面具和担架。一阵忙乱，救出了吕大山他们。

好在救险及时。经过区队部卫生所周军医和几个卫生员医治，吕大山等十几个战士有惊无险，生命没有大碍。

这几天来，柳技术员就已经有所察觉：巷道进展到一定深度，通风不好，没有新鲜空气进入，缺少氧气。如果再这样挖下去，会出危险，必须尽快解决。没料到，危险来的有些快。蒋教导员命令：

"掘进面立即停工，下面的人全部升井。"

柳晓雪她们，经过认真勘查，寻找到几个合适的地方，开挖出来几个天窗。自然风立刻通畅起来。后来，又弄来三台鼓风机，装上帆布风筒，不停地向井下送风。

风的问题解决了，照明又出现问题。巷道越往下清理，越往下挖，光线就显得越暗。安全帽上的矿灯，射出的光线变得细弱昏黄，随着战士们的脑袋不停地晃来晃去，影影绰绰的，像是转动着的万花筒，看着让人眼晕。战士们在27度的坡路上，肩背重负来来往往，经常互相碰撞，行动极其不便。光线照明成了当务之急。吕大山满面愁容地站在井口，看着不远处的大山发愣。突然，他的眼睛一亮，叫来了一中队 4 排木工班长梁老林，指着那山上一大片胳膊粗的竹子，问：

"老林，叫你来，知道干什么吗？"

"明白！"

梁老林顺着吕大山的目光看，会心地笑着，爽快地答应了。梁老林是贵州黎平县的苗族，木工手艺高超。贵州深山里的苗族，有制作火把进山洞探险的祖传技能。在部队干这样的事，梁老林已不是第一次。他机灵得很，从区队长注视的目标，已经明白了自己的任务。梁老林欢快地领命而去。很快，几十支竹筒里灌着油，塞着布条的火把，插进了巷道。借着徐徐的自然风，火把烈烈地燃烧着，把井下巷道照得雪亮。

为了提前出煤，吕大山提出大干一个月，一个人连续干两班。二中队长王宏路是个工改兵，做事按部就班，遇事爱急，大干开始刚两天，一脸委屈地去找吕大山："区队长，这斜井的坡路越来越长，深处淤泥，新开的碎石渣土越来越多。一个人连续干两班，装运的背篓不够用。你要求大干，连个背篓都不够，大干个屎？"

"背篓不够？"吕大山瞪了他一眼，说，"走，跟我去拿。"

吕大山说完，在前面往井下走，王宏路跟在身后行，心里直犯嘀咕："操，这井下要是有背篓，我还找您？"

到了井下，吕大山脱下自己的工作裤（工作服是劳动布做的，耐磨结实），扎上裤脚，装上淤泥碎石渣土，架在脖子上，径直往井口走了。

"我操，真行。"王宏路这才恍然大悟，明白过来。

先是二中队，后来全区队的不少官兵们，都学着区队长的样子干，一个个浑身上下泥乎乎的，分不清哪个是官，哪个是兵。

过了 400 米大关，有了更大的回旋空间，为了加快矿井的挖掘进度，四区队也调了上来，加入雁翅关矿的施工。大队部送来了四台发电机，供井下用电。还送来三台压风机，均有风包出口，并联运行，井下送风出风有了保障。官兵们打眼、放炮、掘进、清渣、砌碹、铺轨、架顶……热热闹闹地昼夜不停。

雁翅关矿的主巷道、绞车道和通风巷，一天一个样，两天大变样，安全快速有序地向前推进。

第四章

1. 这仗咋打

雁翅关矿在动工同时，另一场战役也开始紧锣密鼓地打响。

戴支队长命令407大队："迅速调动兵力，三个月，修筑一条48公里长的公路，把雁翅关矿与通往盘江镇的13号公路相连接。这是与雁翅关矿相关的配套工程，是一个战役的两个战场，以保证雁翅关矿一旦出煤，马上就可以运出深山，送往水山钢铁基地。"

407大队参谋长伍永德，拿到设计图纸一看，差点儿一屁股没坐到地上，手里晃动着图纸，嘴里直喊：

"这仗咋打？你说说，这咋打？"

伍参谋长虽然说也是久经沙场，打过无数次硬仗恶仗，但面临的这一仗，真感到犹如老虎吃天，无法下口。你想想，三个月，修筑一条48公里的公路，需要打通三个隧道，架设四座桥梁，填平十五条沟壑，这是多大的工程量？更要命的是这条公路，全是在海拔2000至2500米的高山峡谷中盘绕穿行，要水没水，要电没电，要路没路，除了钢钎、铁锤、风钻、炸药，没有任何大型机械，全凭着战士们的两只手，开什么玩笑？

林越山也急。他一个人在帐篷里不停地踱着步。这里是大队临时指挥部。他那两颗极有性格的门牙把那两扇厚嘴唇挑得老高，嘴里不停地骂：

"老豹子，你简直是在胡扯淡。你到现场来看过吗？你知道这里是啥阵势吗？三个隧道，四座桥梁，十五条沟壑，三个月时间，48公里公路，你让老子咋干？你这不是逼着老子光膀子上天，脱光裤子跳崖吗？"

林越山历来这样，骂归骂，嘴上先泄泄火，但执行命令从不含糊。他深知戴支队长的脾气，他下达的命令，开弓没有回头箭，绝没有任何可以商量的余地。林越山踱着步，骂着老豹子，帐篷外面传来一声鸟叫，搞不清是什么鸟，烦人。接着是一群鸟，唧唧喳喳地鸣叫着。

"操，叫什么叫？"

林越山从枪套里拔出手枪，哗啦一声子弹上膛，气呼呼走了出去。一出门，鸟不叫了，它们的叫声很快消失在远方。

陈右美政委来了，笑着看他，看看天："怎么了老林，想改善生活？"

陈政委开着玩笑，拉他进了帐篷，和颜悦色地给他倒上一杯水，递上一根烟，说话和风细雨的，像刮来一股清新的风。听了陈政委的一番话，林越山的火气消散了不少。两个大队主官坐下来，又叫来了伍参谋长。三个人商量过后，林越山命令伍参谋长：

"通知各区队长、教导员，大队各部门的主官，开诸葛亮会，大家献计献策，研究如何啃下这块难啃的骨头。"

各路主官奉命来到会议室。伍参谋长把工程情况、时间、任务、要求讲完，所有与会者半天没有吭声。有人在抽烟，有人在沉思，有人在交头接耳。这种沉默无语，这样的沉闷气氛，是以往会议很少遇到的。当然，也有客观原因，刚刚组建的部队，他们相互之间有些人并不是太熟悉，说话自然谨慎些。不过大家的心里都很清楚，这是新组建后的407大队接受的第一项任务，如果首战不利，败下阵来，会意味着什么。

林越山面色凝重，一言不发。陈右美政委面带微笑，眼光从一个人又一个人的脸上掠过。他的意思很明白，谁有高招说出来，没有关系，大家议议？

伍参谋长心里也明白，这种气氛停滞的时间不能太长。他取下了嘴里噙着的烟屁股，那烟屁股至少还有 2 厘米多长。他把烟屁股扔在地上，用鞋底狠狠地拧灭了，点名作战股（技术股）长李奇正：

"李股长，你先讲。"

李股长是盘江镇人，是基建兵组建时入伍的"工改兵"。他 50 年代从上海交通大学毕业，分配到省交通厅工作。十多年来，他一直在这个地区翻山越岭，踏勘钻探，对这个地区的地质、地理、地貌、环境了如指掌。他说：

"从 13 号公路到雁翅关矿，直线距离是 48 公里。要修筑好这条公路，根据沿线的地质结构，地理地貌，根据我们大队现有的兵力，现有的设备，最快需要一年半，甚至要两年的时间，而且……"

"别说这些没用的，直接说有用的。"

伍参谋长打断了李股长的话。李股长接下来，提出了一个新的方案：

"好。五六年前，省交通厅和六盘江矿务局，曾经有过一个道路设计方案，由我牵头勘察设计。根据当时的物质条件，施工力量，因陋就简，准备修筑一条能通卡车的简易公路，不打隧道，不架桥梁，用简易工具，靠人海战术，只需要填平二十几条深沟。这条简易公路是盘江镇通往普安县的，正好经过雁翅关矿所在的位置。只是这条简易公路的弯道太多，绕路太远，初步算，从 13 号公路到雁翅关矿，总长度可能要达到 100 公里左右。"

"什么？ 100 公里左右？"

"啊，这我看可以。"

"是不是太长了？ 100 公里。"

"长出一倍多，时间够吗？"

李股长的话还没有说完，立刻引起各路主官的议论。有人兴奋，有人担心，有人有疑虑，有人向李股长了解这条公路的一些详情细节，大家议论纷纷。不管怎么说，多数人认为，这应该是一条可行之路，一条希望之路。

会议最后决定：舍近求远，求易避难。报告支队首长同意后，集中力量修筑这条简易公路。

为了不打无把握之仗，会后，林越山带着伍参谋长、技术股长李奇正和几个技术员，带着德国进口的T2经纬仪，扛着水准仪、花杆、塔尺等仪器，决定沿线再做一次实地踏勘。

他们先沿着13号公路徒步行进。路上的车辆很少，显得冷清空旷。路边的青草刚被一夜雨水洗过，清新翠绿。遍地喇叭花、野菊花，在灿烂地开放。花朵色彩斑斓，挂着晶莹的水珠。前面是一座桥。林越山他们正要过桥，突然，迎面开来一辆吉普车，嘎吱一声停在他们面前，接着，后面又有几辆小车停下。从吉普车里下来两个穿中山装的人，伸手拦住了他们。这荒山野路的，这是什么人？他们要干什么？

伍参谋长动作迅速，一把掏出了手枪。

不过，气氛很快平和下来。吉普车里又下来一个人，一位老人，看上去六十多岁。这位老人中等身材，穿着灰色中山装，浓眉方脸，口唇微微上翘，看上去气度不凡却又饱经风霜。老人看着这几个军人，迟疑了片刻。突然，他伸出一只手指着林越山：

"你……"

林越山一下子愣住了。但他反应极快，啪地立正，挺直了腰板，一个标准的军礼。

林越山根本没有想到，这是个突然间从天上降临的惊喜，他激动得说不出话来，约有百分之一秒的时间，他张开了那张极具特色的嘴，正要报告。旁边闪过来一个小伙子，一把捂住了他的嘴。

那老人爽爽朗朗地笑了。笑得很得意，很慈祥，很爽快。他伸出一只大手，乐呵呵拉着林越山的手，上了吉普车。

林越山再从吉普车出来后，就像变了个人似的，满面春风，满怀激情，说起话来底气十足，声音朗朗。平时很难看到喜悦的脸上，一直带着抑制不住的笑。

几辆吉普车已经离去了，消失在前面山脚下的拐弯处。

林越山依然双腿并拢，身体笔挺，搭在帽檐上敬礼的手，迟迟没有放下，向着消失的远方致意。

这13号公路的桥头相遇，可以说是一个奇遇，一个巧遇，一个意料不到的外遇，简直像是有意安排的一样。其实，这真的没有任何人安排。

踏勘回到大队部，林越山又召集开会。他信心满满，语调铿锵，第一个开讲：

"我们是一支军队，军队就不是老百姓，军人就不是种地的农民，就不是修路的工人。我们这支军队打了几十年的仗，打过攻坚战，打过迂回战，打过游击战，啥仗没打过？现在，我们搞三线建设。三线建设是什么？三线建设也是一场战争，是一场没有硝烟的战争。目前，我们要修筑的这条公路，连接的是雁翅关矿，按戴支队长的话说，是一个战役的两个战场。我们修筑这条公路，是其中的一个战场。这个战场的仗究竟应该怎么打？要根据客观实际，根据战场的客观情况。根据踏勘的情况来看，这一仗打攻坚战不行，时间紧，难度大，战果差。那我们就换一种打法，打迂回战。不打隧道，不架桥梁，只是在地面上作业，只不过是远了几十公里。远几十公里怕什么？"

与会者个个神情专注，听着林大队长讲话。

"过去我们打仗，有大踏步地前进，也有大踏步地后退，也有放着眼前的敌人不打，绕道跑上几十公里，甚至上百公里，为什么？为了更加有效地歼灭敌人。为了北上抗日，红军爬过雪山，走过草地，行程两万五千里。电影《南征北战》都看过吧？我们在苏北七战七捷后，为什么大踏步地撤往山东？高营长他们在大沙河一线阻击敌人五天五夜后，为什么甩开眼前的敌人，突然又向北，五天跑了450里路？有人当时想不通。师长告诉他们，不要怕跑路，要把我们的两条腿拉得更长，跑得更快，目的是为了全部歼灭敌人，这是毛主席为我们制定的战略战术。现在进行三线建设，也一样。我们只要在命令的时间内，把13号公路和雁翅关矿，用一条公路连接起来，能保证如期通车，能保证把煤运出去，就是我们这一仗的目的。多出几十公里，怕什么？"

林越山的话，像一把盐撒进了滚烫的油锅里，噼噼啪啪地响，会议气氛一下子活跃起来，大家七嘴八舌，议论纷纷。一阵酝酿之后，大都认为李股长提出的方案，应该是一个可行的方案。

当然，也有不同声音。

大队副政委康政周，四川成都人，比林越山大两岁。这个人的长相很有特点。他的腮帮子上没有肉，脸皮很薄，薄如蝉翼，透明得能看到血管，紧贴在棱角分明的头骨上。他的眉骨凸出，眼窝深陷，两个眼珠子又大又黑，有事没事总是在深眼窝里不停地游动。他的资格也比较老，据说新中国成立前长期在重庆、南京、上海敌占区做地下工作。也许是多年养成的职业习惯，他平时对谁都保持戒心，看谁都像是敌人，或者是不可信任的人。他对任何事情总爱向相反的方面提出异议，找出问题，发出不同声音。新中国成立后，康政周在六盘江矿务局做组织工作，这次组建基建工程兵时来到407大队。后来，这人受到兵种个别领导的器重，官职升迁到支队政治部副主任。也可能是这时结下的不和，几年后在全国掀起的政治风浪中，他一挥手就把林越山推进了灾难的深渊。现在的康副政委，一脸神秘兮兮的表情，带着开玩笑的口吻说：

"老林，你这满嘴的战争，满嘴的打仗，满嘴的战役，哪里是在讲修公路啊？听起来，怎么有点像伟大领袖毛主席批判过某人的单纯军事观点？修路就是修路，与打仗，与战争，与战役有啥关系？"

不等林越山说话，康副政委紧接着又说："按照李股长的方案，就是你所谓的迂回作战方案，在规定的时间内，要修筑这100公里左右的盘山公路，我初步估算，它需要至少8000到10000人的队伍。全大队四个区队，加上大队机关、直属单位、勤杂人员，包括我们这些老家伙，全加起来，还短缺5000人左右。缺这么多人马，去哪里找？去哪里调？"

"老林，能不能向戴支队长请示，增派别的部队来支援一下？"大队政委陈右美想成全这个方案。

伍参谋长说："各部队都有自己的任务，向老戴要兵，除了挨训，根本就不可能。"

"请问康副政委，你有什么高招良策？"林越山看着康政周。

"我？"康政周无声地笑了。

康政周虽然和林越山接触的时间不长，但凭他的人生经验，已经知道了林越山这个人的性格。这个西北汉子，外号林黑子，虽说是长了一张不设防的嘴，可当他一旦看准了目标，一旦撒开了腿，向目标飞奔的时候，是根本不会顾忌脚会踩踏在什么地方。这也许并不仅仅是由性格决定，大概与他经历过枪林弹雨的战场有关。当选定了突破位置，当部队发起了冲锋，哪怕面前的是刀山火海万丈深渊，像林越山这样的人是绝对不会有丝毫犹豫的，就是跳油锅连眼睛都不会眨一下。康副政委的黑眼珠子很快游动了两下，把右手轻轻摆了摆，连声说：

"你是大队长，你是部队的主官，这仗怎么打，听你的，都听你的。"

林越山也没再客气，也没有再理会康政周。他站了起来，说："刚才康副政委提到伟大领袖毛主席，提到毛主席批评过的某些人的单纯的军事观点。"然后，他的口气一转，突然变得坚定起来，激昂起来，"伟大领袖毛主席还说过，革命战争是群众的战争，只有动员群众才能进行战争，只有依靠群众才能进行战争。毛主席的这个教导，不知道康副政委是不是学习过？是不是熟悉？"同样，他也没有等康副政委再说话，紧接着继续讲，"李股长刚才介绍说，这条简易公路的沿线，要经过九个公社，约几十个村寨，如果每个公社，能组织青年民兵参加，加起来就能有四五千人，我们要打好这一仗，这是不是一支可以利用的队伍？修好了这条路，不仅可以利国，同时也可以利民。"

这一招完全出人意料。大家立刻兴奋起来，都认为大队长这是一个高招。

"这条公路修好了，对沿线少数民族村寨的群众交通出行，发展经济，也都有好处。"陈政委明确表示，"这个主意好，我赞成，这确实是一个好方案。"

康副政委脸上的薄皮抽动了几下，无声地笑了，说："大队长，调动地方民兵，这个权力可不归我们部队。"

林越山没再说话，他站起身来，正了正军帽，整了整风纪扣，拉了拉军装的下摆。这完全是一副职业军人的做派，也可以说是他毕恭毕敬，非常虔诚，走到桌前拿起了电话：

"我是林越山，请接六盘江特区肖新泉书记。"

接线员接通了电话。林越山用那张不设防的嘴，把情况向肖书记作了简要汇报，最后说：

"恳请老首长，看在多年老战友的分儿上，能伸出手来，拉兄弟一把。在您的老部下最最最困难的时候，帮帮忙，救救急。等完成了这项任务，我给老首长准备有茅台酒，是当年红军路过这个地方时候的茅台酒。如果完不成这个任务，戴师长（一瞬间，他不知道为什么在老政委面前，顺口叫戴师长）的脾气，老政委您是知道的，怎么样啊，我的老首长？"

林大队长的这些话，真是肺腑之言，掏心窝的话。语气之诚恳，表情之顽劣，态度之执着，大有肖书记不答应他决不肯罢休的劲头。

林大队长的这副尊容，陈右美政委是第一次看到，很多人大概也是第一次，与会者有人在偷偷地笑。他们并不知道，这是两个经历过战火硝烟考验，有着十多年生死之交的老战友在对话。当年在铁道兵时，林越山在戴师长面前，从来是有一句说一句，不多说一句，而在肖新泉政委面前，经常是一句话要说上好几句。

"老林，我怎么觉得你像电影《南征北战》里的国民党李军长？"肖新泉书记在电话里开着玩笑，"不过，我可告诉你，我不是张军长噢。"

肖新泉书记笑声朗朗，像一股和煦的春风，荡漾开来，扩散到每一个与会者的耳朵里。面临部队的重大决策，大家都屏住呼吸，静心听着电话。听得出，肖书记非常高兴。他大声说：

"好啊老林，这是一条利国利民的路，也是在为我们地方上做贡献啊。这条路修通了，附近村寨里的少数民族兄弟，可以走出深山，走到外面的世界，这对于孩子们上学读书，发展山区经济，方便群众生活，等等一切，都有好处，好处无穷。可以说这是利在当代，功在千秋啊。请林大队长和陈政委放心，地方政府一定全力以赴，大力支持。"

"谢谢政委！"

"几天前，一位老首长来盘江特区视察，啊，对了，听说路上碰到过你？没错吧？老首长特意提到了民兵组织，指出这是一支完全可以利用的力量。据我初步了解，这里的民兵是有基础的。自从毛主席提出要大办民兵师，沿线的各公社、各村寨，都有民兵组织。这些民兵农忙时参加生产，农闲时组织军事训练，现在正好有了用场。如果沿线公社村寨的青年民兵兵力不够，我们还可以动员其他公社，其他县的民兵支持。三线建设是国家大事，一号工程，军队和地方都有责任。伟大领袖毛主席早就指出，兵民是胜利之本。不管遇到什么困难，只要我们军民合作，团结一心，就一定能修好这条公路。"

"只是这条路有些长。"

"多长？"

"100公里左右。"

"好啊，长了好啊！这路越长，能够带动的村寨就越多，能够受益的地方就越广，就越是能为当地更多的群众带来更多的好处。林大队长放心，地方政府一定全力支持。"

会议一结束，林越山把整个简易公路修筑方案，向戴支队长作了汇报。戴支队长好像是早已知道了他的方案，乐呵呵批准了。

很快，13号公路到雁翅关矿的100公里左右沿线，聚起了一万多人马。

柳官屯、夏家寨、瓦场坪、木老坡、青璃岩、两河、炭沟、掸邦坪等公社的基干民兵们，兴致勃勃，有说有笑地扛着铁锹、镐头等家什，背着铺盖卷，戴着斗笠，披着蓑衣，与407大队四个区队的十六个中队，分别组成了十六个加强连。这是一支军民结合的队伍。他们浩浩荡荡，来到各自分段的工地上，安营扎寨，打眼放炮，开山填沟，肩挑背扛。爆破声，口号声，欢笑声，惊动了这片曾经与世隔绝的荒蛮山野。

2. 大嫂会厨艺

407大队一区队一中队，龙岩炎所在的中队，负责修筑两河公社区域内7公里长的简易公路。这段路的地理状况最为复杂。平均海拔2300米左右。海拔最高的地方叫犬牙岭。这段路拐弯最多，十六个弯道。还要跨过一道深沟——塔拉仙谷。这7公里长的简易公路，是100多公里中最难啃的一块骨头。

林越山敢于火线用兵，任命降为排长的龙岩炎担任一中队代理中队长。加上两河公社支援的 200 多名基干民兵，一中队组成的加强连有 400 多人。这里的居住条件极为艰苦：山坡上搭着几排简易工棚，墙是竹篱笆上抹泥巴，棚顶上盖着鱼鳞一样的片石，黑乎乎的油毡，还有几间盖着茅草，又架起几顶军用帐篷，加上四个天然溶洞，这些都成了民兵和战士们的宿舍。没有床，全是睡在地上。地上铺着干野草、枯野藤等。

犬牙岭峰很高，高耸地直插云端，陡的崖面如同刀劈斧削一般。犬牙岭下面沟壑很深，推一块大石头滚下去，半天才能听到响声。要填平这个沟壑，必须要先炸犬牙岭，工程十分艰巨。龙岩炎看着犬牙岭，峰上云雾遮掩，沟下浮云飘绕。他想到了鹰嘴峰，想到了老猴子吕大山。龙岩炎的鼻子有些发酸。大战前的龙岩炎心情有些复杂。他话语不多，面无表情。经过一番准备，龙岩炎系上安全绳，戴着安全帽，后腰上别着钢钎、铁锤，带着盛国祥十几个铁道兵过来的老兵，从犬牙岭上坠了下去。几天过后，他们在悬崖上凿了十几个炮眼。真应该感谢喀斯特地貌，让他们在合适的位置，又遇到了三四个天然溶洞，几个自然风化的裂缝，填上了 15 吨炸药。几声巨响山崩石裂，在烟雾中天女散花一样的飞石落下，犬牙岭变成了馒头山，巨石碎块填满了几十米深的沟壑。

转弯、盘坡、深沟，悬崖、溶洞、河流……简易公路越过一个又一个艰巨艰难路段，一米一米地向前推进。

实事求是地说，这些施工难度，这样的住宿条件，虽然艰苦，但对于生龙活虎的年轻军人来说，都不是问题。"一不怕苦、二不怕死"是这支部队的军魂。施工再难，条件再苦，毕竟离死还远着呢。龙岩炎现在想的并不是施工，并不是怕完不成任务，他的兵，他心里有数。他现在想最多的是连队生活，是怎么让战士和民兵们能吃上好饭，哪怕是每星期能吃上一顿猪肉炖菜，能改善一次连队的生活。四百多号人，天天干重体力活，顿顿吃的啥？土豆、野菜、糙米饭，青菜、冬瓜、清水熬粉条。开饭时，一个班打上一盆菜，十几二十几个人围在一起，你一筷子我一筷子吃，很少见到一点儿荤腥。战士们为了下饭，就往饭上撒盐，撒辣椒面，一搅一拌，喝口山泉水，伸着脖子往肚子里咽。

李友正吃着饭，问张国富："几碗了？"

张国富端着碗吃饭来不及说话，低着头，嘴衔着筷子，腾出来一只手，把大拇指、食指和中指捏在一起。

李友正大吃一惊："七碗？还吃不吃？"

张国富又伸出两个指头。

李友正问："还要再吃两碗？"

张国富闷着嘴只顾吃，不说话，点点头。

"操，饿死鬼托生的？"李友正破口骂道，"小心撑死你！"

旁边九班长说："撑死啥？张军伟吃十一碗了。妈的，龙连长带你们这批河南兵，个个都是牛肚子，长四个胃。"

龙岩炎正好就在现场，听着这几个兵的话，瞪了一眼站在旁边看着大家吃的炊事班长郭永明。郭永明凑过来，低声向龙岩炎报告说："中队长，真是的，这批河南兵，饿死鬼转世，肚子是无底洞。像那啥？喀斯特窟窿，每人一天能吃一两斤大米，还不算馒头土豆红薯。"

七班长旁边插话说："那是肚子里太寡，没油水。"

龙岩炎听了，没吭声，心里像有把刀子在捅，很不是滋味。

一天吃晚饭，战士们一下子热闹起来，原来是吃到了鱼。广东兵陈压延、福建兵林阿毛他们，喜笑颜开地把整条大拇指头粗的鱼从这个嘴角塞进去，从那个嘴角吐出来，就变成了一副光秃秃的鱼骨架。吃鱼像在变魔术。不过也听见有人在咳咳咳地咳着嗓子骂：

"操，这么多刺儿！"

"扎嘴，咋吃啊？"

"不好，老子的嗓子眼好像有东西给卡住了，一扎一扎的，好不舒服噻。"

"快到卫生所，让洪军医看看。这哪有他妈的鸡肉猪肉好吃。"

听口音，大都是些河南、甘肃、河北籍的兵。

不管怎么说，有鱼吃毕竟是好事，鱼汤煮青菜也是美味。龙岩炎叫来了炊事班长郭永明：

"这些鱼，哪来的？"

"电工班，张军伟弄的。"

通信员找来了张军伟。张军伟一副贼头贼脑的样子，悄悄向连长汇报了这些鱼的来历：

"在我们老家，黄河汊、小河沟多，都这么整。"

"好小子，行，有办法。"

龙岩炎听了哈哈大笑，拍着张军伟的肩膀说，"下次去，叫上那个保管员许刺猬，仓库里有家伙，你们两个一起去，要注意安全，也要保密。"

再有几天，元旦就要到了。

当兵的最盼望过节，能有好的吃。其实，眼前的荒草丛中，裸露的石头上，时常能看见一蹦一跳的野兔，飞跑的山鸡。还有憨憨傻傻的岩羊、麋鹿，它们看见人不跑，不惊慌，也不动，瞪着疑惑的眼睛和你对望着。一天，龙岩炎终于憋耐不住，梗着脖子骂了声"该死尿朝上"，操起一支步枪，咔嚓压进一夹十发子弹，走出了营区。

山道弯弯，微风习习，阳光洒满山野。这是一个少有的好天气。一阵悠扬的女人歌声传来：

猪啊羊啊

送到哪里去？

送给咱亲人

解呀放军……

龙岩炎抬头望去，一个女人迎面走来。那女人三十多岁的样子，赶着一头猪，有一百多斤重。那头猪哼哼唧唧的，边走边用长长的猪嘴往山道两边拱，在寻找吃的。那女人看见了龙岩炎，说话的声音就像刚才的歌声，轻盈，悦耳，好听：

"哎哟哟，解放军同志，四个兜兜嗻，还是个官官儿嗷？这是俺家的猪，送给部队过节吃，行不行嗻？"

"啥？"龙岩炎简直不敢相信这是真的。只听说过天上掉馅饼的，哪想到还能掉下来一头大活猪？这女人的快言快语，让他高兴，让他激动，让他有些语无伦次的，不知道该说啥好：

"大嫂……猪……这……猪……大嫂……"

那女人噗嗤一声笑了，脸红得像一朵盛开的杜鹃花。她自我介绍说：

"大兄弟，我叫陈玉仙，想参加修路。"

龙岩炎有些定下神来了，细看那女人。那女人蚕眉凤目，头上挽着大髻，插着鲜花、木梳、银钗等头饰，耳朵上佩挂着白银耳坠，晃晃悠悠地闪烁着银光。脖子上套着银项圈，也一亮一亮的。她的上身，穿蓝布无领大襟短衣，衣襟和袖口镶有精细的水云花草纹图案。下身穿青布百褶裙，长过膝盖，绣花裹腿，精巧结实的蓝布鞋。引人注目的是，这个女人的上衣对襟不系扣，中间敞开着，露出绣花围兜，胸部丰满，看着有些撩人。只是个子不高，看上去也有些瘦弱，有些单薄，但更加凸出了女人应该丰满的部位。龙岩炎激动，嘴里沁了一口水。他强忍着，把那口水咽进了肚子，说：

"大嫂，你能干这活儿？"

"咋不能？我也是基干民兵啊。寨子里搞民兵训练，我次次不落，枪打得很准嗻，打过八环、九环，还打过十环嗻。"

"大嫂，这里不打枪，是修路。修路可是重体力活，每天抡大铁锤，打钢钎，装炸药崩山，扛石头挑土，你干不了。"

"噢，大兄弟，我会厨艺嗻，厨艺好得很，苗家鱼，侗家菜，还有竹筒筒蒸大米饭，我都会噻，我帮你们做饭炒菜，行不？"那女人说。

"中队长，这太好了。"中队的上士侯长金站在身后，不知道他什么时候来的，做贼似的。他负责连队食堂的生活物资采购。他说："中队长，炊事班现在正缺人手，再说那几个炊事兵，顿顿饭菜老一套，就会油热了倒菜，菜熟了丢盐，炒的菜一年到头一个味儿，大家早就吃腻了。再说，还有那么多民兵呢。大嫂会厨艺，正好用得上。"

侯长金话太多，龙岩炎听着有些茫然，只有一句进了脑子：大嫂会厨艺。后来，连他自己也没搞清楚，到底是点了头还是没有点头，侯长金便领着那女人，往炊事班的方向走了，兴高采烈的。那头猪哼哼唧唧地被牵在后面，很不情愿地跟着他俩走了。

龙岩炎看着他们的背影，顺口嘟囔了一句，转身往工地的方向去了。嘟囔的啥，他自己心里有些乱，大概也不清楚。

这大嫂陈玉仙岂止是会厨艺？而且是好厨艺，了不得。自从她在炊事班掌了勺，酸汤煮野鱼、辣椒面儿凉拌折耳根、竹筒蒸米饭……饭菜的品种和味道一下子多了起来。肉和鱼虽说吃的次数不多，但单是辣，就能搞出来很多种口味，什么油辣、糊辣、青辣、酸辣、麻辣、蒜辣等，有的辣而酸，有的辣而香，有的辣得人张口咋舌、满嘴麻木、大汗淋漓。中队官兵们吃到了与往常不一样的饭菜，特别是看到了炊事班新来了个漂亮大嫂，饭量个个大增，欢声笑语也多了起来。很快，官兵们知道了这个大嫂叫陈玉仙，炒菜做饭是一把好手。

每次开饭时，陈玉仙拿勺给战士们分菜。战士排着队领菜，很多人菜已经被倒进了碗里，也不走开。他们的眼睛不是看碗里菜，而是在看陈玉仙的脸。陈玉仙也经常被看得不好意思，轻声说：

"好了，下一个。"

"好了，下一个"很快成了中队战士们的口头禅。每逢排队打饭，排队到河沟里去打水洗脸，甚至早上排队去厕所，不时地总能听见有人说"好了，下一个"，引起一片笑声。

元旦那天上午，中队组织打靶比赛，陈玉仙代表民兵参加，五发打了四十六环。晚上，中队开表彰大会，会后开迎新年篝火晚会，很是热闹。基干民兵们穿着各式各样的民族盛装，喜气洋洋，他们和战士们手拉着手，围着一堆篝火，跳着欢快的民族舞蹈，借着轻盈柔和的风，歌声漫山遍野飞扬：

> 解放军进山来，
> 帮助咱们修公路（原词是闹春耕）。
> 吃的是一锅饭，
> 点的是一灯油……
> 想亲人，望亲人，
> 山想人来水盼人，
> 盼来了老红军的接班人。
> 你们是咱们的亲骨肉，
> 你们是咱们的贴心人，
> 党的恩情说不尽，
> 见了你们总觉得格外亲……

歌声情深意长，甜美醉人。陈玉仙没有唱歌，她在跳舞。她的舞跳得非常好，身段轻飘柔软，舞态婀娜多姿。上士侯长金，一直拉着陈玉仙的手，迈着蹩脚的舞步，像是个不成熟的儿子，拉着经历半辈子人生风雨的老娘，嘴里咿咿啊啊地随声附唱。一排长和几个老兵使坏，故意推着侯长金，往陈玉仙怀里身上碰撞。陈玉仙也并不气恼，顺姿就势地和侯长金不离不弃，不远不近，跳着自由舞，脸上笑的像一朵山野盛开的粉色牵牛花。

陈玉仙不光厨艺好，勤快利索，人长得漂亮，还是个非常细心的人。她发现中队长龙岩炎经常早出晚归的，在工地上忙，吃饭没个正点，就从家里拿来一个干葫芦，在离蒂把三四厘米的地方锯为两截，把葫芦肚子掏空了，洗干净。葫芦肚子的内皮有近一厘米厚，表面是一层乳白色的薄皮，摸上去像细皮嫩肉，柔软细滑。这种葫芦的保温性能好。用几十年后的时髦话说，是绿色的保温饭盒。陈玉仙在葫芦肚子里装上饭，上面舀上菜，再把另一小半截的葫芦盖上，看上去是一个完整的葫芦，放在锅里。龙岩炎无论回来多晚，陈玉仙把大圆葫芦送到中队部，龙岩炎端起那大圆葫芦，也能吃上热腾腾的饭菜。

龙岩炎吃起饭来狼吞虎咽，嘴里咂咂发声。陈玉仙站在旁边看，忍不住想笑。她大概从来没有看见过这样的男人，做事风响雷动，吃饭风卷残云。她说：

"中队长，慢点吃，没人抢。"

"抢？我知道没人抢。哎，大嫂，听说你们苗族，时兴抢婚，你是不是我兄弟抢来的？"

龙岩炎问完了一笑，咽下了一大口饭。陈玉仙的脸色一下子暗了下来，说：

"我丈夫，他走了。"

"走了？去哪了？哦，知道了。"龙岩炎立刻收口，"大嫂请原谅，请原谅，我是开玩笑。过了，给你道歉。"

龙岩炎站起身来，左手抱着饭葫芦，右手给陈玉仙认认真真地敬了个礼。

陈玉仙一脸的红晕，没再说话。

又一次，龙岩炎抱着葫芦大口大口地吃饭。陈玉仙笑着说："慢点吃，都是你的，没人抢。"

龙岩炎突然说了一句："大嫂，我不是怕抢饭，我是怕……抢人。"

陈玉仙听了，脸上有些发热，一声没吭。她给龙岩炎又端来一碗米酒蛋花汤，转身走了。

龙岩炎端起那碗汤，咕咚咕咚咽进了肚子，痛快得像灌耗子洞。

龙岩炎的床头挂着手枪，陈玉仙看见很感兴趣："大兄弟，能不能教我打手枪？"

"女人家，打什么手枪？"

"我可是基干民兵噻，步枪打得准，想学打手枪。毛主席说全民皆兵，打起仗来，什么枪都会用才行。"

"哦，好，好，军训时民兵也参加，我一定好好教你打手枪。"

陈玉仙笑着，拿着龙岩炎吃完饭的空葫芦和空碗走了。龙岩炎看着陈玉仙的后背，脸上半天没有表情，嘴里半天没有吭声，心已经跟着陈玉仙飞了。

这是一个充满活力、不知苦累的集体。一中队除了男民兵外，还有三十多个女基干民兵。每到吃饭时间，中队露天食堂的欢声笑语，像树上的鸟儿一样，唧唧喳喳到处乱飞。工地上的气氛也十分热闹。基干民兵队长白金凤，是个二十二三岁的姑娘，每次上工不招呼民兵，只招呼战士们："弟兄们，上工喽！"后面呼啦跟上来一群兵。工地上，她风风火火，和战士们摸爬滚打在一起，搬石头、挑土、打闹、说笑，苦活儿重活儿抢着干。一中队的官兵们，因为有了这些姑娘们，干劲倍增，遇到险情重活儿，个个都争着抢着，不要命地往前冲。

上午，张军伟掌钢钎时，抡锤的张国富见白金凤过来了，一走神，锤子妥妥实实地砸在了张军伟的手上。白金凤赶紧跑过来，掏出自己的手绢，包裹在张军伟的手上。卫生员闻讯赶来，要给他抹药重新包扎，张军伟死活不让，用一只好手，抱着那只包裹着手绢的伤手，嘴里直说："不疼不疼，不用再包扎了，浪费啥？"有人发现张军伟那小子在没人时，把那条包着伤手的白金凤手绢，偷偷放在嘴唇和鼻子上亲吻。

下午，张国富搬石头，不小心割破了手指头，鲜血流了出来，白金凤抓起张国富的伤手指头，没有丝毫的犹豫，含在自己的嘴里，不停地吸吮着。白金凤的这一举动，惊呆了所有在场的兵。白金凤说："手指头破了，唾沫可以消毒，吸吮了不会感染。"

夜里，哨兵许刺猬执勤，听见营地后面的山洼里有响动，跑过去用手电筒一照，发现是两个兵在打架，一个是张军伟，另一个是张国富。

3. 燃烧的大神树

"报告！"

"进来。"

"指导员，发现有反动标语。"

"反动标语？什么内容？"

"很坏，说不出口。"

"在什么地方？"

"走，请跟我来。"

进来中队部报告发现反动标语的是李友正。李友正满脸正气，一本正经地带着指导员，来到工地存放工具的小木棚。木棚顶上盖着几块石棉瓦，四周是用木板围成的墙。木棚背面，是一条缓缓低下去的沟坡。木板墙上，有人用白灰写着四个歪歪扭扭的大字：

"女人第一。"

罗延庆指导员摘下眼镜，用手摸着木板上的字，看了半天，嘴里说："这，写的什么东西？这也叫字？脚丫子伸在山沟里，脑瓜子飞在天上，这也叫字？连个汉字都写不好，还女人第一？"

再仔细看，指导员笑了："妈的，改的，有人改的。小李你看，这里原来写的是安全第一，没错，安全第一。中队安全员写的吧？有人把它改了，把安字上面的宝盖头擦了，全字下面的王字擦了。

扯淡,真扯淡,想女人想疯啦!"

指导员罗延庆,就是那个原来老树基矿劳资科的罗科长。41支队组建时,罗科长穿上军装,来到407大队一区队一中队,当了指导员。他人长得又黑又瘦,常年戴着一副深度近视眼镜。每当他摘下眼镜擦拭时,人们会发现他的两个上眼皮耷拉着,松松垮垮的,眼眶扭曲着,眼睛全都变了形。但罗指导员安全这根弦一天到晚总是绷得很紧,安全这两个字永远挂在嘴边上,放在第一位。这大概与他在地方上处理矿难事故太多有关。他每天都在工地上转,这里看看,那里瞅瞅,常说的话就是:

"注意安全噢!安全问题可千万大意不得。""安全责任大如天,千万别出什么危险。""要及时发现危险苗头,把危险消灭在萌芽状态。""安全安全,人命关天!"

他借着"女人第一"标语的事,借着张军伟和张国富打架的事,向龙中队长提出:"老龙,这些战士和姑娘们天天在一起,安全是个大问题,要是弄出个啥响动,可就不好办了嘛。"

龙岩炎说:"啥响动?能弄出个啥响动?"

罗延庆说:"这些姑娘小伙子们,干柴遇到了烈火,日久生情,一旦着了起来,咋收拾?"

龙岩炎有些不屑一顾,说:"你应该相信我们的兵。"见指导员没有吭声,又说,"那,把这些姑娘都退回去?"

罗延庆说:"不能退,应该建立防火墙。"

"啥防火墙?"

"把姑娘们全撤出工地,到炊事班做饭,和炊事班战士们轮岗,怎么样?"

"炊事班有七八个,最多十个人就够了,剩下的姑娘们干啥?"

"再想想,再想想。"

世间有些事不用想,意想不到的事总是会从天而降。

就在那天夜里,十点多钟,天下着蒙蒙细雨,气温有些冷。这是乌蒙山区常有的天气。旁边工区施工的，是三区队二中队。他们的两个哨兵夜里巡逻，抓住了一男一女。女的戴斗笠，男的披蓑衣，躲在工区工棚旁边的隐蔽处，搂抱着亲嘴。那女的穿地方上老百姓服装，男的穿啥看不见，蓑衣遮挡着。

那男的告诉哨兵："请不要声张，请把我俩送到一区队一中队。"

一个哨兵押着这一男一女来到了一区队一中队部，进门向龙岩炎敬礼："报告龙中队长，这两个人在我们工区材料棚下，冒雨摸黑在耍流氓，搞腐化。这男的说，让把他交给你们一中队，请首长处置。"说完，敬礼走了。

那男的脱下蓑衣，穿了一身中山装。

龙岩炎看着眼前男人，不由得大吃一惊。

外面的雨，突然下大了，敲打着帐篷噼噼啪啪响。

军用帐篷里是中队部，二十平方米大小的空间，放着几个木头工具箱，两张简易桌子，两把折叠式铁椅子，两张行军床，还有一些工具、雨靴、安全帽之类的东西。这里既是中队部，也是龙中队长和罗指导员睡觉的地方。代理中队长龙岩炎，看着面前这冒着雨摸着黑耍流氓搞腐化被哨兵抓到的一男一女，脸上似笑非笑，似怒非怒，表情极其复杂。他长长吐出了一口气，仿佛是要把肚子里那些复杂感受全部倾吐出来。他弯起了食指，敲击着桌子蹦蹦蹦响，敲得不轻不重，敲得紧而不乱，敲得让人听了心里有些发毛，有些心慌意乱。敲了一阵，他停了下来，低声下气地说：

"老罗啊老罗，我的指导员同志，这里是军队，不是地方，你现在是军人，不是老百姓。怪不得有人议论，说你们工改兵自由散漫，不懂军规，把地方上一些不好习气带到了部队，你看看，你看看，你这搞的这是啥吗？再干柴烈火的，也不能成这个样吧？你说说，这叫我咋收拾？"

原来，那男的是指导员罗延庆。他涨红着脸，取下眼镜，掏出手绢擦拭着那双变了形的眼睛，不好意思地说："老龙，龙中队长，你不知道。"

龙岩炎说："指导员同志，我是不知道，可那哨兵，不是都看到了？"

罗延庆说："这……"

龙岩炎说："这啥？这冒着雨，这摸着黑……这……还能是假的？三区队的哨兵也不认识你，还能诬陷你？"

罗延庆有点急了，说："这，是你嫂子。"

"啥？"龙岩炎眼睛一瞪，"我嫂子？"

"你嫂子！"罗延庆指着那女人说，"今天下午从盘江镇来，我让她来的，有事。夜里怕影响你睡觉，我俩就出去……"

噢，龙岩炎一惊，像是被人重重地扇了一巴掌，从梦中醒了过来，明白了是怎么回事。这是他根本没想到的。他后悔，他愧疚，他感到无地自容，不好意思。龙岩炎用敲击桌子的手，啪啪啪拍着自己的脸，对那女的直低头赔不是：

"嫂子，对不起，真对不起。嫂子，这里条件不好，太简陋，让您受委屈了。"龙岩炎说完这几句话，转过身去，卷起自己床上的被子说，"老罗，嫂子，我走了，去班里挤挤，把这两张床并着吧。"说着，眼里已含着泪花，低头走出了帐篷。

电闪雷鸣，大雨倾盆。罗指导员的这把火，最终熄灭在军用帐篷里，熄灭在这雷雨交加之夜。

谁都没有想到，第二天夜里，准确说是后半夜，夜空晴朗，一中队工地竟真的燃起了一场大火。

大火冲天，震动了整个山谷，几乎要出人命。

按照简易公路设计的路线，有一条塔拉仙谷沟像巨蟒横卧在面前。炸山填埋这条沟，是一中队最后的工地，由一排负责。没承想这条沟底，简易公路正中央位置，长着一棵大树，几个人合抱不住，被称为神树，树干上枝杈上缠满了红布条。树下一块石板上，摆放着各种供品，有烧香燃蜡的痕迹。离沟底十多米高的崖上有个洞，洞里放着两具棺材。顺着塔拉仙谷沟往深处走几百米，有个村寨，叫木瓦苗寨。寨子里人听说要迁棺毁树，炸山填沟，一下子涌来了三十多个苗族老百姓。挑头的两个人，一个叫公岩，二十岁。一个叫粟杨，十九岁。公岩、粟杨两人，原是盘江中学的初中学生，毕业后回到寨子务农。这两个初中生自认为有点文化，自认为在城镇里见过一些世面，加上正是血气方刚、天地不畏的年纪，在寨子里自然就成了领头的羊，挑事的狼。

公岩说："这棵神树，几百年了，一直保佑着我们。"

寨子人附和着喊："对，这神树一直保佑着我们。"

粟杨说："崖洞里的棺材，是俺寨子的祖先，谁也不能去惊动俺老祖先。"

有人附和着喊："对，不能惊动俺老祖先！"

寨子人不仅嘴里喊，也有行动。他们坐在大树周围，烧上香火，点上蜡烛，往树上缠裹着红布条，有人哭有人喊，一派虔诚的孝子贤孙相：

"爷爷啊，祖先啊，你们不要怕，子孙们护卫着你们哪。"

"大神树啊，显显灵吧，保佑我们无灾无害吧。"

寨子人群情激动，言辞激烈，哭着喊着嚷着闹着。总的意思是：神树、棺材不能动，拼了命也要保护神树，保护祖先。

按照工期计划，时间只有两天，最多三天，必须突破这个关口。

为了这棵大树，为了这两具棺材，龙岩炎曾带着一排长，去木瓦苗寨耐心给苗族老乡做工作。少数民族的风俗必须尊重。少数民族的工作绝对不可粗心大意。可他们得到的回答是：大树是神树，保佑寨子风调雨顺；崖上棺材是老祖宗，保佑子孙后代平平安安。这神树，这棺材，任何人都不准动。凉透河基干民兵队长白金凤，也是苗族。她带着几个苗族民兵，也到过木瓦苗寨。可公岩、粟杨，用白金凤的话说：两个小兔崽子，油盐不进，蛮得很，张口闭口就两个字：不行。

眼看着这最后的一块骨头，生生要卡死整个工期。

后半夜，不知道是谁，在大树下堆上玉米秆、野草、树枝，倒上汽油，点燃了冲天大火。着了火的大树像一把巨大的火炬，烈烈地燃烧着。火苗和烟雾借助于风势，扶摇升腾，跳着欢快的摇摆舞，满怀喜悦地飞向夜空，去舔舐那满天的星斗。火光照亮了整个塔拉仙谷。大树在大火中呻吟着、怪叫着，噼噼啪啪作响。这怪叫和响声，顺着山谷流动的风，吹到了木瓦苗寨。木瓦苗寨人发现了，赶来时，那大火已经燃尽，那大树已变成了一树黑色的木炭，在无可奈何地冒着青烟。那斑斑点点，忽明忽暗闪动着的炭火，像是眨动着无数委屈的眼睛，述说着自己的无奈、凄惨和悲凉。

木瓦苗寨人的愤怒，也可以说是仇恨，是可想而知的。带头的依然是那个公岩，他一手举着火把，一手拿着腰刀。寨里人围着龙岩炎和一中队官兵，手里的火把、铁叉、木棍、镐头、弓箭、长矛、腰刀等，高举着，晃动着，挥舞着，呼喊着。有很多呼喊，官兵们听不懂。但那架势，那氛围，看得出来，就是不交出纵火的士兵，必然是你死我活的生死一决，没有任何调和余地。

龙岩炎气得满脸通红，大喊："带过来！"

四个全副武装的士兵，押着两个被五花大绑的人。一个是一排副排长阚大勇，另一个是二班的张国富。这两个人都没戴军帽，穿着施工服。

龙岩炎面色如水，庄重地向木瓦苗寨的乡亲们敬了个军礼，然后说："各位乡亲父老，没有得到你们同意，我的兵擅自行动，造成了这样的严重后果，我向你们赔礼道歉。这两个兵如何处理，听乡亲们的。"

公岩喊："让他俩跪在神树前，给大神树谢罪！"

寨人附和着："对，让他俩给大神树跪下。"

粟杨喊："跪下，给大神树赔罪。"

甚至有人喊："打死他俩！"

"捆到树上，烧死他俩！"

阚大勇三十多岁，个子不高，看上去彪悍结实。他是铁道兵过来的，参加过西南剿匪，原本就是个生死不齐的人。他昂首挺胸，面无惧色。张国富毕竟入伍时间不长，哪见过这样的阵势？他原本是想跟着阚排长，堆点干草泼些汽油，为全中队开辟一条胜利之路，在这批兵中冒个尖，出出头，表现表现，能获个表扬或嘉奖什么的，他万没想到，竟惹下了如此大祸。在死亡和下跪呼喊声中，张国富选择了下跪。他犹犹豫豫的，双腿有些颤颤抖抖的，弯下腿想跪。阚大勇飞起一脚，把张国富踢倒在地上，骂他"熊包软蛋，没他妈的骨头"，然后对着苗寨的人大声喊：

"火是我放的，与中队长和其他战友，没有任何关系。老子是军人，宁可站着死，决不跪着活，要杀要剐，随你们的便！"

阚大勇大概是急了，嘴里叽里呱啦的，又说出一大串话来。官兵们听不懂。有人明白，说阚排长是贵州黎平县的苗族，他说的也是苗语，寨子里的人都懂。意思和前面说的内容一样。

塔拉仙谷里死一般的肃静。被烧焦的大神树下，数十个火把烈烈地燃烧着，气氛剑拔弩张，空气也仿佛停止了流动。

"请让开！"

忽然，听见一女人声音。那女人声音不大，但在寂静的山谷中，显得格外清脆、响亮。人们立刻闪开了一条道。谁都没有想到，这个女人是陈玉仙，搀扶着一位八十多岁的老人，后面跟着另一个女人，是罗指导员的妻子奈天丽。

木瓦苗寨的人看见了这个老人，一下子都沉静下来。

原来，这个老人叫芒林公，木瓦苗寨人，是陈玉仙的外公，与奈天丽也有亲戚关系。芒林公不仅在木瓦苗寨，就是在六盘江地区，也是个举足轻重的人物。他年轻时，当过多年的木瓦苗寨的款首（寨子的首领），组织寨老们召开寨中村民会议，主持宗教祭祀活动，制定款约，维护秩序，调解各种纠纷。50 年代初，曾带领款军（苗寨中的民兵组织）协助解放军 145 团、418 团剿匪除霸。当年在六盘江镇，芒林公也曾经是风靡苗乡。现在虽说已年过八十，但在这个寨子里依然德高望重，有一言九鼎之威。芒林公古铜色的脸，两只炯炯有神的眼睛，头上裹着青布长头帕，身上穿着右衽无领短衣，缅腰大管裤，腰上系青布带，裤带上系一个约 50 厘米长的铜头烟袋。这段时间，芒林公身体不太好，一直住在盘江镇小女儿家。芒林公拄一根老榆木拐棍，步履蹒跚却落地稳健结实。他走到了那块大石头前坐下，用那双看了八十多年人世间风雨的眼睛，扫瞄了一遍眼前的苗寨子孙，半天没有吭声。那架势，那神态，不怒自威，像一头威震山林的雄狮。

终于，芒林公说话了，一字一句不紧不慢，字字句句掷地有声：

"咱这寨子地处深山，与外世隔绝，到盘江镇去一趟多难，你们不知道？有了灾，难，病，谁知道？谁来管？民国九年（公元 1920 年）七月，暴发疫病，寨里死二十多人。民国十五年（公元 1926 年）灾荒，全寨人挖蕨根、吃野菜，就在这棵大树下，饿死了五十一个人，这神树，这祖先，咋就没来保佑啊？"

人们鸦雀无声。

"大军说这路修好了，到盘江镇，开车只要吃顿饭工夫，多快啊。大军帮咱修一条大路，那是为咱寨子开了一条天路。孩子们到镇里上学、读书、做事，多方便？这神树，这祖先，能办到吗？公岩，你爹咋死的，忘了？亏你读过书，读到牛肚子里去了？"芒林公问公岩。

寨子人都知道，公岩他爹几年前因肚子疼，一大早，寨子里十多个壮小伙子，用竹床抬他爹去盘江镇医院。一路上翻山越岭，天又下着小雨，不停地颠簸摇晃。他爹疼得哭爹喊娘叫祖先。一只老狼带十几只饿狼，盘踞在山道中间，人狼对峙了半天。折腾了整整一天，晚上点灯时才到了盘江镇。刚进医院大门口，他爹就死了。医生检查说是急性盲肠炎，穿孔了，要早来几个小时，就不会有这样的后果。

芒林公这些话，加起来不到二百个字。说完，他站起身来，陈玉仙搀扶着，奈天丽跟着，拄着拐杖走了。

木瓦苗寨人，像电闪雷鸣激荡后的山野，像一阵倾盆暴雨浇注过后的万物，耷拉下脑袋，沉寂无声。

人世间真正有用的话，不多。能点到要害，点到本质，起作用的，就那么几句，短短几句。

言多无益。这是古训。

芒林公走后，塔拉仙谷的风向大变。公岩和粟杨脸上带着羞涩和愧疚，不好意思地走了过去，解开了阚大勇和张国富的绳索，边解边说"杰可蒙！""杰可蒙！"（苗语：谢谢你！）人群里，有人指着一中队的官兵说："没汝达朱！""没汝达朱！"（苗语：你们太好啦！）公岩和粟杨招呼十几个年轻人，都是木瓦苗寨的，后来官兵们也加入进来。他们提着斧，掂着锯，拿着绳索，七手八脚地锯倒了那棵大树，迁移了祖先的棺，用了不到一天的时间。

奈天丽住了两天，也走了。此后，罗延庆指导员再也没提过干柴烈火的事。

细心的人发现，龙岩炎也变了，时常会目光游离，闷声少言，独自一个人抱着饭葫芦吃饭。

后来，几年以后吧，有人私下统计，407大队的一、二、三、四区队，修筑108公里简易公路期间，有一百多个战士都成了当时的"地下工作者"，平均每一公里，就有一个战士倒在了当地姑娘们的怀抱里。包括一中队高清源几个广东兵、四川兵，都私自恋爱，成了两河公社的乘龙快婿，生儿育女。也有几个兵，和木瓦苗寨姑娘喜结良缘。

干柴遇到了烈火，着，是自然规律。不着，是神话传说。神话只能迷惑那些信神畏神，对神信仰虔诚的人。

战士是不允许和当地姑娘恋爱结婚的。这是军队规定，也是严格的纪律。高清源他们为此，也付出了后半生代价。献了青春献终身，献了终身献子孙。子孙们在这里生产生活，他们靠山吃山，繁衍了一代又一代的子孙。这当然都是后话。

胜利的日子终于来临了。

雁翅关煤矿从清理老矿井巷道那天起，到第八十八天早晨，迎着一缕光辉灿烂的霞光，一辆满载着闪光发亮优质煤炭的矿车，从雁翅关矿井下徐徐驶出了井口。矿车上放着一顶安全帽，插着一支风枪，风枪上系着一条鲜艳的红布，在微风中欢快地飘动。一区队官兵们聚集在井口，他们欢呼，他们跳跃，他们脱下军装拿在手里抡，把帽子扔向了空中，不少官兵流出了激动的眼泪。

戴红戍支队长和李飞政委来了，身后是乔参谋长、后勤部栾招远部长等支队首长。首长们个个面带喜悦，高兴得合不拢嘴。402大队长李炳福和政委李冰，后面跟着蒋凤君教导员和吕大山代区队长，他们兴致勃勃地迎了上去，脸上带着抑制不住胜利后的激动。

李炳福和李冰，向戴支队长和李飞政委敬礼：

"报告支队首长，雁翅关煤矿今天正式出煤，煤质优良，标准合格，日出煤量1000吨，请首长检查验收。"

戴支队长那双豹子眼里，闪动着喜悦的神情，亮开了铜钟一样的嗓音：

"祝贺402大队首战告捷，全体官兵辛苦！支队党委研究决定，通令嘉奖402大队全体官兵，402大队第一区队集体记三等功。"

李飞政委代表支队党委宣布："任命吕大山同志，为402大队第一区队区队长。"

几乎在同时，没差几天，林越山率领的407大队，也按时完成了108公里的简易公路的修筑任务。肖新泉书记和戴支队长出席了简易公路的开通验收典礼。

407大队一区队研究决定，恢复龙岩炎的中队长（连长）职务。

不过，报到大队政治处后，迟迟没有消息。教导员经过侧面了解，说是报到了大队康副政委那，没有批准，原因是那次煤场事件。康副政委说：

"煤场事件死亡了三十三人，属于重大恶性事故，龙岩炎负有主要责任。"

第五章

1. 女兵内衣裤被偷

一辆美吉普，颠颠簸簸地行驶在新修的公路上。车后排坐着 402
大队长李炳福和政委李冰，副驾驶座上坐着一个女兵，是柳晓雪。
这车是美国 40 年代的产品，从朝鲜战场上缴获的，从铁道兵跟到了
基建工程兵，没有顶篷，前面只有一道风挡玻璃。

火塘矿区在两座大山之间峡谷地带，红河谷。红河谷弯弯曲曲，
宽的地方不到 1 公里，窄的地方 100 多米，长 20 多公里。一眼望去，
两边大山重峦叠嶂，逶迤连绵，看不到一点红色，裸露着很多石头。
沟沟坎坎石头缝隙里，长着半死不活的荒草小树。山的背阴处和山
坳里，可以看到稀稀拉拉的树木。就在这条看起来荒凉贫瘠的峡谷
地下深处，蕴藏着十分丰富的优质煤炭资源。

402 大队的四个区队，雁翅关矿竣工移交后，奉命转战到火塘
矿区。

盘江特区共有四大矿区：老树基矿、火塘矿、瓦普矿和月亮矿。
这四个矿区，火塘矿是重点。它不仅煤的质量最好，蕴藏量最丰富，
还有一个原因，就是它的地理位置。它处于四个矿区中心，国家三
线建设规划方案中，已经定下蓝图，以火塘矿区作为起点，修建一
条火沾铁路，即从火塘矿到云南沾益，直线距离约 100 公里。火沾

铁路修好了，盘江特区的煤炭资源，就能够源源不断运送出来，从沾益送往攀枝花钢铁基地。

戴支队长在向402大队布置任务时，特别强调："火塘矿这个中心开花打得好不好，对整个盘江特区煤炭基地建设至关重要。雁翅关矿初战告捷，只是牛刀小试，应了一时之急需，你们大队真正任务，是建好火塘矿。"

402大队所在的火塘矿区有三个矿井，散落在红河谷不同地段。402大队一进入红河谷，所属的四个区队，按照大队司令部的部署，先搞道路基本建设。官兵们挥镐舞锹，没日没夜搬石头挑土，劈山开路，遇河架桥，先修筑起了一条简易公路。

这条公路像一条红黄色巨蟒，顺着峡谷走势，躺卧盘绕在红河谷底。先是"子5—××××"，后为"申1—××××"牌号的军车，解放、嘎斯、太拖拉、大吉尔和依法等，什么车型都有，轰轰隆隆的，来来往往奔驰在简易公路上。两边山坡上、崖壁上，出现了白色标语，字体巨大，格外醒目：

> 好人好马上三线！
>
> 三线建设要抓紧！
>
> 先生产，后生活！
>
> 边勘探，边设计，边施工！
>
> 深挖洞，广积粮，不称霸！

一号、二号、三号井架，已经高高地耸立起来了。巨大的天轮在井架顶端，日夜不停地哗哗转动着，发出的声音均匀而沉重。不时地听见轰隆轰隆巨响，几处山坳里，经常一阵阵冒着灰褐色的烟尘。那是矿山中队在放炮崩山，开山碎石，为修筑道路桥梁和井下砌碹备料。

红河谷区域，古来荒蛮闭塞，现在不仅有了喧闹嘈杂，更有了日新月异的变化。

大队长李炳福和政委李冰像视察阵地一样，沿着红河谷公路，把所属部队情况进行了一次检查。下午三点多，美吉普离开了红河谷简易公路，拐进一个小山口。山口里面又是一条峡谷，叫梁河谷。

区队长吕大山和教导员蒋凤君，已经奉命在梁河谷口的路边等候。这里是一区队驻地。

梁河谷的谷口不大，两边也是高山耸立，峰顶常有云雾缭绕，看上去有些气势压人。可是进了谷口，眼前就变得开阔起来。左面山脚下有一条小河沟，平时无水，露出一沟发白的鹅卵石。上游下了大雨，沟里会河水翻腾流淌。小河沟上一座木桥，跨过小桥再上十多米台阶，坡上是一块平地，建有十五六间工棚，排列成 U 字形。这里是 402 大队一区队部。从区队部往谷里走不到 100 米，右面半山坡上，驻扎着一中队。往山谷纵深处走，依次是二、三、四中队。不到半个月，一座座工棚，一顶顶绿色军用帐篷，雨后蘑菇一样，出现在梁河谷山的半坡上。工棚很简陋，墙是栽上竹子编上篱笆，两面抹上泥。屋顶盖的片石、油毡、石棉瓦、白铁皮等。屋里是铲平的地面，裸露着红土、碎石、草根、树根等。一个排四个班，集体住在一座大工棚里，全睡的地上大通铺。

李炳福和李冰坐的美吉普刚拐进山谷，不知哪里传来一阵阵喊叫声。喊的什么，听不清楚。抬头望去，见漫山遍野一些兵在奔跑，在挥手，在呼喊。

美吉普没停稳，李冰政委便指着山野上的那些兵问吕大山和蒋凤君：

"这些兵是干什么的？你们两个是带兵啊，还是放羊？"

"报告首长，他们在抓蛇，逮野兔。"蒋凤君教导员说。

"为什么？"

"改善生活。"吕大山笑着回答。

顺势，吕大山把当前部队情况，向两位首长做了简要汇报："一号井按照设计方案,已经开始动工,三班轮换,昼夜不停,进展正常。现在没有住房,战士们住简易工棚;没有床,睡的地铺;没有厨房,在露天野地用几块石头支起来当锅台。请首长放心,这些困难都不是困难,都可以克服。现在最大的困难是后勤给养跟不上,生活苦,顿顿吃糙米饭,清水煮土豆青菜,辣椒面儿拌饭,用水也很不方便,要到3公里远的地方去背,施工任务繁重,体力消耗太大,长期下去,怕战士们身体受不了。"

"哈哈,你没听说过?这里素有十八怪之说,其中就有这几怪:三块石头支起来当锅台;斗笠当锅盖;秧藤编成被子盖;赶马车的站起来。"李炳福大队长开着玩笑,接着说,"相比之下,你说的这些困难,还叫困难啊?起码有被子盖吧?这些困难,其他部队也都存在。后勤部门正在积极想办法,尽量快一点儿有所改善。毛主席号召工业学大庆,大庆精神就是先生产,后生活,铁人王进喜他们就是这么干的。搞三线建设,遇到这点儿困难,你们就叫上苦了?"

"生活苦?比1952年冬天,我们在朝鲜妙香山,那冰天雪地修铁路还苦?敌机天天来轰炸,吃的是一把炒面一把雪,战场上那首《进军号》歌是怎么唱的,忘了?"

吕大山笑着,没说话。

"笑什么?不用唱,说说歌词。"

看来李冰政委是在将吕大山的军。吕大山倒也不含糊,顺口说出了歌词:

> 就是我们今天吃点苦,
> 能使我们祖国牢又牢。
> 就是我们今天流点血,
> 能使我们人民生活好。
> 工厂在冒烟,庄稼长得高,
> 灿烂的鲜花开满道。

"对啊，祖国牢又牢，人民生活好，鲜花开满道，再苦也值得！我以为你忘了。"李冰政委说，"加快三线建设，和帝修反争时间，要准备打仗。这是我们当前面临的形势。要牢记我们军队一不怕苦、二不怕死的光荣传统，要用这个思想教育部队，要向官兵们讲清楚。不论生活怎么艰苦，你们区队，必须按照下达的任务执行。"

"是。"

"还有，为了加强你们区队技术力量，已任命柳晓雪同志，为一区队技术组组长，你们要安排好她的工作和生活。"

李炳福大队长和李冰政委走了，留下了柳晓雪。

军队就是这样。下达任务，检查工作，简明扼要干脆利落，没有繁文缛节，没有虚假客套，甚至没有一句多余的话。

乌蒙山深处，原本人烟稀少。自从来了41支队，有了朝气蓬勃的兵们，就有了生活的气息，让这里充满了生机与活力。

几个中队之间，各中队与区队部之间，出现了横七竖八的小路。那是兵们为方便行走，用青春自由的脚步踩踏出来的。小路狭窄，蚯蚓一样曲曲绕绕地趴着，能供一人步行通过。也有宽路，顺坡就势修筑的，路面铺着碎石红土。摩托车来来往往，送递着各中队的信件报纸。也有大卡车轰轰隆隆驶过，拖着尘土运送着施工材料和部队给养等。营房周围和离营房不远的山坡上，出现了一片片新开垦的土地，辣椒、青菜、茄子等生机勃勃，还有两片种着红薯、土豆，长势喜人。二中队和四中队生活区周围，竟然出现了猪圈，听得见有猪的哼唧声。

柳晓雪的到来，在技术方面，给区队施工提供了很大支持，增加了施工的安全和技术保障。但与此同时，也给吕大山出了一道不大不小的难题：如何保护柳晓雪的安全。这个安全不是施工安全，而是如何防范全区队那无数双如狼似虎的眼睛。

军队里流传一句话：当兵三年，母猪赛貂蝉。这话虽然粗俗，却也并非没有道理。军队是以男性为主的世界，男性居多，且大多是血气方刚的年纪。这个世界里，男性荷尔蒙旺盛，喷溢四射虎虎生风，发现一个女兵，男兵们会停下脚步，放下手里活计，把火辣辣的眼光投射过去，恨不得把她融化。用龙岩炎的话说："看见女人，全他妈的裤带松，不会走路，眼睛里滴血。"全区队七八百号人，目前只有一位女兵，卫生所的周军医。不过周军医早已结婚生子，丈夫是二中队副指导员。柳晓雪年轻漂亮，花一样的年纪，到区队任职，天长日久防不胜防，搞不好会带来一些无法预料的麻烦。

防患于未然，要从一开始做起。吕大山思考再三，决定把她的宿舍安排到区队部大门口，刚一上坡，进了大门的西侧。那里正好有一间简易木板房，这里人来人往，离哨兵直线距离不到 10 米，安全系数最高。吕大山叫来警通班长，交代他：

"哨兵的任务，不仅仅是守护区队部安全，柳技术员安全也是哨兵的职责，要严加防守，不分昼夜，出了问题，我拿你是问。"

一区队领命开始一号井建设。这是一个斜井，26 度的坡道。井口绞车旁，竖立一个巨大的井架，井架顶上支撑着一个天轮，直径 3米多，哗哗地转动着。四台压风机昼夜不停地工作，发出的噪音震耳欲聋。一、二中队为主井掘进中队，轮番上阵，昼夜不停。挖掘矿井、巷道，这些对于吕大山来说，并不陌生。用他的话说，这些活儿和铁道兵挖隧道基本上一样，面对的敌人是岩石，手里的武器是风枪、钢钎、铁锤、炸药，打仗的套路是打眼、放炮、出渣、架棚、砌碹支护、铺设轨道等。

柳晓雪则认为："区队长的话不全对。挖煤井和打隧道既一样，也不完全一样。铁路隧道是水平挖，矿井是向下打，地应力不同。地应力是随着地表以下深度的增加而线性地增加。由于所处的构造部位和地理位置不同，各处的应力增加的梯度也不相同，不可混为一谈，麻痹大意。"

吕大山看了她一眼，开玩笑说："黄毛丫头，懂得还真不少。什么线性、梯度的，满嘴的新词儿，老子听不懂。"

主井、副井和通风道，挖得还比较顺利。主井进展到300多米，进入岩石层，周围多是岩石。除了发现二十、三十几厘米薄煤层外，没有发现厚的煤层。一中队长陈国祥带领一排，在掘进面施工。这个地下战场，战士们手握钢钎，抢着铁锤，锻凿炮眼。三台风钻在战士们手里哗哗哗响着，掘进面岩石粉尘飞扬。炮眼打好后，一排的二、三、四班，全退出掘进面80至100米之外，躲在侧面的猫耳洞里。

一排一班是爆破班。高增长是一区队的技术员，在一中队一排一班蹲点，传授井下爆破技术。这个人身上有故事。他是河南济源人，就是那个河南济源王屋山每天带着子孙挖山不止的老愚公的老乡，今年二十三岁。北京理工大学火工品专业毕业后，先是从焦作矿务局支援西南三线建设调来盘江矿务局，后赶上基建兵组建又来到部队，是个工改过来的学生兵。他带着一排一班十三个战士，扛着炸药雷管等爆破器材来到掘进面，小心翼翼把炸药填进打好的炮眼里，装上雷管。然后，命令所有战士，退出掘进面，和二、三、四班一起藏在猫耳洞里。他带着一班长王右喧留在掘进面，一个一个检查。检查合格后，高增长和王右喧才离开了掘进面，以小跑速度往回走。说是小跑，其实是快步走。高增长心中有数，脚步踏实，快而不慌，忙而不乱，脸上似乎还带着微笑，显示出他的自信、潇洒和骄傲。他和王右喧刚跑进猫耳洞，爆炸声会在掘进面轰然响起。一股巨大的气浪，推动着烟雾粉尘，像一股剧烈奔腾的洪流，从掘进面顺着巷道喷涌出来，浩浩荡荡不可阻挡。不等烟雾粉尘散去落净，高增长和王右喧最先跑出猫耳洞，跑到掘进面，检查爆破情况，看有没有哑炮，有没有悬挂着随时会跌落下来的石块等。烟雾中的战友们，只要听见王右喧在喊：

"安全！2排弟兄们，上！"

2排官兵们哗地跑出猫耳洞，向掘进面奔去。他们分成两拨，一拨人清除爆炸后的现场，大石块用手抱起，往矿车斗里扔。小碎石头，用铁锹往矿车斗里装。另一拨人扛着圆木，进行临时性木材支护。巷道两侧，三排、四排各分一半，用料石、水泥、砂浆砌碹，做永久性支护。

井下爆破施工，是一个完整的系统工程，一环扣着一环。每一环节交接，必须是人见人，手拉手，不能有半点疏忽或遗漏。

一天，开午饭的哨声响过后不久，区队部食堂的露天餐厅，区队首长和技术组几个技术员，坐在马扎上，也有的盘腿席地而坐，围成一个圆圈。中间地上，放着一大盆圆白菜，一大盆炖土豆块，大家伙你一筷子我一筷子地夹着吃。柳晓雪和技术员高增长刚刚从掘进面回来，各自端着一碗米饭，加入了吃饭的圈子。

吕大山问："情况怎么样？"

高增长说："区队长放心，掘进面进展正常，除了有小股透水，塌几块碎石，没啥大问题。"

柳晓雪说："区队长，现在到了软岩层，最好少用炸药，防止出现大的塌方。"

吕大山说："少用炸药，会影响进度。"

柳晓雪说："井下作业，安全第一。打隧道，一般是水平推进，洞里的压力不会有大的变化。挖煤矿不是这样，它是向下挖，越是往地心深处推进，特别是在高原地区，压力会有变化。这里处于地质断裂层破碎带，岩石为泥质页岩，结构松软，剧烈爆炸震动，容易出现透水，出现大面积塌方。进入到煤层，还会有瓦斯。岩爆、瓦爆一旦发生，后果不堪设想。"

柳晓雪的讲话方式变了，没有了线性、梯度的新词儿。她对吕大山的提醒，既是下级对上级工作上的建议，也含着一个年轻姑娘对一个男人的爱慕。这是柳晓雪的秘密，深藏心底，没向任何人透露过。自从那次途中和吕大山相遇，娇小妩媚的柳晓雪就对英姿勃勃的吕大山充满了崇敬。到区队工作，接触多了，她觉得吕大山这个人，不仅是个区队长，更是一个男子汉，用毛主席的话说，就是一不怕苦二不怕死，是个顶天立地的男子汉。其实，柳晓雪刚才说的那些话，也是让其他几个技术员听的。那几个技术员，都来自铁道兵，都是挖隧道铺铁轨出身。

晚上，通信员王文广干瘦的脸上堆着求人的微笑，拿着洗好的几条裤子和几件衣服，来到柳晓雪房间，说：

"姐，求您点儿事。这都是区队长的，裤脚撕裂了几个口，膝盖和衣服好几个地方都磨破了，我的针线活很蹩脚，补好了也不好看，求姐帮帮忙？"

"好啊，小王，大小伙子，干这些事肯定不如大姐我。以后都拿来，我负责洗，也负责补。"柳晓雪说。

柳晓雪非常精心，把吕大山衣服洗得干干净净，一针一线地补好了破的地方，撒上点水，又在炉子上烧开一铁壶水，掂起铁壶当熨斗，把吕大山衣服裤子熨烫得平平整整。

"小王行啊，你这缝补手艺提高得很快嘛。"吕大山穿衣服裤子时发现了这个变化，嘴里直夸赞。

王文广抿着嘴笑，没说什么。

当吕大山又一次穿上洗好的衣服，发现领口有了新变化。洁白的线，钩织出一小朵一小朵精美的菊花，构成了一副假领子，缝在衣服领子内侧。草绿色的军装，鲜红色的领章，加上一道白色在领口露了出来。那道假领子洁白、纯洁、亮丽，引人注目。这绿色、红色、白色相互衬托，格外新颖，让人变得更精神，更潇洒。

军装上的这种白线钩织的假领子，在当年，在相当一段时间，引领过军队男子军装服饰的新潮流。女兵们爱美，也有自己的招数：戴口罩。女兵们的口罩经常是不戴在嘴上的，只是挂在脖子上，塞进怀里，露出那白色的带子，为的是在绿、红之间再加上一道白色。柳晓雪也是这样。吕大山最早发现，是支队宣传队指挥杨文帖和那些风流倜傥的男演员们，他们的军装脖子领口，最先露出了一道耀眼的白色。后来，在大队、支队开会时，看见有些首长脖子上，也露出了一道白色。再后来，支队医院、大队卫生队的男医生们，脖子上也都露出了一道白色。终于，吕大山明白了其中的奥妙：

凡是男兵军装领口露出一道白色，一定是女兵们成堆的地方。妈的，苦就苦了连队的弟兄们，清一色的鲁智深、武松，男爷儿们。

吕大山万没想到，自己脖子上，现在竟然也露出了一道喜人的白色。他乐呵呵地叫来了王文广：

"小王，你行啊，这一段时间，不仅衣服洗得干净，补得漂亮，这钩织假领子的手艺也学会了？哪儿学的？"

"这些，都是柳技术员干的。"王文广被夸得有些不好意思，只得全盘托出。

"那些白线哪来的？这么白。"

"施工发的劳保线手套，节约下来，拆洗了，织成假领，然后再用增白剂泡。"

姑娘心细。柳晓雪发现，吕大山看自己时的目光有了变化，变得深沉，变得柔和，变得有了几分矜持，变得有了涵养。虽说不是含情脉脉，但迎头碰面，眼看得多了，嘴里的话明显少了。

这应该是一条规律：当青年男女心中的爱，将要出门的时候，往往会忐忑不安，羞涩遮面。它在左思右想，左顾右盼，小心翼翼地探路前行，话语自然就变得不多。

吕大山后来，把自己节约下来的白线手套给了王文广，让他交给柳晓雪，并特意提醒："就说这手套是你的，不许提我。"

王文广笑着回答："是！明白。"

近来，柳晓雪也有了自己的烦心事。而且，这烦心事接连不断发生，弄得她很是焦虑苦闷，夜不能眠。经过再三思考，她满带羞容，犹犹豫豫地去找了吕大山：

"报告区队长，我的东西丢了。"

"东西丢了？什么东西？"

"……"

柳晓雪一时语塞，眼睛在看着别处，脸红得像领章帽徽的颜色。吕大山觉得奇怪，问：

"说啊，什么东西丢了？"

"内……衣。"

"内衣？"

"还有……"

"还有啥？"

"内裤。"

"内裤？"

"嗯。"

"哦……"女兵丢了这些东西，吕大山没有想到，"怎么丢的？"

"洗好了，晾在屋里几天不干。工棚后面，有两棵小树，我就拉根绳子，搭在那里晾晒，没想到，第一次少了一件内衣，四下里寻找，没有找到。"

"是不是风刮跑了？"

"第二次，晒了一条内裤，怕风刮走，我特意用书夹子夹在绳子上。晚上去收，书夹还在，内裤没有了。"

这些都是女人的秘密。

一个女人，能把这些秘密告诉一个男人，除了因为这个男人是区队长之外，同时说明这个女人对这个男人的绝对信任。吕大山立刻感到自己身上又多了一份责任，沉重了许多。

吕大山没再说话。他不由自主地抬起手，摸了摸军装的领子，那道洁白的线织的假领子通过他的手指，传导到他心里。他的心里立刻波澜泛起，涌上来一种异样的感觉。片刻过后，他淡淡地说：

"好，我知道了。"

吕大山没有再说别的，也没有再细问下去。他觉得，不能再问了，也没有必要再细问下去了。

瞅好一个时机，吕大山悄悄来到柳晓雪晾晒衣服的地方，进行现场查看。柳晓雪的门前，是一条小路，那是能够进到这里来的唯一通道。只要谁踏上这条小路，哨兵全都知道。想来，偷柳晓雪内衣内裤的人也不敢这么大胆。过了这条通道，是一小片坡地，三十多平方米大小。这一小片坡地，在营房区一排南北走向工棚的背面。共五间工棚，每间背面的墙上，开着一个窗户，像一只睁大的眼睛，不怀好意地向这一小片坡地偷窥着，张望着。坡地满是碎石红土，长着一些半死不活的野草。一块大石头很显眼，光秃秃裸露着。两棵小腿粗的山榆树，相距五六米远。那根晾晒衣服的绳子还在，把两棵树相互牵连着。大石头西边不远处，是围挡着营区的铁丝网。铁丝网外面是一条干河沟。在大石头旁边朝着阳光的一面，长着一株野草莓，结有两粒草莓果，葡萄大小，紫中带红，色泽鲜艳。一只欢快的松鼠，从铁丝网的窟窿里钻了进来，跑到野草莓前，骨碌着警惕的眼睛，小爪子一搂，把一粒草莓塞进了嘴里。当它又准备再去搂吃另一粒草莓时，发现了吕大山。它贼精贼精的，转身钻出了铁丝网，跳进沟里不见了踪影。这样的地方，应该是偏僻、安静而安全。吕大山什么出身？侦察兵。任何蛛丝马迹，用龙岩炎开玩笑的话说，除了苍蝇飞得太快来不及分辨雌雄，别的，很难逃出他的眼睛。吕大山很快发现，技术组高增长宿舍的后窗户上，有摩擦的印痕。

吕大山骂道："兔崽子，想疯了！"

2. 当你妈差不多

西南三线建设指挥部，下达了修筑火沾铁路的任务，全线约110公里。除了铁道兵 × 师承建一段，盘江特区内一段是矿区内的路段，由基建兵 41 支队承建。这支部队，原来的底子就是铁道兵，打隧道筑路基铺轨道修铁路是其长项。经过研究，戴支队长决定调用林越山的 407 大队，包括修筑简易公路的基干民兵营，经过和地方政府商量同意，全套人马，转战到火沾铁路建设中来。

龙岩炎的一中队，驻扎在猴场。第一项任务是挖掘一号隧道，从红果山下穿过。这地方虽说是猴场，却很少看到过猴子。出了营区 200 多米，是一号隧道工地。旁边是一条喀斯特河谷，三四十米宽，20 多米的深处，是奔腾不息的达莎江。河谷对岸，是高大陡峭的山崖，攀爬着各种野藤，生长着一些灌木和叫不出名字的野草小化。后来，在峡谷对岸，有人说看见过猴子。

不知道什么时候，红河谷简易公路两边，奇迹般地出现了一些当地的老乡。据说他们是从深山里走出来的。开始一两个，后来三四个，再后来五六个。他们有时三五个一伙，有时七八个一堆，有大人也有孩子，有男的也有女的，散落在路的两边。他们下小雨时身上披着蓑衣，头上戴着竹斗笠。晴天时不戴斗笠，头上缠着黑紫色的布。更有女的，头顶上用黑紫色的布缠裹着两只牛犄角，一尺多长，非常奇异好看，吸引着兵们的目光。一些兵新奇，问她们是什么族？回答说"角角族"。这些人，穿着各式各色的民族服装，苗族、侗族还是布依族，局外人分不清楚。有人脚丫子光着，有人穿着草鞋，也有人用绳索把一块看不清颜色的皮绑在脚下当鞋穿。他们大都背着口大底小的竹背篓，提着一串串稻草编织的辫子，辫子的圈里围裹着鸡蛋。有人怀里抱着大红冠子公鸡，也有咕咕咕低声恐叫的母鸡。有年轻女人的背篓里，有眼珠子滴溜溜四处乱转的孩子，也有南瓜、玉米、青菜、土豆等。山里人背负重物的能力极强。他们大都手里拿一根二尺左右长的木棍，一停下来，就用木棍顶在背篓底部，支撑在地上。两条腿加上一根棍，三柱鼎立，智慧，轻松，省力。看着来来往往的卡车，他们的心里直纳闷，嘴里在议论：这大家伙，不吃草，不喝水，咋拉得这么多？跑得这么快？老乡们兴奋起来，会对着过往的车辆，举着一串串辫子鸡蛋，摇晃着手里的鸡，喔——喔——叫卖着。

这些祖祖辈辈居住在大山深处的老乡，朴实、厚道、单纯。面对着 41 支队的到来，面对着新事物的出现，面对着眼前发生的变化，他们的目光神奇面带惊喜，充满了对新生活的渴望。

一天，一个十五六岁姑娘，领着一个十二三岁小男孩，来到一区队一中队驻地。姑娘手里掂着四辫子鸡蛋，小男孩的怀里抱着两只老母鸡。那姑娘告诉哨兵说：

"俺找侯长金。"

"找他什么事？"

"俺想嫁给他，给他当媳妇。"

"俺也找侯长金，用老母鸡，换白面馒头。"小男孩说。

龙岩炎刚从隧道里出来，胡乱洗了把脸，正抱着葫芦吃饭。听了哨兵报告，他大吃一惊，手里的饭葫芦差一点儿扔了：

"他妈的，扯什么淡！这是闹的哪门子鬼？"他命令通信员李玉山，"去，把那小猴崽子给我叫来。"

侯长金来了，涨红着脸。他吞吞吐吐的，吭哧了半天，才极不情愿地讲述了几天前发生的事。

上士侯长金坐着区队部一辆解放牌大卡车，去盘江镇给中队拉给养。回来时路过红河谷，见沿路卖东西的老乡，便停了下来打望半天，东看看人群，西摸摸辫子鸡蛋、南瓜、土豆，然后拿块肥皂，到路边小河沟里洗毛巾、擦脸。一个十五六岁小姑娘，跑了过来，见他用那块神奇的东西把油腻的毛巾洗得干净洁白，很是吃惊：

"吆，这是嘟个吗，咋洗得好干净嘞？"

"这？"

"是嘞，嘟个吗？（土话：啥）"

"肥皂。"

"好神奇嘞！送我一块行不？送我一块，我就嫁给你做媳妇，我喜欢解放军。"

山区姑娘的纯真直爽，引得侯长金哈哈大笑。他毫不犹豫地把刚才用的肥皂给了她。上卡车时，旁边站着一个小男孩儿，十二三岁，怀里抱着两只鸡。侯长金问：

"小家伙，鸡咋卖？"

"不卖钱，换馒头，两个大白馒头，换一只鸡。"

"好，过几天，你多抱几只老母鸡，去找我，我给你换白面馒头吃。"坐进驾驶室，侯长金也没忘记跟那个姑娘开玩笑，逗她，"你也去噢，去了我给你很多块肥皂。"

"咯咯咯……"龙岩炎正听侯长金汇报，突然身后有人发笑。回头一看是通信员李玉山，板起脸骂：

"妈的，笑啥？滚！"

通信员李玉山笑着跑了。这小子，不仅眼快腿快手快，做事利索，嘴也快。侯长金的事，很快就在军营里传开了。在以后的相当一段时间里，一中队官兵们茶余饭后，碰面经常会听到这样话：

"喂，哪天吃馒头，别忘了备两个。"

"少洗几次衣服，省几块肥皂好换媳妇呔，衣服脏点怕啥？"

"衣服脏不怕，拿肥皂换个媳妇，让媳妇给洗。"

"听说三排的×××，就是渠县那个川娃儿，三个馒头换了一个姑娘两只鸡。"

"瞎扯！那娃儿是湖北恩施咸丰的，还加了两块肥皂呢。"

"加两块肥皂，那能白加？他那是对小丫头有了歪心噻。"

这样的言语在营区里四处开花，到处乱飞。事情也并不只是嘴上说说这么简单，后来在营区附近的山坳里、树林中、藤草间，发现了一地乱飞的鸡毛和发黄的鸡骨头。

"烂私儿们，动真格了？"

"这狗日的侯长金，硬是把一些弟兄们给带坏了。"

凡看见这些残余剩物的兵们，嘴里少不了骂上侯长金几句，解一下自己心里的不满、嫉妒，也有的是遗憾，有点儿吃不上葡萄骂葡萄酸的味道。

其实，侯长金真的冤枉。因为他心里早已有人，就是炊事班的陈玉仙。这小子，人小鬼大，下手比较早。最早起端，是修筑通往雁翅关的那条简易公路。侯长金作为一中队上士，经常到盘江镇为连队购买蔬菜、猪肉等副食品，在那里，他认识了陈玉仙。陈玉仙是卖猪肉的。这女人口齿伶俐，头脑清楚，刀功娴熟，算账利落，她猪肉摊前的顾客最多。侯长金指着地下藤条芭上的猪肉问：

"大嫂啥价？"

陈玉仙抬头看着侯长金，身穿绿色军装，一颗红星头上戴，革命红旗挂两边，嘴里镶着两颗银牙，一张嘴说话，嘴里闪动着银光。这是个一脸精明的小兵。在全国学习人民解放军的社会氛围中，侯长金引起了陈玉仙的好感，她笑吟吟地说：

"大军买肉哦？自己家吃，还是队伍上吃？"

"队伍上。"

"队伍上吃，最低价。"

陈玉仙手起刀落，割下猪两个大后臀，一扇排骨，一整条腔骨。然后，利利索索算完账，装好肉，收好钱。陈玉仙又掮起一个大猪头，七八个猪蹄，装进一个藤条筐里，扛起筐装上了侯长金的车，说：

"小兄弟，这是我送给大军的，不要钱。"

陈玉仙精明利落，豪爽大方，加上她身段妖媚，蚕眉凤目，一下子征服了侯长金。侯长金十九岁，这是个情窍初开却又涉世不深，极容易想入非非的毛头小伙。此后他鬼使神差，把这里当成了定点，经常来买陈玉仙的肉，也不时送她点肥皂、手套、军鞋等。一来二去，两人就有了私下接触的机会。陈玉仙告诉侯长金，她弟弟专门养猪，在柳罐屯一条山沟里，漫山遍野养了好多猪。她负责卖猪肉。后来，陈玉仙过元旦给中队送猪，留在炊事班做饭，都是侯长金的精心策划。终于有一天，侯长金没有忍住，向陈玉仙吐露了心机：

"姐，我想娶你。"

"啥，娶我？"

"嗯，娶你当老婆。"

"给你当老婆？哈哈哈……"

陈玉仙满面春光，笑得前仰后合，笑得侯长金摸不着头脑，心直发毛。笑过后，陈玉仙亮明了态度：

"小兄弟，我比你差不多大一倍，给你当妈还差不多。"

陈玉仙告诉他，自己结过婚，丈夫死了。不过侯长金并没有死心，心里的爱火，依然烈烈燃烧着，反而越着越旺。真是越得不到什么，就越是想什么。为此，侯长金背地里还落过悲伤的泪。经过他的预谋，陈玉仙到了一中队炊事班做饭，两个人朝夕相处，接触的多了，好感随之增加，侯长金对陈玉仙的爱恋之情也越来越烈。

转眼就快要春节了。为改善中队生活，陈玉仙让弟弟送来了一头猪，但缺少鱼。陈玉仙听说，中队长龙岩炎是福建福清人，爱吃鱼。中队里不少是广东惠来县兵，也最爱吃鱼。这些家住沿海一带的老广们，对乌蒙深山里的连队艰苦生活难以忍受，让家里常寄来一些鱼虾，都是晒干的、盐腌的或熏制的。星期天，他们用铁丝钩着，串着，架在木材火上烧烤。你就闻吧，那满营区都飘散着臭鱼烂虾味道。在其他兵们一片骂声中，那些广东兵，包括龙岩炎，喜笑颜开津津有味地撕剥着吃那些臭鱼烂虾，吃得满嘴黑乎乎的。陈玉仙拉住侯长金问：

"小猴子，能不能搞点活鱼嚛？过年做苗族酸汤鱼。"

"王母娘娘，可以嚛，没得问题哟。"侯长金学着贵州腔，一副痞子相。

可谁都没有想到，就因为这活鱼，不是没有问题，而是出了大问题，给一中队带来了意想不到的灾祸。

晚上，张军伟和许刺猬回来了，一人背了一背篓鱼。背篓往地上一倒，那些不知死活的鱼满地活蹦乱跳着。陈玉仙高兴得说话声音都变了调。她捡起一条大的，一边刮鱼鳞开膛破肚，准备给他俩做苗族酸汤鱼，一边对炊事班长郭永明说：

"这小猴子，说话还真算数。"

郭永明还没来得及答话，二中队炊事班孙班长来了，来要他们中队的小推车。二中队自己开了一小片荒地种土豆，土豆长得很好。前几天刨土豆时，郭永明碰巧路过，见二中队地头放着一辆小推车，毫不客气地装上一车土豆推到了自己中队食堂，说过年吃土豆炖排骨。

孙班长今天来要小推车，看见了一地的鱼，眼睛发出贼亮的光，高兴地直拍巴掌，对郭永明说：

"我操，郭子，你们中队可真能开后门，从哪弄来这么多鱼？我们连一条也没有。见一面分一半，再说小推车也不能白用，土豆也不能白吃。"

孙班长说着，抄起小铁簸箕，撮了两簸箕鱼倒在小车里，推着就走。

"孙老猫，你他妈的一口就给老子叼走这么多？至少有十多斤。"

"一车土豆，换这几条破鱼，老子还亏着呢。"孙班长哈哈大笑，推着小车扬长而去。

郭永明班长着实是心疼那些鱼。他和陈玉仙，赶紧把背篓里的鱼装进了麻袋里。陈玉仙手脚勤快地给张军伟许刺猬做饭，酸汤鱼、炒圆白菜、青椒炒肉丝，郭永明正看着这两人狼吞虎咽地吃，推门进来一个人，三中队炊事班长郭老歪。郭老歪背着一个空背篓，张口就说：

"永明，给十斤鱼。五一节借我们中队那鸡，不要了，换点儿鱼。"

郭老歪两只小眼睛一扫，盯上了装鱼的麻袋，掂起麻袋就往背篓里倒。郭永明一边夺麻袋一边骂：

"你他妈的那几只破鸡，也不值这么多鱼啊？"

"鸡是会长大的，大了是会下蛋的。五一到现在，几个月了？那些鸡下了多少蛋，给老子算算？"

郭老歪倒完鱼，背着背篓一撅一撅地走了。

"这孙老猫，真他妈的不是东西，自己弄鱼不说，咋还告诉了郭老歪？一半儿鱼没了。"

郭永明想了想，跑出去叫来四个炊事兵："快点剥，剥好了，明天中午大年三十，全做了吃。"

炊事兵们看到这么多鱼，高兴得像馋猫。他们七手八脚地刮鱼鳞、剪鱼鳃、开肚子、清水洗，忙活了一阵子。傍晚，刚把鱼收拾完，又听见敲门声，郭永明吓得一激灵，连问几声：

"谁？"

"谁呀？"

"怎么不说话？操！"

郭永明迟疑着，战战兢兢去开门。一看，四中队炊事班童班长，推一辆破自行车，拿一个塑料编织袋，满脸堆着狡谲的笑，两眼放着不怀好意的光。郭永明问：

"这么晚了，你来干吗？"

"干吗？不干吗，弄点儿鱼。"

"你们他妈的都是狗鼻子？咋都知道我们中队有鱼？"

童班长是什么人？和郭永明一个村子光屁股长大的发小儿。平时就不论你我，这时就更不把郭永明放在眼里。他一把推开郭永明，轻车熟路地进了厨房，看着一盆剥好的鱼，端起来倒进了编织袋，放在自行车后面，骑着车吹着口哨走了。

陈玉仙想哭。郭永明也想哭。炊事兵个个垂头丧气，脸像霜打的红薯叶由绿变黑，难看得很。

侯长金来了，知道了鱼情，他没有生气，说："姐，别生气，不是还剩有鱼吗？过节有鱼吃就行。"

第二天，大年三十，炊事班准备做鱼，午饭吃。快十点钟，突突突摩托车响。区队部通信员陈雨水骑一辆挎斗摩托车，连火都没熄，跑进炊事班，对郭永明说："嗨，郭子，杨区队长听说你们弄了好多鱼，给你们龙中队长打电话，说想要点儿鱼。可你们中队长死活不承认有鱼，打包票说，去，让区队部通信员到我们食堂看看，有，全拿走，一条也不留。"

郭永明看着陈雨水，直发愣。

陈雨水指着鱼说："郭子，这可是你们中队长的命令，你敢违令不听？"

陈雨水说完端起盆里鱼，哗啦倒进摩托车挎斗里。一踩油门，屁股后突突突冒着一溜烟，不见了。

陈玉仙一屁股蹲在地下，捂着嘴想哭。又想了想，带着两眼泪，跑出去找侯长金。

侯长金听了，哈哈大笑，说："姐，放心，有鱼，我亲自上，现在就去，保证下午再弄一背篓鱼回来，晚上吃。弄不来鱼，你把我丢锅里当鱼炖了。"

侯长金来到食堂，笼屉上刚刚出锅的馒头，雪白雪白的，在冒着热气。他拿两根筷子，每根扎上四个馒头，叫上张军伟、许刺猬走了。

晚上中队改善生活，中午炖鱼改在了晚上。下午三点多，陈玉仙透过炊事班的窗户，就开始不停地向营区大门口张望。院内一些兵们三三两两，拿着扫帚哗啦哗啦扫地，拿着铁锹咔哧咔哧铲草。文书李玉山带着卫生员、材料员、统计员，在大门口木桩上挂红灯笼，贴春联。值日的魏排长戴着红袖标，到处指指点点，检查安全卫生。官兵们喜气洋洋，准备过春节了。可一直到吃过年三十晚饭，也没见侯长金、张军伟他们回来。

陈玉仙没吃饭，心里有些乱，有种被掏空的感觉。

晚上十点多了，还不见侯长金他们回来。猴场周围山寨和别的中队，传来了鞭炮声，噼噼啪啪揪心地响。陈玉仙心神不定，往中队部走。郭永明也心慌意乱，跟在后面。中队部正对着营区大门口，那里第一时间能看见进到营区的人和车。刚到中队部门口，文书李玉山走了出来，悄声告诉他俩：

"不好了，出事了，出大事了。"

"啥大事？"

"刚才杨区队长来电话，把中队长和指导员叫走了。"

"嗨，这就是大事？估计其他几个中队首长也都去了区队部，和区队首长一起欢度除夕吧？"

"欢度除夕？区队文书张德才说，侯长金、张军伟、许刺猬他们，到河沟里用发电机电鱼，嫌马力太小，电鱼太少，就去接王坪寨浇地用的电，没弄好，侯长金被电死了。"

陈玉仙哇的一声，一屁股瘫在地上，没哭出来，人就昏厥了过去。

"卫生员，快来呀，救人！救人啦！"文书李玉山吓得大声喊，"陈姐要再有个三长两短，这春节可咋过？"

第六章

1. 格杀勿论

1966 年夏秋之交，一场巨大的政治风暴开始席卷全国。这时的 41 支队才刚刚组建。这场政治风暴，最先是北京大学哲学系聂元梓的大字报，掀开了高校中"文化大革命"的序幕。接着是上海红卫兵，在南京路上张贴大字报。然后波及郑州、武汉，随之是重庆、成都，很快就风靡全国。

地处乌蒙山区六盘江特区，相对偏僻闭塞，这场风暴来的也相对晚些，晚了好几个月。大约是在冬季，寒风料峭，时而会有雪花飘落。但它毕竟还是来了，不以人的意志为转移地来了。突出标志是盘江镇花里胡哨的，墙壁上、大树上、电线杆上，到处都贴上了"破四旧，立四新！""舍得一身剐，敢把皇帝拉下马！"诸如此类的标语。

年轻学生们举着小红旗，戴着红袖标，涌出校门，一群群一伙伙的，喊着类似于标语上写的口号，意气风发斗志昂扬地满大街乱窜。几辆大卡车，在大街上不停地转悠。车厢上站着的红卫兵们，一把一把地往人群里抛撒着油印传单。驾驶室顶部，架着三四个大喇叭，播放着挑动人心的歌曲。

"连皇帝老子骑着马，都敢把他拉下来，胆子也太大了吧？"深山里的百姓们，对别的口号理解不深，对这句口号不仅能够理解，而且深感惊愕。他们勤劳朴实，厚道单纯，世代流传的血脉和祖上的口传教训，就是皇帝是天子，具有至高无上的权威，敢和皇帝叫板的，哪一个能有好下场？不过，他们毕竟谁也没见过皇帝，皇帝下不下马，他们并不特别关心。他们看到的是那些十八九岁，二十来岁的年轻学生，据说有的还是贵阳来的大学生，到这里是进行革命大串联，与盘江中学的学生们联合起来，扇革命的风，点造反的火，要造走资本主义当权派的反。红卫兵们戴着红袖标，腰扎皮带，也有的腰上系根红布条，手拿《毛主席语录》红宝书，横冲直撞地冲进了中国共产党六盘江特区委员会、六盘江特区人民委员会办公大楼，给特区书记肖新泉、特区专员刘散书戴上了纸糊的高帽，绳捆索绑地揪着他们游街示众，最后被揪到盘江镇广场，就是基建工程兵41支队成立时的那个广场。有一个红卫兵组织名字格外响亮，听了令人咋舌，叫"乌蒙山红色造反兵团"，团长孙动员，是这场批斗会的组织者，带头人。他二十岁左右，稚气中带着杀气。一阵阵高昂激烈、杀气腾腾的口号过后，孙动员让肖新泉交代：

"你是怎么从当土匪出身，潜伏到中国人民解放军队伍中来的？几十年来，你伪装革命，是怎么当上的高官？"

"你是怎么假借以三线建设为幌子，被彭德怀派到盘江特区，来破坏三线建设的？"

"你是……？"

肖新泉当然不可能回答他。他一言不发，一脸的不屑一顾，甚至不时地流露出一丝冷笑。狡猾顽抗，老谋深算，老奸巨猾，死不悔改，是"革命小将"对肖新泉的总体评价。肖新泉的顽固不化，他那鄙夷轻蔑的神情，结果肯定是惹恼了"红卫兵小将"。

肖新泉有生以来第一次鼻子被打流血，外衣被撕扯稀烂，浑身上下结了一层薄冰，内衣湿漉漉地贴在身上，整个人变得狼狈不堪。但细心的人发现，肖新泉的目光中，神情淡定，依然是刚毅不屈。

红卫兵们并不知道，这个人，什么场面没有见过？

红卫兵们的革命斗志正旺，他们并没有停止造反、停止斗争、停止前进的脚步，他们打着红旗，呼喊着口号，开始向41支队机关进发。

孙动员原名叫孙国庆，"文化大革命"刚一开始，他就借用了伟大领袖毛主席一句话的前两个字，改名孙动员。毛主席那句原话是：动员了全国的老百姓，就造成了陷敌于灭顶之灾的人民战争的汪洋大海。这是毛主席在抗日战争时期说的，出自于他的著作《论持久战》。孙国庆改名孙动员，不仅表明了他对伟大领袖毛主席的绝对忠诚，同时表明了他对于这场轰轰烈烈大革命的绝对忠诚。现在的孙动员，是盘江中学的学生，父亲是煤矿工人，他就是工人阶级的后代。毛主席说：工人阶级领导一切！不过一年多前，他父亲因井下瓦斯爆炸，炸掉了一只胳膊，到材料仓库当了保管员。母亲是当地农民，出身贫农。贫下中农是革命的依靠力量。他母亲一字不识，每天赶牛犁田，喂猪养鸡插秧。然而，父亲是革命的领导阶级，母亲是革命的依靠力量，这两种红色基因聚集于孙动员一身。孙团长每天都热血沸腾，眼睛里放射着灼烈的革命光芒。他斗志昂扬，冲锋陷阵，成了敢打敢拼的革命闯将。这时的孙团长，正摇唇鼓舌地煽动着他的红卫兵战友：

"原六盘江矿务局局长李飞，就是盘江特区最大走资本主义道路的当权派，他在六盘江矿务局为非作歹十多年，文化大革命即将开始时，他听到风声，就摇身一变，穿上军装，躲到了41支队，当上了政委，我们决不能让他躲藏起来，蒙混过关！"

有人担心："41支队是军队，敢进去抓他们的政委？"

孙团长说："啥鸡儿军队？41支队不是真正的解放军，是挖煤的。谁见过部队挖煤，挖煤的部队？他们是假借三线建设为名，组建起来的黑兵，不要怕。伟大领袖毛主席教导我们：舍得一身剐，敢把皇帝拉下马。他李飞一个小小的政委，算个毛屎？我们一定要到

41支队，把李飞抓回来，让他交代这些年走资本主义道路的罪行！"

红卫兵们的思想还是没有统一。有人有疑虑，有人在观望，很多人迟迟没有行动。孙团长有些急了，大声疾呼：

"红卫兵战友们，放走了一只狐狸，很多鸡就会没命；放走了一只老虎，很多羊就会遭殃。李飞就是一只狐狸，就是一只老虎，我们决不能放过他。"

知道孙动员底细的人，心里有数。就是在"工改兵"时，他父亲因只有一只胳膊，没能被批准入伍，对当时的局长李飞，怀有不满和仇恨。

当汹涌澎湃的洪流到来时，一定是泥沙俱下。洪流中既有沙的坚硬，也有泥的污浊。

孙动员就是污浊的泥水。

他带领着两大卡车的红卫兵，围堵在41支队营区大门口。孙动员他们，手里挥舞着《毛主席语录》，呼喊着口号。

41支队司令部、政治部、后勤部机关，驻扎在盘江镇南不到10公里。大门口建在营区大楼前300多米远，两边是水泥和石头砌就的方柱，1.5米见方，5米多高。两个方柱之间，是仿毛主席"人民解放军应该是一个大学校"的手题。这几个大字用钢板透雕而成，呈拱形结构，两面用鲜红的油漆涂抹，架在两个方柱上。这仿毛体逼真、庄重、气派，为营区大门增添了一份威严。据说，它是出自于政治部宣传科一个叫许传颂干事之手。

支队警卫连早已奉命赶到。官兵们个个全副武装，荷枪实弹，严守在大门口。警卫连长王国正，河南温县人。温县是陈式太极拳的发源地，武术之乡。王国正也有着一身太极功夫。他原来和吕大山一个连队，参加过西南剿匪，经历过抗美援朝战争，经历过援越抗美，是个训练有素的职业军人。王国正脸色庄重如水，一句话不说，他根本没用正眼看这些趾高气扬的红卫兵们。他认为根本没有必要搭理他们。这些所谓的时代骄子，在他眼里，全都是一帮他妈的小蟊贼，知道天有多高地有多厚？他后来给老战友龙岩炎吹牛时说，"老子眼皮子根本就不夹他们。"王国正全副武装，提着手枪，看上去正气凛然怒不可遏，他用脚，在地上重重拖出一道线，大声命令他的士兵：

"子弹上膛，持枪备射，无论是谁，有胆敢跨进线内半步者，格杀勿论！"

这就是军人，这就是军队，这就是军营，这就是军威。

乌蒙山红色造反兵团的红卫兵，哪见过这种阵势？他们一个个呆若木鸡，鸦雀无声。他们副团长林一波，悄声对孙动员说：

"团长，硬干怕不行噻？"

"怕个朗吗？"

接着，两个人耳语一番。孙动员点了点头，同意了。然后，他向红卫兵们挥了挥手，说：

"红卫兵战友们，撤！"

他们上了卡车，呼喊着口号，一溜烟地走了。

2. T 连

盘江镇南不到 10 公里，山势比较平缓。41 支队的首脑机关坐落在这里。一栋三层大楼，是司令部和政治部的办公楼。后勤部大楼是单独一栋，在司、政大楼西面。两栋楼相距不到 200 米。司、政大楼南北走向，坐西朝东，向着初升的太阳。楼最顶部从南到北，一排水泥雕刻的大字：

"提高警惕，保卫祖国，要准备打仗！"

这是毛主席语录。每个字 2.5 米大小，敦厚庄重，间隔有制，红漆涂抹，格外醒目，彰显出这栋建筑物的威严、气派、神圣不可侵犯。

前面是一片大操场。操场北面是山的缓坡，缓坡上盖着一排排错落有致的简易平房，那是机关干部家属区。操场南面是一座山。山不高，山脚下是阅兵台。正东面，也就是司、政大楼对面，是支队大礼堂。支队宣传队的俊男靓女们，大部分是从贵州省艺术学校招来的，在大礼堂里不是自由散漫却又认真排练节目，就是描眉画眼一本正经的舞台演出。山里的风向飘忽不定。顺风时，可以断断续续听到飘来的歌声或乐曲声。尤其是男高音杨文帖、周铁丹，女高音马琳琦、晏倩荣、宋雨倩、周佩，一群歌男唱女们，歌声悠扬穿透力强。还有徐村龙的笛子，陈代华的黑管，袁山的小号，都时不时地把他们吹奏的曲调飘荡过来。

戴红成支队长坐在二楼的办公室里，每当他看完文件、报纸，批示过各种请示、报告，签署过命令，就会点上一支香烟，悠闲地吞吐着烟雾，听着断断续续飘来的歌声和乐曲声，或是思考问题，或是随声吟和。总之，他这样忙里偷闲，是一种难得的享受。

1967 年 2 月，初春时节。乌蒙山区的寒意还没有退去，背阴处还残留着斑斑点点的雪。绿色小草的尖芽，已坚定不移地钻出了地面，很快就散发出一片叶子，接着又是一片叶子。还有那些不知名的小花，几天时间便一朵朵、一簇簇、一片片布满了山野。

自然界有自己的规律，不可违背。春天毕竟来了，漫山遍野清新嫩绿，呈现出一层美好的、朝气蓬勃的春色。

可是现在的戴支队长，却陷入了极度的烦恼和痛苦。他连续两天，接到两个极不好的消息，这消息令他震惊，令他做梦也没有想到。盘江特区报告，特区书记肖新泉被红卫兵揪去批斗，到现在也不知去向，下落不明。接着，乔参谋长又跑来报告：

"老戴，李飞政委失踪。昨天上午，李飞政委到 407 大队检查工作，深夜未回。打电话给林越山，林黑子说政委昨天下午已经返回支队。我命令支队警通连、407 大队警通排，连夜出动，骑摩托沿途巡查，到现在也没有发现任何踪迹。"

一位地方上堂堂的特区区委书记，一位军队的正师级政委，一个不知去向，一个不知所踪，这种现象，在我党我军历史上，谁听说过？肖新泉和李飞，都是我们党和军队的高级领导干部，也是戴红戍自己几十年来朝夕相处的亲密战友。他们对党忠心耿耿，经历过战火纷飞的战场，日夜操劳不知疲倦地奋斗在三线建设一线，他们为地方和军队的建设事业，兢兢业业呕心沥血，怎么会突然出现这样的结局？这到底是怎么了？

戴支队长感到了事态的严重性。他把这一情况，通过军线保密电话，报告给北京的纵队一号首长。一号首长明确指示：

"目前情况非常复杂，北京已经有人喊着要冲击军队，要揪军内一小撮，老帅们非常气愤，用老首长们的话说，这是有人想乱中夺权，想要毁我长城。你要认清形势，务必找到肖新泉和李飞同志，务必保证他们的绝对安全。非常时期，可以采取非常措施。"

戴支队长的烟一根接着一根抽着。对面的大礼堂，早已灯火俱灭，黑夜漫漫，冷寂无声。

凌晨一点，他叫来了乔参谋长。这是两个枪林弹雨风雨同舟多年的战友，用有些人的话说，老乔是老戴的铁杆儿心腹。戴支队长把纵队一号首长的指示告诉了他。满屋烟雾飘飘袅袅。两位老战友进行了长达半夜的商谈，最后决定，立即启用 T 连。

T 连，是一个特殊的连队。

当年，在西南剿匪时，由戴红戍团长和肖新泉政委亲手组建，专门执行极其秘密、极其艰巨的特殊任务，代号 T 连。说是一个连，其实并没有正式编制，没有固定驻地，没有公开番号，也没有固定兵员。这个连，集结起来的人数常常不足一个排，有时是一个加强排，最多时有八九十、百十多人。这个连人数不多，却极其精干，极其顽强，甚至说是极其凶悍，战斗力极强。平时，他们都散落在各个连队，不露声色。这些兵，不仅政治素质好，军事素质尤为高强。射击拼杀，格斗擒拿，攀岩越洞，包括各种枪械使用，驾驶各种小车、卡车、摩托车，都是出类拔萃顶尖的兵。这些兵，平时由司令部作战科具体负责，包括人员挑选，以教导队、特训班名义，进行高难度高强度的军事集训。这个连队官兵的培养模式是：择优选拔，强化训练，随时淘汰，不断更新。遇到重大任务，特殊情况，启用T连的原则是：召之即来，来之能战，战之必胜。T连由乔参谋长直接掌握，只对戴支队长一人负责。

T连，是戴支队长手里的一个撒手锏。

T连第一次执行任务，是50年代初，在湘黔边界冰洞剿匪。冰洞位于贵州省东部，那里山高林密，洞穴众多，地势十分险峻，交通极其不便。原国民党湖南芷江警备司令杨××，按照蒋介石的"应变计划"，被任命为"湘黔反共救国游击联军"总司令，组织三千多土匪，盘踞在冰洞。此人黄埔毕业，擅长阵地攻坚固守。杨××在冰洞地区，挖战壕修工事，炮楼地堡密布，明壕暗道相连，他自称冰洞为攻不破的"小台湾"，反动气焰极其嚣张。根据西南剿匪指挥部命令，野战军第140师决定由418团担任主攻，419团、450团配合，剿灭冰洞土匪。现任纵队一号首长，是当年的师长，告诉418团团长戴红戍、政委肖新泉一个绝密情报：杨的副官樊××，是我方地下党，掌握有冰洞敌情和全部阵地布防图。由于戒备森严，现在无法脱身。如能把樊××接出冰洞，此战必胜无疑，且可避免大的伤亡。特殊情况，要采取特殊措施。师长命令他们："组织一个特殊连队，人数要少，要精悍，深入匪穴，把樊××接出冰洞。"戴红戍、肖新泉根据师长意图，组织了一个特殊小队，代号T连，负责完成此项任务。连长由作战股长乔宝田担任，成员有排长吕大山等，共计18人。他们认真辨认了樊××的照片和相貌特征，前往冰洞匪穴。T连果然出手不凡，伪装成国军小分队，深夜从悬崖峭壁攀岩而上，冒雨穿过密林沟壑，越过层层关卡，潜伏到土匪窝里，不费一枪一弹，把樊××接了出来。冰洞一举攻克，以极小的伤亡，歼灭了全部土匪，活捉了杨××。

T连还执行过抓捕女匪首陈白莲。

戴红戌和乔参谋长商量完T连行动方案，抬头望着窗外。东面的山头上，已经露出黎明的曙光，但是天还没有大亮。

乔参谋长先是打电话给402大队政委李冰，让他密令吕大山，明天上午十点，在梁河谷口简易公路边等候。然后又打电话给407大队长林越山，密令龙岩炎，明天上午十点二十五分，在猴场路边等候。戴支队长最后接过电话，提醒李冰和林越山，此消息不能透露给任何人，不能透露出任何风声。至于如何向部队解释吕大山和龙岩炎的去向，可自行决定。

支队后勤部一号仓库基地，在蛙场附近，存放着大量的炸药、火药、枪支和其他重要军事装备物资。仓库基地四周，是高耸入云的山峰，库房周围，石块水泥垒着6米多高围墙，围墙上拉着电网。进入仓库基地，唯一通道是必须经过一座小桥，桥下是万丈深渊，桥头值双岗哨，荷枪实弹二十四小时把守。哨兵身旁木板上，写着醒目大字：军事重地，严禁入内。大门两侧，是碉堡式门楼，枪眼大睁。门楼顶上同样布着双岗哨。可以说，这里地势险要，偏僻隐蔽，戒备森严。

仓库基地大院深处，有两间空着的库房。库房里，戴支队长和乔参谋长面前，威武雄壮站着吕大山、龙岩炎，还有从各大队挑选来的十个兵。他们是：贵阳兵盛国祥、张银盛，普安兵侯继天，盘县兵陈阿强，六枝兵房锦心，水城兵黄国忠，黎平兵梁老林，凯里兵贺鹏乾，兴义兵王凯很，遵义兵王红伦，凤岗兵宋明月。细心人会发现，除了吕大山、龙岩炎，这十个兵清一色贵州籍，当地人，大都是二十一二岁，二十三四岁。他们个个精悍利落，英姿勃勃，武艺了得。

乔参谋长宣布命令：T连正式启动。吕大山任连长，龙岩炎任副连长。

乔参谋长宣布了这次军事行动纪律：T连由戴支队长和乔参谋长直接指挥，对外一切保密，不准和外界有任何联系，不准与支队、大队其他任何首长发生任何关系。T连官兵除了军装，另配有便服或当地各民族的服装。每人一支54式手枪，一支折叠式64型微声冲锋枪（全枪含消声器重3.4公斤），五辆崭新的"长江750"三轮挎斗摩托车（这是带有德国宝马血统M-72系仿宝马R71制造的战车），清一色的军绿色。这些装备，别说在基建工程兵，就是在野战军特战部队，也是顶级配备。

最后，乔参谋长向T连下达了具体执行的任务，代号：T3。

3. T3行动

六盘江特区内大小公路，城镇山村，出现了奔驰的"长江750"三轮挎斗摩托车。经常一辆，有时两辆，很少看到有三辆同行的。盘江镇大街小巷，出现了一些新面孔。贵阳兵盛国祥胸前佩戴着"贵州大学"校徽，张银盛佩戴着"贵州师范学院"校徽，腰扎皮带，臂上戴着红卫兵袖标，完全是一派大学生红卫兵打扮，一副朝气蓬勃斗志昂扬的劲头。普安兵侯继天，盘县兵陈阿强，六枝兵房锦心，水城兵黄国忠，时而高中生打扮，时而苗族、侗族、布依族、水族打扮，也有工人、农民打扮。他们操着一口流利的贵州各地腔调，背着背篓走街串巷，挑着青菜芋头在盘江中学门口叫卖。

早上，龙岩炎挑箩筐在一个街口卖菜，走过来一个男子，二十五六岁，拉着龙岩炎到路旁一偏僻处，低声说："我知道，你不是卖菜的。"

龙岩炎说："你，认错人了吧？"

"没错，听口音，你不是当地农民，卖啥子菜嗻？"

"矿上工人，闲时卖点菜，顾顾家。"

"你是当兵的。"

"当兵的？你鬼扯呦，当兵我还卖啷个菜吗？"

"当兵的，没有错。那次煤场爆炸着火，就是你带的兵救火，我在现场，认识你。"

龙岩炎见已经无法隐蔽，干脆亮明了身份，问他："你想说啥？"

那男子说："解放军同志，我是矿上开卡车的司机，姓张。你们部队李飞，原来是我们的矿务局长，大好人，被那帮红卫兵烂私儿们弄起来了，是我开车送的他们。我知道关押李飞局长的地方，不知道你们能不能去救他？"

这个姓张的卡车司机，一张工人阶级的脸，憨厚善良，透露出精明。他告诉龙岩炎，那天孙动员他们到41支队驻地抓李飞，就是他开的车。孙动员教育他说，你是工人阶级，应当站到毛主席的无产阶级革命路线上来，支持红卫兵的革命行动，不能当逍遥派，更不能当保皇派，和走资派穿一条裤子。到了41支队大门口，他们见警卫戒备森严，就退了回来。后来康一波告诉孙动员，说李飞有一天下午要路过柳罐屯，那里坡陡路窄，连续八个弯道盘坡，是李飞必经之地。就在那里，他们劫走了李飞。我开的车。

"李政委现在什么地方？"

"大洞。"

"在哪儿？"

"离这儿20多里，我可以带你去。"

龙岩炎坐着张师傅的卡车，前往大洞。据说在数万年前，那里曾经是原始人居住生活过的地方。龙岩炎和张师傅躲藏在大洞对面的树丛里，察看地形。对面，50多米高的悬崖峭壁顶上，长着灌木和一些树。下面有一个大洞。洞前是清水江，30多米宽，水流湍急，浪花飞溅，怪石布满河道。清水江紧贴着洞口前崖壁流过。张师傅说，只有坐船才能到达洞口，洞口前有一小块石滩地可以落脚。有一条船，拴在洞口一侧的河边。

龙岩炎问："什么地方有桥，可以过河到对面？"

"下游龙洞坪，十多里地，那里有一座桥。"

当天下午，在仓库基地，吕大山、龙岩炎与 T 连全体人员，制定了一套周密的行动方案，并立即开始行动。

天无三日晴，是乌蒙山区的典型气候特征。晚上八点钟，夜雾弥漫，似有点点雪粒洒落。T 连官兵身着军装，全副武装，全体出动，驾驶着五辆"长江750"三轮挎斗摩托，向大洞进发。过了龙洞坪桥，吕大山他们把摩托车隐藏在小树丛里，留下一人看守。其余的从河对岸山脊上，拨开无路难行的灌木，穿过稀稀疏疏的树林，在坎坷崎岖的山顶上行进。终于，他们爬到了悬崖顶上，通过侦察兵的测位手段，认准了下面就是大洞。

从悬崖峭壁顶向下坠落，是吕大山和龙岩炎的长项。鹰嘴峰、犬牙岭，他俩从来就驾轻就熟，没失手过。吕大山和 T 连官兵，在崖顶几棵大树上拴好绳索，绑好安全带，顺着悬崖，扒着岩缝野藤，悄无声息地落脚到了大洞一侧的石滩地上。大洞里的人毫无察觉。

大洞的洞口并不大，呈∧字形。洞内有 20 多米高，30 多米宽，里面纵深多少搞不清楚。地上燃烧着几堆篝火。崖壁上挂着几盏马灯，散发出昏黄的光。二十多个红卫兵，男的女的都有。这些"乌蒙山红色造反兵团"的勇士们，或坐或躺，打扑克，吃罐头，嚼蚕豆，其乐融融，享受着造反胜利后的喜悦。

吕大山、龙岩炎他们，趴在洞口的黑暗处，观察着洞里的情况。听见孙动员在大声质问李飞：

"工改兵时，你为什么不让我爹当兵？"

"你爹，他缺少一只胳膊，部队不接收残疾人。"

"那次煤场爆炸，我康叔叔的侄子丢掉了性命，为什么不能享受烈士待遇？"

"煤场爆炸？你康叔叔？不认识。"

"康政周，你们 407 团的政委。"

"哦，你说的是康阿龙？"

"对，阿龙哥。"

"那个康阿龙，是盗窃犯。他盗窃国家煤炭，引起煤场爆炸，死伤了几十个人，他死了，那是咎由自取，他要是不死，会定他的罪，判他的刑。"

"胡扯八道，你这是滥用职权，完全是走资本主义道路当权派的言论。"

接着，是林一波的声音："李飞，我问你，前年我哥哥在老树基矿，瓦斯爆炸死在井下，我嫂子天天抱着两个孩子，提出到矿上接班。听说就是你，你不批准，逼得我嫂子走投无路，抱着两个孩子，跳进了 800 多米的矿井。你对我们贫下中农，为什么是这么的狠毒？为什么没有一点无产阶级感情？你到底是哪一条路线上的人？"

"你哥哥？叫什么名字？"

"林××。"

"林××？"

"对，林××。"

"噢，小林，你哥哥和 50 多名农村临时工死在井下，你嫂子抱着孩子走上绝路，这是非常不幸的事。我一想起来就感到很内疚，很痛苦，很对不起他们，也对不起他们的家人和孩子。你嫂子没能到矿上接班，那是国家有政策，实在没有办法。这与狠不狠毒、有没有感情、走哪条路线，没有关系。"

"李飞你胡说！伟大领袖毛主席教导我们：世界上没有无缘无故的爱，也没有无缘无故的恨。你不是站在工人阶级、贫下中农一边，就必然是站在资产阶级反动路线一边。伟大领袖毛主席早就指出，在路线问题上，绝没有调和的余地。"这是孙动员的声音，"还有，你们部队一个姓林的，叫林越山，是反党集团头子彭德怀的部下，彭德怀前段时间来三线，林越山专门跑到 13 号公路桥头，和他秘密接头。他们勾结一气，想要配合美帝、苏修，在西南三线搞反革命暴动，破坏三线建设，你作为政委，能不知道？"

"简直是胡扯八道！"李飞生气了。

孙动员也愤怒了，大喊："李飞，你这个走资派，敢继续顽固不化，不老实交待罪行，老子手里的藤条决不答应！"

人世间，人和人之间难免会有矛盾。这些矛盾往往因利益而产生。可怕的是，一旦社会提供了适宜的政治环境和舞台，人们就会穿上华丽的政治外衣，喊着时髦的政治口号，冠冕堂皇地登上政治舞台，把这些日常生活中因私人利益发生的矛盾，演绎成一场场你死我活、惊心动魄的政治斗争悲喜剧。

不等孙动员的话音落地，吕大山挥手命令：

"上！"

T 连犹如天兵天将，以迅雷不及掩耳之势冲进了大洞，很快控制了孙动员、林一波们。对于眼前突然发生的事情，红卫兵们感到万分惊诧，惶惑犹如梦中。大洞里顿时一片混乱。T 连官兵搀扶起了李飞政委。吕大山向李飞啪的一个军礼：

"报告政委，402 大队一区队区队长吕大山奉命赶到，请首长指示。"

李飞政委毕竟也是沙场老将，当年 145 团的一营长，战场上曾多次和死神交手，在鬼门关前行走，他没有丝毫含糊，命令吕大山：

"立刻拘捕孙动员、林一波，让他们交代，肖书记现在什么地方？"

龙岩炎他们早已动作娴熟地把孙动员、林一波捆了起来，其他人哇哇乱叫：

"不好了，解放军来抢走资派了！"

"快跑啊，解放军来抓人了！"

洞内红卫兵们，像一窝炸飞的麻雀，呼呼啦啦地纷纷向洞外跑去。盛国祥、张银盛他们向洞外追去。李飞政委叫住了吕大山，低声吩咐：

"此事不可闹大，救出肖书记要紧。"

"是！明白。"

头顶上的天晴了，雾散了，雪粒已不再飘洒。启明星已经升起，放射出洁白明亮的光。不过，天还没有大亮，大片阴云还在天边，一动不动地飘浮着。

上午十一点多，吕大山满面春风，用步话机按战时规定，向乔参谋长报告："三号首长，我是 T 连。T3 任务圆满完成，两位首长安全无恙，T 连正在返回。"

吕大山率领 T 连，驾驶着五辆"长江 750"三轮挎斗摩托，护卫着肖新泉书记、李飞政委，驶进了 41 支队机关营区大门。

司、政大楼前，戴支队长和乔参谋长早已在那里迎候。四位老战友相见，激动不已，他们相互致礼，亲切握手，紧紧拥抱在一起。戴支队长对警卫员喊：

"小慕，拿酒，茅台酒，给两位压惊，洗尘接风！"

T 连从出师到告捷，前后只有几天。

这是一次在大的暴风骤雨即将来临前的特殊战斗。几千里之外，北京掀起的政治风暴，决定着乌蒙山区的雨雪阴晴。真可谓，大气候决定小气候，大环境决定小环境。

1966 年 12 月中旬，基本建设工程兵政委谷牧，受周恩来总理委派，前往四川云南贵州，考察西南大三线建设。这是一位在三线建设中举足轻重的人物。他同时担任国家建委主任、国务院三线建设办公室主任，军地双跨，身兼三职。可到了成都他一下飞机，看到的是满街满城的大字报、大标语，干部披了个麻袋，纸上写着本人姓名，头上戴着纸糊的尖尖帽，游街示众。造反派发现了谷牧，围攻并质问他：建设三线是什么路线？西南三线国家建委是否执行了资产阶级反动路线？基本建设工程兵是不是黑兵？谷牧严正地回应他们：建设三线是伟大领袖毛主席的战略决策，西南三线国家建委是落实毛主席战略决策的，基本建设工程兵是毛主席亲自批准建立的，是毛主席的兵。

他利用基建工程兵政委身份，在部队护卫下，在大西南极其艰难地度过了四十多天后，回到北京。没想到，一下飞机便遭到一群不明身份的人绑架，劫持他到国家建委关押批斗。后周总理发令，谷牧才得以解脱，被送到中南海。谷牧以极其复杂的心情，向国务院领导汇报了调查了解西南三线建设情况。谷牧政委借贵州省委主要领导的话说：贵阳乱得很。抓革命一呼百应，促生产喊死都不动。省委不得不东躲西藏，有时开会要到火葬场去开。三线建设的部队受到冲击，多数工地已半停工或完全停工了。

国务院领导和军队老帅们，对西南三线建设现状无比愤怒，对三线建设忧心忡忡。他们大声质问：

如此下去，如何得了？

这些人到底要干啥？

三线建设的军队乱了，这后果很严重啊！

这后来，被称为"二月镇反"。正是这种形势，纵队一号首长向戴支队长下令："非常时期，可以采取非常措施。"

第七章

1. 我先上，你稍等

梁河谷里的晨雾像一层薄薄的轻纱，淡雅轻柔飘飘袅袅。空气湿润清新。不时也飘来阵阵苦酸，那是苦草艾蒿的味道。起床号声响过不久，区队长吕大山出现在早操的队伍里。

高增长凑过来说："区队长，牛小社的事我负主要责任，与您和一中队长无关。"

高增长的口气很真诚，这表明他自己是真心来承担事故全部责任的。吕大山看了他一眼，没正面回答他的话，说，"你们技术组的人，不光到一中队，那几个中队也要去，包括区队部，把所有锅炉好好检查一遍。告诉他们，以后绝对不允许再偷懒蛮干。牛小社的事情就是血的教训，这你确实负有责任，要写出深刻检查。"

高增长点点头，没再说话。

牛小社的事，发生在吕大山去 T 连之前两天。这件事不仅轰动了全区队，也惊动了 402 大队首长。吕大山离开区队后，教导员蒋凤君接手处理这件事情。吕大山昨天晚上回到区队，教导员告诉他：

"你走后，支队政治部康副主任带支队技术科、大队技术股的人，来现场调查，提出了处理意见。好在牛小社生命没有危险，只是受到惊吓，神经上需要恢复一段时间，除了给高增长处分外，还要追究领导责任。"

"中队还是区队？"

"都要追究。"

"怎么追究？"

"一中队长严重警告。你原定全支队通报批评。"

"原定，后来呢？"

"康副主任找你谈话，我说你母亲有病，请假去看老人。康副主任很生气，说你把部队的安全放一边不管，战士的死活不管，把个人利益放在第一位，和一中队长一样，严重警告。"

听了教导员的话，吕大山没再吭声。

教导员又说，"昨天我找了大队技术股，说是处分决定报到了支队首长那，还没有批。你要不要找康副主任谈谈？"

"不谈，随便吧。"

牛小社是吕大山从河南焦作温县带的兵，分配到 402 大队一区队部炊事班，当了个火头军。牛小社人很聪明，很敬业，工作极端认真负责，一心想评个"五好战士"。这是他心中的秘密。牛小社家里穷，自从当兵离开家，父母亲就一直张罗着给他介绍对象。一旦立了功受了奖，戴上大红花捧着嘉奖证书照张相寄回家，女方看了会不要彩礼，或者少要彩礼，那就会让面朝黄土背朝天、在土里刨食吃挣工分的父母少流很多汗水。中队里北方人多，爱吃馒头、面条，一天到晚吃一年两熟的稻米，一点儿油性也没有，难受。为能得到大多数人赞许，他写信给老家开大食堂的表舅，求教做面条的手艺，他学做了一盆面条。一帮北方兵看见面条，蜂拥而上，前边的蹲在盆边用筷子往碗里捞，后边的伸长胳膊从前边人的肩膀上探过去捞。只几分钟，盆里就剩下了汤水。几个蹲在前边抢面条的兵们后背上、帽子上，落满了面条和汤渍。一个兵的耳朵上挂了两根面条，竟全然不知。

"小社这小子，厨艺高，面条做得真好！"

"好！评五好战士，我投小社一票。"

夸奖和赞誉令牛小社兴奋，激动。他又开始学蒸馒头。可当他满心希望地揭开了第一笼，眼前的情况令他大吃一惊：馒头又小又硬，一手可以抓三四个，咬起来粘牙，张不开嘴，气得他蹲在地上直抹眼泪。高增长来了，看见了一脸懊丧的牛小社。这是个爱动脑筋的人。他问明情况，给牛小社支了一个招。

"这，能行吗？"牛小社睁开了眼睛，一下子看到了希望。

"能行。"高增长一脸的认真，"灶台火不大，笼里蒸气不足，馒头自然就鼓不起来。没见过青蛙叫？先要憋足气，把肚子憋得溜圆。"

"哦，懂了，和吹牛皮差不多。"牛小社说。

"扯淡！吹牛皮是说大话，这是蒸大馒头。"

高增长亲自操作，用一根铜管子，把锅炉蒸气接到了蒸笼里。果然，锅炉蒸气足，压力大，馒头蒸得又暄腾又好吃。

不想有一天，"嗵"的一声巨响，惊天动地，锅炉发生了爆炸。一吨多重的锅炉，腾空飞起十几米高。三间木板房瞬间被夷为平地。炭渣四处飞溅。馒头炸飞得到处都是。蒸气灰尘弥漫开来，人们相距咫尺，也看不清面容。二十多米外的洗车台上，驾驶员罗小胡正在给汽车加水，巨大的气浪把他掀翻掉在地沟里，半桶水洒了一身。刚摔进地沟，炸开的锅炉从空中跌落下来，把汽车的发动机、水箱砸成了一堆废铁。罗小胡捡了一条性命，不然他会变成一堆肉酱。

区队长吕大山、教导员蒋凤君和战士们纷纷跑来，清理这一片狼藉的现场。最后，在十多米外的猪圈里，发现了躺着的牛小社。他脸上身上沾满泥灰草屑，人已昏死过去。一只猪津津有味在舔他满是面粉的脸。事故后来调查，牛小社说烧锅炉蒸馒头时，锅炉压力表上的针，摇摇摆摆地一直不往上升，也不往下落。看来是压力不足。快要开饭了，急死人。他便铆足了劲，往锅炉里一锹一锹不停地添煤，小鼓风机呜呜猛吹。正干得起劲，不想一声爆炸，他就迷迷糊糊啥都不知道了。

技术部门最后鉴定是：锅炉压力表失灵。

今天早操，高增长看见了吕大山，主动向区队长作检查，承担责任。他并不知道，吕区队长的生气点不在这里，而是为柳晓雪丢失内衣内裤的事，心里正憋了一肚子的气。

高增长人长得有些矮小，身材也显得瘦弱，脸上细皮嫩肉的，唯有那两只眼睛，又大又圆，看人看物，与人交谈，总是不停地转动。这个精力充沛的小知识分子，浑身上下每一块肌肉都充满着活力，每一个细胞都散发出探索世间各种秘密的渴望。他爱思考问题，常搞些小试验小发明小创造。在焦作矿务局工作期间，他发明过一项高压喷浆速凝技术，解决了新开挖巷道快速喷浆支护，防止松动的岩石坠落和小面积塌方等事故。在六盘江矿务局工作时，他发明过矿车轮动荧光闪烁技术，就是在矿车轮上镶嵌一种荧光片，当矿车在巷道里运行时，荧光片在空气摩擦下，会闪烁着彩色的亮光，提醒巷道里的人们注意躲避。

这个高增长，探索世间的什么秘密都可以，都没有禁区，可实在不该去打柳晓雪内衣裤头的主意。这么聪明的小伙子，咋动起这样的歪念？还是个大学生呢，真是愚蠢至极。

吕大山自从在现场勘察发现了端倪，就开始注意高增长。他同时发现，柳晓雪竟然和高增长接触比较密切。无论是星期天或是节假日，甚至是晚上，柳晓雪的宿舍里，经常会出没着高增长的身影。

这让吕大山大感意外，觉得不可思议。

吕大山后来还发现，高增长的军装脖子领上，竟然也露出了一圈刺眼的白色，吕大山心里泛滥起一种说不出的滋味。眼下最让他为难的是，柳晓雪丢失内衣内裤的事，要不要找高增长谈？找他，怎么谈？谈了，会有什么后果？不找，这干柴烈火的，要是真着了起来咋办？思来想去，吕大山还是决定找高增长。

"通信员，叫高增长。"

"是！"

通信员王文广去了。吕大山自己突然无声地笑了。他想起了几天前，龙岩炎在电话里告诉他，说他们中队有人把"安全第一"，改成了"女人第一"。联想到自己眼皮底下这个高增长，竟然会去偷柳晓雪的内衣、裤头。他妈的，真是林子大了，什么鸟都有。

王文广很快回来了，报告说：

"高技术员不在，在一中队。"

"找柳技术员，让她过来一下。"

"柳技术员也在一中队。"

"什么？"吕大山一下子警觉起来，"去，要摩托，上一中队。"

"是！"

这一个干柴，一个火柴，就这样天天形影不离地互相摩擦，能不着火？

王文广没有说错，高增长和柳晓雪都在一中队。

一中队官兵们正在掘进面酣战。一轮剧烈的爆炸声响过，浓烈的带着炸药味道的烟雾，呛人的带着烤焦味道的岩石粉尘，弥漫在掘进面。当烟雾和粉尘刚刚有些散去，照明灯的光柱里，高增长与柳晓雪齐往掘进面跑。高增长一手拿着钢卷尺，另一只手紧紧拉着柳晓雪。柳晓雪一只手被高增长紧紧拉着，另一只手拿着笔记本和圆珠笔。两个人像比翼双飞的鸟儿，向掘进面跑去。爆炸过后，要测量炸药的威力，也就是测量炸药的填埋数量与爆炸后的径向深度、横断面积的大小等，做技术数据方面的测量和记录。

环境决定人的行为。这样的环境里，一个男兵拉着一个女兵的手，不同于在营区，在操场，在大庭广众面前。这样的场合，在所有人的眼里，这种行为是正常的。就像在海滩浴场，男人穿着游泳裤，女人穿着三点式，即使不是情侣，即使互不相识，即使相距咫尺却也毫无顾忌。同样场景，如果是在军营里，在大街上，在公共汽车上，在供销社买东西，谁敢？不是被骂成流氓，就是被骂为神经病。但不管怎么说，眼前一个男兵拉着一个女兵的手，至少传递着一种信息：帮助、爱护、热情，甚至是亲密。

这个场景，被吕大山看了个清楚。

吕大山回来了。他回到了区队部，坐在办公桌前，点燃了一支朝阳桥牌香烟。他狠狠地吸了一口，在肚子里憋了一会儿，才慢慢地吐了出来。一团烟雾散漫开来，令人讨厌地飘忽在他眼前。烟雾中，他思考着这个令他真有些棘手、头疼的难题。

王文广进来了。把两套洗干净、散发出清香的军装，轻轻放在他旁边的木箱上。吕大山扫了一眼绿色军装领口上那白线钩织的假领，干净，洁白。他突然觉得，那绿、红、白三色，现在怎么变成了三把锋利的枪刺，刺眼，扎心，看着那么的难受？淡淡的清香他原本非常熟悉，非常亲切。往常，他曾情不自禁把军装捧到手里，贴着鼻子，轻轻吸上几口，享受那沁入肺腑的芳香。现在，一股一股飘过来的清香，钻进他的鼻子里，令他很不舒服，像是在故意挑衅他那颗烦躁的心。

吕大山拿过军装，看着那白色针织假领，想要动手，忽然听见门外有人喊：

"报告。"

"进来。"

是周军医。周军医来找他，脸上阴云密布，进门就电闪雷鸣："区队长，昨天晚上小柳来找我，说她的乳罩又丢了。这里是军营，是部队，咋就成了贼窝？小柳这次丢的是乳罩，她不好意思来给您报告。小柳的东西老是丢，这像个啥话？这要是传了出去，让小柳怎么在这里再待下去？你是区队长，到底管还是不管？"

周军医本来就心直口快，现在情绪更有些激动，有些满腔怒火愤愤不平。这大概因为都是女兵，都有着深刻的感受。自己贴身的东西被偷，感到的不仅是一种难堪，更是一种侮辱，包含着一种说不出口的羞涩与愤恨。

吕大山终于感到，解决这个问题已经迫在眉睫，不能拖延下去了。

他的胸中燃烧着烈烈的怒火，迈着一步一步地愤恨，脸上笼罩着可怕的阴云，匆匆来到了区队小车班，开着一辆摩托，风驰电掣般地往一中队驶去。路上，他心里只有一个念头：

"他妈的高增长，看老子怎么收拾你……"

一中队的巷道掘进面，新一轮爆炸声刚刚响过，烟雾和粉尘还没有散尽。一堆爆炸后倒塌的碎石，遍布着锋利的棱角，像是要吃人的魔鬼，张开着满嘴的獠牙，在狰狞地冷笑着。高增长拉着柳晓雪，像一对欢快的小鸟往掘进面飞去。快到掘进面时，他松开了柳晓雪的手，说：

"我先上，你稍等。"

然后，他拿着卷尺，准备踏上碎石。突然，他听到头顶上有响动。他立刻大喊：

"不好，有塌方，快撤。"

高增长的身后，是毫无准备的柳晓雪。就在这生死关头，高增长没有丝毫的犹豫，他猛地转过身来，伸开双臂，迎头紧紧抱着柳晓雪，扑倒在地上，用胸膛紧紧贴在柳晓雪的胸部和头部，把自己整个躯体压在了柳晓雪娇小的身上。

哗啦……一大块塌方坠落下来。一堆乱石砸在了高增长的头上，身上，掩埋了他和柳晓雪。

当吕大山和战士们，把高增长从乱石下刨出来时，柳晓雪安然无恙。一块脸盆大小的石头，正砸在了高增长的头部。高增长的安全帽脱落，脑浆迸流，已经停止了呼吸。

梁河谷里，沉浸在悲哀的气氛之中。

这是一区队组建后，应该说是41支队组建后，为保护战友临危不惧，第一个献出自己生命的人。董存瑞舍身炸碉堡，黄继光舍身堵机枪眼，都是为了保护战友，为了避免战友不必要的牺牲，这是人民军队的光荣传统，是革命战士应有的品格。高增长是个大学生，技术员，工改兵，入伍的时间不长，他这种舍生忘死救战友的行为，用生命，用鲜血，为军旗增光添彩，为全体官兵树立了榜样。

区队党委经过研究，上报402大队政治处，请求批准高增长为烈士。号召全区队官兵向高增长烈士学习。

几天后，吕大山接到一个电话，是支队政治部康副主任打来的。康副主任在电话里说：

"吕区队长，有人反映，在清理高增长遗物时，发现了他箱子里有女人的花内衣，粉红色女裤头，还有乳罩，这到底是怎么回事？"

"康副主任说的这些，好像与高增长同志舍身救战友，没有什么关系。"

"一个年轻军人，没有结婚，也没有女朋友，怎么会有这些东西？他这是从哪个女兵那里拿的？还是哪个女兵送给他的？要不就是他偷的？"

"不清楚。"

"这是非常严重的作风问题。作风问题就是政治问题，一定要调查清楚。如果有不正当的男女关系，他的烈士不能批准，有可能会被定罪，至少是流氓罪。"

"那些，都是高增长同志的私人物品。高增长同志人已经牺牲了，他牺牲的原因很清楚，是为了保护战友。我就在现场，我看得清清楚楚。高增长同志为了保护战友而牺牲，与你所要调查的这些，我认为没有关系，也没有意义。"

吕大山对康副主任的话很不满意，更不赞同。现实中有些领导，对待自己不喜欢的人，处理问题并不是就事论事，而是在这个事情上找不到问题，就分开枝杈，在别的方面，在与这个事情毫无关系的方面去找茬儿、找错、找问题，然后，把原本不是问题的主题弃置一旁。人非圣贤，孰能无过？康副主任不应该这样对待一个为救战友牺牲了自己生命的英雄。

康副主任的口气变得阴郁起来，语速放慢了许多，像是用冲锋枪在精准点射："不对吧，吕区队长？我怎么听说，你们区队柳技术员有丢东西？"

"我讲的是实话。柳技术员丢没丢东西，你可以找她核实。"

"吕大山同志，锅炉爆炸的事，你逃避调查，还没有处理。现在你们区队又出现了这么大的恶性事故，你作为区队长，要承担主要领导责任，要给组织上讲实话。"康副主任不等吕大山说话，啪地挂上了电话。

吕大山火气直往上蹿。他放下了电话，禁不住骂了声：

"他妈的！"

康副主任和高增长一样，都是工改过来的军人，但他是个思维缜密的政工干部。凡是见过他的人，对他的第一印象就是他那一双眼睛：眉毛稀疏，眼无睫毛，眼窝像塌陷的深坑。最令人可怕的是那双黑眼珠子，在深坑里不停地游动巡视。他的眼神深不可测。总的看，那是一双游隼一样的眼睛，锐利，尖刻，不善，甚至凶险。真的，这是个心细如织、遇事较真、从不放过任何蛛丝马迹的人。

康副主任当即把电话打给了柳晓雪。

康副主任知道，一区队除了周军医是女的，另一个女兵就是柳晓雪，还是个单身。

柳晓雪回答得很干脆："我从来没丢过任何东西。"

2. 嫁给我吧

龙岩炎回到了一中队，官兵们看见他，问候的问候，敬礼的敬礼，开玩笑的开玩笑，平平淡淡一如往常，像什么事情都没有发生一样。吃晚饭时，陈玉仙看看旁边没人，低声问：

"回来了？"

"回来了。"

"没受处理？"

"处理啥？"

"小侯的事，怨我，非要弄鱼吃。"

"这与你有啥关系？"

"听说是大队长把你叫走了。有人说那姓林的，外号林黑子，可厉害了。因为小侯的事，你这代理中队长，不能转正，很可能被他关起来了。我整夜睡不好觉，一直担心你。你回来，我也就放心了。"

"你这是怕的啥？该死尿朝上。"

"正月十五快到了，给我弟弟说了，让他送一头大肥猪来，借着过节，给你补补身子，也给大伙儿改善改善生活，高兴高兴，扫扫晦气。"

物质生活贫乏的日子，劳动强度大的小伙子们，一天到晚流汗出力，肚子里没有油水，能够吃上几口大肥猪肉，那简直美得像天仙，是极大的享受。

几天后，陈玉仙弟弟来了，开着一辆手扶拖拉机，拉来一头大肥猪。炊事班长郭永明，本是杀猪的一把好手，逢年过节杀猪，都是他一把刀。可这一次，由于侯长金的事，他一直沉闷着，走起路来两腿发软，做事双手没劲儿，掌刀杀猪怕力不从心。他找到张军伟、李友正、苟小麦和古小建四个小伙子，说："马上过节了，帮帮忙，杀猪。"

张军伟、李友正他们，一听说是杀猪吃肉，个个眉飞色舞，吹着口哨哼着小曲来到炊事班，操起杀猪的各种家伙，兴冲冲地跟着炊事班长郭永明来到拴猪的地方，撸起袖子准备杀猪。

炊事班东南面一小块空地上，那头大白猪肥肥实实的，被拴在一棵树桩上。猪看见提刀拿钩掂绳子的兵们，瞪着惊恐的眼睛，挣着绳子唧唧叫着，直往树桩后面躲。

"上！"

郭永明一声令下，张军伟、李友正他们几个人，饿狼扑食一样扑了上去。有人揪猪耳朵按猪头，有人抓猪腿用绳子拴，有人揪着猪尾巴，很快就把垂死挣扎的猪制伏在地上。张军伟抬起一条腿，跪在猪头上，一只手捏着猪的长嘴巴，另一只手接过班长递过来的柳叶刀，一尺多长，对着猪的脖子下方，朝心脏猛捅下去。没料到猪死到临头也不肯就范，猪头猛地一抬，刀尖捅偏了，没有刺中要害。那猪惨叫了一声，拼命挣断绳索，身上带着刀，流着血，疯了一样向野外跑去。俗话说，临死的猪比虎凶。他们几个人慌了，一边喊"抓猪！抓猪！"一边撒开腿去追猪。猪在拼命狂奔，兵们在大声呼喊，在奔跑。一些地方上的老乡看见了，也放下手里东西，帮助追猪。猪受到惊吓，乱冲乱撞，一头栽到了悬崖下面。悬崖下面，是奔腾不息的达莎江。一百多斤的大肥猪，就这样说没就没了。

"操，几个新兵崽儿，干不倒一头猪？"

"到嘴的肉，就这样给老子们弄没了？"

"真他妈的笨，几个人还不如一头猪。"

兵们议论纷纷，发泄着一肚子的不满和怨气。谁都没有想到，第二天下午，张军伟他们四个人，乐呵呵地抬着两扇猪肉回来了。张军伟的解释是：

"那头猪在达莎江下游找到了，不过已经淹死了，不好往回弄，就借了老乡一把刀，开膛破肚收拾好，把肉给弄回来了。"

官兵们都很高兴。一片夸赞声中，张国富突然说：

"不对啊？肯定不对。黑猪眼圈是黑的，白猪眼圈应该是红的。咱中队跑的猪是白的，可这猪的眼圈咋是黑的？"张国富在猪的问题上果真在行。

这确是个很专业的知识。兵们听了觉得云里雾里的，一时间难以断定真假。

张国富接着把话锋一转，"我操，这猪你们是不是在哪儿偷的吧？"

"偷的？你他妈的去偷一头猪试试？别以为你爹是杀猪的，你就比别人懂得多。白猪在水里泡时间长了，眼圈就会由红变黑。"

张军伟恶狠狠地瞪着张国富，用听起来好像是更加专业的话，回敬了这个"专门挑刺儿的孙子"。

战士们则喜笑颜开，管他黑猪白猪，黑眼圈红眼圈，只要是猪肉，能吃就行。

晚上吃饺子，猪肉野韭菜馅，放开了吃。张国富吃得最快，一连吃了五碗，吃得直打嗝，还要去盆里捞。张军伟肚子里有气，吃得慢，第三碗刚吃完，再去捞饺子时排在张国富后面。他看着张国富的后背，那脖子又细又长，弓着，活像一只永远吃不饱把嘴伸进河沟里搜寻鱼虾的老鹳，下作贪婪，极其的令人讨厌。他便假装着失手，把碗里的剩醋汤，一股脑儿全灌进了张国富的脖子。张国富回头一看是张军伟，没有丝毫的犹豫，端起半碗饺子，扣在了张军伟的头上。两人厮打起来。执勤的韦排长跑了过来，厉声喝住了这两个打得不可开交的人，阴沉着脸，带他俩到饭场边上，命令他俩：

"面对面，间距一米，立正站好，不许说话。"

韦排长说完，转身走了。兵们吃完饺子，也都散去。天已经黑了。饭场边上，只留下张军伟、张国富两人。淡淡的夜幕下，他们两个，虽然相互看不太清楚对方的脸面，却都感到你在瞪着我，我在瞪着你，四只眼睛放射着仇恨，像两只想打不能打想叫不敢叫憋得难受的公鸡。

第二天，正月十五，全中队放一天假。早饭后，九点多钟，中队在操场上举办拔河比赛。一、三排一队，二、四排一队，各自挑选出 20 个精英队员，个个身强体壮虎背熊腰，抓着绳子站在两边，摆好阵势，只等裁判员巫明文副中队长一声令下，便开始拼命把对方往自己这边拉。突然，咚咚呛、咚咚呛的锣鼓声从营区外面传来。原来是来了一群地方上的老乡。他们敲着锣鼓，打着横幅，上

面写着"慰问亲人解放军",抬着两口大肥猪,进了营区大门。一头
活猪,捆着四蹄,哼哼直叫。另一头是死猪,被分劈成两半,收拾
得干干净净。领头的一位,应该是寨里的党支部书记。他告诉中队
长龙岩炎:

"首长,昨天我们寨两个老乡,在河里捞到一头死猪,脖子上被
杀了一刀,就报告给公社。公社领导经过了解,听群众反映是你们
丢的,让我们送还给你们。另外,再送一口活猪给你们。过节了,
算是我们的一点儿心意,请你们一定要收下。"

龙岩炎和在场的全体官兵,热烈地鼓起掌来,向乡亲们表示诚
挚的感谢。

送走了送猪的乡亲,龙岩炎把张军伟他们几个叫到连部,问:
"老实说,昨天吃的那头猪,哪儿来的?"

张军伟脸上立刻泛滥出一层红色,没有吭声。

"有人反映,说是你们偷的,在哪儿偷的?"

"冤枉啊,中队长!我们是兵,不是贼,哪敢偷啊?"张军伟像
被杀猪刀割了一块肉似的,大声说,"是我们四个人凑钱,在镇上屠
宰场买的。"

"买的?"

"买的。千真万确,买的。"李友正说。

"我们是解放军,都想当五好战士,哪敢去当贼啊?"苟小
麦说。

龙岩炎脸上慢慢浮现出了笑意,像一朵慢慢开放的鲜花。不过,
还没有等这朵鲜花完全绽放开来,突然听见门外有人喊:"报告!"

龙岩炎说:"进来。"

是张国富。他一脸的兴奋,挽着袖子,手里提着一把刺刀,对
龙岩炎说:

"连长(大概是因为激动,用了新兵连的称呼),我爹在家是杀
猪的,我也会。刚才老乡送的那头活猪,让我去杀吧,我保证全连

下午能吃上新鲜猪肉。"

"操，真他妈的不是东西！"张军伟脱口骂道。

这几个兵，都是龙岩炎从河南焦作带来的。这批兵大部分是中学生，有文化，有激情，天天憧憬着未来，对人生充满了向往。他们明着竞争，暗中较劲。平时看上去相安无事，一旦遇事，爱表现自己，爱争强好胜。

这个张国富，在新兵连就曾有过突出表现，受到过连队的嘉奖。龙岩炎印象很深。印象很深的还有，张国富受到嘉奖后，龙岩炎听到有新兵骂他：

"这孙子，爱表现。"

"他妈的假积极，就是想得嘉奖，恬不知耻。"

一想到新兵连，龙岩炎扑哧一声笑了。见中队长笑，张军伟和张国富都有些摸不着头脑，眼睛直直地发愣，中队长这是咋了？

龙岩炎笑过后，命令："张军伟负责，张国富主刀，叫上李友正、苟小麦、古小建协助，团结一致，把猪杀了，保证晚上吃到猪肉。"

"是！"

张军伟、张国富立正敬礼，领命走出了中队部。

陈玉仙来了，悄声细语地问："队长，小侯的一条腿残了，能不能给立个功，嘉个什么奖？将来他回到地方上，也好给安排个公家的事干？"

"立个功，嘉个奖？"龙岩炎瞪大了眼睛，说，"他那是违反纪律，没处分他，就是好的。"

"他人已经残疾了，他也不是为了自己。"

"我知道，这话你已经说过不知多少遍了。我也向区队、大队首长作了检查，说他那是为了改善连队生活，为了全中队的官兵，是我同意的，是我的责任。可那也没有用。"

"唉，这孩子……残疾了，他不是为了自己……"

陈玉仙的话没有说完，眼睛里就有泪水溢流出来。

　　龙岩炎受到感染，看着悲伤的陈玉仙，心里也有些发湿。龙岩炎是个粗中有细的人。自从他第一次抱着饭葫芦吃饭，就对陈玉仙有了一种感觉，心里就曾涌起了一股暖流。后来，包括搬来外公芒林公解除火烧神树之围，平时对人处事，心地善良，这股暖流在龙岩炎的心里不断聚积，慢慢膨胀，直到他现在一想起陈玉仙，就觉得浑身发热，心里就不由自主地荡漾起幸福的涟漪。龙岩炎越来越觉得，这确实是一个非常难得的好女人。她不仅性格开朗，心地善良，而且处处都想着别人。这些都很对自己的心思。有两次中队组织民兵打靶，龙岩炎教陈玉仙打手枪，龙岩炎的手握着陈玉仙的手，有触电般的感觉。陈玉仙站在龙岩炎胸前，两人身体几乎贴着身体。陈玉仙瀑布般的秀发，在微风吹拂下，带着醉人的香气，轻抚在龙岩炎的脸上。龙岩炎心旌摇动，心猿意马，开枪后有两颗子弹竟然脱了靶，不知飞向了何处。

　　性格暴躁的热血男儿，内心深处又往往柔情似水。这种男人的双重性格，符合对立统一的哲学规律。

　　侯长金那次盗用地方上村寨动力电，扯拉着电线到小河沟里电鱼，漏电并没有被电死。他一个脚掌，被220伏电流击穿了一个洞，当时昏迷过去。好在抢救及时，侯长金大难不死，保住了一条命。命保住了，可他的一条腿和一只脚残废了，走起路来一瘸一拐的。战友们开玩笑，叫他地不平。

　　龙岩炎觉得，自己理解陈玉仙。他知道在侯长金的事情上，陈玉仙一直感到内疚，感到痛苦，经常自责，尤其是每当看到一瘸一拐的侯长金。她想为侯长金讨回一个公道，一个公正。这是一个善良的女人，发自于内心，发自于情理的乞求。但她并不知道，军人残废，甚至失去生命，即使他不是为了自己，是为了大家，是为了全中队官兵，也不一定能定残，或给予牺牲的名分。因为军队有纪律。纪律从来是公正无私、铁面无情的。人们常说军法无情，就是这个原因。当然，用法纪处理问题，在有些场合，处理有些事情，看上去似乎不太合乎情理。在这方面，他龙岩炎有过好几次血的教训。比如，西南剿匪时，为救负伤战友他来不及经老乡同意便拆下老乡家的门板当担架，为解决全排战友几天没东西吃饥饿难耐，他亲自去偷老百姓地里的红薯萝卜，包括那次煤场事件，为保护国家煤炭他命令鸣枪示警惹出来惊天大祸，等等，这哪一桩哪一件他龙岩炎是为了自己？

法理与情理，法纪与人情，从来就不是同一的。一些行为虽不合法纪，却合乎人情；虽不合乎法理，却合乎情理。在有些情况下以情而行，往往更能触及人性的本质，因而也更能戳人心扉感人动人。

龙岩炎放下饭葫芦，走了过去，想安慰她。可当他走到陈玉仙身边时，又觉得不知道说些什么。

陈玉仙一头扑在龙岩炎怀里，抱着他的脖子，放声痛哭起来。

陈玉仙的这一举动，来得太突然，龙岩炎没有想到。亲密无间的突然降临，让龙岩炎热血沸腾，激动万分。龙岩炎木头桩一样站着发呆，不知道该如何下手。

"八一"建军节那天中午，中队会餐，龙岩炎喝多了酒，脸涨红得像刚从猪肚子里扒出来的肝。他据着半瓶酒，见谁给谁倒，满口酒气地宣布：我恋爱了，对象就是陈玉仙。碰巧，陈玉仙端着菜盆从厨房出来，他上前一把抓住她的胳膊，大声喊：

"玉仙，嫁给我吧，我已经向全中队弟兄们做了宣布。"

这个天大的喜讯，跑得飞快，像山谷里的风，刮得漫山遍野到处飞。第二天一大早，区队长杨正温打来电话，口气严肃地问他：

"龙岩炎，我问你，你和陈玉仙之间到底是什么关系？"

"报告区队长，恋爱关系。"

"打报告了吗？我和教导员怎么没看到你的报告？"

"刚刚恋上，还没有来得及。"

"我告诉你，你小子不要头脑发热忘乎所以，要严格按部队规定办，听见了吗？"

"是，这就打，马上打！"

第八章

1. 有惊无险

盘江镇上掀起的政治风雨越来越强烈了。

社会上开始流行着几句最时髦的话："破四旧，立四新。""要扫除一切害人虫，全无敌！""东风继续压倒西风！""革命的形势越来越好，革命的浪潮一浪高过一浪。"红卫兵们高举着红旗，挥舞着《毛主席语录》，呼喊着口号，在大街上呼风唤雨横冲直撞。几辆大卡车，原先是拉运煤炭、木材、砖瓦、石头、猪、牛等，现在拉的是满车的红卫兵，在大街上来回穿行。卡车四周贴着花花绿绿的标语，插着五颜六色的旗帜。驾驶室顶上架着三四个大喇叭，播放着锋芒毕露的歌曲或杀气腾腾的对口词：

"我们是毛主席的红卫兵，革命路上打先锋……"

"红卫兵杀上舞台，开始战斗……"

"天是我们的天，地是我们的地，我们不干，谁干？我们不斗，谁斗……"

这种被誉为"四海翻腾云水怒，五洲震荡风雷激"的红卫兵革命，不仅声势浩大，且火药味十足。盘江镇广场上，经常是红旗如海人声如潮，每天都有"走资本主义道路当权派"被五花大绑，头戴纸糊高帽，站在主席台上接受批斗。这里面也有肖新泉。不过，如果不是看见他胸前挂的硬纸板上写的名字，名字上打着红 ×，很少有人能认出他来。他来到六盘江特区任职，才有不长的时间，便赶上了这场史无前例的大革命。

红河谷的风，是山谷中的风，风向在随时变动。吹在脸上，有些冰凉，吹在身上，则没有太明显感觉。这个季节，它一天到晚地吹着。

红河谷火塘矿一号井，除了高增长牺牲，总体上进展还算顺利。主井、副井掘进，风道、用水配套，机电设备安装以及轨道铺设等等，各工程项目按照设计方案，按照"百年大计、质量第一"的标准，在紧张有序地向前推进。

突然，一个不好的电话打来：一号井发生了塌方冒顶。

吕大山心急火燎的，第一时间赶到了出事地点。让他感到意外的是，井口围了很多人。细看这些人，不是支队救护队的，原来是老百姓，不少是青年学生，戴着红卫兵袖标，有人高喊着口号，乱糟糟的，像是自由市场。吕大山见到陈国祥，问：

"这些人要干什么？"

"六盘江中学的红卫兵，带着红河谷地方上的老百姓，说部队占了他们的地，要补偿，不答应就不让施工。"

"这里是三线建设地区，军队施工工地，已被国家征用了，咋还这么闹？"

"红卫兵们现在造反了，说是造反有理，地方领导都在挨批挨斗，没有人管，乱了。"

"谁是带头的？"

"就那个，孙动员。"

"哦，就是那个什么乌蒙山造反兵团的鸟团长？妈的，上次在大洞没有来得及收拾他。"

孙动员现在也是穿一身的军装，只是没有领章，也戴一顶军帽，只是没有帽徽。他套着红袖标，腰扎一根皮带，站在一堆渣土上，挥动着胳膊，吐沫飞溅地在进行煽动：

"'农造司'的贫下中农战友们，我们要保护自己的家园，保护自己的土地，决不能让这些黑兵们的阴谋得逞。"

这是两伙红卫兵。一伙是城市红卫兵，以孙动员为首。另一伙是"农造司"，农民红色造反司令部的简称，是红河谷地区的农村造反组织，带头的就是木瓦苗寨的公岩。公岩带着他的红卫兵们，呼喊着口号，五花八门的，听上去什么腔调、什么内容都有。总的意向，是附和着城市红卫兵头头孙动员的煽动，迎合着孙动员的意思：

"保护土地！"

"寸土必争！"

"我们要当工人！"

"补偿我们的损失！"

吕大山命令王文广："立刻通知区队部警卫班，还有四中队，四中队今天休息，派一个排过来，全副武装，井口外 30 米内是军事禁区，任何人不得入内，务必保证矿井和施工安全。"

正好，教导员蒋凤君来了，他是个工改兵，在六盘江地方上工作多年，人脉熟，对地方上情况比较了解。吕大山把这一团乱麻交给了他，自己直奔井下。

陈国祥报告说："正在掘进面施工，突然巷道里塌下一个黑洞，一辆运渣的矿车掉了进去。柳技术员正好来到现场，她探照了黑洞，敲帮问顶四处查看，然后要求我们立即撤离，刚撤离现场不到十分钟，事故就发生了。多亏柳技术员有先见之明，让我们撤离得早，没有发生伤亡。"

柳晓雪也在旁边，听了陈国祥报告，对吕大山说："不是我有先见之明，有先见之明的是高增长技术员。这次塌方冒顶事故，高技术员曾经有过预料，也提醒过，说是在矿井 400 米前后地段，可能有采空交集区。这次发生的事故，在矿井 380 米处，垮塌的体积约有 1.5 万立方米。"

柳晓雪的话语里，充满了对高增长的崇敬、感激和怀念之情。吕大山咬了咬嘴唇，没有吭声。他的内心，对高增长牺牲同样感到痛苦和遗憾。他问柳晓雪：

"这里什么地质结构？"

"断层破碎带，岩石为泥质页岩。发现有大量矸石，有煤层。泥质页岩和矸石相对软些，杀伤力也相对小些。"

"好，如果是石灰岩，砸头上一块就够呛。"

吕大山带领陈国祥他们，经初步勘察，出事点确实是在靠近采空区冒落带。该区域在历史上，搞不清是哪年哪代，因为民间采挖，上下都有采空区存在。由于下部采空区的支护顶柱年久糟朽，受到了应力变化影响，发生了垮塌，造成了冲击地压。下部采空区支护顶柱垮塌后，造成上部的充填体垮落，带动上部支护顶板围岩垮塌。

吕大山当机立断，命令："快速清渣，采取梯形棚架支护，料石砂浆砌碹，稳扎稳打，逐步推进。电工勤务排，马上增加局部通风照明设备。救护排，立即携带救护设施，进入巷道相应位置待命，随时准备行动，确保弟兄们的人身安全。"

命令简洁明快，分工清晰明确。吕大山头上戴着安全帽，赤裸着上身，带领刘红轮、梁国秀几个有经验的老兵，冒着再次塌方冒顶的危险，进入现场勘察，制定施工方案。他们爬上爬下，争分夺秒地指挥垫基座，架木垛，杀拱顶。

生龙活虎的官兵们，一个个挥汗如雨你来我往，一锹一锹把渣土矸石装进矿车里清离出巷道；

他们扛着一根根圆木，背着一块块料石，端着一箕斗一箕斗砂浆，快速有序地运抵现场；

陈国祥、宋小生和一帮老兵们在砌碹。这是一项重体力、讲技术、难度大的工序。特别是砌到拱顶部，每块料石几十、近百斤重，需要经过搬、抱、挺、举、摆，至少要倒五六次手，遇到拐弯或岔道，需要经过倒七八次手，方可完成一块料石砌碹。

终于，一场特大的冒顶事故，有惊无险。经过两天一夜奋战，得到了处理，没有发生一名官兵伤亡。

两天后，周日，章德林突然来到了一区队。

连队老规矩，上午九点和下午三点，两顿饭。晚饭过后，天还大亮着。区队部门前的干河沟里，同年入伍的焦作兵王文广、牛小社、秦大兵等五六个人，陪着章德林顺着干河沟底溜达。沟底铺着一层鹅卵石，泛着白色。两边沟帮上被水冲刷，凸凹裸露着大小不一的石头。一个拐弯处，沟底有几块被洪水冲下来的大石头，他们每人坐了一块。章德林坐的那块最大。那块大石头下面，还有一个小水坑，是前几天山洪流过时积存下来的。那汪水清澈平静，倒映着章德林是头朝下屁股朝天的身影。几个河南兵，众星捧月般地围着章德林。章德林脸色红润，像抹着一层晚霞的光。

"这次，我是带任务来的。"章德林告诉几个老乡，"今天上午，吕连长，哦，不，应该是吕区队长，接见了我，很是客气。我也把自己在师部（应该叫支队部）的情况和这次来的任务，给吕连长，嗨，又称呼错了，吕区队长，老是有新兵连时的感觉。操，新兵连的感觉，你们还记得吗？那感觉真令人难忘。"

章德林说着，停顿了片刻，好像是故意停顿。停顿时，他睃了几眼王文广他们的脸。他们的脸上有些冷淡麻木，并没有大的反应。

章德林心里一沉，好像感觉到了什么，便没再等他们回答，又接着说，"操，不说这些了，不说了。我给吕区队长作了汇报。你们都知道，哥字写得好，从新兵连分到支队司令部，先是在军务科，当缮写员，专门抄写戴支队长、李飞政委的讲话、命令、通知。后来，首长们才发现，哥我不光字写得好，文章也写得好，机关的墙报、简报上，常有哥写的文章，这不，上个月调我到了支队宣传科，专门负责采写新闻报道，专门宣传部队出现的英雄人物，好人好事。这次来你们一区队，就是专门采写火塘矿一号井，是如何制止了大的冒顶塌方，却没有发生任何伤亡事故。这真是个奇迹，奇迹。这样的事，在全支队都很少见。"

眼前的章德林，和在新兵连时已明显大不相同了。这个兵，身上有很多时代的光环：在这个工人阶级领导一切的时代，他是煤矿工人的儿子；在这个城乡差别悬殊、城市是高等人群聚居的年代，他是城市户口，吃商品粮；当农村很多农民孩子迫于繁重的体力劳动上不起学，他是个高中生。这些光环照耀着他。在新兵连时，就自认为见多识广，能吹善侃，看不起农村兵。新兵连结束，又分配到支队大机关。光环套着光环，闪烁着令人羡慕的光芒。此时此刻的他话也更多，容不得老乡插嘴。口气也变得明快，语调也变得激昂，像是首长在给部队讲话，爱说"专门"，几句话离不开"专门"。

秦大兵心里在琢磨：这小子，喋喋不休地侃，老是说新兵连时的感觉，还令他难忘，啥意思？操，是不是还在记恨新兵连？那时的章德林，在新兵连的感觉肯定是不好的。耀眼的光环使他趾高气扬，清高自傲使他倍感孤独，一有机会就想方设法表现自己却始终没有得到想要的回报，心存懊恼。特别是刘健的事，先是举报刘健叔伯爷爷刘二毛，说他是国民党的高级军官，西南剿匪时跑到了缅甸，在什么金三角种大烟啊，卖毒品啊，非常有钱啊，结果被证明全都是假的，是他无中生有编造出来的。后来，自己和别人相互收错被子，硬说是钱丢了，又致使刘健上吊自杀，三十块钱弄出了一条人命。这在焦作老家，在全新兵团、全支队，很多人都知道。这种失落，这种压抑，这种痛苦，这种郁闷，这种阴影，看来是一直挥之不去，一直萦绕在他的心头。这鸡巴人，一旦把握不好，会不会走向邪路？秦大兵想。

王文广说："德林，你现在真是厉害了，你是咱们这批兵里的佼佼者，能经常见到戴支队长，李飞政委，已经是咱们支队的专门人才了。你将来啊，肯定像国家领导人说咱们这基建兵部队一样，大有前途，前途无量。"

牛小社想了想，问了另一个问题："你是上边来的，技术员高增长为救战友死了，为啥一直没能定为烈士？"

"火头军，你还关心这个啊？"章德林笑着问。

"高技术员帮助他用锅炉蒸馒头，后来没弄好锅炉爆炸了，给小社的印象当然深刻。高技术员走了，小社会忘？"秦大兵说。

"噢，我说呢。听说是他遗物中，发现有女兵的内衣裤头，还有女兵的乳罩，有首长说他作风不正，怀疑他是流氓，就一直拖着，没有定下来。"

"高技术员也是，本来应该是英雄，这下完了，成了流氓。他弄那些东西干啥，顶个屎用？"

"大兵这话有点意思，英雄与流氓，流氓与英雄，相互扯连着。细想来也是，英雄也有失足的时候，一失足成了千古恨，英雄就成了流氓。流氓有时也会有壮举，但是能不能成为英雄？就不好说了。"

"刘邦当年就是流氓，朱元璋当年就是要饭的和尚，后来还不是都当了皇帝？操，这就是命。"

章德林咂了咂嘴，吸溜了一下口水，一副若有所思的样子，没再说话。

秦大兵说："高技术员命没了，啥也没得着，图个鸡巴啥？真是的。"

王文广怕出来时间长了，区队长找他，借机说："嗨，咱们走吧，别坐在这儿瞎吹呼了。"

他说着，自己先站了起来，顺手抓起一块拳头大小的鹅卵石，扔进了那汪水坑。章德林躲闪不及，湿了一身水。

这几个河南兵笑着，闹着，骂着，开着玩笑，顺着干河沟底，踩着脚下发白的鹅卵石向营区走了。

章德林这次到一区队，住了一个多星期。他很勤奋，很辛苦，不惜力，不偷懒，每天井上井下跑，宿舍食堂跑，采访了吕区队长，采访了蒋凤君教导员，采访了陈国祥中队长和几个排长，采访了柳晓雪和其他几个技术员，采访了区队很多官兵。采访柳晓雪时，他特别注意看柳晓雪，看她的脸、眼睛、鼻子、嘴巴、脖子、胸部、屁股、大腿、小腿和脚。总之，他充分利用这个别人难得的机会，近距离地把柳晓雪上上下下认认真真详详细细看了个遍。柳晓雪，绝对的美人，怪不得高增长会打她内衣、裤头、乳罩的主意。章德林白天采访，晚上坐在营区东南角一间小木棚里，挑灯夜战，连续几个夜晚不睡。功夫不负有心人。实事求是地说，章德林是个非常勤奋非常能吃苦且有一定文字功底的人。写着高增长，想着柳晓雪，精神格外的好。很快，写出了一篇人物通讯。临离开一区队时，章德林把手里的一沓稿纸，甩得哗啦哗啦响，对王文广和牛小社说：

"这稿纸，一页三百字，总共十五页，算算多少字？这篇稿子，能不能发在《解放军报》上不敢说，但哥保证，上昆明军区的《国防战士报》，肯定是板上钉钉，没一点儿问题。篇名定为《有惊无险战塌方》，副标题是'记基建兵某部区队长吕大山'。不知两位意下如何？"

章德林走了。他志得意满地走了，一脸成功的喜悦。

2. 这咋回事

407大队政治学习，次数明显多了起来。这是政治形势的要求。随着政治形势发展，上级明确规定：政治学习，要有专门的时间来保证，可以停工停产，可以停止军事训练。一句话，一切都要为政治学习让道。军营和施工场所，到处可以看到醒目的标语：

"政治是经济的最集中的体现。"

"政治同经济相比不能不占首位。"

"政治工作是一切经济工作的生命线。"

"没有正确的政治观点，就等于没有灵魂。"

"灿烂的思想政治之花，必然结成丰满的经济之果。"

这些标语，都是革命导师列宁或伟大领袖毛主席的谆谆教导。这样的标语，当时在全国各地，城市、乡村、机关、学校、部队，随处可见，到处都是。讲政治，不光是学习政治理论，弄清楚弄不清楚反正嘴上都说清楚了很有收获的那些革命大道理，而且要学以致用，学用结合，联系实际，立竿见影，像实弹射击，要有活生生的靶子。

407大队一区队一中队食堂前的空地上，官兵们坐在马扎上，听指导员罗延庆讲政治课。罗延庆拿着材料，是上级发的，是油印好的，与其说是他在讲，不如说是他在读，是在按照上级发的材料宣读："基建工程兵的宗旨是：劳武结合，能工能战，以工为主。但是，自从基本建设工程兵组建以来，就始终存在着两条军事路线的尖锐斗争。我们部队有个别人，受彭德怀反党集团的指派，潜伏到基建兵部队，宣扬单纯的军事观点，说什么'已经讲劳武结合、能工能战了，还为啥非要加上一句以工为主？''我们这是军队，军队就是要打仗，军人就是要牺牲，挖煤的工人也叫军人？'我们这支部队是搞煤矿基础设施建设的，他不仅污蔑我们是挖煤的，而且骂我们是黑兵。总之一句话：他们就是妄图破坏我们国家的三线建设。我们一定要提高警惕，与他们划清界限，同他们坚决斗争到底。"

罗指导员正读着稿子，坡上平房那边走过来一个老头。这老头五十岁左右，穿一身发白的旧军装，四个兜儿，但是没有领章，也没戴帽子，腰板挺直，光光的头顶上有两块核桃般大小的疤痕，在太阳照射下闪动着亮光。一看就知道，这是个老兵，饱经战火硝烟的熏陶，闯荡过无数次的枪林弹雨。那装束，那气质，那派头，那风范，在那儿摆着呢。

龙岩炎发现了老兵，立刻蹭地站了起来，大声命令坐着听课的兵们：

"全体起立，立正！"

然后，他跑步过去，用标准的军人动作，向那老兵敬礼：

"报告大队长，全中队集合完毕，请指示。"

原来，那老兵是林越山林黑子，407大队的大队长。不过现在的林越山，已经不是大队长了。他的大队长职务，是不久前被免去的，并且下放到一中队监管，进行劳动改造。他的罪名是受彭德怀派遣，潜伏到西南三线建设地区，为美帝、苏修收集情报。有人举报，彭德怀在盘江地区的十三号公路桥头，曾经专门秘密接见过林越山。

支队政治部康副主任，代表有关部门向他宣布了这项决定。刚宣布完，林越山龇开那两颗极有性格的门牙，把那两扇厚嘴唇挑成圆形，破口大骂：

"净他妈的胡扯淡！彭德怀是受毛主席指派，到西南三线建设委员会担任第三副主任的。我与彭总在13号公路桥头相遇，那完全是一次巧遇，没有任何人安排。我作为一个三线建设的兵，向三线建设指挥部的首长汇报工作，有什么错？为美帝、苏修收集情报，和彭总秘密接头，全都是扯他娘的蛋！"

除此之外，林越山还有很多反动言论，听起来有些吓人。比如他说：

"基建兵宗旨十二个字，我看八个字就足够了，叫劳武结合，能工能战。以工为主纯粹是多余。如果十二个字不嫌多，那就十六个字，再加上一句话：平战结合。"

"军队里弄来了那么多工人，听不懂起床号，听不懂冲锋号，一旦打起仗来，还不像猪一样，乱拱乱跑？"

"工改兵，让工人穿上军装，那就是兵啦？"

"穿着军装下井挖煤，一出矿井，个个都是黑兵。"

这有些话，其实只是戏言，平时开开玩笑而已。但严酷的现实警告世人，玩笑可真是不能随便开的。因为，一旦有政治风雨到来，所有这些言论，都会被有心人拿来上纲上线，被冠之为听起来非常吓人的罪名：

"猖狂反对毛主席关于'这个办法我赞成'的最高指示。"

"反对基建工程兵'劳武结合，能工能战，以工为主'的十二字方针。"

"猖狂攻击人民解放军，恶毒污蔑基建工程兵。"

"破坏三线建设，是美帝、苏修派来的特务。"

反正他林越山，用那张永不设防的嘴，说了很多不该说的话，因此罪名也就有很多。

其实，深层次的原因是，北京的那次"二月镇反"过后没有多长时间，政治形势发生了大的逆转。那场全国性的政治风暴已经愈演愈烈了，风靡全国不可阻挡，包括军队。就在那个冬天，一天深夜，凌晨三点左右，四川成都永兴巷7号院，翻墙进入一些红卫兵，是所谓的"揪彭兵团"，北京来的，他们把居住在那里的彭德怀劫持到了北京。彭德怀再次身陷囹圄，失去了自由。林越山自然是受到牵连，在劫难逃。

林越山看着眼前的龙岩炎，摆了摆手说："算了算了，我现在是戴罪之身，来你们中队是接受监管改造的，不必再报告了，好好学习吧。"

林越山走了。他绕过坐在马扎上的官兵们，径直走了，也没再回头。他依然是那样的气度不凡，依然是一副杀刚不吝的派头。

他的身后，跟着一个全副武装的年轻战士。

这天是周末。晚饭后是写家信时间。张国富虽说是初出茅庐，但他对时事政治，对革命大局，对当前政治形势，却是个非常敏感并积极要求上进的人。一个革命战士，就应该立足连队，放眼世界，胸怀天下。真正的革命战士，应该四海为家。当年的革命先辈们打天下，哪个不是这样？是的，心中要有国家，绝不能想着小家，写啥家信？他对苟小麦嘟囔着，低声抒发着心中的革命豪情。张国富没写家信，而是结合指导员讲的政治课，写了一篇批判文章，是批判林越山的。批判要有靶子，指导员说得很清楚。张国富写完后，兴冲冲地把稿子用双手捧着递给了王凯很，像献上一份厚重的礼品。

王凯很现在是他的排长，顶头上司。

王排长拿着稿子，随便瞟了一眼题目，说："写的啥？太不深刻了。"顺手把稿子往床上一扔，转身走了。像是扔去了几张无用的废纸，完全是一副漫不经心的样子。这对于革命热情火一样红的张国富来说，犹如一桶冰水兜头浇下，淋得他浑身透凉，心头直发颤。

张国富站在那儿，愣了半天，泪水扑簌簌地流了出来。

苟小麦走过来，劝他说："写得不深刻可以再写啊，哭啥？凭你的水平，没问题。"

张国富说："你他妈的不懂，排长他这是看不起我，玩儿我的难堪。"

熄灯号响过了。大山深处军营的夜晚，格外的寂静。宿舍外面，传来草丛中的夜虫们你争我抢不安分的低吟乱唱。天上，一只不知道什么鸟，"咕……咕……咕……"悲伤地鸣叫着，从营区夜空飞过。张国富躺在大通铺上直翻身，像是烙大饼。邻铺苟小麦，睡觉受到影响，气得蹬了他一脚。张国富趴过来，贴着苟小麦耳朵说：

"兄弟，哥哥我睡不着，心里堵得慌。你说，我的批判稿是不是真的写得不深刻，王排长他没看上？"

"你给王排长的稿子，又没给我看，我哪知道？不过我判断，凭你的能力，你的水平，哪能写得不深刻？关键是王排长他没有认真看，就顺手扔在床上了。你的水平，王排长一下子没看出来。"

"他妈的，老子就这样栽了？"

张国富低低骂了一句后，变得像一具僵尸，无声无息地直挺挺躺着，再没有丝毫的动静。当苟小麦迷迷糊糊将要进入梦乡时，张国富忽地坐了起来，窸窸窣窣穿上衣服，像一个夜幕下前去盗窃贵重物品的贼，蹑手蹑脚地下了铺。

苟小麦斜眼偷看着张国富，见他钻进了储藏室。张国富走了，苟小麦开始翻来翻去地死活睡不着。苟小麦知道，张国富是个心气很高的人，到了部队处处争上进，各方面都不甘心落后。受到了王排长的冷落，他不会想不开吧？一口烧红的热锅，哗地倒进了一盆冰水，那肯定是会炸锅的。一个多月前，三中队有个甘肃兵，因评"五好战士"没有评上，去找排长理论，受到排长的批评，想不开，就在储藏室里上吊死了，时间也是后半夜。

时间过去了很久，已经是后半夜了，还没见张国富回来。苟小麦有点不放心，他起床穿上衣服，从枪架上取下自己的刺刀，掂在手里，推开了储藏室的门。

灯光下，张国富坐在马扎上，稿纸放在膝盖上，《解放军报》《国防战士报》和各种学习材料摊了一地。他一脸的亢奋，一脸的激动。他发现了苟小麦，脸色陡然变了，问：

"你干啥？掂刺刀，想杀我？"

"杀你？老子怕你上吊，好割断绳子救你。"

张国富笑了。他把膝盖上的那一沓稿纸拿在手里，那一沓稿纸全都写满了字。他告诉苟小麦：

"小麦，经过认真学习报纸和材料，我的无产阶级觉悟和思想认识大有提高。我这次的批判稿，比给王排长的那篇深刻多了。光是题目就一针见血，叫《林越山是彭德怀的残渣余孽，破坏三线建设罪责难逃》，让人们一看题目，就不愿放下，就迫不及待地想看下去。"

张国富抑制不住极度的兴奋，眼睛里放射着火辣辣的光。他把写好的大批判稿，给苟小麦念了一遍。稿子里有很多批判性语言，尖锐泼辣，火药味十足。有些词句听上去真让人有点毛骨悚然，心跳加快。苟小麦心里清楚，那大都是从报纸上、学习材料上抄来的，并没有什么具体内容。但他又不好明说。战友之间，有些事心知肚明，不挑破了最好。你想，张国富来到部队才几天，能知道林大队长些啥？张国富则自信满满，说：

"我一想到林越山那皮笑肉不笑的表情，缓慢而骄傲的脚步，我心中的怒火就烈烈燃烧，仇恨像大江波涛汹涌澎湃。他这简直是彭德怀反党集团的猖狂和傲慢，是对革命战士的蔑视和挑战。我们是毛主席的战士，要接好革命的班，就决不允许这个彭德怀反党集团的残渣余孽再猖狂和傲慢下去。"

张国富说着，眼泪竟然流了出来。这是个泪腺通畅、泪泉丰沛的人，一激动就会泪水涌流。

苟小麦也被感动了，说："国富，你写得很尖锐，很深刻，很有水平。咱们这批兵里，你就是这个。"

苟小麦对着张国富，连说了三个很，竖起了一个大拇指头。苟小麦也是个顺水推舟，甚至可以说在某些场合是个煽风点火火上浇油的人。他的"三很一竖"，让张国富更加激动。张国富用颤抖的手，在稿子后面挥笔写上：

"中国人民解放军基本建设工程兵 402 大队一区队一中队战士张国富。"

"明天交给王排长，保证他一看题目就不愿放下，绝不会再扔床上。"苟小麦说。

"不，不了，不再交给王排长，我要把它直接交给全中队的官兵们。"

"直接交给全中队的官兵，你咋交？"

"走，跟我走。"

这时的张国富，身上每一个细胞，都在异常兴奋地跳动。他拿着早已备好的一瓶糨糊，拉着苟小麦，悄悄走出了储藏室。两个一起入伍的战友，怀着两颗对无产阶级政治无比赤诚的心，来到了中队黑板报前。一个管抹糨糊，一个管张贴批判稿。他俩把批判稿一页一页的，精心贴在黑板报上面。张国富一边贴一边说：

"这就是我，一个毛主席的革命战士，射向彭德怀反党集团残渣余孽的第一枚炮弹，我要让它明天轰动全中队。以后，还要准备发射第二枚、第三枚！"

贴过大批判稿，张国富抬头看看天，启明星已挂在西南边天上，一闪一闪的。苟小麦也顺着他看的方向看。

夜空漫漫，苍穹辽阔，繁星漫天。那启明星虽说是很亮，可看上去却非常的遥远。

后半夜，山风有些大了起来，搅动着杨树上的叶子啪啦啪啦响，像是在欢呼，在鼓掌。几声汪汪汪狗叫，那是从远处山寨方向传来的。两只夜游的鸟，从营区夜空掠过，一只鸟"哇……"地丢下一声挑衅般的叫唤，另一只紧接着也"哇……"的一声像是在做着附和。它们夜不安息，充满希望地向远处飞走了。

山区的夜晚，从来都没有安宁过。

突然，一个黑影从炊事班出来，端着一盆东西，向中队后面的山坡上走去。山坡上有一排平房，住着临时来队探亲的干部和老兵家属。最南面的一间里，住着林越山。

这么晚了，那黑影子是谁？

张国富拉着苟小麦，苟小麦掂着那把刺刀，两人提高警惕，悄悄地跟了过去。屋檐下的一盏照明灯，照亮了那个黑影的脸。啊，看清楚了，是炊事班长郭永明。郭班长推开门，进了林越山的房间。

张国富和苟小麦蹑手蹑脚地走了过去。透过窗户上的玻璃，他俩屏住呼吸，往屋里偷看。眼前的情景让他俩大吃一惊：妈呀，中队长龙岩炎，指导员罗延庆，排长王凯很，他们全在。郭班长端的是刚煮好的一脸盆鸡蛋，鸡蛋还冒着热气。他们围着林越山，抽烟、喝茶、聊天，谈笑风生其乐融融。

张国富禁不住倒抽了一口凉气，拉着苟小麦的手就往回跑。他不仅两腿发抖，说话的声音也在颤抖：

"妈的，这咋回事？部队的阶级斗争咋贼复杂？"

第二天早上，全中队官兵们出操。中队黑板报上，并没有看到张国富的批判稿。官兵们看见的是，红色粉笔写了四句口号，字很大，有洗脸盆那样大，非常醒目，占据了黑板报的全部版面：

"抓革命，促生产，促工作，促战备。"

3. 国富战友，你慢点走

火沽铁路猴场一号隧道，进展得比较顺利。龙岩炎率领一中队官兵，三班倒连轴转昼夜不停，轰轰烈烈地大干苦干，已经连续两个月超额完成了任务。

早饭后，一排长王凯很带领官兵，挖掘到300多米时，遇到了麻烦：爆破过后，烟雾还没有散尽，顶部突然开裂出一道缝隙，有水喷涌出来。开始裂缝有两三米，接着是五六米，很快是十几米。开始是一道缝隙，接着是两道缝隙，很快是三道缝隙，四道缝隙，转眼之间，水像瀑布一样倾泻下来了。

这是大塌方的先兆，随时都有大塌方的可能。

这时的王凯很，用龙岩炎传授的经验，带领二十几个战士，抱着立木，扛着木板，不顾一切地架顶板，竖支护，切断透水。等龙岩炎赶到时，透水和可能出现的塌方已经基本上被控制住了。战士们一个个光着膀子，穿着裤头，安全帽下看不清楚他们的面容，看清楚的是他们满身满脸全是泥浆，个个像泥塑的神胎，疲惫不堪的。

"多亏了中队长教给的妙招，多亏了这些立木。"王凯很一脸泥浆龇着白牙，看不出他是真笑还是假笑。

龙岩炎在多年巷道作业中，总结出来一种行之有效的方法——立木护身法。立木顶千斤，这是一句中国古老俗语。它包含着现代力学原理。龙岩炎并没有研究过现代力学，但实践经验告诉他，隧道巷道作业时，身边有一根立木，随时可以操起来，顶住突然出现的塌方冒顶，把危险驱逐到一旁。木头真是个好东西，不光是在巷道作业。在大江大海里，抱着一根木头，可以漂浮。在战场上有根木头，可以抵挡子弹。这些话，龙岩炎常常挂在嘴边。

"好，你小子学得不错。"龙岩炎知道没有伤亡，便放下心来。他看着眼前大战过后的兵们，很是心疼，便命令王凯很，"带领弟兄们撤出隧道，洗澡休息。告诉炊事班，中午白菜熬豆腐，改善生活，让弟兄们放开了造，我留在这儿，等二排来接班。"

"那哪行？中队长一个人留下不行。再留下一个战士，一旦有事，跑跑腿，传个话，也好有个照应。"王凯很排长说。

"那好，那就留下一个战士，和我做伴。"龙岩炎答应了。

王凯很排长没有丝毫犹豫，点名："张国富留下。"

一排撤走了。隧道里，只剩下龙岩炎和张国富两人。大战过后的隧道里，寂静无声，空气也仿佛停止了流动。偶尔能听见什么地方，有滴答滴答的滴水声，也有细弱的沙沙声。这声音，更增加了隧道里的寂静。这种寂静，会让没有经历过这种环境的人感到恐惧。灯光下，龙岩炎看了看四周，这是一段砂岩酥软地层，一切都还正常。他又看了看张国富，他发现，张国富正在看他。发现中队长在看他，张国富笑了，微笑着，没说话。不过能够看出，他在那无声的微笑中张开了嘴，试图想要说什么。龙岩炎也张了张嘴，脸上的表情看得出来，他也有话要给张国富说。不过，他的眼光却看向了别处，安全帽上的灯光照着湿漉漉的岩壁。

"小张，你有文化，非常好。不过，文化要用在正地方。"龙岩炎边说，边往滴水的岩壁前走去。那样子，那口气，像是在漫不经心地随意说，"不然，会摔跟头的。你刚刚来到部队，你知道林大队长什么？乱写！"

张国富脸上一下子热了起来，火辣辣的，像是有火在烧烤。

"为革命，林大队长把脑袋别在裤腰带上，经历过多少次枪林弹雨，打过多少仗，你知道吗？可以说，比你读过的书还多。他的身上有七八处伤，至今还有弹片留在身上。你们这些新兵蛋子都经历过什么？念了几天书，有了点儿文化，就写起批判稿来。写了几片纸的批判稿，那就是革命了？这天下，是写批判稿写出来的？这隧道，写批判稿就能写通了？瞎扯淡！"

"中队长，我……"张国富想说什么。

可是，没等他再说出想说的话来，突然轰隆一声响，在离中队长四五米远的地方，有一大块沙石塌了下来。那塌下来的沙石，压穿了发电机上方顶板，压歪了顶木，埋住了大半边隧道。洞内顿时变得一片黑暗。龙岩炎大喊：

"不好，发电机被埋住了。"

龙岩炎和张国富安全帽上的矿灯，放射出两道惨白的光，像两道利刃，劈开了黑洞洞的隧道。灯光下，透水顺着塌下来的沙石缝隙，淅淅沥沥流淌下来，和着塌下的泥沙碎石，成了一堆稀沙泥。脚一踩，没过膝盖，手一抓，黏糊糊的。观察上边，沙石还在不时地掉落着，随时都有可能大面积塌方。

"快刨电动机，德国进口的，花不少外汇买的。"

龙岩炎喊着，向埋电动机的位置冲了过去。张国富紧跟在后边，也冲了过去。手里的立木在坍塌的泥沙碎石面前已不起作用。他们两人扔下立木，用四只手拼命扒着泥沙碎石，寻找电动机。可扒开一点，泥沙碎石就坍下一堆；再扒开一点，又坍下一堆。电动机终于露出来了。突然，又坍塌下一堆沙石，埋住了电动机。张国富急了，他迈过身子，一屁股蹲坐在泥堆里，用脊梁，用身躯，挡住了下塌的泥沙。

"小张，你……"张国富的这个举动，让龙岩炎感到吃惊。

"中队长，快刨电动机！"

"你来刨，我来顶。"

"中队长，快刨！"

砂浆碎石噼噼啪啪地直往下掉，盖住了张国富的安全帽，落满了张国富的衣领、脖子……张国富坐在泥中岿然不动，猛地看去，分不清哪是张国富，哪是泥沙。

电动机终于露出来了大半截。龙岩炎用手使劲拖。电动机像是钉在那里，纹丝不动。张国富用脚狠狠地一蹬，电动机终于拖出来了。张国富将身子一撤，泥浆"哗啦"塌了下来。他没有来得及走开，两只脚被泥浆紧紧吸住，惯性推得他"扑哧"一声，一头栽倒在泥堆上。

龙岩炎赶紧过来，把张国富拉出了泥浆。

张国富抹了一把脸上的泥水，看着地上的电动机，突然又喊："不好，中队长，传动带还在里边呢。"没等龙岩炎说话，他转身又冲了过去。

"轰隆——"大塌方开始了。

一股巨大的气浪，把龙岩炎推出十几米远。塌下的泥沙碎石，把整个隧道堵了个严严实实。

张国富，一个入伍不久的新兵，为抢救电动机的一根传动带，牺牲了自己年轻的生命。

一根传动带，在后来的人们看来，简直是微不足道，至少它不能与一个人的生命相比。但在那个特殊的年代，用特殊方式教育出来的战士，把传动带看成是国家财产，国家的财产是至高无上的，为保护它宁可牺牲自己的生命。少年英雄刘××为保护公社的海椒不被地主偷摘，知识青年金××为抢救生产队的一根木头不被洪水冲跑，小学生赖×独身一人为扑灭森林大火，都是毫不犹豫地献出了自己的生命。他们的行为被颂扬是一种英雄壮举，他们被树立为时代楷模，是全国人民学习的榜样。那个年代，英雄辈出，群星灿烂。所有这些，都属于是非常正常的事情。

龙岩炎的身边究竟倒下过多少战友，可以说连他自己也说不清楚。唯有张国富的牺牲，让龙岩炎心里一直无法平静。这不仅仅因为张国富是他接训的兵。

新兵8连时，排长龙岩炎第一次注意到张国富，是因为扫地。那天，新兵们到了农场训练基地，刚刚安顿下来，有人在整理内务，有人在洗衣服，唯有一个新兵操起一把大扫帚，在农场中间的操场上"哗啦哗啦"扫地。他弯弓着腰，握着扫帚，一扫帚接一扫帚，扫得十分认真。龙岩炎走过来，问：

"你叫什么名字？"

"报告排长，我叫张国富，弓长张的张，国家的国，富裕的富。"

"这操场，老兵班长们已经打扫过了，你回去整理内务吧！"

"为了让战友们更好地训练，我再扫一遍。"

龙岩炎没再说什么，走了。这个兵，神经上是不是有毛病？龙岩炎心里犯着嘀咕。

新兵们整理好内务，自由活动，慢慢地围在操场边上，看着张国富扫地。张国富像一个老练的清洁工，哗啦一扫帚哗啦一扫帚，不紧不慢地扫着。他的额头上，冒出了细细汗珠。其实，地上也确实没什么可扫的。张国富扫帚底下，除了有星星点点杂物以外，真没有什么东西是一定要扫的，可他依然扫得十分精细，十分认真。那操场，像个露天大舞台，张国富就是个演技精湛的演员，新兵们都是心情复杂的观众，围着他看。张国富演得认真，一丝不苟。观众们看在眼里，嘴里各自有声，心中都有着自己说不出的感受。

张国富是个精力充沛、寻找一切机会大做好人好事的新兵。操场的西边有一条小河，河水清澈见底。那是从山里流出来的泉水。新兵们洗脸、刷牙、洗碗、烧开水，都用那河里的水。刘健就吊死在这条河边的柳树上。每天早上天刚蒙蒙亮，新兵们还在睡觉，张国富就悄悄地起了床。他挑着水桶来到河边灌满两桶水，"吱扭吱扭"地挑回营区，把每个班门前的水缸倒得满满的，有时甚至把战士们的脸盆摆成一排，都倒上水。一天早上，起床号还没有响，龙岩炎查岗时看见了他，问：

"小张，累不累？"

"不累不累，我是个新兵，需要锻炼自己。"张国富语调真诚，一脸谦恭。

操场北边是一片田野，田野里种着菜花。农场的职工常常在菜地里拔草、施肥。星期天，别的战士在洗衣服、写家信。张国富在菜地和职工们蹲在一起，把野草一棵一棵地拔去。当职工们坐在地头休息时，张国富不休息，他把地边粪池里的粪，一担一担地挑到地中间，一粪勺一粪勺地浇菜。职工们心疼他说："解放军同志，这活儿太脏，你休息休息吧！""不脏不脏，毛主席说，脚踩牛粪的人最干净。我是个新兵，需要锻炼自己。"农场场长是个老红军，看见龙岩炎，拉着他的手直说："龙排长，你们的那个新兵张国富，可真是好样的，要好好培养，好好培养。我们过去长征，走到哪好事做到哪。这是我们部队的好传统，好传统需要继承，我们部队需要这样的兵。"

一天，龙岩炎收到县中学一份表扬信，是连部转来的，表扬的是张国富。县中学在操场南边，走过一片稻田爬上一个高坡就是。信中说张国富经常在星期六下午，手提一小桶清水，用抹布帮助学生们擦玻璃、擦黑板、擦课桌、扫院子。同学们说：

"解放军叔叔，你累了，休息休息吧！"

"不累不累，我是个新兵，需要锻炼自己。"

就这样，张国富的事迹很快传开了。

新兵们需要榜样。新兵连需要典型。吕大山连长决定给张国富嘉奖。这是全连第一个被嘉奖的新兵。

可是，当连长吕大山在全连大会上宣布过对张国富的嘉奖令后，听到的掌声稀稀拉拉，不冷不热，流露出一种不情愿不赞成的情绪。吕大山觉得有些奇怪，问龙岩炎怎么回事？经过了解，有老兵班长私下告诉龙岩炎，新兵们不认可张国富，说他爱表现，假积极，是为了想要嘉奖立功。

现在，张国富牺牲了。他为了抢救国家财产，临危不惧，牺牲在龙岩炎面前，这是真真切切的。

张国富的所作所为都历历在目。现在，这一切都过去了，他毫无疑问地成了一名光荣的革命烈士。和张国富一起入伍的战友们，知道了张国富的勇敢行为，知道了他的牺牲，该又是一种什么评价？

最让龙岩炎感到遗憾的，是张国富临牺牲前自己对他的批评。还有张国富那句"中队长，我……"很明显，这是一句他想说，却还没有来得及说的话。张国富牺牲了，再也没了说话表达内心想法的机会，他带着永远的遗憾走向了生命的终结。龙岩炎的心里痛如刀割。

死亡，对于死去的和活着的人，都是一种永远无法弥补的遗憾。

张国富牺牲后的第三天，章德林来了。他来到407大队一区队一中队，对龙岩炎说：

"老排长，我是专门来采写国富英勇事迹的，支队已批准他荣立一等功。他和我，都是您亲自带的兵。从老家带到新兵连，从新兵连带到老连队，您一直带着他。请您把他生前的光辉事迹，包括他在新兵连的优秀表现，好好给我说说。国富这个人，在新兵连就是一个好兵。在我们这批兵里，他是第一个受到连队嘉奖的，现在又是一等功臣。国富是我们这批兵中的英雄，也是我们家乡人民的骄傲和光荣，更是我们永远学习的榜样……国富……呜……呜呜……国富你……你永垂不朽……"

章德林情真真悲切切，已经泣不成声了。

苟小麦、李友正他们来了，包括正月十五看见张国富手提一把刺刀自告奋勇要去杀猪，破口大骂张国富不是个好东西的张军伟，也来了。他们站在章德林旁边，听着章德林的话，个个泪流满面，有人在失声痛哭。

龙岩炎看着这样的场景，悲伤而又茫然。他抬头望着远处的大山，大山被云遮雾罩着。那云很厚，雾气很重，迷迷蒙蒙的，什么也看不清楚。天，看样子天想下雨。

一个多月后，章德林满含激情，写出的那篇人物通讯，发表在昆明军区政治部主办的《国防战士报》上，通栏题目是：

《国富战友，你慢点走！》

偏 师（中）

新组建的红军川滇黔边区游击纵队，像一只毛色斑斓的猛虎，行踪诡秘，动作神速，游走于川滇黔边区的乌蒙山深处，到处出其不意地袭击敌人。所过之处大张旗鼓留下"红军中央纵队""红一军团""红军左路纵队"等标语。

早饭后，川滇黔边区游击纵队离开驻扎了几天的普安县，向黔东南地区清水江畔一个叫小坪路矿区秘密转移，在那里隐蔽休整待命。

"我们在木厂梁子，阻击川军首战告捷后，继续向南六县（四川宜宾的庆、高、筠、珙、兴、长等六县）进军，蒋介石误认为我们是红军主力，仍要寻机北渡长江，电令刘湘加紧围剿。"

"据说川军郭勋祺部，范子英部，达凤岗旅，全出动了？"

"是的，这一下子就牵制了敌军十多万兵力。周恩来同志说，这次红军回师黔北，二渡赤水，重占遵义，游击纵队功不可没。"

"下一步，中革军委有什么指示？"

"继续在川滇黔边区展开活动，壮大声势，准备策应红军二、六军团入黔。"

突然，呼的一声枪响，打断了两个人的对话。接着，哒哒哒……周围响起了密集的枪声。被打断的树枝树叶纷纷坠落到地上。耳边听见噗嗤噗嗤子弹钻入地下泥土沉闷的响声，气氛一下子变得阴险，冷酷。

✶ **疑兵**

这对话的两人，一个是许侧（原红六师政委），他现在是这支部队的司令员。一个是俞泽宏，这个人很有资历。在井冈山苏区，他曾接任过邓小平中共中央秘书长之职，是苏区共产党的高级领导人，后受到"左"倾路线排挤打击，降职做苏区一个小县城的城防司令，经周恩来设法保全，随红军长征至遵义，先是担任这支部队的参谋长，现在受命担任这支部队的政委。

中央纵队红一连长吕壮行，奉命调入了川滇黔边区游击纵队，担任一连长。枪声大作的地方是一条峡谷，名叫红山口。这里山高谷深，云遮雾罩，地势十分险要。眼前低洼处的树林，遮盖在漫漫的迷雾中。在燃放鞭炮一样的激烈枪声中，两边山坡高处的矮树灌木里，平缓地带的杂草丛中，不停地闪烁着火光。那火光透过白色的云雾，斑斑点点忽明忽暗的漫山遍野到处都是，像是坟墓群中闪动的鬼灯磷火，明亮而可怕。经验告诉人们，这里有数倍于己的敌军埋伏。他们的武器精良，火力很猛，已经布下了一张大网。突然，枪声戛然而止，在看不见人的地方传出来清晰的喊话声：

"许侧、俞泽宏，你们放明白点，你们已经全部被包围了。这里山高林密，两边都是大山，前面后面全都是我们的人，可以说你们现在是插翅难逃。只要你们放下武器，蒋委员长会嘉奖你们，也嘉奖弟兄们。不放下武器，只有死路一条。"

回答喊话的，是一片寂静。

"我现在是川滇黔招抚特派员，特别行动队队长，是蒋委员长亲自委任的。我的手下有一千多弟兄，顿顿吃大米白饭，辣椒炒腊肉，还有炒鸡蛋，肚子吃得饱，还有茅台酒喝，睡的是木板房，弟兄们每月都能领五块大洋，生活安逸得很。"

满山遍野依然是一片寂静，死一般的寂静。空气也仿佛凝固起来，不再流动。

一群看不清颜色的鸟，大概是受到惊吓，咕啦咕啦地叫着，从山谷里飞过。它们不知道从哪里飞来，也不知道飞向了何处，丢下挑衅性的叫声，在山谷里滚动，把这死一般的寂静，弄得更加凶险可怕。

"许侧、俞泽宏，再给你们十分钟。这是最后的机会，请你们不要错过。"

"弟兄们，准备冲锋，抓住许侧，赏五十块大洋！"

"打死俞泽宏，赏三十块大洋。"

"抓住一个红军，领赏十块大洋，不能让他们跑了。"

"抓活的有赏！"

"打死他们的也有赏！"

突然，从游击纵队的左侧，冲出去一队士兵，身穿黔军军装。从游击纵队的右侧，也冲出去一队士兵，身穿中央军军装。他们没有开枪，没有呐喊，没有发出任何声息，像密林里飞射出的两支利箭，快速向喊话的方向运动。

"怎么，是黔军兄弟？支援我们来了。"左侧的敌军伏兵们在喊。

"中央军来了，弟兄们好！你们是哪个部分的？是薛长官派来的吧？"右侧的敌军伏兵们也同时在喊。

话音未落，左、右两侧冲过去的黔军和中央军，突然开了火，枪声像爆炒豆一样响了起来。两侧的敌军伏兵们一下子慌乱了起来：

"怎么向自己弟兄开枪？操，你们到底是哪部分的？"

"别打了，别打了，是自己人。"

"他妈的，你们的眼睛瞎了？"

混乱中，山谷的正中间跃起了一队红军，他们手里的枪劈劈啪啪地响着，喷射出愤怒的火舌，伴随着手榴弹的爆炸声，向正面的敌军冲了过去……

这是一次非常惨烈的遭遇战。

红军川滇黔边区游击纵队伤亡惨重。共死伤了一百多人。司令员许侧当场牺牲。参谋长负伤后被俘。俞泽宏带领官兵，死命拼杀，终于突出重围，进入到了贵州六盘江地区。

这次遭遇战，很多人不会想到，是王一淘精心策划的结果。

王一淘，就是在扎西会议上，被任命为中共川滇黔边区特委书记兼游击纵队司令员的那个人。这是个资格较老且具有一定军事才能的人。他1926年入党，参加过南昌起义，后来上了井冈山。扎西会议上，他被任命为中共川滇黔边区特委书记兼游击纵队司令员。但他后来，被早已进入国民党军统的妻子策反，在接受了十万块大洋诱惑后，叛变了党，叛变了他所带领的部队，拜倒在蒋委员长的脚下。蒋委员长大喜过望，委任王一淘为"川滇黔边区招抚特派员"，负责搜集情报，捕杀红军伤病员，围剿红军川滇黔游击纵队。当然，川南游击纵队并没有因为王一淘的叛变投敌而停止战斗。许侧接任了中共川滇黔边区特委书记兼游击纵队司令员，俞泽宏接任了中共川滇黔边区特委副书记兼游击纵队政委。他们率领的红军川滇黔游击纵队依然在继续战斗，依然在不断地重创川滇黔边区的国民党基层政权。这令南京国民党政府非常震怒，令蒋委员长日夜不安。王一淘面对着南京政府和蒋委员长的震怒与不安，花费了大量心思和银元，侦得情报，得知红军川滇黔边区游击纵队将要经过这里。经过精心策划，便带领川军、黔军、滇军组成的别动队一千余人，在这里进行了伏击。

红山口这一场突如其来的血战，让仓促应战突围出来的游击纵队变得有些散乱，有些疲惫不堪，有些士气低落。加上天低云暗，雾气弥漫，伤病员痛苦的呻吟，更增添了部队的沉闷气氛。俞泽宏命令：

"按照1连（中央军、黔军服装）、2连（川军、滇军服装）、3连（红军服装）序列编队，加强警戒，搜索前进，随时准备战斗。"

按照命令，这支部队很快组成战斗序列。一连长吕壮行，身着中央军军服，带着尖兵排，走在最前面。战士们持着枪，握着刀，用警惕的眼睛瞭望着丛林，瞭望着山谷，瞭望着前方后方左边和右边。他们保持着高度警觉，小心翼翼地在崇山峻岭之中行进着。山坳里长着一棵棵笔直的杉树和针叶松，也有野核桃和毛板栗树，叶子被雨水洗得干净碧绿。沟壑纵横的谷底，散发出野草、土壤、腐烂物的气味。逐渐抬高的坡地上，散乱生长着低矮的灌木荆棘。一簇簇的杜鹃花，血一样红地盛开着。那些地方，最有可能埋有伏兵，因而更是他们关注的重点。

俞泽宏身着红军军服，与3连同行。地毯一样色彩绚烂的草地，随着山势地形无忧无虑地铺展开来。草地上盛开着小花，白色的、红色的、紫色的、粉色的都有，一片一片的。花瓣、野草上挂着迷人的水珠，闪动着不怀好意的贼光。

突然，吕壮行带领的尖兵排在一个山坳处发现了异常情况：倒伏的野花野草，像是被多人践踏过；石头块垒砌的七八个灶台圈里，有燃烧过的灰烬和没有烧尽的树枝；草丛和裸露的地上，有不少大小便的痕迹。俞泽宏走了过来，用望远镜透过山坳的岩石缝隙，发现山坡下是一个小村寨。村寨不大，有几十户人家，东一家西一家地散居着。有几家木板房的顶上，冒着淡蓝色的炊烟，有气无力地散漫开来，犹犹豫豫地向天空飘去。寨子外面100多米，隔着一条河，是一座孤零零残旧的庙宇。庙宇没有围墙，只有一座快要倒塌的山门，门前两边长着两棵松树。一座大殿，屋顶长着荒草。大殿门前有两个兵持枪站岗，细看是穿着黔军的服装。俞泽宏经过观察分析，断定大殿里的敌军不会太多，便命令吕壮行：

"带领1连，立刻包围那个大殿。2连跟进，3连殿后，全体进入战斗准备。"

很快，闪电不及的工夫，红军川滇黔边区游击纵队把那座大殿围得水泄不通。结果发现，这大殿里有七八个黔兵，一个女红军和两个孩子。原来，这几个黔兵得到信息，在大殿里找到了这个女红军和孩子。黔兵们审讯了她，却没有得到任何想要得到的消息。无奈之下，准备把她押送到上司那里领奖。然而，他们的要求遭到了女红军的拼死反抗，她拒不离开大殿。俞泽宏看那女红军，三十多岁，身穿补着补丁有些破旧的红军服装，没戴军帽，头发蓬乱，沾着一些柴草碎叶。虚弱的身体有气无力地靠着放神像的石头基座。地下胡乱铺垫着一堆干草。她左边怀里抱着一个小孩，像是个襁褓中的孩子，刚出生不久。小孩子眼睛紧闭，稚嫩的小脸上很脏，挂着泪痕，大概是受到惊吓，哭累了，或是饿了，无声无息地躺在女红军的怀里。女红军右边有个小男孩，两三岁，瞪着大眼睛，没有哭，也不感到害怕，只是紧紧抱着女红军的右胳膊。对于眼前突然出现的国军、黔军，见他们毫不犹豫地收缴了那七八个黔兵的枪，再看到身穿红军军装的俞泽宏，这个女红军全明白了。

突然，那个女红军喊："老俞，我是陈桂银。"

俞泽宏听了，眼睛立刻一亮："啊？嫂子，我是老俞，俞泽宏。"

原来是游击纵队司令许侧的爱人陈桂银。

1935年11月，身怀有孕的陈桂银因随部队行军打仗不便，纵队党组织决定陈桂银离开部队，到位于贵州省东南部的黎平县茅贡寨休养生产。茅贡寨居住着苗族侗族布依族等少数民族，山高林密，偏僻隐蔽。但由于叛徒出卖，敌人侦悉到这里隐蔽着女红军陈桂银，便张开大网"缉拿"她。陈桂银扮成村妇，隐藏在一贫苦农民家里。这户人家的女主人梁大嫂，本地苗族，丈夫也是红军，在红军中央纵队。她身边有一个不到三岁的男孩，叫小虎子。梁大嫂为人善良，勤劳朴实，听出陈桂银不是本地口音，告诉她若有人来，不要说话，装成哑巴。这是个贫穷简陋的深山人家。两间茅屋里除了用石头垒砌的锅灶、葫芦瓢饭碗、木头筷子等简单的炊具外，只有一张床。梁大嫂让陈桂银睡在里屋床上，自己和小虎子挤在外间草堆中，说万一有风吹草动，就打开后门跑，后面是荒山野岭，便于藏身。很快，陈桂银产下一女婴。叛徒王一淘打探到消息，带着50多人前来抓捕。梁大嫂把陈桂银和婴儿藏到夹墙里，把一个彩线荷包挂在小男孩的脖子上，拉着小虎子的手，对陈桂银说："大妹子，小虎子不是我的孩子，是我丈夫战友的孩子，他的父亲也是红军，在啥中央红队。"陈桂银说："红军中央纵队吧？""啊，对，红军中央纵队。他母亲在盘县被国民党飞机炸死了，寄养在我这儿。这彩线荷包，是小虎子母亲留给他的。"梁大嫂说完，自己穿着女红军衣服往山里跑，引开了敌人。结果，梁大嫂在国民党匪徒们的枪声中牺牲了。陈桂银带着小虎子，抱着女婴，逃离了梁大嫂家。王一淘带领的别动队返回来搜查，不见一人，便一把火烧了梁大嫂家的茅草屋。陈桂银带着两个孩子寻找游击纵队，没想到在这里遇到了搜捕红军的黔军。

从俞泽宏的嘴里，陈桂银得知丈夫许侧已于昨天壮烈牺牲。她的脸色苍白，嘴唇干裂，气若游丝，说话已没有气力：

"这，小虎子，你们带走吧。将来有机会交给他父亲。小女孩儿，抱走，送人吧，找个……好老乡。"

俞泽宏问："小虎子的父亲叫什么名字？"

"噢，差点儿忘了。梁大嫂说，他父亲姓彭，彭毅。"

"彭毅？这么巧？"吕壮行深感意外，他不敢相信这是真的。

"是的，彭毅，没有错。"陈桂银很肯定。

"彭毅是我战友。"吕壮行一把抱起小虎子："没错，他母亲在盘县遭敌机轰炸，牺牲了。"

陈桂银看着吕壮行，轻声问："你……？"

"大嫂，我姓吕，吕壮行，原来在红军中央纵队。彭毅是我的营长。"

陈桂银蜡黄的脸上，露出一丝欣慰的笑，说："那正好，孩子就交给你了。"

俞泽宏感到大嫂的情况不好，从陈桂银怀里抱过小女孩。他发现陈桂银的左胸部被血染红了一片，裹着小女孩的布上也殷着血。陈桂银挣扎着，从军装的左上衣口袋里，掏出两块银元。银元上沾着鲜红的血。两个银元的中间，被同一颗子弹各打穿一个孔。根据经验判断，这应该是黔兵刚才近距离射击的结果。陈桂银看了看带有弹孔沾着鲜血的银元，在衣襟上把血擦了擦，要过来一把刺刀，割下一缕头发，分成两份。用颤抖的手，把一缕头发，穿过一个银元中间的弹孔，系上，掖在小女孩的襁褓里。另一缕头发，穿过另一个银元中间的弹孔，也系上，塞进小虎子的手里。

陈桂银拉着小男孩的手说："虎子，跟着他们走吧。这银元……给你……保存……好……"

陈桂银说完，带着满腹的遗憾，一张苍白的脸，走了。

第九章

1. 耍姑娘呦

军人的婚礼在军营里极其简单明了，尤其是在偏僻山区，在紧张繁忙的三线建设工地。

星期六晚上，罗指导员当司仪主持婚礼，宣布婚礼开始，宣读结婚证书，大家热烈鼓掌表示祝贺。新娘陈玉仙新郎龙岩炎胸前戴着大红花，两张脸红扑扑的，像胸前戴的大红花。首先，两人恭恭敬敬站在毛主席像前，向毛主席像鞠躬，然后新郎新娘对着站，听指导员主持，准备互相鞠躬。不知道谁，突然在背后猛地推了一把陈玉仙，陈玉仙一头扑在龙岩炎怀里。场面一下子乱了起来，像炸了窝的麻雀。

"别乱整，别乱整！"

"着什么急？操！"

"都不要动，站好了！"

"妈的，还有一项没完呢！"罗指导员赶紧大喊，"都不要动，站好了！"

挥着手整顿乱局，场面才稍稍有些安定下来，"新郎新娘向全中队官兵，三鞠躬！"

刚刚鞠了两个躬，通信员就一把一把地抛撒着喜糖，官兵们呼喊着去抢。老烟鬼八班长侯继天，身边聚着一帮小烟鬼，他觍着一张不怀好意的脸，点燃了一支金沙江牌香烟，一毛六分钱一包的，抽了两口，故意用唾沫洇湿了半截，然后就硬往新娘陈玉仙嘴里塞。陈玉仙被逼无奈勉强吸了一口，呛得喀喀喀直咳嗽。"不行不行，烟要吸进肚子里，从鼻孔里出来。""不算不算，再吸，再吸！"人们不依不饶地喊着。二排长李佳武喜笑颜开的，带着一群酒仙，端着茶杯、大碗，来到龙岩炎面前，乒乒乓乓地一阵乱碰，把几乎满满一茶杯的山花牌散白酒，不由分说地一口气灌进了龙岩炎的肚子里。官兵嘴里嚼着大白兔奶糖，吐着烟雾，猜拳声此起彼伏，茶杯乒乒乓乓碰得乱响。听见有人在摔碗。看过去，是赵守林几个湖北恩施兵，他们酒一喝完，就把手里碗啪啪啪地扔在地上，碗被摔得粉碎。一个河南兵见了很是不解，走过去问："中队长喝完酒又不是上战场拼命，是进洞房，上婚床，你们摔哪门子碗？"赵守林醉眼蒙眬地说："在我们恩施，这样的场合，都这么干，吉祥！"另一个湖北兵帮腔说："谁说中队长不上战场？要上战场，还要进行肉搏战呢！我们这是在为中队长壮行。"官兵们一阵大笑。真是啥地方有啥风俗。婚礼上，龙岩炎共散发了五斤大白兔奶糖，六条朝阳桥香烟。全中队喝光了三坛子三花牌散酒。

"嗒—嗒—嘀嗒—嘀嗒—"，区队部的熄灯号响了。

晕晕乎乎的龙岩炎，满脸通红的陈玉仙，被官兵们推推搡搡地塞进了新房——一顶搭在营房后面的绿色军用帐篷。

新婚之夜，新郎新娘激情涤荡过后，军用帐篷里变得寂静无声。大山深处的军营也是一片寂静。实在是太寂静了。"光棍好苦！光棍好苦！"突然有两只鸟，是杜鹃，它们不知从哪里飞来，丢下了几声鸣叫，又向哪儿夜游去了。这叫声真令人讨厌，揪得躺在大通铺上没有睡着觉的光棍汉们直心疼。龙岩炎有些清醒过来。他半靠着床头，慢条斯理地吸着烟，看着躺在身边的新婚妻子，像欣赏着一只猎获来的小兽，脸上洋溢着心满意足后的喜悦，问：

"玉仙，告诉我，为啥同意嫁给我？"

"我原不想嫁给你。"

"为啥？"

"我结过婚。"

"我知道，他早已死了。"

"那，也不想嫁给你。"

"到底为啥？"

"我在寻找一个人。"

"谁？"

"当兵的。"

"哪个部队？"

"不知道。"

"啥名？"

"不知道。"

"那你怎么找？"

"我知道他做过的事。"

"啥事？"

陈玉仙抑制不住新婚的兴奋，坐起身来，把需要说的，一股脑儿地告诉了新婚丈夫。听了陈玉仙的诉说，龙岩炎不由得大吃一惊，嘴唇哆嗦起来：

"这，这……怎么可能？"

"这咋就不可能？"陈玉仙也吃惊地看着他。

第二天一大早，吕大山接到了龙岩炎的电话，他简直不敢相信龙岩炎说的是真话，他甚至不敢相信打电话来的是龙岩炎：

"你是龙岩炎？"

"是，龙岩炎。"

"407 大队，猴场挖隧道？"

"407 大队，猴场挖隧道。"

"龙岩炎，结婚这么大的事，为啥不报告？"

"报告了，大队政治处批准同意的。"

"扯淡！我说的是为啥不给老子报告？"

"老猴子，上级有要求，办一个革命化婚礼，一切从简，除了本中队官兵外，其他连队，包括区队领导，一律不告诉，一律不邀请参加。"

"老子是其他连队、区队领导？"

"不扯别的了。现在我打电话告诉你的，不是我的婚礼，而是告诉你，50 年代初你犯下的一个严重错误。"

"笑话！老子 50 年代初犯下的错误，还严重，你那时在哪呢？你拍拍脑袋好好想想，是不是还被老子带着部队围困在城里面呢？你这个国民党逃兵。哎，我问你，你现在是不是还搂着你的新婚娇娘，还没有睡醒啊？要不就是昨晚上喝多了，把脑子喝成了一脑壳的酒糟？"

"老猴子，你听我说。"龙岩炎告诉吕大山："当年你在这一带剿匪，是不是遇到过一个姑娘，十六七岁？对不对？这事我听你说过。有一次你喝多了，说过，说过至少两次，我记得。我妻子说的那人，好像就是你。从鹰嘴峰去盘江镇，驻在凉透河的那天夜里，你黎明前失踪，是干什么去了？"

这简直是晴天霹雳。吕大山一下子哑口无言，半天没有出声。

"老猴子，说话啊？"

吕大山在电话里的声音有些发抖："龙岩炎，你给我听好了，你小子先不要胡扯八道，要是搞错了，小心我剥了你的皮。"

"你最好过来一趟，好当面问问清楚。"

一辆三轮摩托，风风火火地驶来猴场，驶进了 407 大队一区队一中队。骑摩托的是吕大山。

吕大山和龙岩炎，来到一中队营区后面的山坡上。一个坐在石头上，一个坐在草地上，看着那条喀斯特河谷，听着那二十多米深处喧嚣奔腾的达莎江。旁边不远，两棵杜鹃花已开了。这两棵杜鹃花，大概是背风朝阳，得益于天时地利，开得有些早，开得很鲜艳，像是被鲜血涂染了一样，格外的耀眼。

"新郎官儿，知道这叫什么花吗？"

"问傻子呢？杜鹃花，也叫映山红，还叫山石榴。扯淡！"

"好！还算清醒。知道它为什么那么红，与啥有关吗？"

"老猴子，你到底想说啥？"龙岩炎有点急了，"说正题。"

"不知道了吧，新郎官儿？"吕大山故意不理他的茬儿，"据说它的红，与一种鸟，叫子规鸟有关。子规鸟也叫杜鹃。相传周朝末年，蜀地君主杜宇，因冤屈深重而死，化作了杜鹃鸟，它日日夜夜鸣冤啼叫，声音凄楚悲凉，以致口中滴血，染红了花朵，这就是杜鹃花。唐朝有个叫成彦雄的写道：'杜鹃花与鸟，怨艳两何赊。疑是口中血，滴成枝上花。'"

"操，还没细说呢，就冤屈你了，还口吐鲜血？"

"别急，你听我说。南宋的辛弃疾写：'百紫千红过了春。杜鹃声苦不堪闻。'最著名的当数李白：'蜀国曾闻子规鸟，宣城还见杜鹃花。一叫一回肠一断，三春三月忆三巴。'"

"行了行了，别再说什么杜鹃花，子孙（规）鸟了。"龙岩炎单刀直入，挑开了两盒军用罐头，一盒猪肉的，一盒鱼肉的，"说说你当年犯下的错误。"

吕大山递给龙岩炎一根芦笙牌香烟，点上，自己也点上一根。两个老战友，两瓶三花牌白酒。吕大山吐着浓烈的烟雾酒气，道出了一桩十几年前的秘密。

凉透河在乌蒙山区腹地，那是一个偏僻闭塞的村寨，居住着苗族、侗族、布依族、水族等七八个民族。凉透河四面都是大山，进出只有一条道，也是唯一的通道，就是必须要攀登一段天梯。那天梯三十多度的斜坡，三十多米长，很窄，很陡。上下天梯，须手抓野藤，脚踩石窝，一步一停，几步一歇，非常难行。稍有不慎，就会掉下山崖，崴脚摔断腿是常有的事。寨子西北面有一座清风岭，常年云遮雾绕看不见峰顶。清风岭脚下有一个巨大山洞，一条暗河从山洞里流出来。河水冬暖夏凉，天气越是炎热，河水就越是冰冷。凉透河村寨，大概是因此而得名吧。河水经过寨子南面，从东南流向了一个叫飞龙峡的地方。河的南面有一个平坝，是这个寨子仅有的一块平坝，两亩多大，有一座庙。

连接寨子和庙宇的是一座桥。据说，这桥是清朝康熙年间，寨子里一个富人集资修建的。桥下由几块巨大石墩支撑，桥面铺着木板，两旁设置栏杆、长凳，顶部盖有瓦片，下面有廊式走道。桥的两头建有两个亭阁。行人走在桥上，因能躲避风雨，也叫风雨桥。风雨桥全部用杉木横穿直套，榫卯相接，不用一根铁钉，不用一个铁部件。外露的木质表面，涂有防腐桐油，虽历经风雨，仍坚而不腐。这风雨桥，传说中起着"锁水""拦龙""护寨"的作用，现实中是村民迎来送往、款待宾客唱"拦路歌"、喝"拦路酒"的场所。

就在这风雨桥上，在这个寨子里，吕大山当年欠下过一桩无人知晓的情债。

50年代初，吕大山在418团3营侦察排当班长。145团、418团围歼了陈白莲大部匪徒后，吕大山独自一人，奉命到凉透河侦察女匪首陈白莲行踪。陈白莲虽说不是凉透河人，但据情报，陈白莲在凉透河有亲戚。吕大山过那段三十多米天梯时，天下着小雨，不慎滑落，崴伤了一只脚。傍晚时分，他拖着伤脚到了风雨桥上，再也走不了了。为防止意外，吕大山把手枪、弹匣，藏在桥头一个隐蔽地方。这时，一个十六七岁的姑娘，牵一头牛路过。姑娘发现了他，停了下来，伸出柔软富有弹性的手，拉着吕大山的手，把他扶了起来。吕大山猛地一疼站立不稳，一个趔趄将要摔倒，姑娘一把抱住了他。顺势，他也紧紧抱住了姑娘。这是吕大山有生以来，第一次亲密无间地接触了异性身体，浑身有触电般的感觉。这感觉，让他忘记了疼痛，忘记了害羞，也忘记了自己是一名解放军战士。姑娘落落大方，像是对待自己的亲人，把他推上了牛背，驮他到自己家里，藏在了自己住的阁楼上。姑娘告诉他，她叫陈玉仙，苗族。吕大山对她，则隐瞒了自己的身份：

"我是遵义茅台镇人，卖酒的，从云南沾益卖酒回来，路过这里。"

当年的吕大山年轻英俊，一表人才，长着一副讨姑娘们喜欢的脸。陈玉仙父母发现了吕大山。陈玉仙告诉父母说，这是自己在"游方"时认识的，摔伤了腿，走不了了。

游方，是苗族青年男女谈恋爱和追求异性的代名词，也叫耍姑娘，摇马郎，谈小伙，它是苗族一个古老的婚姻习俗。苗族村寨一般都设有游方坪、游方坡，专供未婚青年男女一起，对歌、吹芦笙、吹木叶、谈情说爱、寻找意中人。也有未婚青年男女单独游方。往往是夜深人静时，女方家人都睡了，姑娘的门半开着，屋外站着心情急切满怀渴望的小伙子，屋里站着羞羞答答满脸红晕的姑娘，一人门里，一人门外，两人脉脉相望，绵绵蜜语，倾诉着爱慕之情。

吕大山和陈玉仙，没有经历过这个复杂、浪漫的过程，吕大山是直接进了姑娘屋里，直接躺在了姑娘的床上。

陈玉仙的父母淳朴厚道，相信了女儿的话，把吕大山当成了自己女儿寻找到的意中人，用苗药帮他敷治伤腿，好吃好喝，无微不至热心照顾他。

陈玉仙用一双姑娘的手，每天抱着吕大山那只摔伤的脚，用十个充满柔情的手指，翻来覆去帮他按摩揉搓。吕大山不到二十岁，正是血气方刚激情飞扬把守不住马鞍桥的年纪。在这个宁静温馨的安乐窝里，一双姑娘饱含深情的手，按摩揉搓得他心旌摇动，不能自已。陈玉仙也是情窦初开，面对着英俊潇洒少年，不由得芳心浮动，爱意绵绵。两人干柴烈火卿卿我我，记不清哪个时辰，突然间烈火熊熊，燃烧了起来，昏天黑地的不着边际，男女之间的那道藩篱化为了灰烬。很快，吕大山的伤脚明显有了好转，可以自由行动了。一天晚上，后半夜，东山头升起了一轮明月。吕大山起床小解，发现一个人影，背着背篓，向房后面走去。吕大山觉得行迹可疑，悄悄跟了过去。屋后面是座柴草垛，柴草垛旁是一座小柴屋。那黑影打开小柴屋门，把背篓递了进去。就在那一瞬间，借着明亮的月光，吕大山看见那黑影是陈玉仙的父亲。那小柴屋里，露出一张女人的脸。啊，这是一张吕大山熟悉的脸，在侦察排时认真看过她的照片。

黎明时分，吕大山不辞而别，悄然离开了凉透河。

第二天，也是晚上，天上没有月亮，地下夜色漆黑。吕大山带领T连，悄悄来到凉透河，在陈玉仙家小柴屋里，没费一枪一弹，抓获了那个女人。

那个女人，就是女匪首陈白莲。

后来，吕大山随部队继续在乌蒙山区剿匪。当时贵州的土匪众多，匪情极其复杂，剿匪任务十分繁重。吕大山随部队翻山越岭南征北战，剿灭了"黔桂边区挺进军"总部及直属第二团，活捉了匪首屠占廷；将"戡乱建国军"总司令陈一鸣，"挺进军"四纵队参谋长击毙。由于剿匪战事频繁，山高路险，地域偏僻，联系不便，总之，吕大山再也没有回到过凉透河。西南剿匪结束后，吕大山随部队奉命入朝作战，一去又是多年。他和陈玉仙完全失去了联系。但是，吕大山一直惦念着陈玉仙，惦念着陈玉仙朴实厚道的父母。

1965年，吕大山在铁道兵第×师18团担任一营长。修筑贵昆铁路挖掘鹰嘴峰隧道期间，吕大山来过凉透河一次。他先是到了风雨桥。风雨桥头一间木房子是供销社，售货员三十岁左右，叫莫文怡。姑娘长得眉清目秀，身材婀娜。吕大山进供销社，买了一盒芦笙牌香烟，掏出一根点上，把一大口烟雾吐了出来，问：

"小妹，寨子里是不是有个叫陈玉仙的？"

"兵哥哥，有噻。"

"现在干啥？"

"你问她干浪贼（干啥）？"

"不干啥。"

"哦，你是不是要姑娘吆？"

"不是不是，顺便问问。"

要姑娘这话，吕大山听着刺耳，脸上有些发热起来。他赶紧摆了摆手，走出了供销社。

吕大山对这个寨子大致上还熟悉，知道陈玉仙家的位置。可当他找到陈玉仙的家，眼前的情景让他大吃一惊。这里已经没了房舍，更没了人家。原先住过的房子、柴草垛、柴草垛旁边的小柴屋，全都没有了，早已变成了一片菜地，种着土豆、小白菜、萝卜、向日葵，还有杜鹃花，疯长的荒草、野藤。裸露着房舍的残骸，歪七扭八的木板、梁架。几件破烂蓑衣。几个缺面断腿的凳子。两个没了底子的背篓。一个锈迹斑斑的镢头、犁铧半埋在土里等。没错，就是这里。

这种惨状，散发出一种凄凉，令吕大山感到非常的意外，心里一阵发冷。

吕大山第二次来凉透河，就是和龙岩炎的1连前往盘江镇。黎明前他悄悄起床，佯装去厕所跑到了风雨桥头供销社。莫文怡穿着睡衣，睡意蒙眬地接待了他。莫文怡也认出了他，说兵哥哥上次您来过，找玉仙姐，要姑娘的，她不在这寨子了……

就在这时，司号员的号声响了。

吕大山一脸悲伤，讲得如泣如诉。龙岩炎一脸惊异，听得如痴如醉。两个老战友，一对生死弟兄，做梦也没有想到，在这峡谷纵横人烟稀少的乌蒙山区，会面对着同一个女人。

在感情道路上，咋竟然会有这种奇遇？

2. 你到底卖的是啥酒

龙岩炎带着吕大山，来到了他的新房——军用帐篷。

陈玉仙正在准备做饭。她看到了吕大山，一下子没有认出他来。当她听了龙岩炎的介绍，脸色一下子变了，她直挺挺地站着，手里的饭勺咣当一声跌落在地上。面对着站在眼前的吕大山，她感到惊异，感到突然，感到像是在梦中。她瞪大着眼睛，问：

"你是遵义人？"

"不是。"

"不是？"

"不是。"

"茅台镇人？"

吕大山没有吭声。他的脸上，已经没有了惊喜。

"你是卖酒的？"

"不是。"

"十多年前，说是到云南沾益卖酒，路过我们寨子时，摔伤了脚，趴在风雨桥上，我用牛驮着他，住到我家。那个人，是不是你？"

吕大山已经断定，眼前的陈玉仙就是当年的陈玉仙，这绝对不会错。这时的陈玉仙，和他有了同样感觉。

吕大山看着陈玉仙的神色，并没有那种相隔多年再见面时的惊喜。听着陈玉仙的问话，他已经感到了有些异样。从开始的激动、喜悦，变得沉默、庄重起来，吕大山的心有些乱了。他看着陈玉仙，似乎想到了什么。他发现陈玉仙正凝视着他。那眼神执着，一丝不苟，放射出的光是冷漠，是仇恨，令人有些害怕。吕大山没有吭声。没有吭声，表明他面对陈玉仙一连串直戳要害的问话，一下子不知道该如何回答。

片刻过后，吕大山终于点了点头，很认真地点了点头。

因为他想到，这是一笔旧账，一笔历史的旧账。这也是一笔旧债，一笔感情的旧债，是他吕大山欠下的。当年的陈玉仙才十六七岁，花一样的年纪，单纯朴实，对人生，对爱情，充满了幻想，在甜蜜的激情中，把少女的全部奉献给了他。可他在当时，并没有对陈玉仙说真话，他说了假话，而且最后是悄然离去，不辞而别，从此再无音信。这对于纯洁的花季少女来说，不仅无礼，而且绝情，甚至是残酷。当然，这在当时，那是自己唯一的选择。因为自己身为军人，有军务在身，且军情紧急，刻不容缓。他之所以那样做，确实是迫不得已。在那个历史年代，做出类似这样的事情，何止他吕大山一人？且为数甚众，更有甚者。比如，有人长期潜伏在对自己有救命之恩的长官身边，利用信任，把很多绝密情报送了出去，最后把恩重如山的长官送进了我军的战俘营。有亲生女儿潜伏在身居高官的父亲身边，利用亲情，监视着父亲的一举一动，一步一步让父亲率部起义，把父亲引上了革命的道路。这些难道都能说是欺骗吗？如果是欺骗，那么这因欺骗欠下的感情巨债，该如何偿还？

现在想来，最大的教训，或者是必须要处理好的应该是：公务与私情。

执行公务，放任了私情；利用私情，去执行公务。这都将会成为欠债，成为一笔永远无法抹去的欠债。这种欠债，偿还起来会非常的艰难，非常的沉重。一想起来，就会有刀割一样的疼痛。

"告诉我，你当时为什么欺骗我？为什么说你是卖酒的？"陈玉仙的口中，喷射出来的已经不是问话，而是仇恨、怒火，咄咄逼人。

吕大山没有回答，他再一次陷入了沉思。

龙岩炎的脸上充满了疑虑，甚至是有些惊恐。处在这样的境地，他真的有些不知所措。

军用帐篷里的气氛变得有些不正常起来。沉闷，沉重，危机四伏。

　　不管怎么说，最后，吕大山还是点头了，是庄重地、认真地点了头的。他的庄重，他的认真，他的点头，表明了他对陈玉仙问话的认可，也表明了他对这笔感情旧债的认可。也同时表明，他当年对陈玉仙说的那些全是假话。

　　"我送你的东西呢？"陈玉仙问。

　　"在。"吕大山回答说。

　　"拿我看看？"

　　吕大山从口袋里掏出来一双鞋垫。那鞋垫是他接到了龙岩炎电话，兴奋地从木箱里打开了层层包裹拿了出来，装进口袋的。那鞋垫是蓝色粗布做的，红布沿的边儿，细针密线，做工极其的考究。每个鞋垫上用粉红色的丝线，绣织着两朵精美的杜鹃花。这是苗族侗族少女送给她心上人的定情物。这个定情物，是情窦初开的少女，在夜深人静的时候，一针一线缝制的，倾尽着她对一个男人一生真挚的爱。这些年来，吕大山一直精心保存着，一天也没有舍得把它踩在脚下。

　　陈玉仙的脸色突然变了，变得阴冷，变得可怕。这是因为她十多年来的苦苦追寻，现在终于有了结果。她眼前的这个男人，就是当年那个告诉自己，是遵义茅台镇到云南沾益卖酒的。这肯定没错。陈玉仙突然一个箭步，到了龙岩炎的床头，取下了挂在架上的手枪，哗啦一声子弹上膛，对着吕大山扣动了扳机。

　　砰……

　　枪声响了。

　　陈玉仙的这一举动，完全超出了吕大山和龙岩炎的意料。陈玉仙的操枪速度之快捷，射击动作之娴熟，更让他俩感到异常的震惊。这样的身手，既有当年她姑姑的遗风，也是龙岩炎民兵训练时手把手教练的结果。

　　当然，吕大山和龙岩炎，毕竟是沙场老将，枪林弹雨中滚爬多年。他两个反应之灵敏，处置之神速，没让陈玉仙再打出第二枪。

感谢苍天。陈玉仙也只是把帐篷顶打穿了一个洞。

枪声就是命令。中队战士们听到枪声，营区内立刻骚动起来。紧急集合的哨声骤然响起。中队值班排长把这一突然爆发的、意外无序的骚动，立刻变成了一次正规的紧急军事行动。全中队训练有素的官兵们，一个个飞速奔向了自己应到的位置，全副武装地进入了战时状态。两个执勤的流动哨兵，已经持着子弹上膛的枪，向中队部跑了过来。

龙岩炎快步走出帐篷，站在门口，他提着手枪，大声喊："停止行动，停止行动，立刻解散。枪是我开的，拭枪走火，大家都回去吧。"

一场虚惊就这样过去了。

军用帐篷里，陈玉仙满脸的愤恨，她依然不依不饶在质问吕大山："那天晚上，你带着人来我家。你穿着军装，带着十三个军人，十三个，我一眼就认出是你。你知道抓走的是谁？"

"女土匪头子陈白莲。"

"她，是我姑姑。"

"你姑姑？"

"我姑姑藏在我家，被你发现了，你带人抓走了她。后来，我姑姑归顺了你们，带着你们去剿匪，去杀国民党兵，可你们最后，为什么对她……你欺骗了我，我欺骗了父母，害死了姑姑，害死了我父母。我和弟弟成了无家可归的人。你知道，他们死得有多惨吗？"

这时，龙岩炎回到了帐篷。

陈玉仙转过头来，对龙岩炎说："当年的陈白莲，是我的亲姑姑。我姑姑也是苦出身。她当年拉杆子上山，也是生活所迫被逼无奈。她杀富济贫，没有欺压过穷人。"她回头指着吕大山，"我姑姑投降了他们，他们释放了我姑姑，为了报答毛主席的不杀之恩，我姑姑多次带队伍进入深山、老林、密洞，剿杀国民党兵，亲手击毙了一个国民党营长。后来，他们过河拆桥，无情无义，不要我姑姑了。国民党土匪们为了报仇，深夜来到凉透河，绑走了我姑姑，杀害了我父母。十多年来，我一直在寻找这个茅台镇卖酒的，我只是想问问他，当年的他，到底卖的是啥酒？”

吕大山解释说：“这些情况，我并不知道。”

陈玉仙说：“我姑姑帮助你们剿匪，多次提出参加解放军，可你们以各种理由，不接受她的请求。我到处找你，想求你说说情，把情况说清楚，可你一直躲着我再不露身，我再也不知道你的去向。你就像清风岭上飘来的云，下了儿滴雨，就永远消失了，消失得无影无踪。你咋就这样无情无义？这样虎狼心肠？最后，我姑姑无路可走，伤透了心，回到了凉透河，造成了我们全家的大劫难。我想问问你，你到底有没有良心？你的心让狗吃了？今天，我要了你一个人的命，也难抵我们全家三个人的命。”

“不接受你姑姑的请求，是因为当时的情况太复杂。”

“嘟个复杂？”

“当时，有不少国民党反动军官，迫于我大军压境，明着起义，暗地里却与反动特务相勾结。后来我军全面铺开后，兵力暂时不足，他们便借机发动大规模的叛变。原国民党起义部队272师，借移防之机，将我军145团筹粮队43人包围，全部杀害。原国民党起义部队271师，杀害了我军派驻代表35人。我军148团的五个连队，在征粮途中，突然被已经宣布起义的上千名国民党部队包围、残杀，致使我军损失惨重。当时，据我知道的消息，贵州境内较大的股匪有460余股，持枪人数13余万，机枪在千挺以上。全省被蒋军土匪占据的县城有31个，我军控制了48个县，也只是控制了县城和少量的乡村。全省国民党已经起义的部队正规军，后来又叛变的达6300多人，地方武装叛变近2000人。他们不听我军调令，私自改变行军路线，借机袭击我军小股部队，攻打我们刚刚建立的区、乡政府，屠杀我区、乡干部。全省反叛匪情蔓延，气焰十分嚣张。”

"这些我知道，都是真的。"龙岩炎说。

"我们师政治部的吴庆华干事，和我是老战友，龙岩炎你也认识，他家住在都匀福泉山下的一个寨子。他亲口告诉我，凌晨三点，已经宣布起义的国民党残匪，与假装投诚我们、被我们留用的国民党政府末代乡长勾结起来，将寨子里我们的乡公所围个水泄不通。我军九名征粮队员，是中共独山地委派来的，有八名被他们枪杀在乡公所的房前屋后（一名受重伤被吴干事的父亲救下），制造了震惊全省的'藜山惨案'。至今，在烈士陵园里，并排着有八座坟茔。当时在那种大环境下，我军没有同意你姑姑的请求，也是在情理之中。"

听完吕大山说的这些话，陈玉仙失声痛哭，再也一语不发。

女人，在极度悲伤时，话语往往不多。

3. 心里要有数

梦，大都是美好的。

十多年来，吕大山日夜思念着陈玉仙，连做梦都在想着见面。可当见面变成了现实，陈玉仙的举动，让他的感觉像烈日下的冰山，一下子轰然倒塌下来，破碎不堪，不可收拾。陈玉仙的举动，是吕大山完全没有想到的。他想到过见面时可能会生疏，会冷漠，会尴尬，因为毕竟十多年过去了。可没想到，见面后竟然是那么的残酷无情，竟然是你死我活，举起枪来拼命。事情过后，吕大山的心里一直无法平静。

从意想不到的震惊，到冷静下来。冷静，让人变得清醒。清醒，会让人明白许多事情。

情窦初开的少男少女，往往生理反应来得快，感情来得慢，真正的爱情来得更慢。当经历了岁月，经历了风雨，他们会日渐成熟，这种顺序会颠倒过来。爱情成了前两个阶段的总结。没有前两个阶段，爱情不可能总结。令人遗憾的是，总结往往会有违初心，前两个阶段有可能会前功尽弃。因为在后来的岁月中，脚踩着真实的土壤，播撒下理性的种子，爱情之花可能会像昙花，一现而败，枯萎凋落。也有可能会生长出冷漠和仇恨，上演出形形色色的悲剧。初次相爱的青年男女，其实并不懂得爱情。这些话，是一位哲人说的，吕大山好像在哪本书里看到过。当时的他，并没有什么感受。现在想起来，这些话真是太经典了。

龙岩炎的心里也很难过。陈玉仙作为他新婚妻子，可她的举动，也着实让龙岩炎大出意外，不可理解，甚至让自己非常难堪，几乎酿成大祸。即使吕大山当年做得不对，做得有些绝情，可他那是军务在身身不由己，再说多少年过去了，也不至于举枪拼命啊？

这到底是个什么样的女人？

第二天中午，龙岩炎从隧道工地回来，不见了陈玉仙。

通信员说："玉仙嫂子走了，让我告诉你，家里有急事。"

陈玉仙不打招呼便悄然离去，让龙岩炎的心里不轻松，不舒服，不痛快，留下的疙瘩更加沉重。他看见放在桌上的饭葫芦，过去摇了摇，沉甸甸的，打开看，里面是冒着热气的饭菜。他随手把盖子盖上。他觉得肚子里不饿，而且胀鼓得难受。通信员又说：

"教导员来电话，说大队政治处来电话，让你下午去一趟，陈主任找你。"

一个多小时后，龙岩炎坐在了陈主任的办公室里。龙岩炎脸色铁青，和陈主任隔着办公桌，正襟危坐在一张冰冷的铁椅子上。办公室里的气氛看上去像是两军对垒，沉闷而又紧张。陈主任身体矮胖，脸色发虚发白，戴着一副金丝边眼镜。镜片后是一双金鱼眼睛，双眼皮，眼珠子向外凸出着，上眼皮油光发亮，鼓胀着。下眼皮坠着虚胖的眼袋。这种金丝边眼镜与金鱼眼睛的组合，让他看人的眼神，像隔着一层看不太清晰的膜。别人看他，搞不清楚他的眼神在表达着什么。他的话声音不高，却格外的清晰：

"老龙，组织上接到地方上寄来的举报材料，说你的妻子陈玉仙，家庭和社会关系有严重的政治历史问题。你为什么和这样的女人结婚？"

"我是写了结婚报告的，结婚，那是组织上批准同意的。"

"这我知道，是组织上批准的，没错，部队也是刚刚接到的材料。近来，地方上在搞清理阶级队伍，有人揭发说，陈玉仙的亲姑姑叫陈白莲，是国民党大土匪头子。这么严重的政治问题，你为什么对组织上隐瞒不报？"

"我没有隐瞒。我写了结婚报告，组织上去搞的外调政审，是盖了章批准的。据我所知，她姑姑原来是土匪，可后来起义了，投诚了我们，并帮助我们部队剿匪，也是立了功的。"

"材料上说，她后来又反叛了我们，又跑到山上土匪窝里，当土匪去了，你不知道？"

"不知道。我只是觉得，陈玉仙她姑姑早就死了，是被国民党土匪打死的。玉仙她当时还小，她本人没有什么问题。"

"亲不亲，阶级分。毛主席说，谁是我们的朋友，谁是我们的敌人，这是革命的首要问题。你要写出深刻检查，向组织上讲清楚。"

"我知道的就这些，竹筒倒豆子，都讲清楚了。"

"另外有件事，也需要你写出检查。"

"哪件事？"

"煤场事件。那次，你向手无寸铁的革命群众开枪，死伤了那么多人，给国家造成了那么大的损失。毛主席说，世界上没有无缘无故的爱，也没有无缘无故的恨。你对革命群众，为什么有那么大的阶级仇恨？"

"胡他妈的扯淡！老子那是为了制止煤场乱局，是为了保护国家财产。再说，开枪示警，是朝天上开的枪，哪里是向群众开枪？我对革命群众，哪有啥子阶级仇恨啊？"

"看来你还是执迷不悟，不碰南墙不回头啊？"陈主任的口气有些变了，不怒而威，"老龙，我给你再往深处点拨点拨。那次煤场事件，是你命令开的枪，对不对？你面对的是革命群众，他们都手无寸铁，对不对？结果是死伤了那么多人，还毁坏了矿井，对不对？往政治上说，你的行为就是杀害革命群众，蓄意破坏三线建设。"

龙岩炎的眼睛，一下子瞪大了起来。

"还有，林越山在你们中队劳动改造，听说你暗地里和他走得很近，吃吃喝喝，敌我不分？"

"林大队长并不是敌人，咋叫敌我不分？"

"支队首长已经说得很清楚，林越山是彭德怀派到我们部队来卧底的，是来破坏三线建设的。上级决定撤销他的大队长职务，下放到你们中队监督劳动改造，为什么不下放到别的中队？那就是为了考验你。可你呢？一点儿也没有警觉，一点儿也经受不住考验，明着叫他大队长，暗地里和他秘密勾结，搞亲密无间，搞一团和气，你的阶级立场到底站到哪去了？你和他是不是一个阶级的人？还有，有人举报说，你一开始参加的是国民党军队，当的是国民党兵？"

"是的，我是被国民党抓的壮丁，在国民党部队里当过两年多兵，但后来我逃了出来，参加了解放军，到现在快二十年了。这些，我都交代过，组织上是知道的，我没有任何隐瞒。"

"根子，根子，刨根问底嘛。根红才能苗正。根子不正，长得再高大也不是无产阶级的栋梁。有人说你是受了国民党派遣，潜伏到我们部队来的，和林越山一样，是为了收集三线建设情报，和美帝、苏修相勾结，妄图破坏我们的三线建设。这个问题你也要好好想想，给组织上交代清楚。"

龙岩炎突然无语了。

他面色如水，几乎要窒息，不再说话。依着龙岩炎的脾气性格，面对着这一系列的无中生有，这桩桩件件的恶意污蔑，他应该像炸药包一样，立刻拉断引信轰然爆炸。然而此时的他，选择了沉默，不再解释，不再辩解，不再吭声。

政治是可怕的。可他不懂政治。

陈主任是工改兵，在地方矿务局工作期间当过政工组长，当了多年政工干部，有着丰富的政治经验。他的话句句像是刀子，直往龙岩炎心窝里戳。用当时最流行、最时髦的话说，政治处的陈主任，这是用了阶级斗争的锐利武器，横抡竖砍的，刀刀见血，一直把龙岩炎逼到了阶级斗争的阵地前沿，打得他龙岩炎无法还口，无力招架。在枪林弹雨的战场，在出生入死的施工工地，他龙岩炎一不怕苦、二不怕死。他有点子，有办法，有智谋。他敢于迎难而上，敢于迎死而上，敢于把艰难困苦和死亡踩在脚下，该死屎朝上。然而，在阶级斗争战场，他没有文化，没有政治头脑，没有阶级斗争的敏锐性，被打得懵懵懂懂晕头转向，溃败得一塌糊涂。在这种战场上，他原本是一支突突突疯狂发射的机枪，突然间卡了壳，一颗子弹也打不出来。面对着政治经验丰富的陈主任，他真的不知道该如何去回答，去应对。

看着一言不发的龙岩炎，陈主任脸上掠过一丝复杂的、看上去有些无可奈何的微笑。稍停片刻，陈主任扶了扶金丝边眼镜框，把镜片后面那双凸鼓的金鱼眼睛睁开得大了些，向四周警惕地巡视了一遍，声音放低了许多，只有对面的龙岩炎能听得清楚：

"老龙，这都是支队政治部康副主任的原话，我是如实转告，你心里要有数，回去好好想想吧。"

熄灯号响了，营区里一片寂静。

龙岩炎和吕大山通完电话，心里虽说轻松了些，可仍然感到有些累，头重脚轻浑身无力。通信员打来洗脚水，他随便洗了洗，没有刷牙就上了床。他像一只被猎人追杀拼命逃脱的野山猫，伤痕累累疲惫不堪。他半倚靠着床头，点上了一支烟，大口大口地吸着。

"丁零零……"

床旁边木箱子上的电话铃响了，龙岩炎一激灵，一把抓起了电话：

"什么情况，老猴子？"

"老猴子？你小子是不是睡着了在做梦吧？什么老猴子，扯淡！"

"噢，对不起，杨区队长，搞错啦。首长有什么指示？"

"明天下午两点半，支队司令部报到。"

"什么任务？"

"到那儿你就知道了。"

第十章

1. 我的规定

乌蒙山区的雨明显多了起来。雨点不大，却<u>丝丝如线</u>，连绵不断，下得有些勤。树的枝叶在不知不觉中变得湿漉漉的，看上去清新干净。蒿草、野麻、狗尾巴草上，挂着晶莹欲滴的小水珠儿。这里流行着一句话：四川太阳云南风，贵州下雨如过冬。真是这样，雨水带来了冰冷。

但是，盘江中学的红卫兵们，却在热火朝天地造反，在革命，在"经风雨，见世面，在大风大浪中锻炼自己"。他们打着"破四旧、立四新"，"造反有理"的旗帜，势头越来越强劲，冲击的范围也越来越广。乌蒙山红色造反兵团团长孙动员，大声疾呼他的红卫兵战友们：

"我们要学习毛主席农村包围城市的战略，走农村包围矿区的道路。"

孙团长带着盘江中学的红卫兵，动员了红河谷一带山区的老百姓。山区一些寨子里的老百姓也起来造反了，纷纷成立了各种名目的红卫兵组织。什么新长征突击队、新曙光农民造反总部、六盘江农民赤卫队等。最强势的一派就是农民红色造反司令部，简称"农造司"，领头的就是木瓦苗寨那个叫公岩的，号称司令。公岩和孙动员，曾经是盘江中学的同学，初中时一个班，关系还非常好，吃喝不论，形影不离，亲如一家兄弟。孙动员策动公岩，纠集了一些村寨的红卫兵，都在十七八、二十岁左右，正是生机勃勃死活不畏的年纪。他们的额头上勒根红布条，戴着红袖标，腰系藤草带，三天两头到红河谷矿区造反，最多时达一二百人。他们呼喊着口号，围堵在井口，破坏施工器材，阻挠正常施工。

戴支队长遇到了前所未有的困境。

老树基矿、火塘矿、瓦普矿和月亮矿，是国家三线建设的重点工程。攀枝花急需盘江特区的煤炭炼钢，重庆急需攀枝花的钢材生产武器，西南三线建设是一盘棋，一环紧扣着一环。一个环节断裂，整个西南三线建设就成了一盘死棋。可面临着这种情况，该怎么办？眼下的这些红卫兵们，已经成为时代的宠儿，革命的闯将，他们走到哪里，人民群众都把他们奉若神敬。贫下中农也不是好惹的，他们也是革命主力军，是革命的依靠对象。在农村，到处呼喊着毛主席说的一句话："没有贫农便没有革命，若打击贫农便是打击革命。"公岩他们把自己冠之于贫下中农，打着贫下中农的旗号在社会上吃五喝六冲杀拼打。其实，他们是贫下中农的子孙，是正在上学读书的学生。真正的贫下中农是他们的爷爷奶奶和爹娘。然而，他们的爷爷奶奶爹娘都正面朝水田背朝天，赶着水牛在水田里犁地，弯着腰在水田里插秧，汗流浃背地忙着劳动呢，哪有闲暇工夫去造反？去革命？可不管怎么说，这些来矿区闹事者打着的旗号，一个是城里的乌蒙山红色造反兵团，一个是村寨的农民红色造反司令部。这是城、乡两派的红卫兵，他们各自标榜代表着工人阶级和贫下中农，哪一派能得罪的起？当然，军队战士也都是青春年少的热血男儿，火爆脾气者居多，有几个中队的战士气愤不过，曾有几次想动用枪械。如果真的发生了冲突，一旦真的有枪声响起，出现了死伤，那军队的名声，所要承担的责任和罪名，将会是什么样？戴支队长记忆犹新的是，前几天周围有个寨子，一个六十多岁跳大神的巫婆被红卫兵批斗，打得头破血流。巫婆的儿子为了保护母亲，手拿着砍刀闯进去，把一个正在殴打他母亲的红卫兵胳膊砍伤，昨天被游街示众，最后枪毙在山沟里，罪名是"杀害红卫兵革命小将，破坏无产阶级文化大革命。"

深夜，盘江镇南郊一个小院子进来一个人，是戴支队长，他身着便衣。当他进入正房，眼前的情景让他大吃一惊：桌椅板凳被推倒，被砸毁，两个书柜倒在地上，书籍散落一地，像是刚刚被洗劫过，一片狼藉。一个披头散发的女人，五十多岁，坐在板凳上，面色沉重目光呆滞，身边围着两个女儿一个儿子。

"嫂子。"戴支队长叫了声。

"戴叔叔。"孩子们迎了过去。

"这是怎么回事？"戴支队长走过去问女人，眼眶有些湿润，"老肖呢？"

"抓走了，说他是美蒋特务，前天抓的，在盘江广场开万人大会，批斗他，打得他头破血流，戴高帽游街，弄得他人不人鬼不鬼的。现在，人也不知道关在哪里去了。"女人说，"今天晚上，又来了十几个人，到家里来搜枪，说是老肖手里，藏有一支美国手枪，一支国民党黄埔军校的指挥鞭，那都是他当美蒋特务的罪证。"

"他妈的，哪儿的鬼话？"戴支队长骂道，"那支柯尔特手枪，那黄埔军校的指挥鞭，都在我手里，老肖有什么美国手枪、黄埔军校指挥鞭？这不是纯粹他妈的胡扯淡吗？"

"老肖心里清楚，说他们这么做，是醉翁之意不在酒，是想让老肖检举你，把火往你身上烧。老肖说，你的责任重大，部队可千万不能乱。部队要是乱了，三线建设可就全完了。你们政治部那个姓康的副主任，背后没起好作用。"

"那支手枪，是朝鲜战场上师长（现在纵队一号首长）奖给我的。指挥鞭我留用，也是师长批准的。他姓康的，当兵才三天，知道他妈个屁！"

"听老肖说，老师长也遭难了。"

戴支队长平时很少骂人，现在看来真是气急了。他来找肖书记，原本是想商量一下面对当前的困境，军队和地方结合起来，能不能找到一条可行的路。这是自己多年的老搭档。他没想到老肖，枪林弹雨一起多年的老战友，又一次遇到了大难。

肖新泉书记上一次被抓，戴支队长动用 T 连解救出来，那是在政治风暴初期。那时风暴初起，各种政治力量，包括上层，都还在较量，在僵持，在博弈，红卫兵们的胆子也还没有那么大，他们是偷偷摸摸把老肖抓走的。但这一次则明显不同，他们是明目张胆的，无所畏惧的，在光天化日之下的施暴，劫持。这说明，目前的这场政治风暴，造反派已经占据了上风，局势已经到了无法控制的地步，动用 T 连也明显不妥。

肖书记爱人郑桂芳对戴支队长说："单位都不上班了，天天学习《毛主席语录》，学习《老三篇》《老五篇》，开批斗会。"大女儿肖红说："学校都停课了，学生们成立了红卫兵组织，我和妹妹肖婕不让参加，说是黑帮子女。红卫兵天天'破四旧，立四新'，烧书本，批斗老师。"小儿子肖兵五六岁，在旁边默默流眼泪。地方上的混乱、无序、疯狂和野蛮，表明了当前地方上的各级领导，确实也已经处在了最艰难的境地。他们被定为"走资本主义道路的当权派"，被抓走，被抄家，被揪斗，被游街，被关在了不知道的地方。后来，通常说法是关在"牛棚"。戴支队长知道，西南三线建设指挥部办公大楼，也已经成为红卫兵的造反指挥部，各派、各队的红卫兵们，胸怀天下出出进进，个个脸上洋溢出天不怕地不怕的劲头。城市与村寨，大街与小巷，流行的口号是："天下者我们的天下，国家者我们的国家，我们不干谁干？！""砸烂旧制度，舍我其谁也？！"这些年轻无知的大脑与体内被激情点燃的热血，豪迈而张狂，勇敢而野蛮，空前而绝后。地方上各级政府已经全都瘫痪了。

夜，已经很深了。

戴支队长回到机关大楼，坐在办公室里，烟一根接一根地抽。屋里烟雾弥漫。墙上挂着全国地图，贵州省地图，盘江特区地图和41支队驻防图，全都被烟雾遮盖着，模糊一片，看不清楚。他打电话到北京，想请示纵队首长，结果是无人接听。

1支队牛支队长在电话里告诉他："老戴，听说纵队首长，被集中在北京西山八大处，在××招待所，名义上是学习，实际上是被隔离了。"

61支队程支队长在电话里告诉他："老戴啊，重庆、成都等地的造反派，开始了大规模武斗，动用了冲锋枪、机枪、大炮和坦克，三线建设的一些军工厂的工人，也卷入其中，就差正规部队没有上去了。老百姓说，那枪炮打的，和当年解放重庆差不多。"

"他妈的，乱了，真是乱了，翻天了，他们这到底是想要干啥？"戴支队长站起身来，在办公室里踱着步，不停地转悠，忍耐不住地骂着。这个1938年参加革命的老兵，经历过无数次险战，打过无数次恶仗，但面对这样的局面，他茫然起来了。转悠了半天，他又点上一支烟，狠狠吸了一口，想听听大礼堂方向飘来的歌声，结果是万籁俱寂，什么声音都没有。

"龟儿子们，跑哪去了？"

哦，戴支队长想起来了，那些俊男靓女们，下到各部队巡回演出去了。

那是在几天前。支队宣传科宋涛科长来，硬是把他拉到大礼堂观看演出，说："请首长帮助审查审查节目，把把关，然后就下到各部队巡回演出，部队官兵们施工很辛苦，需要有些文化生活。"

第一个节目是徐村龙的笛子独奏《战士骑马保边疆》。徐村龙是贵州省艺校毕业，笛子吹得好，全支队闻名。这是他的保留节目，演出效果自不必说。第二个节目小话剧《找班长》。班长生病住院，偷偷跑了，小护士很着急，到处找，找到后拉他回医院，班长坚持不回，说："为了落实好毛主席三线建设要抓紧的最高指示，誓与帝、修、反争时间,让伟大领袖毛主席睡好觉,我这点病痛算什么?"申顺林扮演班长,金丽华扮演小护士,他俩的精湛表演赢得了一阵阵热烈的掌声。

接下来是芭蕾舞剧《红嫂》,新排演的。主要剧情是:解放战争期间,在沂蒙山区沂水河畔,身负重伤的解放军战士追赶部队,途中终因缺水而昏倒在地,被挖野菜的村妇红嫂发现。伤员急需要水抢救,红嫂回家取水,路程太远,留下亲人又不安全,怎么办?红嫂果断地用自己的乳汁急救伤员,然后深夜回家,杀老母鸡为伤员熬鸡汤。悠扬的音乐在大礼堂飘荡,动人的歌词述说着军民深情:

> 蒙山高　沂水长
>
> 军民心向共产党
>
> 心向共产党
>
> 红心迎朝阳　迎朝阳
>
> 蒙山高　沂水长
>
> 我为亲人熬鸡汤
>
> 续一把蒙山柴
>
> 炉火更旺
>
> 添一瓢沂河水
>
> 情深意长……

宋雨情扮演红嫂。小宋也是贵州省艺校毕业,宣传队的美人儿。她身着红色舞衣,杨柳细腰,胸脯高耸,体态轻盈。伴随着乐曲,宋雨情时而用两条纤细的秀腿不停地分劈、跳跃,时而用两只脚尖点地做快速旋转,突然又腾空飞起双腿平直身躯后仰,把整个秀美的身段展现得淋漓尽致。接着,解放军伤病员上场了,扮演者是杨文帖。杨文帖才跳了几个舞蹈动作,就一头躺在了红嫂的怀里。

台下的观众们鼓起了热烈掌声。戴支队长听见身后有人在唠叨:

"当年老子做地下工作，路过沂蒙山时，老子也负了伤，也住在老乡家里，咋就没见过这么美的红嫂？老子咋就从来没有见过？"

那一口的成都话，有些粗哑，有些目无他人，在这样的演出场合，可以说有些放肆。戴支队长没有回头，脸色如水。他侧着头和宋科长咬耳朵：

"老宋，是不是老康？"

"老康，政治部康副主任，工改兵。"

"混蛋！他今年五十九了吧？"

"五十七，比我大八岁零九个月。"

"找机会提醒我，让他转业，滚蛋！"

宋科长笑着，点了点头。

第四个节目是小合唱：《远飞的大雁》，指挥杨文帖。杨文帖已经换去了土灰色的八路军军装，穿着笔挺的草绿色解放军军装，站在合唱队面前，拿根一尺多长的指挥棒，在空中舞动着，飘逸优雅。看着杨文帖指挥，台上靠后站着合唱队几排俊男靓女们引吭高歌。舞台中间，马琳琦、晏倩荣、宋雨倩、周佩、金丽华、汪洁莹、田雅楠、陆齐平、王方，有名的九朵金花，她们在随歌翩翩起舞。这几个都是省艺校毕业生，身材姣好，嗓音甜美，舞姿婀娜。她们一会儿把《毛主席语录》紧贴在胸前，一会儿仰头遥望着天空，一会儿又做雁飞状。歌声空灵悠远，情深无限：

> 远飞的大雁
>
> 请你快快飞，快快飞
>
> 捎个信儿到北京
>
> 红卫兵想念恩人毛主席，想念毛主席
>
> 远飞的大雁
>
> 请你快快飞，快快飞
>
> 捎个信儿到北京

　　　　红卫兵想念恩人毛主席，

　　　　想念毛主席……

　　戴支队长又和宋科长咬耳朵：

　　"老宋，这曲调，是藏族民歌吧？"

　　"是的，藏族民歌。"

　　"不是翻身农奴想念毛主席吗？咋改成红卫兵啦？"

　　"康副主任让改的，不改不让演。"

　　"乱弹琴，我还有事，先走了。"

　　戴支队长想到这些，心里越发的沉重。他不仅经历过战火硝烟，也经历过政治风雨。他的那种预感，越来越清晰了。

　　如何做到未雨绸缪，拿出对策，把三线建设受到的影响降到最低？

　　戴支队长拿起电话，想找林黑子。就在张口的那一瞬间，他突然意识到，林越山林黑子已经不可能再接他的电话了。林越山的事，就发生在不久前，这已经在他的心上，狠狠地捅了一刀。

　　电话里，传来总机班女话务员的声音，清晰柔和："一号首长，请问您要哪里？"

　　"噢，"戴支队长醒悟过来，临时改变了主意，"请接402大队，一区队吕大山。"

　　"吕大山吗？我告诉你，现在的政治形势非常复杂，社会上很乱，有人想把这乱引到部队，你要保持头脑清醒，无论遇到什么情况，工程不能停止，必须按计划进行。三线建设是伟大领袖毛主席亲自批准的，抓革命，促生产，促工作，促战备，任何人不得干扰，更不能破坏。"

　　"是，请首长放心，工程不能停止，必须按计划进行，任何人不得干扰，更不能破坏。"

　　在41支队，戴支队长不怒自威，很受官兵们的喜爱和尊重。他之所以能有这种威望，并不仅仅因为他是一号首长，而是因为他做事既民主又独断，对官兵既威严又和善，他既身居高位又能礼贤下士。41支队官兵中，流传着他很多爱兵的传说。比如，一个工改兵偷了老乡的红薯，被老乡抓住，问他叫什么名字？他说叫戴红成。告状电话打到了司令部值班室："你们部队一个叫戴红成的，他偷了我们的红薯。"乔参谋长得知，气得拍桌子大骂："他妈的，给我追查，看是哪个部队的兵。"戴支队长听了哈哈大笑，说："别查别查，这个地区的部队，都是我老戴的兵。老乔，派人去，给那打电话的老乡送五块钱，就说是戴红成偷红薯的钱。"再比如，新兵八连那个刘健，携枪偷偷离开连队，去查探国民党残匪。军务科提出的处理方案是退兵，把刘健退回原籍。当报告到了戴支队长手里，戴支队长批示："退兵不妥，重在教育，请酌处。"后来刘健自杀身亡，戴支队长听到消息，先是勃然大怒，接着半天没有说话，眼睛里含着热泪。冷静下来后，他要求有关部门，一定要妥善处理刘健的后事，此后好几天，看不到戴支队长的笑脸。

电话里，戴支队长想多了解部队的基层情况。吕大山把他掌握的情况，特别是"农造司"红卫兵们在梁河谷矿区闹事，包括他们的派别、人数、口号、要求、阵势，以及周围村寨老百姓们的有关情况，一句话，吕大山利用侦察兵的手段搜集到的情况，毫无保留地报告给了一号首长。他说：

"自从国家在盘江特区建矿井，开采煤炭，和地方上就一直没有处理好关系。矿务局打井、采煤、堆煤、建房、筑路，侵占了地方上老百姓大量土地，山区的土地本来就寸土寸金。在老百姓看来，这些地，是祖祖辈辈先民们开垦耕种留下来的，原先平均每人八分多地，现在每人平均不到一分地，种粮种菜生活都成了问题。现在我们部队进驻，煤矿开的多了，规模大了，和农民之间的利益纷争，自然也就越大。红卫兵们起来造反，利用了这些矛盾。"

最后，吕大山向一号首长提出了自己的建议。

"哦,好啊吕大山,这个建议非常好!"戴支队长有些激动,他表扬吕大山,"这是一个非常大胆、可行的建议。"接着又问,"这个建议,是你想出来的,还是从别的渠道来的?"不过没有等吕大山说话,戴支队长马上说,"好了好了,别说了,我明白了。"

戴支队长凡事在作重大决断前,总是要尽量多听来自各方面的意见。他根据吕大山提供的情况和建议,一个新的思路,在脑子里浮现出来。李飞政委曾是矿务局局长,在地方上工作多年。戴支队长问:"政委,你说说,现在地方上老百姓们,最想要什么?"

李飞政委说:"老百姓最想要求煤矿上,能招收一批当地的农村青年,到煤矿上当工人。理由是现在农村,土地越来越少,农村青年人没有活干,又没有别的出路,到煤矿来当工人,应该说是理所当然的事。可矿务局有自己的难处,就是国家有明确规定,招收工人,需要国家下达正式招工指标,不是矿务局说了算。没有正式招工指标,即使招来了,也是临时工,同工不同酬,一旦发生工伤事故,不好善后。"

戴支队长当即提议:"征兵,把这些土地被征用的农民子弟,符合条件的,征到部队,让他们当兵。"

李飞政委听了,大为震惊。不过他很快醒悟过来,明确表示:"好,非常好。老戴,你这是不是借鉴了赵匡胤的办法,是荒年征饥兵的翻版?高明,实在是高明。这样一来,解决了我多年来一直想解决,一直没能解决的大难题。这个办法好,我完全赞同。"

戴支队长无可奈何地笑了,说:"三线建设是毛主席亲自批准的,是天字一号工程,必须排除一切干扰,施工一天也不能停止。"

这确实是一个大胆的决策。艰难中方显出人的毅力,困境中方显出人的智慧。支队长戴红戎,这位统领着一万七千名官兵的一号首长,坚毅刚烈,思维睿智,他经过多方调查再三思考,力图在极端的艰难困境中,杀出一条血路。

征兵开始了。41支队在五千征兵名额中,经省军区批准,拿出五百个名额，其中包含十六个女兵，定向在六盘江地区征招。

戴支队长叫来乔参谋长，递给他一份名单："找一下盘江特区武装部骆智明部长，告诉他，这几个女兵，务必给我保征。"

乔参谋长看了名单，问："怎么，小红、小婕要当兵？"

"老肖落难了，现在死活不知。女孩子大了，地方上不安全。另外几个女孩子，是特区领导家的。男孩子一律不管，天高水深，任由他们闯荡去吧。"

"桂芳大嫂和小兵呢？"

"后勤部长栾招远，已经去安排了。"

"明白。"

"六盘江地区新兵，全部编入新兵1团5连、6连，女兵班编入5连。"

"是！"

"5连、6连，全部离开贵州，拉到云南沾益黑泥沟，全封闭训练，时间四个月，一天也不能少。"

"新训三个月，是军委规定，咋多了一个月？"

"学习，加强学习，武装思想。"戴支队长脸上飘过一丝笑意，"这是我的规定。"

"明白！我来执行。"

"还有，抽调407大队的龙岩炎，到新兵1团带兵，任5连连长，兼任6连连长，6连只配副连长。"

"是！"

2. 好样的，陈千斤

云南沾益，滇东北的一个小城。

一条不太宽阔的主街穿越南北，两边是散落着的民房、供销社、缝纫社、小吃铺和百货商店等。挂着"申1——××××"的军车、"21·××××""23·××××"的地方牌照卡车，南来北往在大街上行驶。有的车厢空着，有的装满钢筋、水泥、木材等，刹车气泵噗嗤噗嗤响，不时吐出难以负重的呻吟。东南郊的军用机场上，透过十几米远一根十几米远一根栽着的水泥桩和水泥桩上围挡的铁丝网，可以看见停放在停机坪上十几架通体绿色的军用战斗机，机身上红色的"八一"机徽在阳光下引人注目。机场上，不时地有战机轰鸣着，优雅地腾空而起，很快就钻入了云端。当空中传来由远而近的马达轰鸣声，云层里会闪现出一架战机，它在空中盘旋，它在雄视着大地，它轰鸣着慢慢向大地靠近。很快，一个精准的直线滑翔，战机准确稳妥地降落在机场上。

一个阳光灿烂的日子，这个城里开进了一队绿色的兵。

这是41支队新兵1团5连、6连的新兵。他们的训练场离军用机场不远。一架战斗机正轰鸣着，骄傲地从头顶上飞过，直插浩瀚的蓝天。新兵们仰视着飞机，指指点点地议论着。随着战机趾高气扬地飞向天空，包裹在绿色军装中的一腔腔热血，在沸腾着，在随着战机向着天上涌动。他们穿着崭新的绿军装，很多是肥瘦长短与体形不一，帽子大小和脑壳不符，咋看上去，像一群刚刚出窝的雏鸟，羽翼与体形不相协调。他们的目光既新奇又茫然，既高兴又惊恐，既激动又忧愁，既踌躇满志又心绪不定。

但总的看上去，新兵们个个喜气洋洋，兴高采烈，对新生活充满了憧憬与渴望。

一个新兵，被几个新兵围着，嘴里在滔滔不绝地摆谈着什么，那架势犹如鹤立鸡群。从他那满脸豪气，可以看出他很兴奋，他很骄傲，他有着众星捧月当皇帝般的感觉。连长龙岩炎发现了这个新兵，那是一张他熟悉的脸：

"你，是不是叫公岩？"

"是。"

"木瓦苗寨的？"

"是。"这个新兵的声音，立刻变得兴奋，洪亮，"我认识您，龙中队长，修公路的。"

一个初到部队的新兵，连长认识自己，自己也认识连长，这是什么身价？公岩在其他新兵面前，一下子觉得又突然间蹿高了许多，更增加了他的优越感和自豪感。

"连长，他是我们的司令。"旁边一个新兵，身材有些瘦小，个子有些低矮，看上去刚刚够当兵的体格要求，他借机给公岩脸上贴金。

"司令，啥司令？"龙岩炎皱起了眉头。

"'农造司'的司令。"另一个新兵说。他的岁数不大，膀大腰圆，体格健壮，彝族，叫阿西古吉，有十六七岁。

"'农造司'，是干什么的？"龙岩炎两道眉毛竖了起来。

"是无产阶级革命造反派，响当当的革命造反派，是'农民红色造反司令部'的简称。"又一个新兵抢着说。这个新兵叫陈新东，侗族。

"造反派？还革命？还响当当的？胡他妈的扯淡！你想要造谁的反？"

龙岩炎立刻收拢了笑意，拉下脸来。龙岩炎的脸只要一拉下来，嘴里发出的声音就让他变得十分严厉。他眼睛瞪得溜圆，脸色庄严如水，尤其是那两道几乎是竖起来的眉毛，让他变得面目狰狞，让人看了十分可怕。他大声喝道：

"以后不准再叫！从现在起，你们都是部队的兵，部队有铁的纪律，当兵就是要服从命令，就是要一不怕苦二不怕死，就是要流血拼命。上了战场，命令你前进一步，你敢后退半步，老子就敢毙了你。你造什么反？你想要反什么？他妈的，连领章、帽徽还没戴，就什么这个师（司）、那个师（司），什么四（司）令、五令的，扯淡，纯属他妈的扯淡。"

这是一串劈头盖脸的炸雷，震耳欲聋，在训练场上滚动，压过了一切混乱和杂音，几乎令人窒息。新兵们虽说是刚刚来到部队，但都听说过部队有铁的纪律。军令如山。连长连长连里皇上，皇帝发威，有谁不怕？

"巫副连长、罗副连长，各自带走自己的连队，把他们集中起来，按第一套训练方案执行，学习三天，然后训练！"

连长龙岩炎发过威后，板着那张令人害怕的脸，一句话没有再说，转身离开了训练场。

训练场上站着的新兵们，如同一群欢快的雏鸟，刚刚参起蓬勃欲飞的羽毛，就突然遭遇到了雷击，一下子又缩紧了起来。他们个个面带惧色，鸦雀无声。这种看起来的鸦雀无声，实质上有一种强有力的东西，在猛烈地敲击着新兵们的心灵。这种猛烈的敲击，让他们思索，让他们回味，让他们刻骨铭心，让他们警钟长鸣。

钟声只有在寂静的夜晚，才显得更加清晰，才能入耳入心，才能传得更远。

女兵班里，不知是谁，带头鼓起了掌，噼噼啪啪地响。公岩和阿西古吉站在原地没动，四条腿上的军裤在微风中瑟瑟发抖。

巫副连长和罗副连长，按照连长的命令，带走了 5 连、6 连。

龙岩炎回到连部，407 大队一区队一中队指导员罗延庆打来电话："老龙，玉仙弟妹回来了，一切正常，她已经到炊事班上班了，饭菜质量立马又恢复到过去了。"

"好。请您转告我家属，我在新兵连带兵，一切都好，让她不要挂念。"龙岩炎悬在心上的一块石头，落地了。

按照戴支队长要求，新兵 1 团下达给 5 连、6 连训练计划中，除了学习军队《三大条令》，进行队列训练，投弹、刺杀、射击、匍匐前进和紧急集合等军事科目，重点学习西南三线建设的重大意义，学习基建兵"劳武结合，能工能战，以工为主"的宗旨。学习 41 支队承担的主要任务，是加快六盘江地区煤矿基地建设。

表面上完全地、毫无异议地执行上级指示，是对抗上级指示和消极怠工的最好方法。这是毛主席说的。龙岩炎落实支队首长关于加强新兵政治学习的要求，是有开创性的。他有自己的招数：

"不仅每个兵要在班里发言，在排里发言，而且要召开全连大会，交流学习体会。每个人都必须发言，都要上台发言。上台，知道吗？上台来向大家交流学习体会，像训练场上的单兵教练，一个一个地讲，讲过以后，全连战士给他打分。平均低于80分的，要再学习，再补课，第二次发言，第三次发言，直到80分以上为止。"

陈新东在交流会上说："41支队来到我们家乡，修起了公路，让我们看到了汽车，看到了摩托驴子，它们不吃草料，还拉得多，跑得快，我们经常在公路边上，用鸡鸭换白面馍吃，卖辫子鸡蛋，让我们开了眼，改善了生活，三线建设真好。"

阿西古吉在交流会上说："俺姐姐找了个对象，是41支队当兵的，还是个官官儿，穿四个兜兜儿。要是没有三线建设，没有41支队到俺家乡，俺姐上嘚个地方，能找个解放军的官官儿处对象？俺妈说，家乡来了大军，搞了三个（线）建设，这是俺祖宗烧了高香。"

最后，公岩的《三线建设与家乡发展》发言，经过评选，分数最高，得了第一名。5连、6连新兵们，集中在训练场上，听初中毕业生公岩讲学习的体会：

"三线建设是伟大领袖毛主席的战略决策，是要准备打仗的，是为了粉碎美帝、苏修的反华包围圈，三线建设搞不好，伟大领袖毛主席硬是睡不着觉，我们都好心疼哟（眼睛里有泪水溢出，擦眼泪）。我们是伟大领袖毛主席的革命战士，一定要读毛主席的书，听毛主席的话，把三线建设搞好了，不仅让伟大领袖毛主席睡好了觉，还有利于我们的国防建设，提高警惕，保卫祖国。同时，在我们的家乡，通了铁路，修了公路，办起了学校医院，盖起了高楼，很快就能改变我们盘江地区的面貌，让我们的家乡不再偏僻，不再贫穷，不再落后，不再一穷二白。我们一定要以国防建设大局为重，把狭隘的地方利益观念，小农意识，扔到六盘江里去，要破私立公，要狠斗私字一闪念，灵魂深处闹革命，同心协力，拼上命地干，把盘江地区的三线建设搞好，三线建设搞好了，我们的家乡也一定会好起来……"

公岩的发言，获得了一阵阵掌声。

连长龙岩炎最后讲评，表扬了公岩的发言，肯定了大家的学习成果，并提出了新的要求：

"写家信，每人都要写，有写信困难的，可以找文书或肚子里有字眼的战友代笔。要把自己的学习成果，告诉家里的父母，告诉你们的兄弟姐妹，告诉你们的亲戚同学朋友，让他们了解你们的工作，了解你们的进步，支持你们在部队担负的任务，努力当一个好兵。凡是收到家里回信的，要在班里宣读，在排里宣读，回信写得好的，也要表扬，要张贴到连里的学习园地上，供全连学习。"

龙岩炎乐呵呵的，又一次打电话给吕大山：

"学习教育的情况就是这样。老猴子，您说，还有什么高招？"

"好，非常好。一批野马，被围进了军马场。一定要好好饲养，严格调教，让他们将来能成为一匹骏马，一匹烈马，一群驰骋疆场的好军马。"

"明白。"

"孟子曰：天将降大任于斯人也，必先苦其心志，劳其筋骨，饿其体肤，空乏其身，行拂乱其所为，所以动心忍性，增益其所不能。"

"老孟的那些话，我搞屎不懂。啥意思？"

"意思是，上天要把重任降临在某人的身上，一定先要使他心意苦恼，筋骨劳累，忍饥挨饿，空虚乏力，使他的每一个行动都不如意，这样来激励他的心志，使他性情坚忍，增加他所不具备的能力。"

"操，我说呢，这么多年，你处处刁难我，找我的别扭，一直跟我过不去，让我天天愁眉苦脸的不高兴。"龙岩炎在电话里开着玩笑。

星期天夜里，夜幕深沉，兵们正在沉睡。白天紧张的军事训练，晚上严格的政治学习，夜间经常搞紧急集合，让兵们感到从未有过的紧张疲惫，睡得也格外香甜。

"嘟嘟嘟……"

突然间，紧急集合的哨声又一次骤然响起。这时正凌晨一点，兵们正在甜美梦中，被突然惊醒。5连、6连的500名新兵，纷纷起床整队，以排为单位往训练场跑。有兵在发牢骚：

"操，又搞紧急集合，搞得个嘟样（啥）吗？"

"昨晚九点刚搞过，漫山遍野抓特务，跑了一个多小时，鬼都没碰到一个，又搞。"

"等着吧，说不定还会有第三次噻。"

"不许说话，保持安静！"

这是排长的呵斥声，粗犷而严厉。部队立刻鸦雀无声。全连集合完毕，龙岩炎连长发布命令：

"同志们，我们的驻地附近，是部队的二号仓库基地，现在有五十辆军车，进库拉水泥木料。我们的红河谷矿区，是三线建设工地，正在进行春季大会战，急需要这些水泥木料。上级命令我们，立即赶到仓库基地，配合兄弟连队，天亮之前，务必把五十辆军车，全部装满装齐。同志们有没有信心？"

"有！"声音有些绵软。还听见有"啊……啊……"的哈欠声。很明显，兵们睡意蒙眬，还没有清醒过来。

"有没有信心？"龙岩炎生气了，声音立刻提高了八度，如洪钟般响亮，听上去非常严厉。

"有！"新兵们浑身一震，立刻口气坚决，声音洪亮起来。

"好，女兵班留下，营区执勤，其他的全体都有，目标二号仓库基地，立正，出发！"

41 支队二号仓库基地，坐落在沾益的西南郊。院子很大，高高的灯柱上，探照灯雪亮的光把院子照得像白天一样。支队汽车营的军车，一辆辆地排列整齐。拉水泥的军车停靠在仓库门口。仓库是一排平房，青砖砌的墙，顶上盖着石棉瓦，有三四百米长。仓库前铺着铁道，是一条铁路专用线。新兵 5 连参与装水泥。兄弟连队的官兵们，已经开始背着水泥往车上装，有的扛三袋，有的扛两袋，很少看见扛一袋的。

公岩、阿西古吉他们看见，迎面有五袋水泥，是活动着的，正在移动着，而且是稳稳的，向他们这边走了过来。近了一看，妈呀，原来那是一个兵。那个兵的两个腋下，夹着两袋水泥，两个肩膀上扛着两袋水泥，头上顶着一袋水泥。这简直是个水泥袋组装的钢铁巨人，一步一步的，稳健扎实，令人咋舌。那个兵看到了龙岩炎，站了下来，对着龙岩炎喊：

"报告龙连长，我们在背水泥。"

"噢，陈千斤？"龙岩炎认出了那个背着五袋水泥的兵，"好小子，陈千斤！快走，注意安全。"

"是！"

那个叫陈千斤的兵，向着停放的大卡车，巨人般地走了。公岩他们，有的吃惊，有的佩服，也有的伸伸胳膊，捏捏拳头，挺挺腰板儿，个个都跃跃欲试。龙岩炎对他们说：

"这个兵，是仓库基地二中队的，叫陈千斤，藏族，是我去年从四川康定带来的兵，将近一米九的个子，典型的康巴汉子，一顿饭吃十个馒头，喝白酒像灌耗子洞，两瓶三瓶没有感觉。"

"乖乖，真厉害。"

"部队里，真是藏龙卧虎啊。"

"好样的，陈千斤。"

公岩、阿西古吉、陈新东等人，咂着舌头，交谈着感受，跟着连长进了仓库。公岩搬起一袋水泥，觉得不轻，一看标重 50 公斤。

"来，再放一袋。"公岩的腋下已经夹起两袋，嚷着阿西古吉在他背上再放上一袋。他使尽了吃奶的力气才背了三袋，摇摇晃晃地走了。阿西古吉也背了三袋，压得他双腿摇晃，眼冒金星，但他没有倒下，他咬着牙，也一撅一撅地走了。陈新东个小力薄，胳膊瘦弱，腋下夹一袋水泥有些困难，就在背上背了一袋，让人又放上一袋，只听他唉哟一声，一屁股坐在地上。龙岩炎走了过来，扶起他说：

"小陈，你不要背了，上水泥垛上，帮战友们往下面挪。"

龙岩炎说完，自己夹着两袋，背上又放了一袋走了。官兵们你来我往，争先恐后，汗水沾满了水泥，水泥洇湿了汗水，酣战中个个变成了泥人。

新兵6连正在装木料。拉木料的十几辆军车，停靠在木料场一侧。木料场上一垛一垛木料，堆得小山一样。有一人扛一根碗口粗的小圆木，有两人抬一根小脸盆粗的中圆木，也有五六个、七八个人一起，抬着一根水桶一样粗的大圆木。这些圆木是云南松，油性大，死沉死沉的。可年轻的战士们如狼似虎，有人爬上高高的木料垛，把上面半米长的铁抓钉撬去，那木料从上面哗哗啦啦滚落下来，通过地面上战士们的手，战士们的肩，战士们坚定的脚步，一根一根顺从地被码放在军车上。

黎明时分，五十辆军车，装满了水泥和木料，在一片掌声中，浩浩荡荡地开出了仓库基地大门。

大战过后，是难得的休闲。二号仓库大院空地上，墙脚下，铁道边，电杆旁，或躺或坐的，全都是新兵5连、6连的战士们。一场大战过后的他们，喘着粗气，腰酸腿疼，胳膊沉得如同灌了铅，疲惫不堪。他们的脸上、身上，汗水、泥灰、木屑、碎草，沾什么的都有，相互间只看见白的牙齿，认不清容颜。也有的在清理着剐破的伤口，揉搓着压肿的肩膀。

"小龙！"一位首长模样的人，沿铁道走了过来，大声喊，"龙岩炎在哪儿？"

连长龙岩炎浑身上下，已经看不清军装的颜色。他坐在一根铁轨上，刚刚点燃了一根烟吸了两口，听有人喊他，抬头顺声音一看，赶忙扔下烟，用脚搓灭了，跑步过去，一个标准的军人敬礼：

"报告栾部长，新兵5连、6连，已经完成装车任务，请首长指示。"

"好，任务完成得很好，同志们辛苦了，谢谢你们！"栾部长轻松自然地还过礼说。

"首长辛苦，谢谢首长！"

"龙连长，二十分钟后，一列火车到达仓库，十五节车皮水泥，这是我们部队大会战急需的物资。根据天气预报，很快可能下雨，两小时之内，把这些水泥卸车入库。不知道你的这些兵，还能不能坚持，能不能完成这个任务？如果战士们太疲劳，我调别的连队过来？"

"请首长放心，一不怕苦，二不怕死，连续作战，新兵1团5连、6连，坚决按时完成任务！"

一阵紧急集合的哨声骤然响起。5连、6连立刻行动起来，整队集合，准备投入新的战斗。

公岩浑身疲惫，每一块肌肉都在发酸，发胀，发痛。他心里，更是一阵阵酸楚。他想到了刚才那一场夜战，连续干了三个多小时。想到了那个陈千斤，一次扛了五袋水泥。还有那些老兵们，全是三袋、两袋地扛。眼下，又接受了卸十五节车皮水泥的任务。一节车皮30吨，600袋水泥。十五节车皮，那是多少袋水泥？

简单的数学计算，结果能把不懂军人的人吓晕过去。

一直到新兵在沾益训练结束，二号仓库基地装卸钢筋、水泥、木料，包括碎石机、搅拌机、钻孔机等各种机械，成了新兵5连、6连一项经常性的任务。

公岩终于忍耐不住，对阿西古吉、陈新东说：

"我的妈呀，三线建设的军人，原来都是这么干的。"

3. 军营同学会

红河谷地区的气氛明显变得紧张起来了。

一队队骑着摩托的军人，荷枪实弹在公路上奔驰，来回地奔驰，不停地奔驰。士兵、武器、摩托车，这三种元素组合，铸就了一个威武雄壮无坚不摧的标志。这种在奔驰中的标志，既是一组组流动的风景，更是一队队强大的威慑力量，彰显出所向披靡摧枯拉朽的威力。各个井区也有了变化。距离井口150米之外，十步一岗，五步一哨，全是荷枪实弹的兵。这种流动的威慑力量，与定点的武装坚守，使得这个地区的氛围一下子变得紧张、威严，仿佛进入了战时状态。与这些相配合的，是一幅幅标语：

"提高警惕，保卫祖国，要准备打仗！"

"备战，备荒，为人民！"

"抓革命，促生产，促工作，促战备！"

这些巨幅标语，出现在红河谷醒目的地方，比如崖壁上，比如公路旁，比如屋墙上，比如倒U形彩门上。这种倒U形的彩门，有十多米高，横跨公路，是专门搭建的，每隔三五公里就有一个。倒U形彩门的顶部，写着"备战备荒为人民"。彩门两边，写着一副对联："八亿人民八亿兵，万里江山万里营。"红河谷这种宣传环境的打造，是支队宣传科宋涛科长的杰作。宋涛科长是山东高密人，青岛中学没毕业，就弃笔从戎，参加了抗美援朝作战。他跟随戴支队长多年，精明爽快，很有才华，能善于领会戴支队长的作战意图，能善于根据首长的作战意图打造环境，渲染氛围。细心的人还发现，这些武装巡逻的兵，除了带队的排长，带班的班长，开摩托的驾驶员，其余的大部分是新兵5连、6连的兵。

没错，就是他们。新兵1团5连、6连，在云南沾益训练结束后，按照支队首长的命令，全副武装翻山越岭，在山间弯弯曲曲的羊肠小道上，徒步拉练行军100多公里，来到了红河谷。

红河谷口内右面，是一片坡地。坡地周围每隔10米左右，栽着一根木桩，木桩与木桩之间钉着铁丝网，围挡起一个大院子。大门口有哨兵持枪站岗。院子里坡地上，从下而上由低而高，搭建着不少顶绿色的军用帐篷。这里是临时组建对外称"支队工程勤务连"的驻地。听上去是一个连，实际上是新兵1团5连、6连的框架，几乎还是两个连的兵力配置。他们的主要任务，是负责矿区执勤，维护矿区秩序，保护矿区安全。这个单位称连，还是称中队？戴支队长是经过精心考虑的。军、师、团、营、连，是中国人民解放军的序列编制，全民皆知。基本建设工程兵的纵队、支队、大队、区队、中队，在当时很多人并不清楚。有人甚至把大队，当成了农村的生产大队，中队当成了少年先锋队组织。

龙岩炎仍是这个连的连长。

盘江特区的红卫兵，借着全国的造反风潮，已经把这个地区的"文化大革命"推向了一个新时期。突出标志是孙动员带领的城市红卫兵，和以粟杨为首的农村红卫兵们，已经实行了革命的大联合，成立了"城·乡红卫兵联盟"。他们聚集起来后，人数更多，队伍更大，气势也更加强盛。"横扫千军如卷席"，这是毛主席《渔家傲·反第二次大"围剿"》中的一句话。孙动员和粟杨们，天天把这句话挂在嘴边，向着周围的世界摇旗呐喊，在盘江特区拼拼杀杀四处闯荡。一时间，整个地区甚嚣尘上，工业、农业、交通等各项工作，或是停滞，或是瘫痪，全部处于动乱无序之中。

一天午后，孙动员和粟杨，带领着"城·乡红卫兵联盟"成员，举着红旗，喊着"横扫千军如卷席"的口号，斗志昂扬地又一次来到了红河谷。

他们刚进了红河谷山口，迎面一队解放军战士，全副武装地摆开着阵势，横挡在公路上，横挡在他们面前。

"公岩？呵，还有陈新东、阿西古吉，怎么是你们呢？你们哪个不是都当兵了嘛，怎么会在这地方？"孙动员感到非常吃惊，"操，看看你们，看你们这儿摆的，是哪个阵势嘛？这是想干个啥吗？想械斗？还是想打群架？"

孙动员和粟杨他们做梦也没有想到，眼前的解放军战士，竟然是公岩，是阿西古吉，是陈新东和他们的战友。

公岩居中，他的两侧站着阿西古吉和陈新东。

"孙动员，请你们马上离开这里。三线建设重地，无关人员一律不得进入。"陈新东说。

"新东，你们这是唱的哪出戏啊？这红河谷的地，可是咱们老祖先留下来的，那些黑兵，咋说占就占了？"粟杨说。

"粟杨，这里是三线建设重地。国家利益高于一切，请你们马上离开这里。"公岩大声警告。

林一波是"城·乡红卫兵联盟"副总指挥，他在公岩的话后面紧跟着喊：

"公岩哥，你还是不是我们苗族的子孙？"

"对，你们还是不是我们苗族子孙？"城·乡红卫兵联盟中有不少人大声附和着喊。

"我们是中国人民解放军战士。"阿西古吉手握步枪，抢先替公岩回答。

"操，怎么一穿上军装，就六亲不认了？"粟杨说。

"孙团长，冲吧？量他们也不敢把咱们怎样。"

说这话的是林一波。这一句话，像点燃了炸弹的引信，开始刺刺地冒烟。炸弹虽说还没有爆炸，却在城、乡红卫兵群里引起了一片混乱。不少人在附和着大喊：

"对，冲吧，革命无罪，造反有理，冲过去就是胜利。"

"不赔偿损失，就不能让他们施工。"

"是的嘛，我们要保护土地！"

"对头噻，我们要赔偿！"

"他们是解放军，咱们是红卫兵，敢把咱们啷个办？"

孙动员受到红卫兵们激励，革命激情急剧地高涨了起来，脸色变得涨红，热血在呼呼沸腾，他感到浑身充满了力量。他定了定神，把嘴里的口水，坚定不移地吞咽进了肚子，然后高高举起左胳膊，握紧了拳头，手里刺刺冒烟的炸弹即将投出。他大声发出指令：

"红卫兵战友们，为了我们工农群众的革命利益，大家准备好，听我的号……"

城、乡红卫兵们立刻没了声息，立刻变得死一般的沉寂。

很快，他们挽起了袖子，举起了红旗，拉开了冲锋的架势，瞬间气氛剑拔弩张，一场决斗即将发生。真的不能小看这些人。这些人的血管里，流动着他们历代祖先为争夺土地、水源、山林、女人等打群架的血，一旦真的动起手来，后果将不堪设想。

没等孙动员后一句话说完，突然间，公岩一个饿狼扑食过去，伸出一只强有力的胳膊，那胳膊曾夹起过一袋50公斤重的水泥，它紧紧勒住了孙动员的脖子，像一只凶猛的狮子，一口咬住了猎物脖子。然后，他猛一扭身，甩麻袋一样，甩得孙动员两脚离开地面，腾空飞到了战友们这一边。公岩的这一动作，快速、利索、坚决、勇猛，出乎所有人的意料。公岩的另一只手，举着步枪，扣着扳机（根据规定，枪里没有子弹），枪口朝天，大声喝道：

"粟杨、林一波，你们立即后退！不然，别说老子不客气。"

"后退，后退，立即后退！"

"立即后退，不然老子不客气！"

阿西古吉、陈新东和他们的战友，大声附和着公岩，凶神恶煞一般，挺身立在红卫兵们面前，严厉地发出命令。

这是个什么阵势？局外人都蒙在鼓里。不过，当事人心里都很清楚。想当初，他们是一起长大的弟兄，一起上学的同学，一起抓鸟逮鱼捉蟹的玩伴。公岩、阿西古吉、陈新东他们，和孙动员、林一波、粟杨们，上初中时都是同班同学。白天一起上课，操场上嬉闹追打。晚上睡在一个大通铺上，盖着一床被子。他们之间吃喝不论。一块烤熟的土豆，在场的人人有份儿。一块糍粑，谁看见都可以咬上一口。这亲情乡情同学情，情同手足情深义厚，怎么说翻脸就翻脸了？粟杨和林一波看着公岩。公岩目露威严，气势汹汹。再看阿西古吉、陈新东他们，一个个怒目而视，正气凛然，丝毫没有退让的意思。红卫兵们的心里开始打鼓，开始发怵，开始动摇，开始有些不知所措。他们都知道公岩的脾气，在学校期间，这就是个霸主式人物，从来说一不二，敢作敢为。

公岩对粟杨、林一波他们说："孙动员我留下了，我要和这个老同学，好好聚聚，摆谈摆谈。"

阿西古吉、陈新东他们也喊："孙动员我们留下，我们要和他聚聚，摆谈摆谈。"

地理环境决定论，是旧唯物论的观点。公元前4世纪的亚里士多德认为，地理位置、气候、土壤等，影响着一个民族特性与社会性质。希腊半岛处于炎热与寒冷气候之间，她赋予希腊人以优良品性，因此天生能统治其他民族。公岩、阿西古吉、陈新东与孙动员、粟杨、林一波他们，吃着这里的粮，喝着这里的水，呼吸着这里的空气，沐浴着这里的风雨，他们原本都是六盘江地区的子孙。无论什么政治风浪，在他们的身上，同样会受到这个地区环境的影响。不仅是他们几个人，在这勤务连里，这些盘江特区入伍的兵们，和城乡联盟的红卫兵们，有不少人都是同一个寨子的，或是本家，或是同学，或是亲戚，或是朋友，或者兼而有之，都有着各种各样千丝万缕的关系。

风向的关键在导向。因此，红河谷山口的这股风向说变就变。红卫兵们开始纷纷议论，说什么的都有：

"搞得那么僵，何必呢？"

"走屎吧，他们几个哥们儿聚，就聚去吧，操。"

"孙团长，你聚去吧，哥们儿撤了，走！"

"走了走了，我们走屎了。"

"公岩他们是解放军了，看得肯定比我们远，撤了，弟兄们。"

总之，红卫兵与公岩他们先是僵持了一阵，迟疑了一阵，很快作了鸟兽散，撤走了。

公岩勒着孙动员脖子，像拖着一只猎获的山兽，往勤务连院子里拖。

营区里，官兵们都已出勤上岗了，除了哨兵，看不到人，整洁肃静，显得更加森严。孙动员的脖子被勒着，脸憋得通红，像公岩他们的帽徽和领章。他想说什么，张着嘴却发不出声音。他的两个脚后跟，极不情愿地在地上拖着，划出两道长长的印痕。他的左边右边和后边，跟随着的是阿西古吉、陈新东等当年的老同学。

公岩拖着孙动员，一直拖到营区最里面一座军用帐篷的后面。那里离营区中心稍远，偏僻一些。有一个木板围挡的圈子，里面有十多二十平方米大小的空间。没有顶棚，露着天空。几根木桩顶端，架着三四个大汽油桶，桶面上抹着黑漆。那是临时澡堂，供战士们冲澡。涂抹着黑漆的汽油桶，是土制的太阳能。很多事情都是这样，因地制宜，土办法会更加便捷，更加有效，也会省去很多不必要的麻烦。

天上飘过来几朵黑云，黑压压的，越来越多，越来越厚，阴沉得厉害，看样子天要下雨。很快，木板棚里开始嘈杂起来，传出来的声音一时混乱一时清晰。有激烈的争辩声，有郑重的质问声，有严厉的斥责声，甚至偶尔能听见沉闷的击打声。那击打声，有时一下，有时两下，有时数不清楚。间隔的时间有时几秒，有时十几秒，有时也记不清楚。与混乱和沉闷击打声相配合的，是痛苦的、张扬不开的、并不顺畅的辩解声，哀求声，甚至惨叫声。听那声音，不是发自公岩，也不是发自阿西古吉和陈新东。

这几个老同学，苗族、侗族、布依族都有，在这个特殊地点，以这种特殊方式聚会在一起，应该是别具民族特色的。各民族都有自己的特色。他们的聚会现场，他们的摆谈方式，他们的所作所为，他们的各自感受，局外人很难知道。应该肯定的是，从传出来的声音判断，这露天澡堂里正进行着一场特殊的战斗。

一个流动哨兵，大概是听见了有动静，走了过来。距临时澡堂二十多米处，站着一个固定哨。流动哨兵问：

"里面这么闹腾，在干啥？"

"搞屎不清楚。"

"过去看看？"

"连长有令，任何人不得靠近。"

"明白！"

当嘈杂声、质问声、训斥声、沉闷击打声和痛苦的惨叫声略微平息的间隙，临时澡堂里会传出这样的声音：

"为了三线建设，41支队来到我们家乡，官兵们流血流汗，一不怕苦二不怕死，帮我们修起了公路，有了汽车、拖拉机、摩托车，比起过去我们祖祖辈辈用背篓背，用老牛驮，好了几百倍，这些变化，你他妈的难道看不见？"

"你看看，你睁大眼睛好好看看，老子们的肩上、腿上、身上，还有这手，都磨成了什么样子？这都是为的啥？为了三线建设，为了改变咱们家乡的落后面貌。部队很多官兵都不是咱们这地方人，人家都是来自北京、上海、广东等，五湖四海全国各地，有的还上过战场，打过仗，流过血，拼过命，现在都来到咱们这里，来到咱们这深山里，天天在这里流血流汗，没日没夜地干。他们图的个啷吗？你们他妈的不但不支持，还来捣乱？烂私儿的，你说说，你们到底是啥卵子人？"

"三线建设搞好了，不仅有利于我们的国防建设，粉碎美帝、苏修的反华包围圈，同时在我们家乡，通了铁路，修了公路，办起了学校医院，盖起了高楼，很快就改变了我们家乡的落后面貌，孙动员，你们的眼睛瞎啊？"

"连俺妈都说，过去到城里赶个场，鸡叫出门，回来时猫在半山腰洞里，第二天才能到家。这样的事咱都经过，你忘了？现在家乡来了大军，修了公路，通了汽车，去城里多方便？部队来搞三线建设，为老百姓造福，这是祖宗们烧了高香。你们怎么一直想着来破坏？你们到底操的什么心？狗日的。"

"还有粟杨、林一波，你回去告诉他俩，别给老子们拉法架（土话，摆架子），下一次要是再敢来，老子连他们一起收拾。"

很明显，这是公岩他们在给孙动员上政治课。课程的内容，和他们在沾益新兵连发言差不多，大同小异。这反映着他们新兵连学习的收获和成果。

天上没有下雨。不知道什么时候，云散了，太阳出来了。盘江中学这几个老同学的这次聚会，两三个小时过去了。期间，陈新东跑出来一趟到厨房，端出来一脸盆烤土豆，肩上挎着几个军用水壶。

西边的山头上布满了一片羞涩的红霞，火烧的一样。太阳快要落山了。孙动员走出了临时澡堂。人们看到的是他衣领有些不整，一张涨红的脸，带着愧疚的神色。公岩、阿西古吉和陈新东等人，以散兵的阵势裹挟着他，像当年在盘江中学操场，刚刚进行了一场激烈的摔跤比赛。他们甚至有说有笑，一副漫不经心的样子，一起走出了勤务连的大门。

公岩他们送孙动员回来，在营区门口遇见了龙连长。龙连长嘴里吸着朝阳桥牌香烟，吐出烟雾时，依然是把那两只眼睛半眯缝着。贴在干瘦脸庞上的那层肉皮，散发着兴奋的亮光。连长龙岩炎完全是一副悠闲自得、沾沾自喜的神情在看着他的这几个兵。可以看得出来，他很得意。他从口袋里掏出大半盒香烟，扔给了公岩，大声说：

"小子们，接着，老子请客。"

"好啊，连长请客。"

"给一支。"

"给我一支。"

"别抢，别抢，都有。"

"不行，每人两支，每人两支。"

"别抢，告诉你们别抢，都撕扯坏了。"

公岩一只手高举着那大半盒烟，阿西古吉、陈新东他们跳起来伸手去抢，像一群抢食稻谷的麻雀，唧唧喳喳地嬉闹成一团。

红河谷山口的勤务连官兵们，在连长龙岩炎的率领下，为六盘江特区四大矿区建设，创造了一个比较安宁的环境。老树基矿、火塘矿、瓦普矿和月亮矿，都在有条不紊的建设中。

第十一章

1. 这日记不是我的

星期天上午，太阳羞羞答答在山头薄雾中冒出来半个圆。山谷中的晨雾已开始慢慢消散了。山谷里散发出野草、树木湿漉漉的气息。偶然能闻到淡淡的带着硫磺味的炊烟。微风在不经意间一阵一阵地吹，人们几乎感觉不到，但可以听见它翻动着小杨树叶子在沙沙作响。营区上空，几大团烟云带着雨色，像是被染污的棉花，一丝不动地停留着，好奇地向地面上窥探。

"柳技术员在吗？"

吕大山出现在柳晓雪的宿舍门口。这是他第二次来柳晓雪宿舍。第一次，是柳晓雪到区队报到的那天，吕大山把柳晓雪送进了这个宿舍。近来，不光是吕大山，很多人都发现柳晓雪的情绪明显低落，白净的脸上经常挂着阴云，很少见到过她的笑脸。有细心人甚至私下议论说，看见她脸上有掩饰不尽的泪痕。

"请进。"

柳晓雪没想到区队长吕大山这时会来，心里一阵紧张。她赶紧从办公桌前折叠椅上站了起来，到门口迎接，脸上堆起了笑容：

"区队长，请坐。"

柳晓雪掩饰不住手足无措的神色，把折叠椅让给吕大山，自己站到床边。吕大山没想到，柳晓雪的宿舍有些凌乱、邋遢。地上扔着几只袜子，脸盆里泡着没有洗的衣服，床上被子随便叠着，没有按内务条令要求成块成线，软塌塌的。总的看上去，不像是一个年轻女兵的屋子，整齐、干净、利落、清新。工改兵、学生兵到了部队，很多人都是这样，生活作风软、散、懒，保留着地方上的习惯，短时间内难改。吕大山看到，屋里木板墙上挂着几张图纸，有矿井挖掘进度表、矿井地质剖面图等。柳晓雪办公桌倚靠着床头。那办公桌很简陋，桌面是一张木板，下面的腿，是钉着的四根木棍。办公桌上放着各种资料、书籍。有《爆炸力学原理》《动态爆破与定向爆破》《破碎剂的膨胀力》等。几个用废旧图纸背面剪裁订成的笔记本，上面写着《1号井岩层爆破记录》《炸药填埋数量与爆炸后径向深度、横断面积统计》《喀斯特地质炸药用量与炸后地质裂隙分析》等。

吕大山微笑着，把手里提的军用挎包放在一旁的木箱子上。他用侦察兵练就的眼睛，看了一眼柳晓雪。他发现她的眼睛，正从桌子中间放着的一个笔记本上离开。秀丽悲伤的眼睛里，含着不易被人觉察到的泪花。那笔记本是红色塑料封面，合着扣在桌上。吕大山心里明白了。他判断，在他没有进来之前，柳晓雪肯定不是在看这个笔记本，就是在这个笔记本上写着什么。

"向雷锋同志学习，写日记呢？"

"没有。"

"看呢？"

"嗯。"

"记日记、看日记，这个习惯非常好。"

"这日记不是我的。"

"谁的？"

"高增长，高技术员。"

"噢……"

柳晓雪把头低了下去，目光移向了一旁。吕大山也一时迟钝了。空气顿时凝固起来。稍停片刻，柳晓雪从裤口袋里掏出折叠成方块的手绢，轻轻捂到了嘴唇和鼻子上。她的眼圈有些红了。

吕大山知道，他不能再问下去了。高增长的日记本出现在柳晓雪桌上，柳晓雪在认真看高增长的日记，这是吕大山没有想到的。日记，记录的大都是个人内心的秘密。一个笔记本，一支钢笔，一块手绢，大都是青年男女表达爱意的首选信物。这个红色笔记本，应该是高增长与柳晓雪之间的秘密。两个年轻的恋人，在生死关头，一个为了保护另一个，毫不犹豫地牺牲了自己，现在活着的另一个，心里的悲伤、痛苦、难以忘却的思念，是完全可以理解的。

柳晓雪好像猜出了吕大山的心事。她转过身来，拿起那个笔记本，翻开了第一页，大大方方地展现在吕大山面前。吕大山看见，上面用钢笔写着几个大字：《静态爆破研究》。

"静态爆破？"

"是的，这是高技术员的研究笔记。"

"哦，什么叫静态爆破？"

"这是一项新的科研项目。在爆破领域，有动态爆破，有定向爆破，还有一项新的爆破方式，叫静态爆破。这种爆破技术，具有同等级的爆破能量，却没有山崩地裂的巨响，没有弥漫呛人的烟雾，没有四处飞溅的石块，减少了由于剧烈爆炸震动引起的其他灾害。"

"啊，这真是太好了。"

柳晓雪告诉吕大山，这是她几个月前想到的一个科研项目。有了这个想法后，她去请教高技术员，想求得高增长的帮助。因为高增长是名牌大学毕业，大学里学的是火工品专业，就是炸药火药，具有一定的专业知识。当她怀着渺茫的希望把这一想法告诉了高增长，没想到高增长回答她：

"好啊，你什么时候有这个想法的？告诉你，三年前，我就开始研究这个课题了。"

　　高增长当时很兴奋，话语也很多。他告诉柳晓雪，自己从小在煤窑当工人，在河南济源的小煤窑挖煤。煤矿工人的艰辛、苦辣和危险，从小就感受很深。高增长上大学时，曾到过焦作矿、北京门头沟矿、唐山矿实习，看到巷道里的掘进工人，经常冒着剧烈爆炸带来的种种危险，就思考着能不能研究出一种新的爆破技术，把这些爆炸力发出的声响，引起的震动、塌方、冒顶、瓦斯爆炸等危险，控制在最小的范围内。柳晓雪告诉吕大山：

　　"高技术员不愧是名牌大学毕业生，他在这方面，已经有了一些研究成果。他是个非常热心开朗的人，毫无保留地把自己的研究成果都告诉了我，把有关书籍，把自己收集到的有关资料，全都借给了我。把他了解到的有关方面知识，耐心地讲给我听。把自己一些萌生的、创新性的想法也都告诉了我……"

　　听得出来，高增长的无私、耐心和真诚，令柳晓雪佩服、感动，在使柳晓雪对这个课题充满了信心的同时，也对高增长充满了好感和崇拜。

　　吕大山这时才明白，柳晓雪原来与高增长的密切交往是有原因的。青年男女有了不谋而合的想法，有了共同的研究目标，关系自然就会近了许多，交往自然也就频繁起来。

　　吕大山的眼前，闪现着高增长拉着柳晓雪欢快飞跑的身影，闪现着高增长奋不顾身扑到柳晓雪身上的壮举，闪现着清理塌方现场时高增长那牺牲的遗容……他眼睛有些湿润了。高增长牺牲了，他是为了一项科学研究，为了救柳晓雪，这无论从事业上，从感情上，对柳晓雪的打击不仅沉重，而且沉痛。吕大山想着，鼻子发酸眼睛发热，一只手不由得伸向了裤口袋。不过，他的手掏出来时是空的。柳晓雪走了两步，把搭在绳上洗净晾干的一个手绢递给了他。

　　柳晓雪宿舍里，一时陷入了沉默。吕大山在柳晓雪宿舍里的这个新发现，不仅出乎他的意料，也令他非常激动：一种新的爆破技术，没有山崩地裂的巨响，没有弥漫呛人的烟雾，没有四处飞溅的石块，没有引发塌方、冒顶、透水和瓦斯爆炸等灾害，却具有着同等级的爆破能量。

这是一个何等大胆、何等具有开创性、超前性的研究？

毫无疑问，如果这个研究一旦能够成功，将是一项重大的技术发明，甚至可以说是一种技术革命。这种技术革命，可以使井下作业、隧道开掘、矿山开采、建筑物爆破，等等等等，总之，它会使得这个领域进入到一个新的阶段，发展的前景不可估量。

吕大山是个对新生事物非常敏感的人。高增长和柳晓雪这一革命性、创新性的研究课题，让吕大山耳目一新，浮想联翩。

过去打仗枪林弹雨，战场上使用手榴弹、炮弹、爆破筒、炸药包等，爆炸的响声越大越好，山崩地裂可以威震敌胆。炮火硝烟越浓烈越好，有利于掩护作战队形散开，有利于冲锋陷阵直插敌人的要害。炸飞的弹片、石块越多越好，可以杀伤更多的敌人。现在搞建设，这些全都颠倒了。应该说，这种颠倒，存在于社会的各个方面。比如战争年代为了消灭敌人，炸毁桥梁，破坏铁路，扒河炸堤，行动越是诡秘，破坏性越大，就越是被誉为一种令人们颂扬的壮举，一种高超的智谋智慧。而在和平建设时期，这些行为就变成了一种破坏，一种愚蠢，一种罪行。

同样的人干着同一种事情，同一种行为制造同一种后果，高尚还是低劣，文明还是野蛮，提倡还是反对，歌颂还是谴责，衡量的标准会截然相反。一切随人们的政治需要和利益需求变化，这是世间万古不变的真理。

对高增长那种特殊癖好的憎恶，同样也是这样。在吕大山的心里，现在已经消失得无影无踪。细想起来，高增长的行为是完全可以理解的。那应该是处于青春期的冲动受到了压抑的不正常表现，虽然邪性，却合乎人性。遗憾的是高增长为了静态爆破这项技术，献出了自己年轻的生命。对于高增长的死，吕大山除了惋惜，更多的是内疚和伤感。在这方面，柳晓雪和他的感受大概是一样的。柳晓雪回答康副主任对高增长特殊遗物的调查，也表明了她对高增长这一行为的理解和认可。这时的吕大山，脸上布满了温暖，洋溢出兄长一样的慈爱。他对柳晓雪说：

"柳技术员，高增长同志的牺牲，不仅是为了救你，他也是为了这项研究。他的牺牲，是我们部队的重大损失，使我们失去了一位好战友，好同志，一个重要的技术骨干。他牺牲的很勇敢，很高尚，他是我们部队的英雄。我们和你一样，会永远怀念他。"

柳晓雪用手绢擦拭着眼睛。

"人死不能复生。我们要化悲痛为力量，继承烈士的遗志。你和高增长同志共同研究的这项新技术，要继续下去，今后由你负责，要人给人，要钱给钱，要东西给东西，绝对保证。但一要注意安全，二要注意保密。"

一股暖流在柳晓雪的心中涌起，她的眼睛看着别处，认真地点了点头。

吕大山临走时，把放在木箱子上的军用挎包打开，掏出了一件要洗的没有假领的军装，一条膝盖破了的裤子。又掏出一个军用饭盒递给柳晓雪，里面装着粥、馒头和辣椒炒土豆丝：

"听说你今天早上没去食堂吃饭？不吃饭怎么行！"

吕大山走了。柳晓雪透过窗户，看着吕大山走去的背影，久久没动。一只漂亮的白颈长尾雉雄鸟，拖着长长的尾巴，悄无声息地飞来，稳稳落在晾衣服绳子下面的草地上。它不动不叫，机警地四处张望着。一直到它感到没有危险，才放心地在草丛中寻找着食物。这是一种益鸟，喜欢在常绿针阔混交林和落叶阔叶乔木林中栖息、隐蔽和觅食，取食鳞翅目的幼虫、虫卵，对抑制森林虫害，维护生态平衡起着重要的作用。

很快，4 中队来了一个木工排，在柳晓雪宿舍的后面，U 字形营房的外面，围挡的铁丝网里面，也就是柳晓雪晾晒内衣的旁边，又盖了一间大的简易房。吕大山叫来了区队警卫班长，交代他：

"那里是柳技术员的科研室，军事重地，没有经过柳技术员的同意，任何人不得进去。"

2. 她的父母是红军

红河谷矿区各个矿井，像一艘艘舰艇，在波涛汹涌的政治风浪中，向着预定目标艰难地颠簸着前行。

这真应该感谢龙岩炎带领的工程勤务连官兵。

不过，龙岩炎接兵前遇到的那些麻烦，缓冲了几个月后，并没有彻底了结。随着地方上政治风浪的涌起，反而愈演愈烈。比如煤场事件，被渲染得十分可怕，被冠之以"潜伏在解放军队伍里的国民党兵，开枪屠杀工人阶级和贫下中农""三线建设工地潜伏有国民党特务"。还有他和林越山的关系，他根子不正、当过国民党兵等。听起来，真让不明真相的人毛骨悚然。特别是掀起了轰轰烈烈的"清理阶级队伍"运动，陈玉仙姑姑的历史问题，被地方上的造反派翻出来后，不依不饶地捅到部队。这一条又一条绳索，死死缠绕着龙岩炎，几乎令他窒息。

这是个非常不好的时间段。这段时间，戴红戎支队长、李飞政委、司令部乔参谋长、政治部陈匡泰主任、后勤部长栾招远，所有这些正职接到纵队命令，全部放下手里工作，集中到北京参加政治学习和思想整顿，时间一个半月。41支队及其各部门工作，一律由在家的副职主持。

政治工作是一切工作的生命线。政治和经济相比，不能不占据首位。这是当前社会各行各业的主调，声浪盖过了一切。

龙岩炎是个军人，没有文化，不懂政治。对待这些风风雨雨、七七八八和政治有关的事情，他采取了不予理睬的态度，很少再去做过多的辩解。这些乱麻咕咚扯不清道不明的烦心事，他也不愿意再告诉吕大山，以免再给他添乱添烦。该死屎朝上，爱他妈的咋的咋的吧。

关于煤场事件，在家里主持工作的陈炳沁副政委，通过军线长途电话，向远在北京开会学习的李飞政委汇报。李飞政委明确表示："煤场事件已经有了结论，不要再提。龙岩炎没有直接责任。"然而，陈玉仙姑姑的历史问题，龙岩炎和林越山的关系，他当过国民党兵等，成了龙岩炎无法绕开的政治羁绊。支队政治部康副主任，现在分工主管干部。他坚持说，地方上的红卫兵组织，得知大土匪的侄女女婿是解放军军官，在勤务连当连长，便紧揪不放，要求部队应该政治挂帅，应该纯洁解放军队伍，必须做出处理。终于，干部部门作出了任免命令：

"免去龙岩炎同志支队工程勤务连连长职务。调离支队工程勤务连，回原中队听候进一步处理。"

龙岩炎回到了老连队。

罗指导员是个忠厚人，他热情地迎接龙岩炎，拉着他的手说："老龙，调你回来原中队，又没有明令免去你的中队长职务，也没有新任命的中队长，你依然是这个中队的中队长。"因此，罗指导员有事依然和他商量。

龙岩炎自从和陈玉仙结婚后，就一直分多聚少。现在有了时间，他天天和陈玉仙在一起，但有些话却又无法张口。他知道陈玉仙的脾气，一旦有些事情让她知道，搞不好会惹出更大的乱子。再说乌蒙山剿匪期间，陈玉仙也只是十几岁的孩子，懂啥？更多的事情她也不会知道。陈玉仙见丈夫的脸天天阴沉着，话也不多，并不太清楚丈夫不当勤务连长的原因。因为龙岩炎给她有过约定，讲过部队的保密规定：不该问的不问，不该听的不听，不该看的不看，不该说的不说，不该去的地方不去。这是军纪军规。陈玉仙天天到炊事班做饭，龙岩炎天天到工地干活。夫妻俩虽说是团聚了，却并没有新婚的感觉，生活过得像满嘴嚼的蜡，无滋无味。

星期天早上，天气晴好。龙岩炎开着一辆挎斗摩托，上了弯弯曲曲的山道，前往盘江镇郊的柳罐屯。

柳罐屯北面有一条山沟，沟里是陈玉仙弟弟陈兵的养猪场。侯长金也在这里。一年前，侯长金脱下军装，离开了部队，由陈玉仙牵线搭桥，瘸着一条腿，跛着一只脚，一拐一瘸地来到陈玉仙弟弟的养猪场，和陈兵一起养猪。一些兵开玩笑说，侯长金到地方上找个媳妇怕没问题，他临走时带了不少肥皂。

提起侯长金，龙岩炎自然又想到了陈玉仙。陈玉仙为了侯长金的事，曾不止一次地求过他，真是明讲暗求。她说侯长金为了大家，差一点儿把命丧了，最后落了个终身残疾，怎么就不能得到补偿？陈玉仙这人，虽说是在有些方面不解事理，却极重感情。在吕大山的事情上，也是这样。当年，吕大山对她说自己是遵义人，是卖酒的，与她不辞而别，并带人抓走了她姑姑，这明显就是欺骗。后因战事频繁，吕大山再没和她联系，犹如石沉大海，无影无踪，这明显就是绝情。最后给她的全家带来了灾难性的后果。这完全是吕大山造成的。她认为吕大山的行为，完全是无情无义，是冷漠绝情，由此产生的后果，带来的灾难，是不可饶恕的。但实事求是地讲，这在当时，因战情军情政情，吕大山个人是根本无法左右的，他的所作所为应该在情理之中。但陈玉仙不这么认为。这情与理之间，陈玉仙的心里有些紊乱，有些纠缠不清。

情是感性表现，它单纯而浅薄，丰富而激烈，往往是没有逻辑可言。理是理性思维产物，它明确而果断，深沉而冷酷，有很强的逻辑性。女人多重情，男人多重理，很多矛盾因此而生。这情理之别，别说是陈玉仙，就是他龙岩炎自己，也不是理的太清楚。

柳罐屯北郊三里多，穿过一片柳树林，进了一条山沟。这里大概是曾经有过野猪出没，当地人把这条沟叫猪沟。猪沟周围三面是山，山并不很高。山下有一汪月牙形水塘。水塘边上，搭着几排低矮的草棚，四面没墙。水塘里养着鱼，偶尔会有不安分的鱼儿跳出水面一尺多高，拍出一片涟漪。满山坡的猪，大的小的都有。还有很多鸡，公鸡、母鸡、大鸡、小鸡。它们或卧或跑，或吃着漫山遍野的野物，也有投喂的玉米红薯等饲料。在这个自由天地里，鱼、猪、鸡们欢快地、无忧无虑地生活着。它们每天不知道苦累，有啥吃啥，只是到了被人宰杀时，才会有短时间的痛苦，不过很快就什么也不知道了，从此便消失得无影无踪。活一天吃一天，高兴一天是一天。很多人，也都是这么想的。

月牙水塘边的小草亭里，一张木板桌，开裂的缝隙能掉进筷子。桌上一只炖土鸡，两条红烧鱼，一盆土豆炖猪肉，一盘野山韭菜炒腊肉。龙岩炎很熟悉，这些硬菜，都是侯长金的手艺。侯长金现在气色不错，一脸喜悦的光泽。他一瘸一拐地又端来一个瓦盆，盆里有几个煮熟的老玉米，冒着热气。陈兵在三个粗瓷碗里，满满倒上了土制的白酒。陈兵说这白酒，是茅台镇茅台酒厂一个退休老师傅，从茅台酒厂里顺出来的酒曲，把高粱蒸熟了洒下这酒曲发酵，淋出来的酒装进坛子，封在南盘江边的一个地下溶洞里，存放了至少五年以上。这酒和真正茅台酒绝对不差上下，甚至比真茅台的味道还要纯正。这顿饭丰盛而粗犷，满载着陈兵对姐夫、侯长金对老连长的一片真情。不过，龙岩炎表面上吃得痛快，脸上不时浮现出忽明忽暗的阴云，表明他心里有事，内心并不太高兴。

陈兵把碗里最后一口酒倒进嘴里，问："姐夫，你来是不是想要猪？说，几头？"

龙岩炎点上一支烟，咧开一个嘴角尴尬一笑，摆了摆手，没有吭声。

侯长金嘴里啃着一穗老玉米，说："连长，这段时间，玉仙姐好吧？"

龙岩炎点了点头，还是没有吭声。他酒量本来就大，喝得也不多，头脑依然清醒。吃过午饭，龙岩炎驾摩托车离开了柳罐屯，突突突一路烟尘地上了简易公路。临走前，陈兵把一只公鸡一只母鸡扔进摩托车挎斗里。两只鸡四条腿被绳子捆着，失去了自由，四只鸡眼却不停地翻动着眼皮，大概是在思考着自己的命运和结局。

龙岩炎准备去木瓦苗寨一趟，找芒林公。脚下的简易公路是龙岩炎他们当年修筑的，平坦宽阔。路上行人很少，偶尔能看到一两个老乡，背着背篓，赶着水牛，悠闲地走着。也有开着拖拉机，咚咚咚冒着黑烟跑过。龙岩炎骑着摩托车行驶一段，下了简易公路，进了塔拉仙谷。

这是个令龙岩炎很难忘的地方。

塔拉仙谷一边，是耸立的高山，另一边是深沟。沟底是一条河，河道很深，被茂密的树木灌木覆盖着。河水在植被覆盖着的深处欢快地流动。哗哗的水流声透过林木草丛，向路人招摇着自己的奔流不息和势不可挡的存在。通往木瓦苗寨的是一条依山傍河的碎石路，摩托车颠颠簸簸的。龙岩炎想到了那棵大神树，想到了那崖壁上的两具棺材，想到了带头阻挠施工的公岩，心里不由得骂了声："妈的，小兔崽子！"龙岩炎想到了那场神树大火，是一排副排长阚大勇夜里点的，带着新兵张国富，大火噼噼啪啪响，火光照亮了整个塔拉仙谷。"阚大勇，你小子，你是怎么知道，老子心里也是那么想的？混蛋！"龙岩炎想着，不由得笑了。当然，更应该感谢陈玉仙。是陈玉仙在他最困难的关头，搬来了外公芒林公，平息了一场将要发生的大乱。是陈玉仙解救了他，解救了阚大勇，让他突破了难关，按时完成了修路任务。陈玉仙这个女人，在他心里一直是那么的难忘，也是那么的沉重。

木瓦苗寨龙岩炎并不陌生，当时为了神树和棺材，他来过。寨子不大，四面环山，百十户人家。原先这里因为交通闭塞，寨子里贫穷。街道两旁散落着一些东倒西歪的木板房。房基用各种形状大小不一的石块堆砌，墙是用一些宽窄不一长短不齐的木板拼接的，有些木板由于年代太久，开裂着缝隙。屋顶盖着片石，龇牙咧嘴的在屋里能看到天，只是放得错落有致，才下雨不漏。每家堂屋中间一个火塘，做饭、吃饭、待客都在这里。堂屋两边喂养着家畜。常常是人正在堂屋吃饭，牛从一边木栅栏里伸出头来，朝人"哞哞"地高叫。猪在另一边圈子里也"哼哼"有声。这种人畜同居状况使初来乍到的人颇觉新奇。蜘蛛们兴高采烈到处张结着大网，网上挂着那些被吸干了汁液的蚊子、蝴蝶、蛾子、蜻蜓等躯壳。寨子里的人除了去参加一些体面活动偶尔穿上草鞋外，一年四季都是光脚。这些，都是当年给龙岩炎留下的印象。

龙岩炎的摩托车驶进寨子，发现寨子的面貌发生了很大变化。那条主路原先是碎石铺就，坑洼不平，现在已经变成了平整的石板路。两边人家大都盖上了新木板房。有几户人家的门前停放着拖拉机、摩托车。这应该是简易公路畅通带来的变化。几只母鸡受到惊吓，咯咯咯地叫着，从街道上贴着地面飞跑过去。一些人家木板房的梁架子上，挂着一串串火红的辣椒，一捆捆的干艾蒿，一簇簇的玉米穗等。发霉的柴草味儿，牛粪猪粪味儿，烧煤的硫磺味儿，不时地从鼻前飘过。芒林公的家在寨子北面，门口用石头垒的花坛里，杜鹃花兴致勃勃地开着。芒林公一眼认出了他：

"你，龙连长？嗨，外孙女婿，外孙女婿。"

芒林公乐呵呵地接待了他。芒林公的脸，依然是那副古铜色，头上裹着青布长头帕，穿着右衽无领短衣，缅腰大管裤，腰上系着青布带，拄着一根老榆木拐棍，精神饱满，声音如寺庙里的铜钟般响亮。龙岩炎掂出那两只鸡，放到院子里墙脚下。然后掏出一盒朝阳桥牌香烟，抽出一支给芒林公递上。芒林公摆了摆手，说洋烟卷劲儿太小，不习惯，把手上装满烟叶的竹烟袋递给了龙岩炎。龙岩炎接过来，点上吸了一口，呛得咳咳咳直咳嗽。芒林公哈哈哈大笑。龙岩炎借着咳嗽，借着芒林公高兴，提出：

"老人家，我想问问，玉仙的姑姑，玉仙的父母，他们当年的事，能不能说给我听听？"

这个话题太突然，让芒林公的身子微微震动了一下。接着，是一阵沉默。芒林公那双看了八十多年人间风雨的眼睛，慢慢从龙岩炎脸上挪开，若有所思地移到了院里的枇杷树上。透过两棵枇杷树之间的空隙，越过了房顶，慢慢移向了远处的山峦。山峦绵延起伏，峰顶被烟雾笼罩着。看得出，这个话题确实比较沉重，这大概是尘封在老人心底，是他最不愿意再提起的话题。不过，芒林公老人还是说了。这不仅是老人饱经过风霜，经历过各种人情世故，更重要的是，他想到这个当年领兵修建公路的连长，玉仙的丈夫，专门来到这里，专门问起玉仙的家世，一定有他的原因。对了，前段时间，地方上的红卫兵也来过寨子几次，说是想向芒林公了解陈玉仙的姑姑陈白莲的一些事。但是，他们知道芒林公的革命资历很老，当年剿过匪，打过仗，立过功，是政府命令嘉奖过的老革命，加上芒林公脾气耿直，在寨子里威信很高，因此上，没有人敢直接来找芒林公的麻烦，也没人敢直接当面向他了解有关当年的事情。听了龙岩炎问话，看着龙岩炎沉重的脸色，芒林公没再犹豫，向龙岩炎诉说了一段尘封多年的悲壮往事：

凉透河女儿女婿那次举家毁灭的大难，是望谟县境内的原国民党蒋匪5纵队司令毛竹君干的。那个毛竹君，黄埔军校毕业，是国民党第八十八军营长毛天魁的叔叔。玉仙的姑姑陈白莲，归顺解放军后，带领解放军剿匪。毛天魁带领一个营的国民党匪徒，躲藏在一个山洞里，拒不投降，经常出来祸害百姓。解放军一个连，围住那个山洞，打了整整三天，伤亡了十几个战士，一直没有攻下。陈白莲主动提出，进洞去劝说毛天魁。陈白莲当时年轻，人也长得漂亮，丈夫死后结识了毛天魁，两人是一对相好。没想到毛天魁顽固不化，大骂陈白莲无情无义，辜负了蒋委员长和国军对她的信任，发誓要与解放军对抗到底。陈白莲大概是忍无可忍，出其不意，一枪打死了毛天魁，把那些国民党兵带出了山洞。毛竹君知道后非常愤怒，发誓要为他侄子报仇，为被解放军剿灭的土匪们报仇。一天深夜，毛竹君带领一帮土匪，悄悄来到凉透河，捆着玉仙的姑姑要带走，玉仙的父亲，我的女婿，紧紧抱着妹妹死不放手，匪徒开枪打死了玉仙的父亲，玉仙的母亲扑过去救丈夫，也遭了匪徒们的毒手。匪徒们临走一把火，烧了我女儿女婿家的房子。玉仙和弟弟陈兵那天正好在我家，才躲过了一劫。

龙岩炎手里的烟在自燃，他忘记了吸烟。芒林公面色凝重，停了片刻，又继续述说：

陈白莲被土匪劫走，关押在匪巢双蛇洞，还有被土匪劫持的十多名妇女和孩子。探知到真情，我联合了几个寨的款军（寨中的民兵组织）前去营救。双蛇洞在望谟县大望山的绝壁上，因为两个洞内弯曲像蛇得名，洞内弯道、暗河、溶洞很多。我们两次组织攀登悬梯进行攻击，都被土匪炸断悬梯，伤亡多人。一个当地侗寨老乡说，不远处绝壁上有个小洞，可通往双蛇洞，但无路可走。我们叫来了数十名石匠，经过十多日昼夜施工，在绝壁上开出一条栈道，通到了那个小洞。一天凌晨，款军用竹箩子装上辣椒粉，石灰粉，在辣椒粉和石灰粉里放了炸药，从山顶吊至洞口引爆，在洞正面吸引土匪。另一部分人，由隐蔽栈道进入小洞，进入双蛇洞。碰巧，解放军145团3营征粮队路过这里，从正面发起攻击。军队和款军配合，土匪们猝不及防。眼看着大难临头，洞里土匪也发生了内讧，枪声四起，乱成一团。后来，土匪大部分被歼灭，救出了妇女和孩子们。可惜的是，玉仙的姑姑陈白莲，在枪战中被土匪打死了。

"怎么有人说，是陈玉仙的姑姑后来又叛变了我们，被我们打死的？"

"胡扯八道！陈白莲剿匪时是立了功的。她是配合我们剿匪，才被土匪抓进洞的。我们进洞，就是要解救她，怎么能说是被我们打死的？"

"有造反派这么说。玉仙现在受到她姑姑的牵连，说她是大土匪的侄女，我是大土匪侄女的女婿，闹着要把我清理出解放军队伍。"

"噢，原来是这样！"芒林公的脸色一下子变得严峻起来，到这时他才感到，龙岩炎这次来，确实是有着更加深刻的原因。气愤从芒林公的心中升起，他说，"造反派？他们知道个屁！老子革命时，这些烂私儿们还在他爹娘的腿肚子里转筋哩。"

芒林公骂完，不再说话。他的手在微微颤抖着，烟袋杆嚼在嘴里，发出轻轻的声响，那是牙齿和烟袋杆磕碰的声音。终于，芒林公闭紧了嘴唇，狠狠吸了一口烟，他作出了一个最不愿说现在又不得不说的重大决断。他告诉龙岩炎：

"龙连长，陈玉仙不是我女儿的孩子，她不是我的外孙女，陈白莲也不是她的姑姑，陈玉仙和我们没有血脉关系。"

"您说什么？"龙岩炎立刻瞪大了眼睛。

"她的父母是红军。当年，红军路过凉透河，她母亲生下她才几天，就寄养在我女儿家的。"

真的？这犹如晴天霹雳，龙岩炎一下子蒙了，崩溃了。这怎么可能？他脑子里嗡嗡作响，半张着嘴，半天不知道该说啥。

"有凭据吗？"

"唉，就是因为没有凭据，才任由别人胡说。陈玉仙这孩子苦啊。"

龙岩炎没再说话，一眼不眨地看着芒林公。

"龙连长，请相信我，我不会说假话，这绝对是真的。我女儿的事，我最清楚。"

天上阴云密布，划过几道闪电。远处传来了隆隆的雷声。看样子天要下雨。龙岩炎告别了芒林公。木瓦苗寨通往塔拉仙谷的石子路面坑洼不平，摩托车蹦蹦跳跳，伴随着龙岩炎那颗极不平静的心。龙岩炎一直在思想着芒林公的话，思想着陈玉仙，思想着陈玉仙那当红军的父母。

塔拉仙谷里深处的河水奔腾咆哮，透过树林和灌木丛，发出揪心的声响。

3. 暴雨 洪水 溶洞

就在这天下午，龙岩炎刚刚回到猴场中队部，火沾铁路一号隧道，引起了一场天塌地陷的严重事故。

因为，发生了特大暴雨山洪。

火沾铁路全长 110 公里。一号隧道全长 3678 米，海拔 1800 米，是火沾铁路的咽喉。挖开了隧道才发现，这里地质条件极其复杂。有的地段是坚硬的砂砾岩；有的地段是极度潮湿的板状页岩，钢钎打进去拔不出来，拔出来炮眼很快就闭锁上；有的地段是断层角砾岩，断层泥，遇到水像豆腐渣一样，裹着石块噼里啪啦地坍塌下来，石块大的有几百斤重。遇到断裂岩层，地下水在强大的应力压缩下，形成了直径小如脸盆、大如水桶甚至 1 米左右的水柱，从岩石豁口喷涌而出。如果不及时封堵，涌水会越来越大，携带着泥沙、石块进入隧道，瞬间隧道内会水淹膝盖，后果不堪设想。

好在一中队官兵见多识广，英勇顽强，办法很多，遇到各种险情危情都能够及时处置。四个排轮番上阵，掘进、清渣、砌碹、铺轨、布线……艰难地向前推进。目前已过了 2000 米大关。

下午两三点钟，突然狂风大作，飞沙走石。碗口粗的树木被咔嚓折断，有的被连根拔掉。天上乌云翻卷，黑压压地笼罩在头顶，山野顿时变得一片黑暗，像倒扣着的一口黑锅，熄灭了一切光明。几道刺眼闪电过后，传来几声炸雷。顷刻间，暴雨像决堤的河水，闪烁着丝丝条条阴沉的白光，从天上倾泻而下。一号隧道前面是一块开阔的平地，堆放着坑木、铁轨、水泥、推车等各种施工材料和器械。四周是隆起的坡地。200 米外是拔地而起的山峰，逶迤连绵。大雨从各个山头流进无数条峰谷。峰谷里的水形成了洪流。洪流像无数头疯狂的野兽，拔起野草树木，裹挟着泥沙石头，在山谷里嚎叫着，呼啸着，奔腾着，涌进了隧道前的开阔地。这从漫山遍野狂奔而来的洪水猛兽，在开阔地打着旋转，做了短暂的停留，便积聚成一片浑浊的湖海。隧道出口是反坡道，洪流在很短时间内，找准了这个倾泻的去处，便汹涌澎湃地直奔隧道而来。

"哒哒哒……"一阵急促的冲锋枪声在暴风骤雨中响起。

枪声就是命令。龙岩炎用冲锋枪声召集着一中队的官兵。很快，官兵们在他面前集中成战斗队列，听候他的命令：

"1排2排，跟我到隧道口，堆筑防水墙保护隧道。罗指导员带领3排4排，搬运石块、木桩，运送沙袋、水泥袋。八大员（文书、通信员、卫生员、炊事员、饲养员、材料员、统计员、理发员）作为预备队，郭永明负责，哪里需要支援哪里。全中队官兵，要不惜一切代价，全力以赴保护隧道，决不能让洪水灌进隧道，影响工程进度。该死屎朝上，出发！"

狂风在呜呜吼叫。暴雨在哗哗倾倒。山洪积聚起来的湖海越来越深。隧道口前五六米远的洪水前沿，龙岩炎和一排长盛国祥带领1排，组成了第一道防线。他们不少人赤裸着上身，下身只穿裤头，他们手扣手，肩并肩，人挤人，筑起了一道人墙。二排长王凯很带领2排，在1排后面的隧道洞口，是第二道防线，垒沙袋、压石块、堆水泥袋。

最为艰险的是1排，第一道防线。他们站在快要齐腰深的洪水里，直接和洪水迎面搏斗。发怒的山洪冲卷着横七竖八的木头，枝枝杈杈的野树，半死不活的野猪，迷迷糊糊的麂子，拼命挣扎的獐子，还有山老鼠、黄鼠狼、刺猬、穿山甲、金猫等叫不出名字的野生动物，拼命地直往他们胸前、头上撞。他们的脸上、身上、手上，全是横七竖八划破的伤口，青一块紫一块肿起来的撞伤。洪水很快就涨到齐腰深。狂风一阵阵刮来，卷起的恶浪奔腾着、咆哮着，劈头盖脸地从他们的头顶飞过。一根十几米长水桶般粗的木桩，在激流中像一枚发射的鱼雷，直冲 1 排组成的人墙过来。龙岩炎大喊一声危险，迎着木桩过去，用双手猛推那木桩，扭转了它的方向，那木桩的头，顺流漂向了侧面。不料，那木桩的尾部横扫过来，撞到了猝不及防的龙岩炎肩部，撞得他一个趔趄。旁边立刻有几只手扶住了他。

王凯很带领 2 排在洞口筑堵水墙，也在艰难中一层一层地增高。隧道口前面的开阔地，洪水越积越深，洪水在反坡道的隧道口形成的冲击力也越来越大，被洪水冲垮塌下来的草袋、棉被等杂物，像漏网的鲸鱼，大摇大摆地向隧道深处游去。眼看着第二道防线有冲垮的危险。

龙时运大声命令："八大员上，支援 2 排！"

炊事班长郭永明光膀子扛着一袋水泥，刚放到一米多高的堵水墙上，突然一个巨浪打来，他被洪水卷着，直冲向隧道深处。黄河边长大的苟小麦，外号浪里白条，大喊一声"别怕，我来了。"一个猛子扑了过去，一把揪住郭永明的衣领，另一只手扣着隧道侧壁的砌碹缝隙，顶着汹涌的逆流，使出吃奶的劲儿，硬是把郭永明拉拽着，拖出了隧道口。

狂风暴雨中，突然听见有人喊："小龙！龙岩炎！龙连长！"

"到！"龙岩炎大声回答，"我是龙岩炎！"

"你过来！"

原来是林越山，被免职后送到一中队监督劳动改造的 407 大队长林黑子。龙岩炎赶紧跑过去，拉着林越山的手："大队长，您怎么来了？赶快回去，这里太危险。"

林越山说："这么大的洪水，你能顶得住？"

"军令状已经立了，顶住也得顶，顶不住也得顶，隧道必须保住，该死尿朝上！"

"扯淡！战士们的命不要了？你是怎么带的兵？"

"首长，这暴雨洪水，百年不遇，你说怎么办？"

"立刻带人，把那里，你看，东北角那个小山头，立刻用炸药把它炸掉，那是个突破口，下面就是达莎江，把洪水导进达莎江。"

"啊，大队长，您真是……"

"快去执行！"

"是，立即执行！"

林越山的话让龙岩炎心里猛地一惊，像茫茫黑夜点起了一盏明灯，让龙岩炎绝路逢生。

龙岩炎像注射了一针吗啡，兴奋地跳起身来，立即和阚大勇带领十几个人，扛着炸药，带着镐头等工具，不顾一切地奔向林越山指定的位置。随着一阵巨响，一座小山轰然倒塌，隧道前开阔地的东北角被炸开了一个十多米宽的豁口。山洪呼啸着，以排山倒海之势涌向了豁口，泻进了达莎江。

冒着枪林弹雨，亲临战场前沿阵地指挥，是林越山战争年代的风格。今天在三线建设工地，沙场老将的这一风格依然不改。他仍像当年的气度，披着雨衣顶着暴雨，拄着一根山木棍，站在淹过大腿的洪水中，观察着眼前的阵势。周围的山势地势，雨情水情风情，全在他的视野之中。爆破导洪一举成功，龙岩炎满脸喜色跑来向他报告。他指着龙岩炎说：

"你这小子，整天就光知道挖山打洞，拿尺子量进度，你是个军人，知道吗？部队驻扎在这里，周围的地形、地物，风土、人情，都应该了如指掌。这是起码的军事常识，连这一点都不懂，你怎么带兵？这是遇到了暴雨山洪，要是真的打起仗来，你把部队往哪里带？如何行动？"林越山最后嘟囔了一句，"真和那个吕大山一样。哦，他原来是你的营长，怪不得，有啥样的官就有啥样的兵。"

龙岩炎咧着嘴，不好意思地笑了。

龙岩炎后来才知道，平时林越山在一中队，每天并没有闲着。他东走西看，早就把周围的山势地形、风土人情等，了解得详详细细，肚子里装着一张活地图。

不服不行，姜还真是老的辣。

第二天，暴雨还在下，只是雨势小了。隧道前聚集的洪水猛兽没能进一步肆虐，被老老实实地牵着赶进了达莎江。达莎江水在暴涨，激荡咆哮，发出了不甘心的狂叫。

不管怎么说，隧道终于保住了。但是，一中队部的气氛依然没有平静下来。

指导员罗延庆脸色如水，拿着一张纸在帐篷里不停地踱着步，转着圈，一言不发，看上去心事很沉重。大战过后的龙岩炎，额头上缠着绷带，脸上划伤的三四道口子上抹着红药水，被木桩撞了的半边肩膀肿胀着，看上去一个肩高一个肩低。他捯着半边身子坐在椅子上，吸了口烟，斜眼看着指导员，说：

"老罗，你这像头拉磨的驴，转什么圈哪？让人看着直眼晕。有什么事，说，别憋在肚子里。"

"老龙……嗨……"

"指导员，有啥事直说。第一战役在林大队长指挥下，圆满结束。那么大的暴雨洪水，天也没塌地也没陷，隧道还不是保住了？怕啥，说！"

罗延庆咂吧一下嘴，还是没有吭声。

"老罗，你是不是在担心那隧道里的水，怕影响工程进度？我看了，2000多米长的隧道里，积聚了两三米深的洪水，像一条不流动的地下河，时间长了会憋出别的问题，是得想办法尽快把水排了，绝不能影响火沾铁路通车。这第二战役我来指挥，你负责思想动员和后勤保障。活人不能让尿憋死，没有过不去的火焰山。他妈的，该死尿朝上！"

指导员再也忍不住了，颤抖着手，极不情愿地把那张纸放在龙岩炎面前。龙岩炎一看，脸色大变，是一份转业通知书：

经研究，批准龙岩炎同志转业。凭此通知办理有关手续，于1969年×月×日前，到凉透河公社武装部报到。

龙岩炎一下子惊呆了，眼珠子立刻停止了转动，用吃惊的目光看着指导员。这一纸通知书决定了龙岩炎今后的命运。这个命运的急转弯，怎么转得这么快，这么急，这么绝情？龙岩炎没有一点思想准备，也可以说，是他做梦也没有想到的。不过，他很快做出了反应：

"指导员，这个通知书我现在不能接。一号隧道是火沾铁路的咽喉，火沾铁路是三线建设链条上的一个环节，绝不能在一号隧道断了，更不能在一中队断了。三线建设的责任比天大。按期打通一号隧道的军令状，是我向杨区队长立的。军令状是啥？生死合同！谁立谁负责。通知书在你手上，你就是代表组织。等排空了隧道积水，正常施工了，再把通知书给我，我立马卷铺盖卷滚蛋。"

罗指导员也是个易动感情的人，他眼含热泪，紧紧握着龙岩炎的手说："老龙，你……我明白你的意思，大战在即，气不可泄。好，说定了，这通知书在我手里，我没有给过你，也没有给你说过，你根本就不知道有这回事。咱就这么定了，先过了这一关再说。该死尿朝上。我是真的舍不得和你分开，老龙！"

一号隧道口架起了十台抽水机，哗哗哗从隧道里向外排水。令人不解的是抽了几个小时，隧道里的水不仅不见回落，测量员报告说，仍在一厘米一厘米地上涨。龙岩炎皱起眉头，想了半天，便带领盛国祥和几个兵，驾着冲锋舟向隧道内驶去，探勘究竟。大约进了300多米，突然听见哗哗哗流水声。龙岩炎在冲锋舟上打着手电筒往前看，我的天，发现一堵巨大的塌方沙石淤积成一堵墙，堵死了隧道。一股汽油桶粗的大水，从隧道的侧上方喷涌进了隧道。

"他妈的，这阵势，再抽，有尿用？"

龙岩炎骂着，一脸阴沉地出来隧道，随即把这一情况向杨区队长作了汇报，请求调抽水机支援。很快，三十五台高扬程、大功率抽水机运到了隧道口。三十五道管子像三十五条吸水的蛟龙，扎进了隧道，昼夜不停地抽水。抽了两天两夜，依然不见隧道里水位明显下落。又一天一夜过去了，隧道里的水位还是没有大的变化。龙岩炎又急又累，两眼涨红，面容消瘦了许多。他找来盛国祥、阚大勇、宋小生、王红伦，讲出了一个大胆的排水方案。

宋小生听了，大吃一惊："那，那太危险了吧？"

阚大勇斜了他一眼："操，你怕了？该死他妈的屎朝上。"

盛国祥："中队长，下命令吧。"

王红伦："对，您下命令，我们坚决执行！"

龙岩炎："那好，从现在起，我们五个人组成敢死队，执行这一方案。行动前务必保密，任何人不许走漏风声。"

第二天，他们五个人穿着救生衣，戴着安全帽、护目镜，挎着手电筒，各种防护设备和所需工具齐全，然后驾着三艘冲锋舟，驶向了隧道深处。其中，两个冲锋舟满载着炸药。

罗指导员和闻讯赶来的官兵们，在隧道口焦急地等待着。

时间一秒一秒地过去了，隧道里没有动静。半个多小时过去了，隧道里还是没有动静。眼看着快一个小时，隧道里依然没有动静。罗指导员不放心起来，准备派人驾冲锋舟进去探看究竟。

突然，听见里面有响声。接着看见了一艘冲锋舟，是盛国祥、宋小生和王红伦，他们驾着冲锋舟向隧道口驶了出来。

当他们离隧道口还有不到 10 米远，当隧道口的官兵们正要向他们招手时，突然，听见隧道深处一声沉闷的巨响，山摇地动。隧道里的水立刻像海啸一样，整个隧道口涨满成一个巨大的水柱子，从隧道里喷涌出来。盛国祥他们的冲锋舟，像飞弹一样射出隧道口外，腾空飞跃二十多米远，跌落在泥地上。人们惊魂未定时，隧道里的水突然奇迹般地退了回去。接着，奇迹般地露出了淤泥、石块、树枝等。时间不长，隧道里的水全部不见了踪迹。

龙岩炎和阚大勇，和退去的洪水一样，也没了踪迹。

杨区队长、蒋教导员也来了，他们满脸凝重地来到了隧道口。盛国祥满含热泪，向首长们述说缘由：

"中队长说，再耽误下去，哪怕是再耽误一分一秒，就是对三线建设的犯罪。他认为，这股水在没有涌进隧道前，一定有它的自然下游通道。在哪儿？不知道。但这个下游通道，一定离隧道内的出水口不远。因此，他决定采取巨爆震动，寻找原来的下游通道。我们用两艘冲锋舟，满载炸药，到达位置放好后，中队长命令我们先撤出隧道，他留下点火，阚大勇驾另一艘冲锋舟，在旁边等候，没想到……下游通道找到了，中队长和阚大勇没有了。"

"这么大的决定，为什么不报告？"

"中队长说，如果报告，一来耽误时间，二来哪位首长批准了，出了问题，就会牵连到首长。他说这方案他自己定，自己干，自己负责，一切后果与别人无关。"

"扯淡！妈的，简直是胡扯淡！"

杨区队长又气又恼的，嘴里骂着。官兵们都听得出，杨区队长的心里，充满着对失踪爱将的心疼和痛苦。他和蒋教导员、罗指导员急匆匆地进入了隧道。果然，发现在隧道塌方处的侧面，有一个巨大的喀斯特溶洞，张开着直径近 10 米的大口，吸干了隧道里的积水。一条巨大的瀑布，顺着溶洞的里侧，向着洞的深处倾泻着。

那溶洞龇牙咧嘴，黑幽幽的深不见底。

哗哗哗的流水声，像千万头怪兽在嚎叫，在嘶鸣。一阵阵飞沫扑面，一股股冷气彻骨，整个场面惊悚瘆人。

4. 针锋相对

龙岩炎和阚大勇的失踪，给支队政治部出了一道难题：他俩是为了施工牺牲的，定为革命烈士？还是自作主张擅自行动造成重大事故，不能享受烈士待遇？甚至给予处分？政治部两个副主任，康副主任和高新科副主任的意见，就截然不同，甚至是针锋相对。

康副主任的态度非常明确："龙岩炎的转业命令已经下达，他已经不是军队干部。这次隧道排洪行动，既不请示又不报告，擅自行动，带领阚大勇几个人去冒险，野蛮施工，造成了这么大的事故。他的眼里还有没有纪律？他不仅不能定为烈士，而且应该给予处分。"

高新科副主任说："一号隧道，是三线建设火沽铁路的咽喉工程，这不是龙岩炎他自己家的自留地。按期打通一号隧道，是龙岩炎立下的军令状。他是中队长，这隧道怎么排洪，怎么施工，是他的权力，不需要报告请示。他是为了三线建设牺牲的，定为革命烈士完全符合条件，我认为他应该享受革命烈士待遇。"

康副主任说："这次地方上实行革命'三结合'，成立了革命委员会，在清理阶级队伍运动中，清理出龙岩炎的妻子陈玉仙，是大土匪陈白莲的亲侄女。这是个危险分子，使用美人计，拉拢腐蚀龙岩炎，和龙岩炎结婚，据说新婚第二天新房里还有枪声。她和龙岩炎结婚的目的，就是为了潜伏到我们部队，潜伏到三线建设工地，为美帝、苏修刺探情报，伺机进行破坏。这次大的事故，搞不好就是他们的一个阴谋。我们应该心明眼亮，时刻绷紧阶级斗争的这根弦。"

罗永德副参谋长说："老康，你可真能瞎胡扯，编造了一个多么令人新奇的故事？画了一幅多么可怕的图画？他龙岩炎手里有枪，有炸药，要想破坏，还会去这样干？连自己的命都不要了，死无踪迹？"

康副主任反驳："这不是故事，也不是图画，这是现实。这次决定龙岩炎转业，就是为了纯洁我们解放军队伍，怕他在三线建设中搞破坏。地方上的革命造反派说得好，决不能让阶级敌人的女婿，在解放军队伍里当官掌权。"

高新科副主任说："龙岩炎在我们部队快二十年，是我们部队的连级干部，上过战场，多次出生入死，不能说和一个家庭有问题的女人结婚，就成了阶级敌人的女婿在解放军队伍里当官。这个观点我不同意。再说老康，龙岩炎当时的结婚申请报告，可是你签字同意的噢！"

罗永德副参谋长紧接着说："这么说来，这个大土匪的侄女，是你给放进部队来的？你当时要是不批准她和龙岩炎结婚，不在龙岩炎的结婚报告上签字，她哪能来到我们部队，成为我们部队的家属？噢，我倒想问问，你是不是和这个大土匪的侄女早有联系，你们是不是同伙？你在这个地方工作多年，我看很值得怀疑。"

高新科副主任立刻补上一句："这不是怀疑，我看完全有可能！你老康，过去就是搞地下工作的，明修栈道暗度陈仓，花花肠子多，在这方面，你更有经验。"

罗副参谋长又说："这也不是故事，不是图画，这也是现实。"

康副主任脸上立刻红了起来，显得有些尴尬，有些不好意思。他解开了衣领风纪扣，喝了一大口半天没喝已经凉了的开水。看样子，他要有更狠的话说。

"好了好了，老罗，别再瞎胡扯淡，火上浇油了。"温和敦厚的后勤部潘嘉海副部长，截断了康副主任想要说的话，说，"老康，按照规定，龙岩炎一天没有离开部队，一天没有办理转业手续，他就依然是我们部队的干部，善后的各项待遇不变。"

康副主任说："他龙岩炎，就是明知道自己要转业，要离开部队，才故意蛮干的。"

高新科副主任说："我们有个别干部，听到自己转业，就躺倒不干了。他龙岩炎，如果明知道自己要转业，还去抢险，还去拼命，那他就更应该是个好军人，好干部。"

会议室的气氛真的有些针锋相对，剑拔弩张。

"好了，别再扯远了。"陈炳奇副政委说话了。司令部、政治部和后勤部的正职们不在，陈炳奇副政委目前的官职最大。他接着高新科副主任的话说，"老康，你这话说得有些武断了。我问过一中队指导员罗延庆，他说龙岩炎的转业通知书，一直拿在他手里，还没有来得及给龙岩炎。龙岩炎转业的事，他本人并不知道。"

会议陷入了沉默。

最后，会议在艰难中结束。研究的结果是：阚大勇进隧道排洪，是服从龙岩炎的命令，他的失踪，可以定为牺牲，各有关部门按照规定，办理各种抚恤和善后手续。龙岩炎的事，先暂且放放，等戴红成支队长和李飞政委回来再定。

散会时，康副主任还在嘟囔："如果把龙岩炎定为烈士，享受待遇的是陈玉仙，她是国民党大土匪的侄女。共产党的好处，让国民党大土匪的侄女享受，这共产党和国民党之间，还有啥阶级阵线？"

回答他的是离开会议室的脚步声。还有人在有意无意地大声咳嗽。

陈玉仙是个很理智的女人，爽快而坚强。对于丈夫的失踪，部队并没人对她做过多的解释。只是说，龙岩炎同志为了能早日施工，隧道排洪时掉进了喀斯特窟窿，人就不见了。他作为中队长，支队首长的意见是，生要见人死要见尸，做结论需要经过一段时间。其他的，一字没提。这是部队的统一口径。陈玉仙对于部队的决定，也没有提出任何异议，只是说："部队有部队的规矩，老龙是部队上的人，部队上怎么定，我作为他的妻子，都听，没有意见。"

陈玉仙走了。区队部派车送的她。陈玉仙和炊事班，和一中队的官兵们，依依不舍地告别，坐在车上含泪离开了部队。

陈玉仙已经怀孕了。她带着龙岩炎全部遗物，回到了凉透河。

此前，杨区队长派了一个木工排，和地方武装部等有关部门一起，在她家原来荒废的老宅基地上，盖起了一座简单的凹字形木板房。后来，一中队官兵们利用星期天，跑来用树枝、劈柴、石块等，在木板房周围挡起了一个院落。

黎明，下了一场雪。雪下得不紧不慢，不小不大，山头和营区变成了一片白色。支队司、政、后机关早上出操，轮到康副主任值班。军务科罗明忠科长，铁道兵出身，口令、队列等各方面的军事素质极好，整顿好队列，他用标准的军人动作跑去向康副主任敬礼：

"报告康副主任，部队早操集合完毕，请首长指示！"

康副主任有些忙乱，他既不立正也不还礼，两只手上戴着棉手套，把一只手随意一摆说："跑吧跑吧，哪来那么多废话。"队列里立刻有人在低声地笑。

早操结束了。按照队列条令的要求，罗科长整顿好部队，又跑去向康副主任报告请示。他围着部队跑了一圈，也没见到康副主任的踪影。不知谁说了一句："首长回办公室了。"不少人开始窃窃私语，但听不清说的啥。

尴尬的罗科长站到队列前，脸上带着无可奈何的笑，喊："解散！"

这么高级的军队干部，一点军事常识都不懂？连起码的军事素质都没有？康副主任这早操的事，后来成为官兵们背地里闲传的笑话。借着传这笑话，把他对待龙岩炎的事也捎带着，传遍了全支队，上上下下都知道。

戴支队长从北京开会学习回来了，很快就听说了这事。气得他，那双豹子眼瞪得怕人，叫来了参谋长：

"老乔，尽快给我联系纵队司令部，安排康副主任到教导队，训练至少六个月。他妈的，再开这样的玩笑，老子这部队以后还怎么带？"

第十二章

1. 你是妹妹……

4月2日，清明节前夕。吕大山带领柳晓雪前往凉透河。

这时的柳晓雪，已经成了部队名人。经过两年多努力，在高增长研究的基础上，柳晓雪搞了八百多种配方，一千多次试验，终于研制出了静态爆破技术。这一技术用液浸式快速静态破碎药卷爆破，每平方厘米膨胀力达到100兆帕，反应时间8分钟。目前世界上，这项技术最先进的日本，每平方厘米膨胀力达到122兆帕，反应时间5分钟。真是功夫不负有心人，有付出就会有收获。这种新的爆破技术运用到井下施工，工程进度加快了25%，事故率降低了80%。大礼堂举行的庆功表彰大会上，柳晓雪荣立二等功，戴支队长乐呵呵地把一朵大红花戴在她的胸前。

这几年来，柳晓雪可以说春风得意喜事连连。她结婚了，有了家庭，丈夫就是吕大山。有了一个孩子，男孩，十个多月，母亲从陕西过来帮助带着。吕大山所在的一区队，各项工程进展顺利，一号井建成后移交给六盘江矿务局，又承担了火塘矿四号井建设。

这次，吕大山专门选择这个日子来到凉透河，是按照父亲的叮嘱，代表父亲，到这里了结父亲一桩多年的心愿。父亲在电话里告诉他，在凉透河那座庙后面的山坡上，埋葬着一位红军阿姨，叮嘱他无论如何要到墓前看看，要他代父亲，为红军阿姨的坟头添上一把黄土。三十多年了，父亲远在北京，因交通不便工作繁忙，无法前来祭奠。人老念旧。他一直想念着他的这位老战友。年纪越大，就思念越深。父亲的话语不多，但语气沉重，他能够感觉得出来，父亲与红军阿姨之间，绝对是战友深情。吕大山知道，在战火纷飞的年代里，枪林弹雨出生入死，战友们之间往往都是生死情。

吕大山还告诉柳晓雪，当年剿匪期间，他吕大山也曾在凉透河养过伤，不过时间很短。当时由于战争形势严峻，土匪活动猖獗，父亲并没有给他讲过红军阿姨的事。吕大山对这个寨子印象很深，全是歪七扭八的木板房。一天到晚，寨子里飘浮着煤烟，淡蓝色的，散发出呛人的硫磺味儿。当年的凉透河，偏僻荒凉交通闭塞，很少与外界交往。虽说人们生活贫穷，却有煤烧。当地流传着几句顺口溜：凉透河煤实在多，抬脚踩在煤窝窝。房子盖在煤堆上，灶前一铲能生火。

据传一百多年前，凉透河寨子一户人家，在山坡上开垦荒地，一镢头下去挖出了一堆黑土。当时天下小雪，气候寒冷，便在上面堆些干草、松枝，点起火来取暖，没料到却引起了一场地火。这地火闪烁着火光，没有大的火焰，却天天着，月月烧，整日里青烟弥漫，一年又一年，从来没有熄灭。地火散发出来的硫磺味儿，呛得人们胸闷咳嗽，最后烧塌了一座山头，陷下去一个大坑，那地火依然不灭，那烟和硫磺味儿依然不断。寨子里的人们害怕了，告到官府，官府派来了一位高人，来自焦作煤矿，对煤矿勘察、煤炭开采很有一套。那高人一看，高兴万分，惊呼道："天哪，这是煤，这可是个宝啊，用来烧火做饭取暖，取之不尽用之不绝，不用挖井开采就有，真是太神奇了。"就这样，一百多年来，凉透河人祖祖辈辈，背着背篓，挑着箩筐，拿着镢头，就像河南济源愚公村那个老愚公一样，子子孙孙们挖山不止，随便挖，任意烧，从未间断过。那高人姓陈，河南怀庆府陈家沟人，一身的太极功夫。后来定居在凉透河，娶了这个寨子的一个苗族姑娘，生儿育女，繁衍子孙，现在寨子里的陈姓，大都是他的后代。西南剿匪期间，女土匪陈白莲太极神功名震乌蒙山区，她就是陈家的后代，得了陈家沟的真传。再后来，凉透河人在东面的山坡上，北面的山沟里，又都发现了煤。因此，对于凉透河的人来说，这煤简直是太平常了，就像是满山遍野生长的荒草，天天呼吸的空气，哗哗流淌的河水，从来没有人再去注意过。

柳晓雪听了非常兴奋。她告诉吕大山，这种现象叫煤田自燃。美国宾夕法尼亚州费城西北部160公里处，有一个名叫桑塔利亚的地方，1万多居民。后来有人在这里发现了煤炭资源，开始大量无序采矿，给这个小镇带来了富裕和繁华。人们没有料到，也给这个小镇带来了一场灭顶之灾。1962年5月，有人在废弃的矿坑里，发现了微微燃烧的火苗。从那以后，火苗就再也没有熄灭过。虽然当地居民采用向地下灌水、注入砂土等多种方式，坚持不懈地与地下火作斗争，但都无济于事。最后，全镇人不得不搬离家乡，任其自生自灭。后来，这个镇子被评为"各种灾难催生的十大'鬼城'"之一。我国也有煤田自燃火区，主要在新疆、宁夏和内蒙古。据有关部门估算，这三个自治区，自燃的煤火每年破坏煤炭资源多达2亿吨。现在，煤田自燃灭火技术有直接剥离法、注水法、注浆法、覆盖法、惰气灭火法等，但收效有限。方法虽说各不相同，但原理基本上一致，都是要努力切断煤层与氧气的接触，降低温度，使之熄灭。贵州境内有自燃煤区，她这是第一次听说。柳晓雪突发奇想：

"通过高剂量的静态爆破，快速有效地切断煤层与氧气的接触，再用快速凝固水泥进行覆盖，不知道能不能解决这个世界性难题？"

"好！这个想法好，有创意。我认为可以一试，祝你成功！"

十多年后，柳晓雪果然心想事成。她研究出静态爆破阻断煤田自燃技术，为破解这个世界性难题提供了一种新的方法。不过，凉透河的煤后来经过国家有关部门鉴定，确认为是一种无烟煤，含硫量高，硫分较高，灰分也高，储量虽然很大，开采方便，但煤质比较差，除了老百姓做饭、取暖，没有大的开采价值。为了保护环境，煤炭管理部门认为不宜开采。地方政府决定封矿育林，凉透河也才有了后来的绿水青山，涵养出一派优美的自然风光。这里峰峦奇特，瀑布飞溅，溶洞遍布，杜鹃花海，千年银杏林等，成了乌蒙山区最具特色的旅游景点。当然，这都是很多年以后的事了。

太阳已经出来了，晨雾开始慢慢散去。吕大山和柳晓雪走的是山路，弯弯曲曲，很快就走得大汗淋漓。柳晓雪问：

"那个寨子，为什么叫凉透河？"

"寨子里有一条河流过。"

"河水很凉吗？"

"听寨子里人说，冬暖夏凉。那条河，从寨子西北面的山洞里流出来，夏天用手摸着，透心的凉。冬天的水是温的，冒着热气，在河里洗衣服，不冷。"

"那河，最后流向了哪儿？"

"东南。寨里曾经有人想寻找河的流向，顺着凉透河往下游走，几天后回来了，衣衫褴褛，脸上青一块紫一块的，一副狼狈不堪的样子，说是那河流了十多里后，两边是悬崖陡壁，没地方下脚，河道突然一下子跌落了下去，深达几十丈，河水变成了大瀑布，飞流直下，水雾升腾，下面啥也看不清楚了。"

"听上去，怎么和仙境一样？"

"凉透河人叫那地方飞龙峡。说太阳照在水雾上，有人看见水雾里有龙在飞。"

"呵，哪是龙在飞，那是彩虹。我国早在殷代甲骨文中，就有关于虹的记载。古人以为虹是龙在雨后显形，所以虹字带上了个'虫'字旁，一直沿用至今。其实，彩虹是飘浮在空中的小水滴反射太阳光形成的。一场大阵雨过后，空气中飘浮着许多小水珠，它们就像一个个悬浮在空中的三棱镜，太阳通过它们时，先是被分解成赤、橙、黄、绿、青、蓝、紫七色光带，然后再反射回来。这时，如果站在太阳（在地平线附近）和雨滴形成的"雨幕"之间，就会看到一条色彩缤纷的彩虹。这是一种自然现象。飞龙峡的彩虹，应该也是这样。"

"呵，我老婆真是个《十万个为什么》，肚子里什么知识都有。"

眼前横着一道坎，半米多高，吕大山在夸赞妻子的同时，一跃跳上了那道坎。柳晓雪笑着，向他伸出了一只求助的手。吕大山第一次拉柳晓雪的手，还是那次带领龙岩炎的1连，在奔往盘江镇途中。吕大山的手被柳老师的手紧紧握着，那双手纤细、白皙、柔软，富有弹性，让他心跳不已，至今不忘。不过现在，柳晓雪的手已经完全变了，变得色黑、粗粝、坚硬，这是静态爆破试验付出的代价。几年间，柳晓雪把自己关在实验室里，频繁地用手抓石灰，抓水泥，抓明矾等，不停地调试着各种配方。有时一天试验达几十次。这些强碱性材料，多次把她纤细柔嫩的手烧肿，烧伤，烧烂，留了下永不消逝的纪念。这也是她为三线建设付出的代价。

柳晓雪跃上了坎，站了下来。她看着吕大山的脸，掏出手绢，擦拭着吕大山额头上的汗，接着，从衣服口袋里掏出一块糖，上海产的大白兔奶糖，这是儿子每天的加餐。一杯水，一块糖，化成甜蜜的奶浆。柳晓雪剥去了糖纸，把那乳白色的奶糖，塞进了吕大山的嘴里。

凉透河到了，古老的寺庙依旧。

庙后面的山坡上，松树翠绿。春天的草地色彩斑斓，开满了一地的小花。一个不大的坟墓，周围垒着石头，坟头长着荒草野藤。坟前立有一尊石碑，一米多高。吕大山和柳晓雪恭恭敬敬地站在坟前，凝视着碑上刻着的几个大字："红军女战士陈桂银烈士之墓。"因风雨岁月，坟的周围有几块石头松动脱落下来。吕大山搬起石头，把它们垒放到原来的地方，捧上新土填满缝隙，用脚踩踏实了。柳晓雪动手，把坟头上长着的荒草、野藤，一把一把地拔去。最后，对着红军烈士陈桂银阿姨的墓碑，吕大山没有敬礼，没有鞠躬，没有默哀，而是脱下军帽，整整军容，双膝虔诚地跪下，两只手按在地上，庄重地磕了一个头，又磕了一个头，再磕了一个头。这个礼节，是父亲的再三叮嘱，必须这样。

红军墓前，柳晓雪眼圈发红，一直没有说话。她陪着吕大山，也磕了三个头。

吕大山这次带柳晓雪来到凉透河，除了完成父亲的嘱托，同时也看看陈玉仙和龙岩炎的女儿。龙岩炎已经失踪快两年了，他的女儿也一岁多了。他和龙岩炎的生死战友情谊，以及陈玉仙的坎坷命运，都告诉过柳晓雪。柳晓雪对陈玉仙也充满了同情和爱怜。

过了风雨桥不远，就是陈玉仙的家。凹字形木板房的正厅堂里，陈玉仙接待了吕大山和柳晓雪。岁月、生活和女儿这三把刀子，已经把陈玉仙雕琢得温柔慈善，成熟热情，完全没有了往日的火爆与刚烈。一岁多的女儿皮肤微黑，面色发黄，四肢瘦弱，像一只营养不良的雏鸟，躲在妈妈的怀里。她瞪着一双漂亮的大眼睛，胆怯地看着身穿军装的伯伯大妈。这双大眼睛细看，闪动出龙岩炎的影子。柳晓雪拿出一袋大白兔奶糖，一袋上海饼干，是送给女儿的礼物。吕大山掏出十五斤全国粮票，八尺军用布票，是给这母女俩的生活补贴。在物质奇缺生活贫困的年代，这就是最厚重的礼物。

这个院落，虽说是在一片焦土废墟上重建，但对于吕大山来说，既陌生又熟悉。这栋新盖的凹字形木房，吕大山看着既亲切又戳心。二十年了，弹指一挥间，旧貌已经换了新颜。当他和陈玉仙在这所房子里，面对面地又重新坐在一起时，往事历历涌在眼前，心中五味杂陈，翻动着难以言表的波澜。当然这一切，只有吕大山和陈玉仙心里清楚。柳晓雪是感觉不到的。

陈玉仙对女儿说："快，谢谢伯伯、大妈。"

女儿没有吭声，羞怯地看了一眼伯伯大妈，把小脸埋在了母亲的怀里。

正在这时，院里有人喊玉仙姐。声音未落，人就进到了屋里。这是个和陈玉仙岁数差不多的女人。她看到屋里坐着两个解放军，话音立刻低了下来：

"哦，有客人？"

"没关系，瑶瑶她爸的战友。有事？"

"你出来一下。"

陈玉仙不好意思地对吕大山和柳晓雪点点头，表示歉意，然后抱着女儿出了屋外。院子里，听那女人说：

"姐，听说盖这房子时，从老地基下面，挖出来一坛子银元。有人说是你姑姑当年埋下来，留给你的。"

"鬼扯吆，一个坛子，里面只有一块银元，还是坏的，啥子一坛子银元，我姑姑留的？烂嘴们鬼扯噻！"

"不会吧？一个坛子里，咋就会只装了一块银元？我不信。"

"真的，姐不骗你。"

"姐，你带着瑶瑶，生活多清苦？县上有收购银元的，拿银元换了钱，生活就能改善了噻。"

"鬼丫头，姐咋说你也不信。"

"我不信。"

"那好，姐去拿来你看。真是不碰岩崖不回头的牛。"

陈玉仙把瑶瑶放到那女人怀里，回屋里上了二楼。时间不长，抱下一个老旧的土色广口坛子。她把坛子放到桌上，打开扣着的盖子，从里面拿出一个蜡染蓝花布包裹。打开了包裹，是一个颜色陈旧的小木头盒子。打开了盒子，里面是用土黄色老布包着的东西。那土黄色老布的真色已不可辨认，一股年代久远的沧桑气息冲击着人的视觉。打开了层层包裹，里面是一块银元，中间一个圆洞，拴着一缕头发……

"妹妹！你是妹妹……"吕大山立刻惊呼着，激动起来。

屋里的气氛一下子爆炸开来，惊得全屋里人发呆。吕大山一把

抱住了陈玉仙。他想到龙岩炎拜见芒林公后给他打电话，说陈玉仙
是红军的后代，却苦于没有凭据。现在，这就是凭据，凭据就在眼
前。他泪水涌流，不停地说：

"妹妹，哥找了你十几年，我爸爸找了你几十年……谁知道……
你……找的我们好苦啊，妹妹……"

那个女人，这时也认出了吕大山。她指着吕大山对陈玉仙说：
"姐，这个解放军我认识。"

"你认识？"

"认识，他来过寨子两次，都是找你的。"

吕大山也认出她来了，风雨桥头供销社的那个女售货员莫文怡。

吕大山一字一句，诉说着父辈们那悲壮、凄婉的往事。

陈玉仙抱着女儿泣不成声。

柳晓雪和莫文怡也泪流满面。

2. 爸爸　爸爸

乌蒙山区的五月，是杜鹃花盛开的季节，一片片一簇簇的，火
焰一样，烧红了漫山遍野。41支队第一招待所大门口，突然增加了
岗哨。中午时分，三辆绿色军用吉普车驶进了招待所。车刚停下，
中间那辆吉普车里走出来一位军人，六十岁左右，个头胖瘦适中，
军容整齐，仪表轩昂，面色红润，两眼炯炯有神。戴红戍支队长和
李飞政委已经在这里迎候，紧走几步过去立正敬礼：

"吕司令员好！一路辛苦。欢迎首长前来视察工作。"

"好，大家都好！你们辛苦了。"吕司令员还过礼，和他们一一
握手。

东楼二层的一个里外套间，水泥地板，白灰抹墙，装饰简陋。

这里是吕司令员下榻的地方。吕司令员接过警卫员递过来的毛巾，擦了擦脸，坐在木头简易沙发上，掏出一盒许昌牌香烟，递给戴支队长一支，自己拿一支叼在嘴里，说：

"老李不抽烟好，既省钱，对身体又好。我和老戴啊，这个毛病，看来是改不了喽。"

戴支队长划着火柴，给首长点上，再自己点上。吕司令员有滋有味地吸了一口，看着眼前的两个老部下说：

"在我国东北边境珍宝岛，发生了那场武装冲突流血事件后，面对苏修的军事威胁，中央提出要以大局为重，以三线建设为重，要政治挂帅，一切为战备让路。全国进入了'备战、备荒、为人民'，'提高警惕，保卫祖国，要准备打仗'的战时状态。加快三线建设，巩固国防建设，被提到了从未有过的高度。你们这里的情况怎么样？"

"报告司令员，形势非常好。所谓的红卫兵革命，批斗走资派，清理阶级队伍等等，统统都撤到一边去了，部队没有再受到大的干扰。1969年12月4日，周总理发表讲话，要求六盘江煤炭基地以三线建设为重，保证1970年7月1日渡口（今攀枝花）钢铁厂出钢。我们成立了'抓革命、促生产'领导小组，组织各个部队，包括司、政、后机关，开展了夺煤保钢大会战。官兵们的战斗情绪非常高涨，没日没夜地干。113公里的火沾铁路也提前竣工，已经验收通车。4月24日（1970年），从火塘矿发出的第一辆满载煤炭的火车，开往了四川渡口钢铁厂。现在，我们部队承建的老树基矿、火塘矿、瓦普矿和月亮矿的各个矿井，都进展非常顺利，四个矿都已提前出煤。四座选煤厂也正在规划建设中，建好后，入洗原煤每年能达到450万吨。请首长放心，我们和老李还是那句话：一定要做熟了饭等客人。"

"好，非常好！"吕司令员看着他俩，"你们的客人，就是渡口钢铁厂。这饭，不仅要做熟了，不让客人饿肚子，而且一定要做得好，一定是好饭，鸡鸭鱼肉大米白饭，明白吗？就是说，一定要把最优质的煤炭，源源不断地运往渡口。"

"是！一定要把最优质的煤炭，源源不断地运往渡口。"

吕司令员满意地笑了。他吸了口烟，口气轻松地问，"为什么四川那个钢铁厂叫渡口，知道吗？"

"不知道。"

"那里位于金沙江畔，是茶马古道四川和云南盐茶交易的中转站，人们来去都要从那儿渡江，所以叫渡口。那个地方我去看过。原本是荒山野岭人烟稀少，只有几户人家。因村口有一棵巨大的攀枝花树，花开时节繁花满树，因而得名攀枝花村。攀枝花就是木棉花。听有领导说，这个渡口的攀枝花村要改名字了，叫攀枝花市，是毛主席亲自定的。为了保密，目前仍叫渡口市。用花，来为一个城市命名，在我国这是第一个。可以肯定，不久的将来，那里一定会出现一个因三线建设而诞生在深山里的现代化城市。在贵州，根据三线建设的总体规划，安顺地区准备兴建一座歼击机工厂，建成一个航空工业基地。遵义地区准备兴建生产导弹、火箭的航天工业基地。凯里、都匀地区，准备建设一个电子工业基地。煤炭、电力、化工、铁路、公路等等，也都将借三线建设这棵大树，开放出现代化建设的朵朵鲜花，结出累累硕果。你们重任在肩，干的可是千秋功业噢。"

吕司令员轻松随意，诗情画意般地拉家常式谈话，让两个老部下大开眼界，看到了未来的前景，确实是宏伟喜人。接着吕司令员话锋一转：

"听说老肖也被解放啦，结合到六盘江特区革命委员会，当副主任了？"

李飞政委回答说："是的，根据中共中央中发（69）71号文件，军代表进驻了六盘江市革命委员会，被打倒的领导干部得到了解放，重新参与了领导工作。那些城里的造反派也都下乡了，接受贫下中农再教育，滚一身泥巴炼一颗红心，没有机会再乱折腾了。"

戴支队长接着说："现在，我们军、地两套班子经常沟通，相互配合。机修厂、水泥厂、发电厂、矿区公路铁路、医院、小学等，各项配套设施，边勘探、边设计、边施工，都已全面铺开。请首长放心，到1975年，在六盘江地区，完成建设矿井23对、年产量达1000万吨的目标，肯定没有问题。"

"报告！"门外面有人喊。

"进来。"

"司令员好！"进来的是林越山，一个标准的立正，向吕司令员敬礼。他穿着一身发白的军装，干净利索，满脸兴冲冲的，充满了希望。

"来来来，坐。老林，随意些。林黑子，我看你不错嘛，气色好，精神好，嗓门大，不改当年。看来你这几年的锻炼，很有成效啊？"

"托戴支队长和李政委的福，他俩借劳动改造，给了我一个自由身，没事开着一辆旧吉普，在这大西南乱跑。这山山水水，村村寨寨，大路小路，县城集镇，跑哪儿看哪儿吃哪儿，落了个好身体。"说着，在警卫员搬来的一把椅子上坐下，伸手接过吕司令员递的一支烟，吸了一口，隔着淡淡散去的烟雾，看着吕司令员。

"不对吧？我看你这跑，是有预谋、有目的的吧？是不是借口乱跑，查勘地形，想准备打仗啊？"吕司令员像是在开着玩笑。不过他没等林越山答话，突然间话语变得认真起来，"老林，今天请你过来，是向你宣布一个总部任命。"

"什么任命？"

"调你到西南边防部队，任命你为野战军独立团团长。两年前在东北边境，我们和苏修武装冲突以来，西南的某邻国也开始蠢蠢欲动，与之遥相呼应，预谋制造事端。西南边防不稳，西南三线建设就会受到影响。未雨绸缪不得不防。在打仗方面，你老林是很有一套的。像你这样的人，在我们军队现在是宝贵财富。我们这些老家伙，年纪大了，心有余力不足了。有些人年纪轻，可只是纸上谈兵，那是会误国误军的。你准备准备，过几天上任去吧，命令很快就到。"

"是！"

林越山呼地从椅子上站起来，挺直了身板，啪地向吕司令员敬了个礼，然后紧紧握着吕司令员的手，不停地说着"感谢司令员""感谢总部首长"的话，表达自己决不辜负司令员、总部首长信任的决心。对于林越山来说，这真是个天大的喜讯，激动得一下子像年轻了好几岁。戴支队长和李飞政委也站起来和他握手，向他表示祝贺，认为司令员、总部首长知人善任，没有忘记这大西南的深山里，在三线建设工地，还隐藏着一个很能打仗的林越山。

林越山果然不负众望。在后来的对越自卫反击战中，亲临一线指挥部队，驰骋在枪林弹雨中，在攻打老山主峰时左肩中了一枪。自卫反击战后，荣立了一等功，成为战斗英雄。后升任师长、军长，最后官至中将。

三天过后，早上七点半。太阳从东边的山顶上冒出了个头，朝霞四射开来，把山野涂抹得一片金黄。

得到通知的吕大山，兴致勃勃地来到了支队第一招待所。他脚步快捷、身轻如燕地进了东楼，到了二楼201房间，进门一个敬礼：

"报告司令员爸爸，儿子向您问好！"

"哦，好好好！过来过来，让老子看看，看这个大营长我还认识不认识了？"吕司令员开着玩笑，把儿子拉到窗前。干干净净的太阳，从窗玻璃投射进来，淡红色的霞光洒在儿子英俊坚毅的脸上。吕司令员一本正经地端详着，说："黑了黑了，不过还比不上张飞。几年没见，结实了，好。小柳和我那孙子都好吧？"

"都好，您孙子已经满地跑了，会叫爸爸妈妈、爷爷奶奶、姥姥姥爷了。驻地离这儿远，交通不便，没带他们过来。再说，您现在军务在身，官大招风，他们来了，会暴露身份，给工作带来不便。

您到这儿来，我没告诉他们。"

"好，考虑得周全，以后有机会带他们到北京去。"吕司令员点点头，对儿子的做法表示赞同。他接着说，"你电话里告诉我凉透河的事，我好几个晚上没有睡好觉。找到你妹妹了？"

"是的，她现在叫陈玉仙，我和她早就认识。西南剿匪时，我在她家里养过伤。"

"这么巧？"父亲感到惊奇。

吕大山点着头："当时，一直把她当成大土匪陈白莲的侄女。她也为这个出身受到牵连，吃了不少苦头，受了不少冤屈。后来，她嫁给了龙岩炎，就是给您当过警卫班长的那个龙岩炎。"

"噢，这个龙岩炎。"父亲叹了口气，欲言又止。

"龙岩炎隧道施工，掉进了喀斯特溶洞失踪，至今没有结论。玉仙她带着孩子，回到了凉透河，生活过得很清苦。"

"唯血统论，唯成分论，不知道毁了多少人的生活和前程。小龙的事至今没有结论，是不对的。"吕司令员听着儿子的话，很生气，神情有些激动，"正在打着隧道，人不见了，不是牺牲是什么？长征时过草地，有的红军战士一转眼，陷进了淤泥里、沼泽里，人就没有了。战场上，一颗炮弹落下，人就炸得无影无踪。这些人就不是牺牲？就不是烈士？说这种话的人，将来有机会，要让他上战场，让他看看什么叫军人，什么叫打仗，什么叫牺牲。"看得出来，父亲有些气愤。过了一会儿，父亲沉静下来，对吕大山说："儿子，那东西，我给你带来了。"吕司令员说着，进到里间，打开手提箱，取出一个包裹，把包裹放在办公桌上。打开了看：一个彩线荷包，颜色陈旧；一块银元，中间穿洞，洞中系着一缕头发。

吕大山看着那银元，两眼发直，含着泪水，说："爸爸，一点儿没错，她手里拿的银元，和这个一模一样，肯定没错！"

"啊，那就不会错，她是许侧的女儿。"吕司令员的眼睛也湿润起来。

"许侧？许侧是谁？"

吕司令员没有回答他，面色凝重，在屋里踱着步子。步子不大，一步一步又一步，缓慢、艰难而沉重。看得出，这些陈年往事，让久经沙场、风风雨雨大半辈子的父亲，心情既激动又一下子难释重负。时间一秒一分地过去，终于，父亲在沙发上坐了下来，把一只微微颤抖的手伸进了口袋。吕大山凝视着父亲，赶紧掏出自己的乌江牌香烟，递一支过去，划火柴给父亲点上。父亲吸着烟，表情依然深沉，依然没有说话。他的眼神，像是在回忆，在思索，在遥想着那刻骨铭心的过去。终于，一阵沉默后，父亲开始说话：

"大山，我告诉你，你也不是我的儿子……"

"什么？您说的什么，爸爸？"

"你的小名叫虎子，父亲叫彭毅。"

"爸爸，您这是……爸……"吕大山顿觉天塌地陷，浑身发软，声音发飘，语无伦次。

爸爸这是怎么了？咋能说出这样的话来？哦，爸爸一定是老了，一定是想起了刻骨铭心的过去，受不了这种刺激，脑子有些乱了。吕大山盯着父亲看，一眼不眨，认真地看着父亲，他试图能看清父亲，看懂父亲。父亲确实老了，满头花发，面色有些憔悴，走步时身体微微有些摇晃。父亲坐在沙发上，吸一口烟，停了一会儿。再吸一口，又停了下来。默默地，依然没有说话。父亲的冷静、沉思，表明了父亲的思维没有紊乱，表明他不是在随意乱说。

吕大山颤抖着手，给父亲又点上一支烟，泪眼蒙眬地看着父亲，轻声问：

"彭毅……他人呢？"

"牺牲了。红军三渡赤水后，彭营长调离红军中央纵队，到红军川滇黔边区游击纵队，当时的许侧司令员，刚刚牺牲。你父亲奉命，来接任许侧的司令员职务。1936年3月，为掩护红二、六军团进军贵州，你父亲带领游击纵队三个连，把敌人的重兵引到了凉透河，在一个叫飞龙峡的地方，跳了下去，都跳下去了……"

吕大山默默无语，眼含泪花。

"红军川滇黔边区游击纵队，是红军长征进入贵州后，毛主席亲手组建的一支偏师，布下的一支疑兵。她的主要任务，就是壮大声势迷惑敌人，掩护红军主力在贵州境内大的战略行动。现在，为了应对世界上的复杂形势，打破美帝、苏修的反华包围圈，毛主席提出了三线建设的战略布局，这和当年组建偏师，布下疑兵，是一脉相承的，都是毛主席的英明决策。你们这个部队，在这里搞西南三线建设，所承担的任务，和当年红军川滇黔边区游击纵队承担的任务，意义是一样的重大。"

父亲思维清晰，谈吐庄重。吕大山认真地点头。

"邓颖超大姐后来听到你父亲他们的这个消息，沉默良久，说：这是长征付出的代价啊……烈士精神不朽。张爱萍将军后来题词，高度评价你父亲和红军川滇黔边区游击纵队，为掩护红军主力部队大的战略格局，做出的巨大牺牲：孤军奋斗牵制强敌，壮烈牺牲万代敬仰！这个彩线荷包，是你母亲留给你的。你母亲长征路过盘县时，遭敌机轰炸，为救战友，牺牲了。"

吕大山拿着彩线荷包，拿着那块银元，扑通一声跪在吕司令员面前，双手紧紧拥抱着父亲，泪流满面，失声痛哭：

"爸爸！爸爸！"

偏　师（下）

大殿后面的山坡上，是一片野生的松树林，高高低低松散稀疏。俞泽宏吕壮行他们，在树林边上掩埋了牺牲了的陈桂银大嫂，鸣枪祭奠她的英灵。坟墓旁的松树枝叶上，挂着晶莹剔透的雨珠。枪声中，雨珠纷纷坠落，犹如官兵们的泪珠，无比悲伤地浸失在草丛里、泥土中。

小虎子趴在坟头上哭。开始有声，后来无声，开始有泪，后来无泪，眼睛红肿着，不停地抽泣。襁褓中的小女孩依然双眼紧闭，似睡非睡。可怜的小女孩，让人看着心碎。俞泽宏抱着小女孩，拿过来军用水壶，扭开盖子，在盖子里倒点水，用舌尖试了试水温，然后对着孩子的小嘴，浸湿了她的嘴唇。小女孩闭着眼睛，伸出了粉红色的小舌头，拼命舔了几下，立刻又闭紧小嘴，哇地哭了起来。

"是不是饿了？"吕壮行说。

"不好，孩子有点发烧。"俞泽宏用额头贴了贴小女孩的额头，命令吕壮行，"立即进这个寨子。"

俞泽宏抱着小女孩，吕壮行拉着小虎子，部队散出了战斗队形，开始向寨子运动。身穿红军服装的3连，走在最前面。

蒙蒙细雨已经停了。雨雾还没有散去。一座破旧的风雨桥，架在通往寨子的河上。桥下的河水浑浊，翻卷着树枝枯叶哗啦哗啦地流淌着。

刚刚行进到风雨桥头，桥的另一头突然响起了枪声。

原来，寨子里驻着一小队的黔兵。祭奠女红军的枪声惊动了黔兵，黔兵们在风雨桥的另一头已经摆好了阵势。

一场激战在桥上展开。

黔兵大都是散兵游勇，是一人两杆枪（步枪和大烟枪）的队伍。他们哪里是游击纵队的对手？一阵急风暴雨式的枪声之后，战斗很快结束。这时，俞泽宏才发现一个重大失误，围裹在背上的小女孩不见了。

部队立刻分散开来，全寨子进行搜索。

风雨桥头不远有一户人家，院落用树枝杂木扎成的围栏围着，枝枝杈杈有半人多高。树枝编织的木板栅栏门，有气无力地半开着。院落里有一座凹形老旧的木板房。屋檐下放着一张木犁，两个破旧的竹篓和杂物。木板墙上挂着斗笠、蓑衣等。就在这座木板房正堂屋里，一个年轻女人，坐在一张旧竹椅子上，怀里抱着的正是那个小女孩。褓褓里孩子和衣物没变，一看便可以认出。那女人半敞开胸脯，小女孩紧紧咬住那女人的乳头，正拼命地吸吮着那女人的乳汁。

"这是你的孩子？"

"不是。"

"谁的？"

"捡的。"

"捡的？"

"门口捡的，她饿了，在哭。"

小女孩的眼睛闭着，小嘴继续在吃那女人的奶。

"这是我们的孩子。"

"你们的孩子？"

"我们的孩子。"

"你们都是男的，哪来的孩子？"

"我们是红军，孩子的母亲也是红军，牺牲了。"

“我也有孩子。”

“孩子呢？”

“死了。”

“死了？”

“死了，三天前死了。”

“噢……”

“我有奶水，她吃我的奶，就是我的孩子。”

“啊，那……这……”

这真的是一句很不好一下子解释清楚、也很难一下子回答出来的难题。有奶便是娘，祖先们都这么说。

“你叫什么名字？”

“不告诉你们。”

谈话陷入了僵局。屋子里一阵沉默，空气里含着潮湿、苦酸和硫磺炭火的味道。

“大嫂，那这样吧，我们把孩子先寄养你这儿，将来我们再来领，行不行？”

“不行。她现在是我的孩子，将来也是我的孩子，她永远是我的孩子。”

那女人说着，警惕地站了起来，身子有些哆嗦，把怀里的小女孩抱得更紧。

小女孩大概吃饱了奶，脸上露出了甜甜的笑。

俞泽宏、吕壮行他们仔细打量着那女人，二十岁左右，个头适中，穿着一身苗族、侗族还是布依族服装分不清楚，一块蓝色的布条勒裹着头发，一根银簪插在浓密的黑发中。抱孩子那只胳膊的手腕上，戴着一个银镯。这女人眉目清秀，眼睛像一汪山泉，明亮清澈。从她的打扮和气质上看，她不仅是个美人，也有着山里女人的厚道与淳朴。屋里正中间有一个火塘，陈旧的木板架上放着盆、碗、竹筐等炊具，几只低矮的木凳，一条断了腿的椅子。从家居摆设来看，这户人家并不是很富裕，但也不是很贫穷：木梁上悬挂着两块熏黑了的猪后臀腊肉，木板壁上挂着两串红色的干辣椒，还挂有一些玉米。

俞泽宏和吕壮行走出屋子，经过商量，决定同意那个女人的要求。回到屋里，俞泽宏从口袋里掏出一个小布包，打开了，是那块沾着血迹带着弹孔的银元，银元中间弹孔里系着一缕女红军陈桂银的头发。他对那女人说：

"这是孩子母亲留下的唯一的遗物，请你把它保存好，将来交给孩子。还有，孩子将来长大了，告诉她，她的父母都是红军，都牺牲了。"

那女人接过布包，紧紧捏在手里，看着俞泽宏。她低下头，用自己的额头，轻轻地贴在小女孩的额头上，亲密，疼爱，如同自己的孩子。突然，那女人扑通跪在地上，对俞泽宏虔诚郑重地点了点头，说：

"谢谢红军，谢谢长官，愿菩萨保佑你们。"

那女人说着，眼睛里的泪水扑簌簌溢了出来，热泪滴在小女孩的脸上。

这个刚刚失去了孩子的年轻母亲，三天后她又意外得到了一个从天而降的孩子，这是菩萨显灵，还是苍天的恩赐？孩子、红军、红军、孩子，这几个字眼连同她怀里的孩子一起，深深地印记在了她的心灵中。这个女人的举动，显示出她对神灵苍天的敬畏，显示出她的温柔、真诚和善良，显示出她对小女孩有着深深的慈母般的爱。这个女人感动了所有在场的人。

俞泽宏赶紧拉起了那个女人。

再看那小女孩，幼小的生命天真稚嫩。她刚刚来到人间，便失去了母亲，可很快又得到了另一位母亲，感受着母亲怀抱中的温暖和甜蜜。吕壮行的眼睛有些湿润，他从口袋里掏出来四块银元，俞泽宏又递过来六块银元。吕壮行把十块银元放在一起，交给了那个年轻的女人。

　　小虎子脖子上挂着母亲留下的小荷包，小手一直拉着吕壮行的衣角，始终没有松手。

　　俞泽宏他们离开了这个院子，离开了这个寨子。在风雨桥头的匾额上，他们看到了三个大字：

　　凉透河。

尾 声

1

几十年后，中国改革开放的帷幕徐徐拉开。人们惊异地发现，在乌蒙山区，在云、贵、川这个巨大的舞台上，被人们认为封闭、荒蛮、偏僻、落后，三线建设的单位却星罗棋布。几千家上万家，涉及航空、航天、核潜艇生产、坦克火炮、枪支弹药等各个领域，比如贵州航空工业基地，西昌航天发射基地，攀枝花钢铁工业基地，重庆常规兵器工业基地……

这些领域今天的发展，且成果惊人世界领先，都是在那个时期，那个地方，那些人们用青春，用鲜血，用生命，奠定了坚实的基础。所有这些，在当时都是深藏不露，严格保密的。比如，所有的钢铁企业以"林场"为代号，如青杠林林场、兰木林场、松林林场等；所有的煤炭企业以"农场"为代号，如大华农场、摩天岭农场、大河农场等；所有的电力企业以"牧场"为代号，如天生桥牧场、青山牧场、雷山牧场等；还有"黎阳机械厂"、"011"基地、"061"基地"××信箱××分箱"等，都是搞航空航天的单位或研究机构。

这些领域的建设者，隐姓埋名默默无闻，历史在相当一段时间，好像把他们忘记了。《共和国不会忘记》电视台栏目组的记者，去采访一位投身三线建设、已是八十多岁的老人。老人长期卧病在床，弥留之际，对前来采访他的记者说："三线建设是国家机密，领导没有通知，我不能告诉你们。"这样的老人很多。他们献了青春献终身，献了终身献子孙。最后，把三线建设的秘密，连同自己那刻写着时代烙印的躯体，一起带进了棺材里。

一天，凉透河的风雨桥上，来了一个老头。

这时的凉透河，早已是今非昔比了。风雨桥重新进行了修建，雕梁画栋修葺一新。大街两边盖着高楼，到处是民族特色的餐厅，卖着各种商品的高档商店，流光溢彩的广告屏幕，川流不息的小轿车摩托车，穿着时髦打扮艳丽的男男女女……

今日的凉透河，已成了贵州著名的旅游景点，一万多人居住的繁华小镇。

这老头六十多岁，穿一身宽大的不太合体的衣服，干瘦干瘦的，眼睛很大，一条腿微瘸，看上去身体也还算硬朗。他坐在桥的栏杆椅子上，向人们讲述着自己那遥远的过去。人们这才知道，他年轻时是当兵的，先是铁道兵，打过仗。后来是基本建设工程兵，41支队的，在六盘江地区搞三线建设。

"我和我的战友们，修过简易公路，挖过盘江煤矿，建过火沾铁路，在打隧道时掉进了溶洞。洞底是一条汹涌的地下河，我被激流吞没冲走，就啥也不知道了。醒来时，发现自己躺在溶洞里的地上，脚下是流水，头枕在石头上。好在我脖子上还挂有一个手电筒。打开手电筒，我看到身边到处都是石头、石柱，奇形怪状的，有些石头像野兽的獠牙。我开始爬起来走。我发现有的地方，空隙又小又狭窄，只能匍匐行进。有的地方很大很大，那洞足有一百多米宽，可以并列十几、二十辆军用大卡车。洞顶高达二三百米，洞长有好几公里。那里可以屯兵一个师，没有一点问题。后来手电筒没有电了，我就在黑洞里，磕磕绊绊深一脚浅一脚地寻找出路。看见有一点亮光，就赶紧走过去，到了用手一摸，原来是一块发白光的石头。看到高处有一丝亮光，就拼命往上爬，好不容易爬了上去，抬头一看，还有好几十米高，可望而不可即。接着下来，我就继续往前摸索着走。反正是只要看到一丝亮光，一丝光明，我就往那里奔，往那里爬。可就是，根本无法走到那儿。这咋就像人生的路，看起来有前景，有光明，可走起来咋就那么难？不过我不怕，该死尿朝上！"

"那你吃什么？"

"鱼，有水就有鱼，偶尔也能抓到鱼。前途是光明的，道路是曲折的。这是部队当年教育我们时常说的一句话。我就一直在用这句话来鼓励自己。水有流出去的口，我就有走出去的路。这一点我坚信不疑。终于有一天，我走出了那洞，看见了光明，回到了原来的世界。我高兴啊，有了太阳月亮，有了花草树木，有了小河鱼虾，有了飞鸟蝴蝶，啥都有。我终于又回到了人世间。我激动，我高兴，我大声呼喊，开始四处奔走。可结果发现，每走了一二百米、三四百米，甚至五六百米，就会碰见悬崖绝壁。那悬崖绝壁高的，陡的，像是刀劈斧削一样，低的有一二百米，高的两三百米。四周全是这样，根本无法上去。我知道了，我被困在了这里。在这里，活着可以，出去不行。这就是命运。好在我在部队里受过苦，经受过生死锻炼，这里有桃杏野果，有蕨菜、折耳根、荠菜、野韭菜、野芹菜，遍地都是。还有泉水，水坑、小河沟里，有鱼有虾。我弄一些细软的藤草，晒干了编织成被褥、衣裤。这门手艺，还是当年在部队修公路时，跟苗族侗族布依族老乡学的。这里的温度不冷不热。也不知什么鸟，拉的屎里有没消化的稻谷，埋到土里能发芽，长高了能结穗。我开始钻木取火，琢石木做锅碗。就这样，我一个人在这里，有吃有喝的，世外桃源一般。"

"您二三十年不说话，不难受？"

"说啊，有鸟，有鹦鹉，好几种鹦鹉，我和它们说。"

"那后来，您是怎么出来的？"

"有一天，悬崖绝壁顶上，坠下来几条绳索，顺着绳索下来了几个人，说是来探险的，为了寻找旅游景点，发展旅游事业。开始，他们把我当成未被发现的野人。我告诉了他们我的经历，他们就把我带了出来。他们说那叫什么天坑，大天坑，是个地质奇观，是个旅游的好地方，将来搞旅游时请我当导游。出来后，我理了理思路，才知道自己在那个天坑里，度日度月，一住就是二十多年快三十年。"

一个骑着豪华摩托车的年轻人上了风雨桥，熄了火，坐在摩托车上，拿出一根红塔山烟叼着。他和周围的人一样，看着那老头，饶有兴致地听着那老头讲自己那过去的事情。听着听着，那小伙觉得有些不对劲，怎么玄玄乎乎的，说的像天书一样？后来，他实在忍耐不住，就骑上摩托车轰一脚油门走了。临走时扔下一句话：

"这老头，不是有病，就是老糊涂了。"

一个耐心的小伙子，发现这老头耳朵有点背，就大声说：

"大爷，三线建设那些事，太远了，我们只是听说过！"

"咋就只是听说过？我们还没死呢，有多远？我们是部队，是军人，弟兄们都是拿命干的。"

"您说的那些部队，早就撤销了，没有了。"

"撤销了？没有了？那么好的部队，咋会撤销了？弄没了呢？"老头很是诧异，"我说呢，我到处打听，找不到我的部队，找不到我的那些战友们。"听口气老头子想哭。

"大爷，您结过婚吗？"

"结过，年轻时结过。"

"老伴呢？您怎么不去找她？"

"嗨，我一个人在那坑里，蹲了几十年，找她干吗？找到她，她现在儿孙满堂的，不是给她添乱嘛。"

周围的人，都没再说话。这老大爷脑子清醒，人品善良，善解人意，令人肃然起敬。

也是，流逝的岁月和享受着现代生活的子孙们，怎么能把他和他的战友们忘记了呢！

2

祖国和人民没有忘记。

六盘江烈士陵园，一排排苍松翠柏下，埋葬着 131 位为三线建设牺牲的烈士。他们生前，都是基本建设工程兵 41 支队的官兵。

清明节那天，一个白发苍苍的老人，身边跟着几个年轻人。一个三十岁出头的女人，一个三十岁左右的男人，还有两个男人，大约二十多岁。老人带着这几个后生，来到烈士陵园，来祭奠这些他当年的战友：

"这是金伯凤，辽宁昌图县人，402 大队战士，1966 年牺牲。"

"这是高增长，河南济源人，402 大队技术员，1967 年牺牲。"

"这是张国富，河南温县人，407 大队战士，1968 年牺牲。"

"这是刘明祖，四川兴文县人，403 大队排长，1970 年牺牲。"

"这是许际直，四川巴中县人，知道吗？就是毛主席写《为人民服务》表彰的张思德的小老乡，402 大队战士，1971 年牺牲。他生前的誓言是：'生为革命谱新曲，死为人民写壮歌。'"

"这是张来运，河南温县人，总库基地战士，1975 年牺牲。"

老人对这些牺牲的战友，一个个熟悉得如同家人。他叫着战友的名字，慢慢走过一排又一排的烈士墓。

"这个是陈来道，副教导员，贵州黎平县人，原来在野战军 145 团当侦察班长。后来调入铁道兵，和我共事八年。年轻时打隧道，抱着风钻不丢手。当了连长，还坚持带班打风钻。肺里有了病，不看医生不报告，发现就晚期了。唉，老陈哪，你太不够意思啦！

1951年剿匪，你在145团当侦察班长，受命到凉透河侦探陈白莲。老子是418团侦察班长，也受命到凉透河侦探陈白莲。我们是两个系统，互不知情，独立作战。可你没老子有运气，老子侦探到了陈白莲，你没侦探到。可你倒好，勾引上了一个年轻的小姑娘莫文怡（吕大山突然笑了，他想到了陈玉仙）。这些事，你一直埋在心里，到临去世前才告诉我。咱俩都是侦察兵，真能保密啊。唉，老陈哪，你和人家小莫谈了那么多年恋爱，天天抽人家的芦笙牌好烟，没和人家结婚，你人就走了，不够意思，真不够意思。莫文怡现在儿孙满堂，可说起你来，还眼泪啪啦的，割不断你啊，老陈！"

老人翻阅着往事，浮想联翩，心情沉重，腿脚有些不稳。那女的赶紧上前扶着他的胳膊。

烈士陵园最后一排，靠西南角的位置，有两座坟墓。一座是阚大勇的，墓前像是有人刚刚来过，有新踩踏过的痕迹。另一座墓前，长着一棵杜鹃花，杜鹃花怒放鲜红似火，石碑上刻着：

"龙岩炎烈士之墓。"

老人发现，龙岩炎的墓碑上，咋有新的印痕？老人瞪着侦察兵的眼睛，仔细端详，发现是两只脚印。他妈的，怎么回事？老人掏出手绢，扶着石碑，把那脚印慢慢地擦去，边擦边对那女人说："我和你父亲，一起剿过匪，一起上过朝鲜战场，一起上过越南战场，一起出生入死。他早走了，我还活着。"

老人语调不高，却分外动情。

一行人离开了墓地，出了烈士陵园大门。老人说："走，我带你们再看两个人。"

"还有两个人，在哪儿？"

"到那儿，你们就知道了。"

革命烈士陵园的围墙外面，是一小山冈。脚下没有路，长着一些稀疏的荒草灌木。放眼望去，是一片一片的杜鹃花，花朵盛开红似火焰，燃烧在这荒山乱野。小山冈的半坡上，有两座坟墓，与龙岩炎、张国富他们的墓园，相距不到100米远。这两座坟头矮小，坟旁没有青松。意想不到的是，在一个坟前，坐着一个人，面对着坟墓，背对着来人。

"你是谁？"

老人大声问那个坐着的人。那个坐着的人扭过头来，惊异地看着来人。他揉了揉眼睛，想站起来。可他两手按着地，起了两次，都没能站起来。两个年轻人赶忙过去，搀扶他站了起来。啊，是凉透河风雨桥上的那个老头。这个老人，看着那个老头，两个人呲瞪着。

一个说："你……"

一个说："你……"

突然，两个人相互扑了过去，拥抱在一起，紧紧拥抱着：

"大山哥，老营长！"

"龙子，是你吗？你没有死啊？"

"老猴子，我没死，不见到你，我死不瞑目啊。"

"龙子，你让我痛苦了几十年。"

"老营长，我进烈士陵园，去看张国富，看阚大勇，看我们过去的老战友，咋还有我的墓，我的碑？妈的，气得我狠狠地蹬了两脚。老子还没死呢！那墓里，埋的谁？"

"埋的，是你的衣物。一套军装，一顶军帽，一顶安全帽，一双皮鞋，一条武装带，还有一条香烟，朝阳桥牌的，都是我亲手放的。"

两位老人相互对看着，眼眶里充满了泪水。这相遇，简直如同做梦一样。吕大山拉着龙岩炎，对那个女人说：

"瑶瑶，过来，叫爸爸，这是你爸爸龙岩炎。"

瑶瑶迟疑着，看着龙岩炎，半天没叫。

"快叫，叫爸爸！"

龙岩炎也惊呆了："这，是我女儿？"

吕大山回答得非常肯定："没有错，你女儿，叫瑶瑶。"

瑶瑶终于叫道："爸爸。"泪水涌流出来。

"你这是，看刘健来了？"吕大山问。

"看刘健来了。这孩子，真是个好兵啊！看《智取威虎山》学英雄，想当杨子荣；学雷锋，为别人做好事不留痕迹。刘健的死，死得那么委屈，死时才十八岁。都怨我啊，都怨我。当时年轻，脾气急，没有耐心。老猴子，你说说，那时候，咱咋就那么的愚蠢？这是个多好的孩子？一心想当个好兵，可我这个排长，没当好……"

"那时我们都年轻，只知道训兵，练兵，用兵，可就是不太理解兵，教育有问题，方法有失误啊。"

"老连长，您不能这么说。您爱兵啊！为了这个龙老刀，您差一点儿被枪毙，忘了？"

"没忘。只要我不死啊，我每年都来，看看这个龙老刀，还有这个小刘健。"

"几十年了，想起刘健来，我就心如刀割，难受。也想老刀。我对他们俩，都有愧啊！"

"活到这个岁数，我们才明白，这人世间有些道理，想着是顺的，看着是直的，可要是真想去把它理顺了，捋直了，难哪！很难哪！"

两个老人的对话风风雨雨。年轻人听着云里雾里。

龙岩炎看着这几个迷蒙的年轻人，笑了。他指着刘健墓旁边的另一个墓说："这个坟墓里，埋的老兵叫龙老刀。"

龙岩炎脸色如水，语调沉重地讲述了老兵龙老刀。

1951 年 6 月，解放这个盘江镇，那时叫双凤县城。先是围而不打，想迫使城里的国民党军队投降，和平解放这座县城，避免城里的百姓遭战火涂炭。一个深夜，下着大雨，几个被围困在城里的国民党兵偷跑出城，被站岗的老兵发现。他们说，不想和解放军打仗了，想跑回老家去。碰巧有一个国民党兵，是这个老兵的堂哥，两人是发小儿。这个老兵参加了解放军，堂哥后来被国民党军队抓了壮丁。万没想到，同一个爷爷奶奶的两个孙子，在这两军对垒的战场上相遇了。出于亲情，那老兵看看周围没人，便趁着夜深雨大，偷偷放跑了那几个国民党兵。没想到，那几个国民党兵跑出几里地后，被外围部队抓住，审讯中供出了这个老兵。部队有关部门立即进行追查，要查明实情，军法处置。他们带着那几个国民党兵，前去认证。当追查到这个老兵所在的连队时，攻城的战斗刚刚结束，城里的战火硝烟还没有散去，还响着零零星星的枪声。

这个老兵的连长，满头满脸灰尘，头上缠着绷带，绷带上渗着血，军帽早已不知去向，军装几处被打得像炸开了的棉花，冒着青烟。当他知道询问他的人的来意，简直要疯了，他一手提着枪，一手指着来人，扯着沙哑的嗓子喊："净他妈的扯淡，我的这个兵，是非常优秀的兵，优秀得很。他跟着我，参加过渡江战役，解放过南京，攻克过上海，又随我来到西南剿匪，他立场坚定，敌我分得很清，打仗从来就不怕死，多次立过战功，是我们连的战斗英雄。就在刚才，刚才攻城时，为炸掉城门口敌人的一个暗堡，减少战友牺牲，他扛着炸药包，冒着枪林弹雨冲到城门口，舍命炸掉了暗堡。我们全连官兵，是喊着为他报仇的口号冲进城里的。我们连要为他请功，请功！请功！请功！知道吗？他妈的！"然后，他冷冷一笑，又说，"放跑了几个国民党兵，那是减少了敌人的战斗力，我看应该支持，应该表扬。那几个国民党兵，也都是穷苦人出身，他们不愿意为国民党卖命，跑了不是更好吗？"这个连长，当着追查人员的面，让战士们捡来了老兵残缺不全的遗体，摆成人形，全连官兵低头向他默哀，鸣枪向他致敬，个个哭得泪人一样。

但是，军纪无情。这个老兵打了一辈子的仗，屡立战功，在这次攻城战役中虽然很勇敢，人也牺牲了，就是因为他出于亲情，私自放跑了几个国民党逃兵，违反了战场纪律，不仅没有立功，死后连个烈士的名分都没有，也没被批准埋葬到烈士陵园。

龙岩炎的话，让这几个年轻人听得如痴如梦，心里如坠铅块，沉甸甸的。

他们望着烈士陵园那高大的烈士纪念碑，耸立在苍松翠柏掩映之中。那里埋葬的烈士，每年都有人来扫墓祭奠，向他们敬礼膜拜，追思他们可歌可泣的过去。他们是国家的功臣，军队的英雄，家庭的骄傲和光荣，接受着后人的赞颂，永远活在人们的心中。而眼前这个老兵，坟前无碑无松，黄土一堆，几近被稀疏的荒草灌木和怒放的杜鹃花海淹没。这个老兵，生前和战友们，包括牺牲后埋葬在烈士陵园内的战友，他们曾经一起生活，共同经历过无数次出生入死的战斗。在解放这个县城的战场上，他为了减少战友们的牺牲，献出了自己的生命。然而他，牺牲后却与牺牲在同一战场的战友们分开，被埋葬在离牺牲的战友不远的小山冈上，孤零零的，沉默无语，如同树上落下的一片枯叶，刮过的一阵山风。

还有这个刘健，和烈士陵园里的张国富，来自同一个家乡，一列铁闷罐车皮拉到乌蒙山区，为了三线建设，战斗在同一个部队。他死了，被定为非正常死亡，不能和张国富相聚，置身于这个被人们遗忘的角落，与漫山遍野的杜鹃花为伴。无情的岁月，将把他和那个龙老刀消失得无影无踪……

人的命运，谁能说得清楚？

有人问："那个老兵的连长呢？"

龙岩炎说："那个连长？因为战场上对上级咆哮发难，出言不逊，拒不配合调查，差一点儿被枪毙。后来受到了降职处分，连长降为班长。"

"那连长真行，真是好样的。他现在人呢？还活着吗？"

"活着呢！很硬朗。"龙岩炎一指吕大山，"他，就是那个老兵的连长，我们都是他的兵。"

"啊！爸爸。"

"伯伯，您真厉害！"

几个年轻人全都惊讶起来。

"那几个国民党逃兵，也都参加了解放军。"吕大山说，"这个龙岩炎，就是那个龙老刀的堂哥，国民党逃兵。"

几个年轻后生，看着他们的父辈，思绪翻滚，久久没人说话。

这简直是天书一样的传奇故事。

3

一辆豪华别克公务舱小车，在回盘江县城的高速路上奔驰。天下雨了，蒙蒙细雨。车速不快，在 80 至 90 公里之间。

"龙子，我告诉你，玉仙可是个红军的后代。"

"这个我知道，可就是没有凭据。"

"有，有凭据。"

"真的吗？她现在怎么样？"

"真的，我爸爸有凭据，玉仙手里也有凭据。后来，她和侯长金结婚了，生了两个儿子，喏，开车那个，你后面坐着的那个，两个都是。"吕大山告诉龙岩炎，"我身后坐的，是我儿子，叫吕乌蒙，在一家省旅游公司当老总。"

"老爸，龙叔叔我已经认识了，是我们公司的探险队发现了龙叔叔，救龙叔叔出天坑的。叔叔穿的这身衣服，就是我给他买的。"吕乌蒙对吕大山说，"龙叔叔在那天坑里，盖有房子，开有菜园，种有稻谷，锻有石臼石磨。他所经过的地下河，我们经过初步探查，发现龙叔叔当年在那条暗河里，地缝峡谷里，竟然走了 30 多公里。"

"好啊，我建议你们旅游公司，把你龙叔叔走过的地下河，地缝峡谷，居住的天坑，好好开发开发，宣传宣传。不要光宣传你们的旅游景点，想着挣钱，更要好好宣传你龙叔叔的事迹，那是三线建设 49 万官兵的事迹，也是我们这一代人走过的人生道路。"

"知道了爸爸，一定！"吕鸟蒙说，"目前我们已经探明，那是个非常典型的喀斯特溶洞群，海拔 2000 米左右，长约 353 公里。溶洞最高处 295 米，最低处不到 1 米。有一个大溶洞，里面流水潺潺，洞顶上很多钟乳石，像悬挂着的植物枝蔓，攀爬着的野藤。到处是洁白如玉、晶莹剔透的石花，有菊花状，球状，蘑菇状，枯萎植物的茎秆状，刚刚长出绒毛的食用菌状；有的像一大朵棉花上，又长出几朵带刺的小花；有的像蓬松的海绵，万箭待发的晶针簇群等。真可谓奇异怪诞，多姿多彩，令人眼花缭乱瞠目结舌。还有好几段是地缝峡谷。最长的谷段 1000 多米，切割深度达 200 多米，瀑布飞溅。谷底最宽处 20 米，最小宽度不到 1 米。从高处俯瞰，地缝峡谷蜿蜒曲折于石峰之间，犹如刀劈斧削，把大山砍开了一道奇异的缝隙。一条溶洞暗河，除了地缝峡谷，还有十五个喀斯特竖井，最深的达 1108 米。"

"这么好的景观，当时我们都没有条件，也没有心思欣赏。"龙岩炎有点遗憾。

"最大的天坑直径 690 米，深达 280 米。有的洞穴中很多直径 30 多米、高 50 多米的巨大石笋、石柱。暗河中有陡崖瀑布，落差 200 多米，气势磅礴。可以说，这是个丰富多彩的暗河、竖井、天坑、洞穴、瀑布系统。目前在美国，发现一个猛犸洞，240 公里，一位法国洞穴探险家进入洞中，冒着生命危险潜水穿过一条地下河，从另一个洞中出来，发现了一条新的伏特林岭洞，长约 300 多公里。两洞相加 600 多公里，世界第一。他走过的路径，和龙叔叔当年一样。龙叔叔发现的这个洞穴系统，目前在国内，在亚洲，还没有第二个。龙叔叔功不可没，谢谢龙叔叔！"

"看看，这个吕总，不愧是学地质的博士生，滔滔不绝口若悬河，让我们大开了眼界。看来你这十多年的旅游探险没有白搞。"吕大山以开玩笑的口吻夸赞着儿子。然后话锋一转，对吕乌蒙说：

"吕总，老子们当年打天下，搞三线建设；你们现在搞开发，搞旅游。这个传承对接，老子们可亏大了。"

"咋亏大了？"

"老子们拼的是命，吃的是苦；你们赚的是钱，享的是福。"

"前人栽树，后人乘凉嘛。"

"问题是，有的子孙乘凉，从来就不问这树是谁栽的，以为是野生的，乘凉理所当然。你想想，这让老子们寒心不寒心？"

正说着，吕乌蒙的电话响了："妈，您说，听着呢，我爸也在，您说。"一阵电话打过，吕乌蒙说，"我妈在凉透河，这几天不回家了。妈说凉透河这些年过度开发，私挖乱建，开什么'天然地火烧烤酒吧''露天自燃体验俱乐部''煤田自燃景观一日游'等等，有几十家。熄灭多年的煤田自燃又死灰复燃了，目前已无法控制。专家组认为，搞不好会像美国宾夕法尼亚州费城的桑塔利亚小镇一样，是一场灭顶之灾，小镇一万多人都得搬迁。我妈很伤心，说她多年前的心血，全都废了。"

"你看看，你看看，刚才我说的什么？现在有的子孙不光乘凉，还他妈的连大树都给老子们砍了。"

"他妈的，为了钱，啃完老子，又啃子孙，一群不肖子孙！"龙岩炎也骂道。

"那只是少数，极少数。"吕乌蒙怕老人生气，赶紧打着圆场。

"好！那就好，小子！"吕大山说，"你要是不想让老子们寒心，是不是把你龙叔叔穿过的暗河溶洞，居住生活过的地方，好好整整，起个好名字。在那天坑中，再立个碑，用来纪念我们的部队，纪念我们的老兵，纪念三线建设，纪念为三线建设牺牲的烈士，不能让你龙叔叔一个人在那坑里，白白苦熬了那么多年。更不能让老子们当年用血，用命栽下的大树，说完就完了。怎么样，吕总？"

轿车里响起了一阵赞同和鼓掌声。

　　几年后，天坑里绿草茵茵，野花遍地。蜜蜂蝴蝶欢快地飞舞。各种鸟儿自由自在地歌唱。桃花杏花梨花竞相开放，唯独没有杜鹃花。小菜园里，长着曾经救过龙岩炎命的各种野菜，生机勃勃。龙岩炎住过的片石顶、木柱墙的房子里，挂着他在铁道兵、基建工程兵和现在等各个时期的照片，摆放着他用过的石锅、木碗、藤衣、藤被等。后来，一些在41支队服役过的老兵，也把他们在三线建设时期的照片、军功章、立功喜报、军装、安全帽等物品送来，摆放在片石木房子里。一进门，迎面挂着的是老首长们当年的戎装照，有戴红戍支队长、肖新泉政委、李飞政委、乔宝田参谋长、孙新海主任、栾招远部长、宋涛科长等。接着，是跟着他们为三线建设牺牲的烈士遗照，有许际直、高增长、张国富、陈来道等人，也有新兵刘健的。

　　41支队宣传队长杨文帖，很有才华。他写了一本书《青春飞扬》，摆放在门口的条桌上。这本书图文并茂，回忆了当年支队宣传队那些俊男靓女们，为三线建设官兵们活跃文化生活的峥嵘岁月，包括杨文帖和宋雨倩演的舞剧《红嫂》、马琳琦的独唱京剧样板戏《智取威虎山》、申顺林和金丽华演的小话剧《找班长》、李聚浪和刘珮笳演的相声《我爱铁风枪》等剧照，还有马琳琦、晏倩荣、宋雨倩、周佩、金丽华、汪洁莹、田雅楠、陆齐平、王方等九朵金花身穿军装的美照。引人注意的还有一本书《西南无战事》，作者章德林。里面有《有惊无险战塌方》《国富战友，你慢点走》《隧道里失踪的老连长》等，记述了41支队官兵们，在西南三线建设中那些可歌可泣的动人事迹。有知道底细的人私下说，这本书本应该能公开出版，只是因为章德林后来调到了军队上层文化部门，他为两个军队的高官写过传记，这两个高官后来因腐败锒铛入狱，章德林自然也受到牵连，栽了。这本书只能内部印刷，免费赠送随便翻阅。不管怎么说，龙岩炎住过的片石顶、木柱墙的房子里，简直成了一个41支队的博物馆。

当然，这里已经开发成为乌蒙山区一个著名的旅游景点。天坑壁上安装了两部垂直电梯，被称为天梯，游客们来来往往络绎不绝。最引人注目的是天坑正中间的那座 49 米小山上，竖立着一座 18 米高的碑，上面写着：

基本建设工程兵老兵之家。

2020 年 12 月 31 日初稿
2021 年 2 月 1 日修改第一稿
2021 年 5 月 15 日修改第二稿

图书在版编目（CIP）数据

疑兵 / 冯俊科著 .—北京：作家出版社，2022.6
ISBN 978-7-5212-1884-8

Ⅰ . ①疑… Ⅱ . ①冯… Ⅲ . ①长篇小说—中国—当代
Ⅳ . ① I247.5

中国版本图书馆 CIP 数据核字（2022）第 063860 号

疑兵

作　　者：冯俊科
责任编辑：史佳丽
封面设计：孙惟静
出版发行：作家出版社有限公司
社　　址：北京农展馆南里 10 号　　　邮　　编：100125
电话传真：86-10-65067186（发行中心及邮购部）
　　　　　86-10-65004079（总编室）
E-mail:zuojia @ zuojia.net.cn
http://www.zuojiachubanshe.com
印　　刷：唐山玺诚印务有限公司
成品尺寸：152×230
字　　数：246 千字
印　　张：19.75
版　　次：2022 年 6 月第 1 版
印　　次：2022 年 6 月第 1 次印刷
ISBN 978-7-5212-1884-8
定　　价：49.00 元